Mechthild Gläser
Die Worte des Windes

Bisher von Mechthild Gläser im Loewe Verlag erschienen:

Stadt aus Trug und Schatten
Nacht aus Rauch und Nebel

Die Buchspringer
Emma und das vergessene Buch
Ophelia und die Bernsteinchroniken
Die Worte des Windes

Mechthild Gläser

DIE WORTE DES WINDES

Loewe

ISBN 978-3-7432-0456-0
1. Auflage 2020
© 2020 Loewe Verlag GmbH, Bindlach
Dieses Werk wurde vermittelt durch die
Literarische Agentur Thomas Schlück GmbH, 30161 Hannover.
Covermotive: © LiliGraphie/stock.adobe.com, © VeSilvio/stock.adobe.com,
© grape_vein/stock.adobe.com, © Sergey P/stock.adobe.com,
© Zetovic Zoran-Zeta/Dreamstime.com
Umschlaggestaltung: © Shane Rebenschied
Titellettering: Johanna Mühlbauer
Redaktion: Sarah Braun
Printed in Germany

www.loewe-verlag.de

Inhaltsverzeichnis

Prolog 9

1. Strophe 13

  1 Ein Sturm zieht auf 14
  2 Donnerdrache 26
  3 Ostwind 41
  4 Entwurzelt 55
  5 Tanzende Wellen 75

2. Strophe 95

  6 Karottenkaffee 96
  7 Im alten Leuchtturm 108
  8 Perlen 123
  9 Chimären am Strand 147
 10 Blitzklingen 167
 11 Pizza-Abend 185

3. Strophe 203

 12 Kesselboot 204
 13 Kuppelstadt 220
 14 Fara 236
 15 Wetterbillard 250
 16 Audienz 269

4. Strophe 289

   17 Gläserne Hallen 290

   18 Finsternis 312

   19 Wiedersehen 322

   20 Tribunal 343

   21 Abschied 362

5. Strophe 379

   22 Land in Sicht 380

   23 Drachenbeschwörer 395

   24 Im Auge des Sturms 411

   25 Tsunami 426

   26 Die Worte des Windes 438

   27 Wetterleuchten 455

So singt der Wind
in Neumondnächten.
Die See beweint, was einst geschah.
Ein holdes Kind
mit Hexenmächten,
das kam dem Bösen viel zu nah.
Verriet sein Volk am Meeresgrund
und floh, seither fehlt jede Kund'.

Und Sturmbö klagt
am Horizont.
Die Wellen schreiben in den Sand.
Sei ruhig verzagt,
wirst nicht geschont,
Prinzessin von Atlantisland.

Ein Lied, zu singen in den *Gläsernen Hallen*
Verfasser unbekannt

Prolog

Um es gleich vorwegzusagen, es gibt drei Arten von Stürmen: die Kleinen, die Großen und die *Anderen.* Die ersten beiden entstehen zwar auch nicht ohne Magie, doch sie sind etwas, das die Menschen verstehen können. Oder zumindest *meinen* zu verstehen, indem sie es physikalisch erklären: Luftmassen unterschiedlicher Temperatur, die aufeinanderprallen, elektrostatische Entladungen zwischen Wolken, gerichtete Luftbewegungen, kondensierter Wasserdampf, der auf die Erde tropft …

Kleine Stürme sind dabei am harmlosesten. Alltägliche Unwetter eben: hier ein Gewitter, dort ein Regenguss. Manchmal haben sie einen entwurzelten Baum oder einen überschwemmten Garten zur Folge. Nichts wirklich Dramatisches. Sie lärmen und leuchten und durchnässen einen bis auf die Haut, sodass man einen Schnupfen bekommt, und das war's.

Um einen kleinen Sturm zusammenzubrauen, braucht man lediglich einen Kessel und ein paar Wolken. Die lässt man eine Weile bei geringer Hitze köcheln, dann ruft man ein wenig Wind dazu, um alles gut zu verrühren, und voilà! Wir

Hexen lieben die kleinen Stürme. Sie sind sozusagen unser Hauptgeschäft.

Die großen Stürme hingegen können schon gefährlicher sein. Sie hinterlassen nicht selten eine Spur der Verwüstung. Schiffe geraten ihretwegen in Seenot. Ernten werden vernichtet, Dächer abgedeckt. Flüsse treten über die Ufer, Tsunamis überrollen Küsten. Solche Stürme erschaffen wir nur in Ausnahmefällen. Die Dinger geraten nämlich viel zu leicht außer Kontrolle. Man will vielleicht nur rasch einen ausgedörrten Landstrich bewässern, doch ehe man sich's versieht, hat man ein regelrechtes Monster losgelassen. Total außer Rand und Band, manchmal nur noch mit einem Blutopfer zu beruhigen. Aber selbst solche Stürme haben trotz ihrer verheerenden Auswirkungen natürlich keinen eigenen Willen, führen nichts im Schilde oder so. Sie sind bloß ziemlich unangenehm.

Tja, und dann gibt es noch eine dritte Art von Stürmen: die *Anderen*, wie wir Hexen sie nennen. Stürme, die weit über Regentage oder Naturkatastrophen hinausgehen. Laut unseren Büchern existieren sie zum Glück ausschließlich auf hoher See. Weit weg von den Menschen inmitten einer Wüste aus Wellenkämmen. Es sind Stürme, denen tatsächlich etwas Böses innewohnt. Stürme, die wir auf Leben und Tod bekämpfen müssen und denen selbst die besten unter den Meereshexen unterliegen. Seit Jahrtausenden, seit der Gott des Schicksals, der sie einst auf die Erde losließ, spurlos verschwand, wie es in den Chroniken heißt, so lange schon versuchen wir, die Menschen zu beschützen. Vor den *Anderen* und dem, was in ihnen haust, und eigentlich ist uns das bisher auch sehr gut gelungen.

Wie gesagt, wir dachten sogar, es gäbe sie nur dort draußen. Weit, weit entfernt von allem.

Und ich persönlich nahm natürlich ohnehin an, nie wieder einem von ihnen zu begegnen.

Aber das war ein Irrtum.

1. Strophe

Wettervorhersage

*Das nieselige Novemberwetter beschert ungemütliche Tage.
Der Wind weht dabei schwach bis mäßig aus östlicher
Richtung und treibt zwei geheimnisvolle junge Hexer
vor sich her.
Nachts kann es teils zu stürmischen Böen mit
Geschwindigkeiten von über 100 Kilometern pro
Stunde kommen.
Robin sollte also lieber in Deckung gehen.*

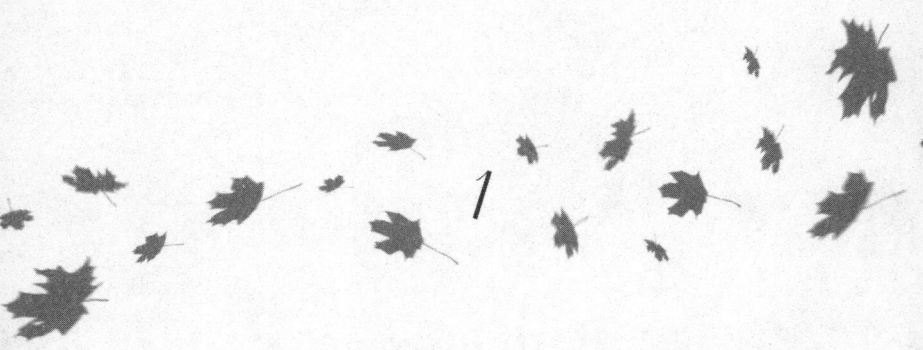

Ein Sturm zieht auf

Der Wind raunte mir Geheimnisse ins Ohr und das aufziehende Unwetter prickelte bereits in meinen Fingerspitzen. Jede Faser meines Körpers sehnte sich danach, den Kopf in den Nacken zu legen und auf das noch ferne Donnergrollen zu lauschen. Wie gern wäre ich mitten auf der Straße stehen geblieben, um auf die ersten silbrigen Regenfäden zu warten und sie mit den alten Liedern zu begrüßen!

Aber das ging natürlich auf keinen Fall. Wieder einmal ermahnte ich mich selbst: Nach allem, was ich angerichtet hatte, durfte ich keine Hexe mehr sein. Jenen Teil meines Lebens hatte ich zusammen mit meiner Kindheit längst hinter mir gelassen. Ein Sturm sollte für mich inzwischen nur noch etwas sein, das manchmal eben geschah. Herrje, ich musste dringend aufhören, es für etwas anderes zu halten.

Eilig hastete ich weiter über das Pflaster. Autos brausten an mir vorbei, wirbelten bräunliche Pfützen auf und mein Haar löste sich aus dem Knoten an meinem Hinterkopf, um wie eine Fahne hinter mir herzuflattern. Langsam bekam ich Seitenstiche, so als wäre ich wirklich bloß Robin, das sechzehnjährige Menschenmädchen, als das ich mich ausgab.

Trotz der Stiche beschleunigte ich meine Schritte weiter. Ich konnte jetzt nicht zurückfallen. Nicht, wenn ich das Schlimmste verhindern wollte.

Die Sohlen meiner Turnschuhe quietschten auf dem regenfeuchten Stein, während mich die schmutzigen Plattenbauten der Wohnsiedlung beobachteten. Es hatte den ganzen Vormittag über geschüttet wie aus Eimern und auch jetzt bauschten sich dunkle Wolken am Himmel über der Stadt. Und das Rauschen der verdammten Brandung, die wenige Häuserblocks entfernt über den Strand tanzte, erschien mir wieder einmal allgegenwärtig.

Ein Stück vor mir erkannte ich derweil gerade noch die beiden Pferdeschwänze, die um die nächste Ecke verschwanden. Sie gehörten zu zwei Mädchen aus dem Jahrgang über meinem: Marie und Vivien. Ich kannte sie nicht wirklich und hegte eigentlich auch nicht den Wunsch, daran etwas zu ändern.

So ziemlich jeder auf unserer Schule wusste, dass die beiden selten Gutes im Schilde führten. Wenn sie sich nicht rauchend bei den Toiletten herumdrückten, machten sie mit Vorliebe Jagd auf jüngere Schüler, um ihnen Geld oder die Handys abzuknöpfen. Notfalls mit Gewalt. Und ich hatte vor ein paar Minuten beschlossen, dabei nicht weiter zuzusehen.

Eine Entscheidung, die ich möglicherweise schon bald bereuen würde, aber das war jetzt egal.

Ich schlitterte ebenfalls um die Kurve und kurz darauf fand ich mich in einer Sackgasse wieder. Es war eine Art Hinterhof, an drei Seiten von bröckligen Betonmauern umgeben, die irgendjemand mit fragwürdigen Parolen besprüht hatte. Dazwischen Mülltonnen und ein rostiges Fahrrad – und Louisa aus der Achten.

»Haha, jetzt kriegst du die Spider-App«, grölte Vivien, die sich vor ihr aufgebaut hatte und somit den einzigen Fluchtweg versperrte. Sie war kräftig gebaut und pfefferte Louisas uraltes iPhone mit Schwung auf den Boden.

Louisa zuckte beim Geräusch des Aufpralls so heftig zusammen, dass sie beinahe ihre Brille verloren hätte. Vor Wut kamen ihr Tränen.

»Bist du bescheuert?!«, rief sie, traute sich jedoch offenbar nicht, sich nach dem Handy mit dem nun gesprungenen Display zu bücken. Sie war vierzehn (sah allerdings aus wie zwölf) und erst vor einer Woche in unserer Wohngruppe eingezogen. Ich hatte mir daher überlegt, sie unter meine Fittiche zu nehmen, bis sie sich eingewöhnt hatte. Von ihrem Talent, sich andauernd in Schwierigkeiten zu bringen, hatte ich da natürlich noch nichts geahnt.

»Jetzt ist deine Klappe plötzlich nicht mehr so groß, was?«, feixte Marie. Sie war so stark geschminkt, dass es mich an das Farbenspiel so mancher Tiefseeraubfische erinnerte. Auf ihren Wangen glänzte perlmuttfarbenes Puder und ihr Lidstrich war etwa zwanzigmal dicker als mein eigener. Vielleicht bemerkte sie mich auch deshalb erst, als ich mich an ihr vorbeidrängte und vor Louisa schob.

»Robin!«, murmelte diese erleichtert und ich nickte ihr kurz zu, bevor ich mich an die Smartphone-Zerstörerinnen wandte.

»Okay, das reicht, ihr hattet euren Spaß«, sagte ich und verschränkte die Arme vor der Brust. »Lasst sie in Ruhe.«

Vivien, die inzwischen Anstalten gemacht hatte, auf dem Handy herumzutrampeln, hielt in ihrer Bewegung inne. »Und was hast *du* hier zu sagen?«, erkundigte sie sich halb belustigt, halb genervt. Ihr Sweatshirt spannte über ihrer Brust, als sie sich zu ihrer vollen Größe aufrichtete.

Ich blinzelte, weil ich keine Lust auf diesen Blödsinn und schon seit der Mathestunde schlimme Kopfschmerzen hatte. Es war dieses dumpfe Pochen hinter meinen Augen, das mich häufig belästigte und auch heute wieder wie ein unaufhörlich kreiselnder Wirbelsturm in meinem Schädel wütete … Ich biss mir auf die Unterlippe und konzentrierte mich aufs Atmen.

Unterdessen reckte Vivien herausfordernd das Kinn. »Was du zu melden hast?«, wiederholte sie mit einem warnenden Unterton in der Stimme.

Ich seufzte und sah ihr direkt in die Augen. »Witzigerweise wollte ich dich gerade genau dasselbe fragen.«

Sie starrte mich an und ich starrte zurück, während ich mich daran zu erinnern versuchte, ob es Vivien oder Marie gewesen war, die letztes Jahr diese Jugendstrafe wegen Körperverletzung bekommen hatte.

Realistisch betrachtet hatte ich natürlich keiner der beiden etwas entgegenzusetzen. Ich war schließlich kaum größer als Louisa, nicht gerade muskulös und konnte keinerlei Judotricks oder so. Warum hätte ich so etwas auch lernen sollen, wenn ich meine Hexenmagie besaß? Zwar stand es nicht zur Debatte, sie je wieder einzusetzen ... Doch ich wusste, dass ein schwacher Abglanz meiner früheren Macht noch immer dann und wann aufblitzte, und vielleicht gelang es mir ja ...

Tatsächlich wichen die beiden Mädchen plötzlich kaum merklich vor mir zurück.

Marie, die noch immer Louisas Rucksack in der Hand hielt und just ein Trinkpäckchen darin gefunden hatte, kniff die von künstlichen Wimpern umrahmten Augen zusammen und betrachtete mich genauer. Sie taxierte mich einen Moment lang, bevor sie murmelte:»Du bist doch die Schlafwandler-Schlampe aus der Elften.«

»Hundert Punkte.« Selbstverständlich schlafwandelte ich ganz und gar nicht, aber es war immer noch die beste Erklärung für meine neumondnächtlichen Spaziergänge am Strand und daher ließ ich die Leute gern in dem Glauben.»Und ihr seid also diejenigen, die für diese Handyreparatur aufkommen werden«, sagte ich.»Schön, dass wir das klären konnten.«

Jetzt sog Marie scharf die Luft ein.»*Wie bitte?*«

Vivien schnaubte.»Als ob –«, begann sie.

»Doof, dass es euch versehentlich heruntergefallen ist«, fuhr ich fort. »Aber Louisa gibt euch netterweise die Chance, es wiedergutzumachen. Wir lassen euch dann die Rechnung für das neue Display zukommen.« Ich bückte mich nach dem Handy und wischte es an meiner Jeans sauber, bevor ich es Louisa reichte. Anschließend schnappte ich Marie den Rucksack weg, ehe sie so recht begriff, was geschah. »Also dann.« Vivien und Marie tauschten einen verwirrten Blick. Etwas an mir hatte sie für einen Augenblick aus dem Konzept gebracht, vielleicht sogar eingeschüchtert. Aber bestimmt konnten sie sich keinen Reim darauf machen, was genau das sein sollte. Sie ahnten ja nicht einmal, wer und was ich bis zu meinem zwölften Geburtstag gewesen war, geschweige denn, dass Hexen überhaupt existierten.

Und so langsam dämmerte ihnen wohl, dass sie mich genauso leicht verprügeln könnten, wie sie es mit Louisa vorgehabt hatten. Man sah beinahe, wie es hinter ihren schlichten Stirnen arbeitete. Noch ein paar Sekunden und … Unsere einzige Chance war die Überraschung. Wir mussten von hier verschwinden.

Und zwar rasch.

»Lauf!«, raunte ich Louisa zu und gab ihr einen leichten Schubs. »Jetzt!«

Sie setzte sich in Bewegung, tat erst zögerlich einen Schritt nach vorn, dann stürzte sie plötzlich los, an den Mädchen vorbei und blindlings aus der Gasse.

Ich machte es ihr nach, drängte mich zwischen der Mauer

und Vivien hindurch, die nach mir hieb, mich allerdings verfehlte. Einen Herzschlag später nahm sie bereits die Verfolgung auf. So schnell mich meine Beine trugen, flitzte ich um die nächste Ecke.

Ich war noch nie eine gute Läuferin gewesen. In meinen nunmehr fast viereinhalb Jahren unter den Menschen hatte ich mich weder fürs Joggen noch für sonst eine Sportart großartig begeistern können, weil meine Füße an Land dummerweise ziemlich schmerzten. Dementsprechend war es leider auch um meine Kondition bestellt. Lange würde ich das definitiv nicht durchhalten können. Allerdings besaß ich eine gewisse Wendigkeit und verlegte mich daher darauf, möglichst viele Haken zu schlagen.

Zuerst zwängte ich mich an einem parkenden Auto vorbei, dann tauchte ich unter einem Geländer hindurch. Als Nächstes rannte ich im Zickzack über eine der seltenen Wiesen in diesem Stadtteil, um kurz darauf ohne Vorwarnung auf einen Spielplatz abzubiegen. Nach einer Runde um das Klettergerüst, den Mülleimer und die Bänke gab Vivien es endgültig auf und auch Marie, die in ihren Plateauschuhen sowieso Probleme hatte mitzuhalten, war die Lust vergangen, mich zu jagen. Einmal versuchte sie noch, mir den Weg abzuschneiden. Doch als ich einen weiteren Haken schlug, wurde es auch ihr zu bunt. Mit einer letzten wüsten Beschimpfung schleuderte sie Louisas Trinkpäckchen in meine Richtung.

»Volltreffer!«, johlte sie, als mir das Ding gegen die Schläfe klatschte und dort aufplatzte. Der klebrige Inhalt rann über mein Gesicht, wobei meine Kopfschmerzen sich zu neuen Höhen aufschwangen.

Ich ballte die Hände zu Fäusten. »Ganz toll«, zischte ich. »Gar nicht albern oder so.«

Vivien prustete, während Marie mich mit ihrem Blick durchbohrte. »Du kannst froh sein, dass wir es dabei belassen«, sagte sie. »Für heute.« Dann hakte sie sich bei Vivien unter und zusammen verließen sie den Spielplatz.

Wütend sah ich ihnen nach.

Alles in mir schrie danach, den Ostwind zu rufen und ihnen auf den Hals zu hetzen. Nur ganz kurz. Bloß, um sie etwas Respekt zu lehren. Früher in meiner Heimat hatte es kaum jemand gewagt, auch nur den Blick in meiner Gegenwart zu heben. Und nun stand ich hier und musste mir *so etwas* gefallen lassen?

Wieder spürte ich das übermächtige Rauschen der Brandung und mit ihm den Gesang der See. Wild und stark. Aber nein, ich unterdrückte den Impuls, wie ich es immer tat. Vermutlich würde mein geliebter Ostwind mir ohnehin nicht mehr gehorchen, oder? Ich seufzte.

Selbst wenn, ich würde es nie herausfinden und das war auch besser so. Ich hatte es nicht anders verdient. Und ich sollte dankbar für das Leben sein, das ich nun führte. Dafür, überhaupt noch lebendig zu sein!

Mit dem Ärmel wischte ich mir den Saft aus den Augen. Immer noch ein wenig außer Atem schlurfte ich zu den

Schaukeln und ließ mich auf einer davon nieder. Dass die Sitzfläche nass war, kümmerte mich nicht. Der Himmel sah aus, als wollte er sich jeden Augenblick erneut auswringen, doch ich fürchtete mich nicht vor ein paar Regentropfen. Diese Wolken waren zwar einen Hauch zu dunkel, aber bestimmt bildete ich mir das nur ein.

Ja, ganz sicher.

Hätte ich mich auf hoher See befunden … Hier hingegen? Das mussten die Kopfschmerzen sein, ich begann wohl schon zu halluzinieren.

Wenigstens hatte ich den Spielplatz bei diesem Wetter für mich allein. Ich machte einen Moment lang die Augen zu, stieß mich mit den Füßen vom Sand ab und stellte mir vor, dass es Wellen wären, die mich sanft auf und ab schaukelten.

Louisa war am Ende der Gasse in die entgegengesetzte Richtung gelaufen und vermutlich längst zu Hause. Jedenfalls hoffte ich das. Es war schon das dritte Mal diese Woche, dass ich sie vor einer Schulhofschlägerei hatte retten müssen! Wie schaffte sie das bloß immer wieder? Zwar kümmerte ich mich wirklich gerne um sie, aber eine kleine Pause wäre definitiv nicht schlecht.

Ich massierte meine Nasenwurzel mit Daumen und Zeigefinger. Die Lider hielt ich geschlossen. Wenn bloß dieses verdammte Kopfweh nicht dafür sorgen würde, dass ich seit Tagen kaum geradeaus gucken konnte! Ob es am Luftdruck lag?

Das Atmen an Land war stets schwierig für mich. Bei jedem Zug plagte mich dieses Gefühl, dass irgendetwas Entscheidendes fehlte. Ich würde mich wohl niemals daran gewöhnen, den Himmel statt des Ozeans über mir zu spüren. Dieser erschreckend leere Raum über meinem Kopf, diese grauenvolle Abwesenheit von ... *allem!* Da konnte man auf die Dauer ja nur krank werden. Freiwillig hielt sich jedenfalls keine Hexe länger als nötig hier oben auf. Niemand von uns verließ die von gläsernen Kuppeln geschützten Siedlungen der Tiefsee, wenn wir es irgendwie vermeiden konnten. Und genau deshalb war die Oberfläche so ein gutes Versteck.

Auch in dieser Stadt gab es natürlich Außenposten der Meerhexen. Die Regelung des Wetters, das Brauen und Köcheln und Sieden mussten schließlich außerhalb des Wassers stattfinden und hin und wieder entdeckte ich meinesgleichen tatsächlich am Strand oder in den Wellen. Ich wusste, dass sie den alten Leuchtturm oben auf den Klippen als Geheimversteck nutzten. Doch keiner von ihnen hatte mich bisher auch nur eines Blickes gewürdigt. Mich, Robin, das Menschenmädchen. Das in einer Wohngruppe für Jugendliche mit sozialen Problemen lebte und unter chronischem Kopfschmerz litt, vermutlich vom Schulstress. Nun ja, ich war so langweilig geworden, um im Chaos der oberflächigen Welt unterzutauchen.

Je langweiliger, desto besser, lautete meine Devise.

Wieder traf etwas Nasses mein Gesicht, doch dieses Mal war es ein Regentropfen, kühl und prall, nicht so klebrig wie der Orangensaft. Angenehm. Ich schaukelte schneller und schneller und genoss das Gefühl von weiteren Tropfen, die auf meinen Wangen zerplatzten und sich in mein langes, zotteliges Haar verirrten. Der Wind zerrte an meinen Kleidern und selbst durch die geschlossenen Lider erkannte ich den Blitz, der über den Himmel zuckte. Hell und scharf, eine Klinge bester Qualität würde man daraus schmieden können.

Was mich natürlich nicht mehr im Geringsten interessierte. Mich, eine normale Teenagerin, die hier bloß in Ruhe im Regen schaukeln wollte …

Schon nach kurzer Zeit war ich vollkommen durchnässt. Meine Jeans klebten an meinen Oberschenkeln und meine Jacke hing schwer an meinen Schultern. Aber die Kopfschmerzen verflüchtigten sich etwas. Ich lächelte in mich hinein. Es waren Momente wie diese, die mir eine gewisse Linderung verschafften. Die mich vergessen ließen, was ich verloren hatte. *Wasser!* Wasser, das über mein Gesicht perlte, in meinen Ohren rauschte und jeden einzelnen meiner Gedanken durchflutete. Wasser, das sich für einen Augenblick so sehr nach zu Hause anfühlte, dass ich nicht einmal die offensichtlichsten Anzeichen erkannte.

Denn als ich das nächste Mal blinzelte, war es bereits zu spät. Das Gewitter hatte sich verändert. Nicht der Regen, der prasselte weiter auf die Erde, als wäre es das Gewöhnlichste auf der Welt.

Aber die Wolken.

Die Blitze.

Der Nachhall des Donners!

Plötzlich durchpflügte dieses Dröhnen den Himmel, ein dumpfes, wütendes Grollen von der Art, die man nicht hören, sondern nur tief im Bauch spüren konnte. Wütend. Bedrohlich.

Verdammt! Die Dunkelheit der Wolkenbäuche war keine Einbildung gewesen! Dieser Sturm war eindeutig ... *anders*.

Doch das konnte nicht sein!

Es war lange her, dass mir ein Geräusch wie dieses begegnet war. Sehr, sehr lange. Und das war selbstverständlich weit draußen geschehen, mitten auf dem Meer. Hunderte von Kilometern entfernt von der Zivilisation, an einem Ort, an dem man leider jederzeit mit *solchen* Stürmen rechnen musste.

Dies hier allerdings war eine Stadt. Eine bewohnte Stadt!

Menschengebiet.

Meine Hände krallten sich fester um die Ketten der Schaukel, denn so unmöglich mir das alles auch erscheinen mochte, leider bestand kein Zweifel:

Das Böse hatte mich gefunden.

2

Donnerdrache

Stürme der *anderen* Art sind tückisch. Nicht umsonst bemerkt man sie meistens erst, wenn man sich bereits mitten in ihnen befindet. Die meisten Leute sind vermutlich sogar schon tot, noch bevor ihnen klar wird, was überhaupt vor sich geht. Ich hingegen war einst dazu trainiert worden, die *Anderen* zu finden. Sie schon an den kleinsten Anzeichen zu erkennen und ihnen die Stirn zu bieten.

Und ein Überbleibsel dieses Trainings war wohl das Einzige, das mich heute davor bewahrte, auf der Stelle zu sterben. Die Tatsache, dass mir der Nachhall des Donners in die Glieder fuhr und mich von der Schaukel springen ließ, noch bevor –

Der Aufprall war hart, meine Fußsohlen kribbelten. Ich ignorierte den Schmerz und stürzte los. Ohne Blitzklinge blieb mir nämlich wohl oder übel nur eines – und das war die Flucht. Ich musste so viel Abstand wie möglich zwischen mich und *ihn* bringen. Und ich betete zum Gott des Schicksals, dass meine Unaufmerksamkeit mich nicht den Kopf kosten würde.

Ich rannte.

Der Spielplatz befand sich am Rande eines Parks. Doch auf der Grünfläche wäre ich vollkommen schutzlos. Stattdessen wandte ich mich in Richtung Straße. Meine Schuhe platschten durch Pfützen, das Blut rauschte mir in den Ohren und das Gewicht meiner nassen Kleider schien mich zurückzuhalten. Aber ich preschte voran, stolperte mehr vorwärts, als dass ich lief.

Weg!

Ich musste weg.

Wieder durchfuhr das grelle Leuchten eines Blitzes den Himmel. Fast im gleichen Augenblick donnerte es und der Klang fraß sich in jede Faser meines Körpers. Dieses tiefe Dröhnen, das einem den Atem stocken ließ. Gleich darauf wandelte es sich: Das Rauschen der See mischte sich hinein, laut und zornig. Und der Geruch von fauligem Fisch. Wie aus dem Nichts erschienen Muschelsplitter und wirbelten durch die Luft, zerkratzten meine Haut.

Ich konnte es nicht glauben. Wirklich nicht. Das war doch ganz und gar verrückt! Seit tausend Jahren war keiner der *Anderen* in einer Stadt aufgetaucht. Oder überhaupt an Land!

Vielleicht täuschte ich mich ja doch. Auf jeden Fall wagte ich nicht innezuhalten, um mich umzudrehen und mich mit eigenen Augen zu vergewissern.

Erneut beschleunigte ich meine Schritte, stürzte den Gehweg entlang. Wenn ich es bis zur Ampel schaffte ... Dort war eine Fußgängerunterführung. Schmal und dunkel ...

Meine Sinne waren bis aufs Äußerste geschärft, hinter mir meinte ich, eiskalten Atem zu spüren, während grüngraue Nebelschwaden mich umflossen.

War mein Kopfschmerz in Wahrheit ein Hirntumor, der zu Wahnvorstellungen führte?

Verdammt, verdammt, verdammt!

Endlich tauchte die Unterführung vor mir auf. Ich warf mich die Stufen hinab in die Dunkelheit, doch Nebel und Muschelscherben folgten mir. In das Rauschen mischte sich das Geräusch von ... etwas *anderem*. Gleichzeitig schwoll das Dröhnen zu einem ohrenbetäubenden Grollen an, das die steinernen Platten unter meinen Füßen vibrieren ließ.

Die Erde erbebte vom Kampfschrei des Donnerdrachen, jenes Wesens, das im Herzen dieses Sturms lebte.

Der Drache war nun beinahe bei mir.

Und er griff an.

Ich verfluchte meine Hilflosigkeit. In Atlantis, dem Reich meiner Mutter, hatte ich stets gleich mehrere Blitzklingen in einem Holster aus Samt bei mir getragen. Meine Exemplare waren kunstvoll verziert gewesen und so scharf, dass man selbst Perlen damit spalten konnte.

Jetzt hatte ich bloß einen gammeligen Rucksack voller Hefte und Stifte dabei. Möglicherweise fand sich irgendwo darin noch eine Bastelschere. Doch allein der Gedanke, mit einem Spielzeug aus Plastik und Stahl gegen einen Drachen zu kämpfen, war geradezu lächerlich!

Die Nebelschwaden verdichteten sich derweil zusehends und nahmen mir den Atem, während der Tornado aus Muschelscherben sich kaum merklich verlangsamte. Das Auge des Sturms war nahe. Jeden Moment würde der Donnerdrache –

Wenn ich jetzt anhielt, wäre ich tot, bevor ich auch nur den Reißverschluss des Rucksacks geöffnet hätte.

Blindlings stürzte ich die letzten Stufen hinab, mitten ins Dämmerlicht der Unterführung. Der Nebel verschleierte noch immer meine Sicht, sodass ich die beiden Gestalten, die an der Betonwand lehnten und rauchten, erst erkannte, als ich beinahe an ihnen vorbeirannte.

»Was zur Hölle?«, rief Vivien, als eine Scherbe ihre Wange traf. Sie starrte mich an, vermutlich, weil meine Haare im Nebel wehten, als führten sie ein Eigenleben.

»Was macht ihr denn hier?«, keuchte ich.

»Na, uns vor dem Regen unterstellen«, schrie Marie gegen das Rauschen an. »Was soll die Scheiße? Was ist das?« Sie deutete auf das schmutzig grüne Licht und die Muschelscherben, von denen sich nicht wenige in meiner Kleidung verfangen hatten.

»Bah, Alter, wieso stinkt das plötzlich nach verwester –«, setzte derweil Vivien an.

Da bebte die Erde so stark, dass wir alle drei taumelten und ich gegen die beiden prallte.

Marie versuchte, sich an der Tunnelwand festzuhalten. Vivien fiel auf die Knie und schrie auf.

Unterdessen standen mir meine Optionen binnen eines Herzschlags plötzlich ganz klar vor Augen: Entweder ich rannte weiterhin um mein Leben und überließ Vivien und Marie ihrem Schicksal. Oder ich versuchte, den Donnerdrachen aufzuhalten, damit wenigstens die beiden eine Chance hatten. So oder so, es sah nicht gut für mich aus. Ich biss mir auf die Unterlippe. Auch wenn ich diese Mädchen nicht leiden konnte und sie sich benahmen, als wäre ihnen alles und jeder auf der Welt egal außer ihnen selbst, sie waren immer noch Menschen. Und einst hatte ich wie alle Hexen einen Eid geleistet ...

Der Eingang verfinsterte sich, als sich etwas mit dunkel geschuppten Beinen und messerscharfen Krallen um die Ecke schob.

Etwas ... *Gewaltiges.*

»Was für ein Freak bist du eigentlich, Schlafwandler-Schlampe?«, kreischte Marie. Ihre Plastikfingernägel krallten sich in die Betonwand.

»Lauft einfach, okay?«, brüllte ich. »LAUFT WEG!«

»Aber da draußen ist ein krasses Gewitter«, stammelte Vivien.

»Ja, was, wenn wir vom Blitz –«

Der Drache gab ein gurgelndes, zischendes Fauchen von sich, das wie tausend tosende Mahlströme auf einmal klang. Gleichzeitig schnellte eine Schnauze von der Größe eines Autos in die Unterführung. Mit geblähten Nüstern schob sich das Maul über den Beton auf uns zu. Eine weitere Welle aus Gestank und Muschelsplittern rollte über uns hinweg, noch viel übler als die erste.

Ich unterdrückte ein Würgen. Marie und Vivien waren inzwischen bleich wie Gespenster. Ihre Münder klappten auf, doch kein Ton kam heraus. Sie waren viel zu geschockt, um zu schreien, weil sie ja noch nicht einmal an die Existenz von Drachen *glaubten*! Herrje! Falls wir es doch irgendwie hier herausschafften, konnte ich nur hoffen, dass ihnen das Ganze derart absurd vorkam, dass sie annahmen, sich die Geschichte eingebildet zu haben ... Wobei das im Moment natürlich meine geringste Sorge war.

Nacheinander verpasste ich jeder von ihnen eine Ohrfeige. »MACHT SCHON!«, brüllte ich sie an. »Wir haben keine Zeit für Erklärungen. RENNT!«

Da endlich setzten sie sich in Bewegung. Über ihre eigenen Füße stolpernd stürzten sie zum anderen Ende des Tunnels und die Treppe hinauf.

Ich hingegen begann nun doch, in meinem Rucksack nach der Bastelschere zu tasten. Mit grimmiger Miene wandte ich mich dem Drachen zu.

Er füllte inzwischen den gesamten Eingang der Unterführung aus. Da sein Kopf zu groß war, um ganz hindurchzupassen, hatte er das gewaltige Maul wieder ein Stück zurückgezogen. Stattdessen peitschte ein stachelbewehrter Schwanz vom Umfang eines Baumstamms durch den Nebel. Dahinter erkannte ich einen Teil seines gallertigen Rumpfes – solche Körper besaßen sonst nur die Geschöpfe der tiefsten Tiefsee. Lichtblitze glommen in seinem Inneren auf, der faulige Gestank hing nun beinahe greifbar in der Luft und schien jeglichen Sauerstoff zu verdrängen.

Ich hustete und wich zurück, als der Schwanz nach mir zu tasten begann. Schuppen und Stacheln kratzten mit einem schabenden Geräusch über den Asphalt und krochen dabei unaufhaltsam auf mich zu. Der Drache konnte mich nicht sehen, noch immer gelang es ihm nicht, sich in die Unterführung zu quetschen. Nur würde ihn dieses Hindernis vermutlich nicht allzu lange aufhalten.

Instinktiv wollte ich so viel Abstand wie möglich zwischen mich und das Biest bringen, doch da erreichte mich die mit einem langen Stachel besetzte Schwanzspitze. Genauer gesagt schnellte sie mit rasender Geschwindigkeit auf mich zu wie eine Peitsche und zerriss den Stoff meiner Jeans. Ich unterdrückte einen Schrei, als sie die Haut darunter traf.

Etwas Warmes sickerte an meinem Bein hinab. Vermutlich Blut.

Allerdings verwendete ich keine Energie darauf, es zu überprüfen. Wie schlimm die Wunde auch sein mochte, das war jetzt vollkommen unwichtig.

Meinen ersten Donnerdrachen hatte ich im Alter von zehn Jahren erlegt, als jüngste Hexe, der dieses Kunststück je gelungen war. Der Sturm hatte meine Schwestern und mich bei einem Ausflug an die Wasseroberfläche überrascht. Damals hatte ich meine Blitzklinge, ohne zu zögern, direkt in das leuchtende Herz der Bestie gestoßen. Mit mehr Glück als Verstand.

Wie naiv ich gewesen war! Ich hatte nämlich tatsächlich geglaubt, was alle behauptet hatten: dass ich unbesiegbar sei. Unfehlbar. Das sagenumwobene Kind der Prophezeiungen. Allein bei der Erinnerung daran legte sich ein bitterer Geschmack auf meine Zunge.

Inzwischen wussten wir alle es besser.

Und heute, jeglicher Klinge beraubt, brauchte ich ohnehin einen anderen Plan. Irgendetwas, das den Drachen zumindest so lange aufhielt, bis Vivien und Marie aus der Schusslinie waren (und das vorzugsweise nicht beinhaltete, dass ich mich fressen ließ).

Wieder zuckte der Schwanz in meine Richtung, doch dieses Mal verfehlte er mich um Haaresbreite, weil ich gerade noch rechtzeitig zur Seite sprang. Die Erleichterung währte leider nur kurz.

Schon näherte sich das Ding erneut.

Endlich fand ich die Schere. Ohne zu zögern, rammte ich sie mit aller Kraft in die schuppenbesetzte Haut. Doch statt zurückzuweichen, fühlte sich das Ungeheuer wohl bloß weiter angestachelt. Zumindest verriet mein lächerlicher Angriff aber, wo genau in der Unterführung ich mich befand. Wieder sauste der Drachenschwanz durch die Luft, traf mich an der Hüfte, drückte meine Oberschenkel gegen die Wand und zog mich näher und näher in Richtung des Körpers.

Die gewaltige Schnauze erschien, schnüffelte genüsslich und öffnete sich einen Spaltbreit. Der Drache spie eine weitere Ladung Muschelscherben aus, die nun auf mich zuschossen, scharf und spitz.

Ich riss die Arme hoch, um wenigstens mein Gesicht zu schützen.

Der Donnerdrache stieß einen Kampfschrei aus, der mir beinahe die Trommelfelle zerriss und außerdem ziemlich siegessicher klang. Siegessicher und hungrig.

Ich blinzelte, suchte verzweifelt nach einem Ausweg. War das also nun das Ende? Nach all den Jahren des Versteckens fiel ich nicht den Häschern, sondern einem verirrten Donnerdrachen zum Opfer? Unbewaffnet und an der Oberfläche? Die Prinzessin, die schon als Kind für ihre Klingenkunst berühmt gewesen war?

Das Maul öffnete sich weiter und machte sich bereit, mich zu verschlingen.

Nein, das durfte nicht geschehen! Ich konnte mich nicht einfach kampflos meinem Schicksal ergeben, ich musste … es wenigstens *versuchen*, oder?

Ja, es war riskant und gefährlich und dumm, aber mir blieb kein anderer Ausweg.

Ich wollte nicht sterben.

Muschelscherben ritzten meine Haut auf, während der Drachenschweif mich so fest umschlungen hielt, dass er meinen Brustkorb zu zerquetschen drohte.

Es war so weit, entweder jetzt oder …

Der Tod lauerte in den Schatten, umklammerte mich bereits. Hässlich und unerbittlich wie der Donnerdrache selbst.

Nein!

Ich nahm einen Atemzug, der mein letzter hätte sein können, und dann tat ich es. Tat, was ich mir eigentlich nie wieder hatte gestatten wollen.

Ich sang.

Nur einen einzelnen klaren Ton, der so fließend aus meiner Kehle emporstieg, als hätte ich ihn nicht seit vier Jahren, fünf Monaten und 16 Tagen zurückgehalten. Ein Ton, der sich ausbreitete wie ein frisch ausgeworfenes Fischernetz, der von den Tunnelwänden widerhallte und sich als knisternde Welle bis in die Stadt und den Himmel darüber auszudehnen schien. Ein Ton, der über das Meer bis zum Horizont tanzte.

Es war keine Melodie, kein Lied, keine Musik im eigentlichen Sinne. Es war ein Ruf.

Und der Ostwind antwortete.

Er gehorchte mir tatsächlich noch!

Es begann mit einem Rascheln, das sich unter das Grollen des Donnerdrachen mischte und langsam anschwoll. Es durchschnitt den Nebel und wirbelte seine Schwaden durcheinander, drängte das Drachenmaul zurück. Kurz darauf durchfuhr mein alter Freund als Bö mein zotteliges Haar, um mich zu begrüßen. Einen Herzschlag lang spielte er mit den langen Strähnen, als habe er mich vermisst, zerrte an meiner nassen Jacke, als wolle er mich umarmen. Dann stimmte er seinen eigenen Ton an.

Ich blinzelte eine Träne aus meinem Augenwinkel fort, als sich unser beider Gesang zu einem summenden Duett verband, das die Unterführung nun ganz und gar ausfüllte. Mein Haar umtoste mich, während der Ostwind mich umkreiste und so verhinderte, dass der Drache mich weiter zu sich ziehen konnte. Ich legte den Kopf in den Nacken und schloss für die Dauer eines Wimpernschlags die Augen.

Noch einmal holte ich tief Luft und veränderte meinen Ton um eine Nuance.

Der Ostwind reagierte prompt und stob auf den gallertigen Körper des Ungeheuers zu. Die Lichtblitze im Innern des Drachen flammten auf, als er aus dem Gleichgewicht geriet und zurücktaumelte. Klauen und Nebel zogen sich ein Stück zurück und tatsächlich lockerte sich auch der stachelige Schwanz um meine Hüften so weit, dass ich mich losmachen konnte.

Lange würde der Wind den Donnerdrachen sicherlich nicht aufhalten können. Aber immerhin war ich nun frei, konnte wieder rennen – und das tat ich auch.

Ich hastete zum Ausgang, zu der Treppe, die ich Marie und Vivien vor wenigen Minuten hinaufgeschickt hatte. Vielleicht gelang es uns am Ende ja doch noch allen dreien zu entkommen.

Hinter mir brauste der Ostwind noch immer mit aller Macht, um mir den Drachen vom Leib zu halten.

Doch mit einem Mal mischte sich da etwas in seinen Gesang. Ein merkwürdiges Knacken, als läge plötzlich eine

Spannung in der Luft, als befänden wir uns im Innern einer Gewitterwolke kurz vor ihrer Entladung.

Ich hatte gerade die unterste Treppenstufe erreicht, da flammte ein gleißendes Licht auf, hell und scharf. Hitze durchströmte den Tunnel.

Eine Blitzklinge?

Der Donnerdrache stieß einen markerschütternden Schrei aus. Etwas Verbranntes durchtränkte den fauligen Gestank. Ich fuhr herum.

Und da sah ich, wie sie am anderen Ende der Unterführung auftauchten: meinesgleichen!

Es waren zwei Jungen, Hexer, der eine wohl noch nicht lange volljährig. Er war höchstens dreizehn Jahre alt, hatte ein schmales Gesicht und bleiche Haut, wie man sie nun einmal bekommt, wenn man sein Leben viele Kilometer unterhalb der Wasseroberfläche verbringt. Der Kleine sprang nun in die Höhe, hielt in jeder Hand einen glühenden Blitz und hieb damit nach den Drachennüstern.

Währenddessen zog der zweite, deutlich größere Hexer seine Klinge aus dem gallertigen Rumpf und stach gleich darauf erneut zu. Dieses Mal traf er das zuckende Herz. Noch einmal bäumte der Donnerdrache sich auf. Er stieß einen weiteren Schrei aus, Muschelsplitter stoben in alle Richtungen und eine letzte Welle fischigen Atems breitete sich aus.

Dann erloschen die Lichter im Inneren seines Rumpfes. Der Nebel sank zu Boden und versickerte irgendwo unter unseren Füßen.

Der Drache war tot, der *andere* Sturm besiegt.

Und der Hexer entfernte die Blitzklinge sorgfältig, wischte sie mit einem Lappen ab und verstaute sie mit geübten Bewegungen wieder in dem Holster auf seinem Rücken. Er tat das hier offenbar nicht zum ersten Mal, dabei konnte er kaum älter als ich sein. Ich schätzte ihn auf achtzehn oder neunzehn, allerhöchstens zwanzig. Er wirkte durchtrainiert und überragte seinen jungen Begleiter um mehrere Köpfe. Das Haar fiel ihm in dunklen Wellen in die Stirn, als wäre es genauso schwer zu bändigen wie mein eigenes, und seine Stiefel hatten eindeutig schon bessere Zeiten gesehen.

Außerdem zitterten seine kräftigen Hände nun doch ein wenig, als er dem Kleinen die Blitze abnahm und sie ebenfalls einpackte.

»Ich hab dir gesagt, du sollst oben warten! Das hier ist noch zu gefährlich für dich«, schalt er den Jungen.

Doch der zuckte bloß mit den Achseln. »Du brauchtest Hilfe, oder?«

»Nein«, sagte der Hüne. »Und das weißt du genau. Du bist noch nicht so weit, Damian. Als dein Lehrmeister –«

»Was wollte das Biest überhaupt hier?«, unterbrach der Kleine ihn und sprach mir damit aus der Seele.

Drachen kommen nicht an Land. Niemals. Und ich – verdammt, war ich denn von allen Geistern der See verlassen? Wieso machte ich nicht, dass ich wegkam? Noch hatten die beiden mich nicht bemerkt.

Dummerweise fühlten sich meine Knie wie zwei matschige

Quallen an, am liebsten hätte ich mich für einen Moment hingesetzt.

Während meine Füße mir ihren Dienst verweigerten, begannen die beiden Hexer, den Kadaver vor sich zu untersuchen. Oder zumindest das, was noch von ihm übrig geblieben war.

Die Schnauze des Donnerdrachen war bereits in sich zusammengefallen und löste sich mit rasender Geschwindigkeit auf. Überall lagen glitschige Schuppen herum und der Schwanz zerfloss zu einer übel riechenden Pfütze.

Andere verschwanden genauso rasch, wie sie sich bildeten. Ohne Vorwarnung. Ohne Spuren zu hinterlassen.

Trotzdem suchten die Hexer den Asphalt ab. Vermutlich nach Hinweisen darauf, was um alles in der Welt dieses Biest mitten in eine menschliche Siedlung geführt haben mochte.

Auch ich hätte gerne mehr darüber erfahren. Ich spielte sogar schon mit dem Gedanken, mich zu bücken und eine der schleimigen Schuppen aufzuklauben. Doch in diesem Moment hob der größere Typ den Blick und riss mich damit endlich aus meiner seltsamen Erstarrung. Bisher hatte er nicht in meine Richtung gesehen, aber … War ich eigentlich verrückt geworden, so lange zu zögern?

Gerade noch rechtzeitig hechtete ich in den Schatten der Treppe. Ohne mich umzusehen, rannte ich los, die Stufen hinauf und fort von den Hexern und allem, was für mich sowieso nur in ferner Vergangenheit existieren durfte.

Der Ostwind zupfte ein letztes Mal an meiner Kapuze,

doch ich schickte ihn so übereilt weg, dass ich sogar vergaß, mich für seine Hilfe zu bedanken.

Auf der Straße sprang ich über abgebrochene Zweige und den Inhalt umgewehter Mülleimer hinweg. Ich wollte nur noch zurück zur Wohngruppe.

Der Bürgersteig flog unter meinen Schritten dahin, während die Panik mich bereits überrollte wie ein mittelgroßer Tsunami. Ja, ich war froh, noch am Leben zu sein, erleichtert. Aber … nach all den Jahren ohne meine Kräfte … Sie *nie* wieder einzusetzen, war stets die wichtigste Regel von allen gewesen.

Was hatte ich nur getan?

Ja, ich war einst Prinzessin eines magischen Volkes gewesen. Und offensichtlich hatten meine Kräfte mich nicht verlassen. Ich *konnte* noch immer kämpfen. Doch das alles änderte nichts an dem, was heute für mich galt.

Ich durfte einfach keine Hexe mehr sein.

In der Nacht der Katastrophe, der Nacht meiner Flucht, hatte ich meinen wahren Namen und Titel ein für alle Mal abgelegt. Undina Severina Mare, siebte Tochter der siebten Königin, das Kind, dem einst Großes vorherbestimmt gewesen war, existierte nicht mehr.

Meiner Magie und den Stürmen hatte ich längst abgeschworen.

Und wenn ich nicht entdeckt werden wollte, musste es dabei bleiben.

3

Ostwind

*I*n einer Wohngruppe zu leben, ist manchmal echt anstrengend. Zum Beispiel, wenn man sich an einen Haushaltsplan und etwa hundert andere Regeln halten muss. Da hat es durchaus seine Vorteile, einen Betreuer zu haben, dem wenigstens die Schützlinge an sich herzlich egal sind. Solange ich trotzdem die Spülmaschine ausräumte, weil mich ein Kühlschrankmagnet dafür eingeteilt hatte, würde es keine Rolle spielen, wie nass, verdreckt und blutend ich nach Hause kam …

Andreas würdigte meine zerrissene Jeans und die Schramme auf meinem linken Oberschenkel jedenfalls keines Blickes, als ich an diesem Nachmittag durch die geräumige Wohnküche in mein Zimmer stapfte und kurz darauf für etwa eine Stunde im Bad verschwand, um viel zu lange zu duschen.

Damals, zu Beginn meines Lebens an der Oberfläche, hatte

ich eine Weile unter Brücken und in Hauseingängen geschlafen und tagsüber auf der Straße gebettelt. Schließlich hatte mich ein Mitarbeiter des Jugendamts aufgesammelt, mir aufgrund meiner vermeintlichen Amnesie den Namen Robin verpasst und mich in eine Einrichtung für Jugendliche mit Problemen geschickt. Zunächst war ich in einem vollkommen überfüllten Heim untergebracht worden, doch schon nach ein paar Wochen (als sich zeigte, dass ich arge Schwierigkeiten hatte, mich im normalen, menschlichen Alltag zurechtzufinden) war ich hierhergekommen.

Die Stadt hatte das alte Pfarrhaus in der Nähe des Strands so umgebaut, dass sich dort nun jeweils drei Mädchen zwischen vierzehn und achtzehn eine der vier Wohnungen teilen konnten. Und eigentlich kamen wir auch ganz gut klar. Bloß heute war alles irgendwie … ein wenig durcheinander. Aber vielleicht erschien es mir bei meinen strapazierten Nerven auch nur so.

Als ich gegen Viertel vor sieben meinen Spülmaschinendienst verrichtete und anschließend den Tisch für das Abendessen deckte, schallte jedenfalls lauter Gangster-Rap aus Louisas Zimmer. Übertönt wurde dieser nur von der Auseinandersetzung zwischen Andreas und Fiona, unserer dritten Mitbewohnerin, die sich über die Küchenanrichte hinweg anschrien.

»Das ist so unfair!« Fiona fuchtelte mit der Teekanne, die sie eigentlich befüllen sollte, in der Luft herum. Sie ging wie ich in die Elfte und mochte Kleider im Retro-Look und düstere Schwarz-Weiß-Filme. Ach ja, und heute Nacht hatte sie unerlaubten Herrenbesuch gehabt. »Jonas ist die Liebe meines Lebens! Nichts und niemand kann uns trennen.« Übrigens hatte sie auch einen gewissen Hang zur Melodramatik.

»Vielleicht hilft er dir ja dann dabei, im nächsten Monat die Wäsche für alle zu machen«, konterte Andreas, der wiederum ein Faible für Disziplinarmaßnahmen hatte.

Er war um die fünfzig, erst seit knapp vier Wochen unser Sozialarbeiter und hing die meiste Zeit mit seinem Smartphone im Wohnzimmer herum, wo er Nachrichten an wer weiß wen tippte (vielleicht auf einer Onlinedating-App?) und sich die Haare raufte, wenn er es wieder einmal nicht schaffte, den Touchscreen korrekt zu bedienen. Außer zu den gemeinsamen Mahlzeiten oder um (so wie jetzt) Strafen zu verhängen, bewegte er sich eigentlich kaum von seinem Platz auf der Couch weg.

»Einen ganzen *Monat*?«, empörte sich Fiona und knallte die Teekanne auf die Arbeitsfläche.

Ich verteilte weiter Besteck und Teller und hoffte, dass sie sich bald einkriegen würde. Was Andreas verfügte, war in diesem Haus nun einmal Gesetz. Gerecht oder nicht, da würden auch Diskussionen nichts bringen.

Leider sah Fiona das anders. Als wir zwanzig Minuten später alle am Tisch saßen, redete sie immer noch auf ihn ein. Louisa und ich widmeten uns derweil schweigend unseren Käsebroten und versuchten, die beiden zu ignorieren.

Seit ihrem Zusammenstoß mit den Handy-Zerstörerinnen wirkte Louisa ein bisschen mitgenommen. Ihr war wohl genauso wenig nach einer Unterhaltung zumute wie mir.

So gesehen war es eigentlich ganz praktisch, dass alle gerade ihre eigenen Probleme hatten und niemandem aufzufallen schien, wie meine Hand zitterte, als ich nach dem Käsemesser griff.

Der Donnerdrache hatte mich viel zu sehr aus dem Konzept gebracht. Meine Kräfte einzusetzen, war so leichtsinnig gewesen! Definitiv die größte Dummheit, zu der ich mich in den letzten viereinhalb Jahren hatte hinreißen lassen. Was, wenn die beiden Hexer mich bemerkt hätten? Wenn sie mich gesehen und womöglich sogar erkannt hätten? Obwohl ich mein Haar inzwischen dunkel färbte, die Gefahr war längst nicht gebannt. Und wenn meine Familie mich jemals in die Finger bekommen sollte ...

Ich schluckte.

Wer unter dem Meer Verrat beging, konnte nicht auf Gnade hoffen. Egal, wie leid mir tat, was damals an meinem zwölften Geburtstag so schiefgelaufen war, die Königin verzieh niemals. Selbst mit ihrem Gemahl, meinem Vater, dem abtrünnigen Herzog, hatte sie, so hieß es, kurzen Prozess gemacht.

Doch was, bei Neptuns Bart, hatte einen ausgewachsenen *Anderen* überhaupt an Land verschlagen? Die Hexen taten seit Tausenden von Jahren alles, um die Menschen vor diesen Biestern zu schützen. Im Mittelalter hatte es so manchen Zwischenfall gegeben. Damals waren sogar nicht wenige der großen Handelsschiffe dabei draufgegangen, okay. Aber das war meistens fernab der Küsten inmitten der Weiten der See geschehen und –

»Robin?«, riss Louisa mich aus meinen Gedanken.

Ich blinzelte. Erst jetzt fiel mir auf, dass Fiona und Andreas gar nicht mehr stritten. Stattdessen sahen alle am Tisch mich erwartungsvoll an.

»Äh … «, stammelte ich. »Wie bitte?«

Andreas hob die Brauen. »Was du nach der Schule noch getrieben hast, habe ich gefragt. Irgendwelche … na ja … Aktivitäten? Ein neues Hobby oder so?«

»Hä?«, machte ich wenig geistreich.

»Du warst spät zu Hause. Bist in den Regen gekommen, oder?«, versuchte Andreas es weiter, schielte jedoch unverkennbar auf sein Handy, wobei er so tat, als zupfte er nur den Saum seines blau-grün gemusterten Fleecepullovers zurecht (wenn er wirklich online datete, hatte er auf seinem Profilbild hoffentlich ein anderes Outfit an).

Ich blinzelte. Neuerdings versuchte er es leider häufiger mit diesem komischen aufgesetzten Smalltalk bei mir. Louisas Theorie dazu war, dass er mich als Übungsobjekt für seine zukünftigen Flirts auserkoren hatte (wobei er noch seeeehr viel Training brauchen würde). Fiona hingegen behauptete, Andreas wäre schlicht nicht in der Lage, sozial zu interagieren, und wegen meiner schweigsamen Art fiele es ihm bei mir von uns dreien noch am leichtesten, Interesse vorzuheucheln. Ich für meinen Teil fand das Ganze einfach nur nervig.

»Schon gut. Anscheinend träumst du mal wieder von fernen Welten, was?« Er lachte gekünstelt und schenkte sich Tee nach.

»Sorry, ich bin echt müde. Hab letzte Nacht total schlecht geschlafen«, log ich und wollte mich wieder meinem Brot zuwenden.

»Mhm.« Andreas bedachte Fiona mit einem weiteren strafenden Blick.

»Also *so* laut waren Jonas und ich garantiert nicht.«

»Nun …«, murmelte Andreas.

Fiona presste die Lippen aufeinander. »Robin? Wir haben dich nicht geweckt, oder?«

»Nein«, sagte ich. »Es lag an einem Albtraum.« Jetzt schob ich meinen Teller doch von mir.

Das Pochen hinter meinen Augen verstärkte sich, während eine Sturmbö vor dem Fenster heulte, die verdächtig nach dem Ostwind klang. Dazu kamen das Locken der See und die Last all der Erinnerungen an meine Kindheit in einem fernen, grausamen Königreich, die sich bereits wieder emporkämpfen wollten …

Es reichte, ich hatte genug. Nach diesem Nachmittag kostete es schon viel zu viel Kraft, allein hier zu sitzen und einfach nur so zu tun, als wäre ich Robin. Mein Herzschlag beschleunigte sich und ich spürte, wie mir Schweißperlen auf die Stirn traten.

»Du bist aber ganz schön blass, ist alles okay?«, fragte Louisa.

Auch Andreas' Gesichtsausdruck hatte sich verändert. Er musterte mich prüfend, als ob er sich fragte, wen *ich* heute in meinem Zimmer versteckt haben mochte.

Oder war ihm meine Verletzung vorhin etwa doch nicht entgangen?

»Ich glaube, ich muss mich hinlegen. Mein, äh, Kreislauf spielt verrückt. Darf ich bitte aufstehen?«

»Eigentlich –«, begann Andreas, doch Louisa fiel ihm ins Wort.

»Ich übernehme die Spülmaschine«, bot sie an. Louisa, die normalerweise jeder Form von Hausarbeit aus dem Weg zu gehen versuchte. Offenbar wollte sie sich revanchieren.

»Dann ausnahmsweise«, sagte Andreas.

»Danke«, nuschelte ich und stand auf. Mit langen Schritten durchquerte ich den Flur zu meinem Zimmer. Ich musste mich anstrengen, nicht zu rennen.

Aber auch, als ich die Tür hinter mir ins Schloss drückte und daran mit dem Rücken zu Boden sank, hämmerte mein Herz noch in meiner Brust. Als wollte es davongaloppieren und mich dazu überreden, mit ihm zu fliehen. Bloß, wohin hätte ich gehen sollen? Ich konzentrierte mich darauf, so langsam wie möglich ein- und wieder auszuatmen. Ein und wieder aus …

Ich konnte das hier, ich … musste mich nur beruhigen und mich auf meine Wurzeln besinnen. Ja, genau!

Einst hatten wir Hexen schließlich ganz selbstverständlich unter den Menschen gelebt. Wir *waren* Menschen, auch wenn wir es uns nur ungern eingestanden. Menschen mit magischer Begabung, die Ernten beschützten und das Wetter lenkten – aber immer noch Menschen. In die Untiefen der Meere waren wir erst viel später gesiedelt, damals, als die Zivilisation sich entwickelte und diejenigen ohne Magie plötzlich danach lechzten, jedes Phänomen genau erklären und die Natur kontrollieren zu können. Als man uns zu jagen und zu foltern begann und auf grauenvollen Scheiterhaufen verbrannte.

Eines Tages hatten die Vorfahren meiner Familie keinen anderen Ausweg mehr gesehen, als unser Volk ein für alle Mal in Sicherheit zu bringen. Fort, an den unerforschtesten aller unerforschten Orte dieser Erde: hinab in die Städte der Tiefsee. Ein radikaler, aber notwendiger Schritt. Doch wie gesagt, obwohl viele Jahrhunderte vergangen waren, in denen mein Volk sich an das Leben im Verborgenen, an Dunkelheit, Kälte und den Gesang der See gewöhnt hatte, konnten Hexen nach wie vor in der Menschenwelt leben.

Das hier war nun mein Zuhause.

Und dieser Zwischenfall mit dem Donnerdrachen würde daran nicht das Geringste ändern. Falls Marie und Vivien wirklich jemandem davon erzählten, was sie gesehen hatten, konnte ich immer noch das Gerücht in die Welt setzen, sie wären völlig high gewesen. Jeder wusste schließlich, dass sie kifften …

Ich nahm einen weiteren tiefen Atemzug, dann rappelte ich mich auf und entschied, diesen kompletten Nachmittag so rasch wie möglich zu vergessen. Ja, ich würde mich von jetzt an einfach weigern, daran zu denken, und weitermachen wie bisher. Als wäre rein gar nichts geschehen. Ha!

Eine simple Lösung.

Ein klarer Schnitt.

Punkt.

Nur so konnte ich meine Tarnung aufrechterhalten. Nur so würde ich am Leben bleiben.

Entschlossen marschierte ich ins Bad, um mir die Zähne zu putzen. Anschließend kehrte ich in mein Zimmer zurück, zog meinen Schlafanzug an und legte mich ins Bett. Kurz darauf ging ich im Geiste bereits den Stoff für die nächste Mathearbeit durch und obwohl meine Gedanken natürlich doch immer wieder abzuschweifen drohten, war Mathe zumindest so langweilig, dass ich allmählich ruhiger wurde …

Beinahe wäre ich schon weggedöst, da fiel mir allerdings ein, dass ich Bo nicht gefüttert hatte. Ächzend rollte ich mich auf den Bauch und tastete nach seinem Goldfischglas unter dem Bett. (Wir durften in der Wohngruppe offiziell keine Haustiere halten, doch er war das Einzige, das mir von meiner Vergangenheit geblieben war, also scherte ich mich nicht im Geringsten um diese dämliche Regel.)

»Sorry«, murmelte ich, während ich im Halbschlaf die Dose mit dem Fischfutter suchte. »Du musst hungrig sein.«

Bo schwamm ein wenig ärgerlich von innen gegen das

Glas. Wasser schwappte über den Rand und bildete einen kleinen dunklen Fleck auf dem Teppich.

»Ich weiß, tut mir leid«, sagte ich, fand endlich, was ich brauchte, und zerbröselte ein paar der bunten Flocken auf der Wasseroberfläche. Dann schob ich das Glas zurück in das Versteck unter dem Bett und glitt fast im gleichen Moment endgültig in ein Meer aus wirbelnden, wirren Träumen.

Träume, die vollkommen frei von Donnerdrachen waren. Immerhin.

Stattdessen befand ich mich darin, wie so oft, im Reich meiner Mutter. Ich war zu Hause im Schloss und lief einen der langen Felsenkorridore entlang, deren Wände mit Muscheln und den versteinerten Resten bizarrer Urzeitwesen verziert waren. Erhellt wurde der Gang von Leuchtquallen, die in den in regelmäßigen Abständen angebrachten Glaskugeln schwammen und das Perlmutt des Fußbodens geheimnisvoll schimmern ließen.

Wie damals an meinem zwölften Geburtstag trug ich auch im Traum ein funkelndes Diadem auf dem Kopf. Dazu lag das *Amulett der Winde*, einst aus dem Metall des Urkessels der Götter geschmiedet, zu Ehren meines besonderen Tages um meinen Hals. Und genau wie damals raschelte mein Kleid verdächtig, als ich mich an den Wachen vorbei zur Treppe schlich, die zu den Kellergewölben hinabführte ... Doch heute klang dieses Rascheln irgendwie anders, als wäre da nicht bloß Meerseide, die über ausgetretene Stufen strich,

50

sondern noch etwas ... Das Wispern, Summen und Heulen des Ostwinds, der mich warnen wollte?

Aber das konnte natürlich nicht sein. Ich erinnerte mich an jede Einzelheit jener schrecklichen Nacht und der Ostwind war nicht –

Ich hastete weiter in die Tiefe. Obwohl ich diesen Traum bereits viele Male geträumt hatte, konnte ich nicht anhalten. Sosehr ich auch versuchte, auf den Absätzen meiner samtenen Pantöffelchen kehrtzumachen, den Kerkern den Rücken zuzuwenden und einfach weiter die Prinzessin zu sein, die mein Volk sich wünschte – es ging nicht. Als würde ein unsichtbares Band mich weiter und weiter voranziehen. Als wäre die Erinnerung an damals unausweichlich.

Vermutlich wollte irgendetwas in meinem Innern mich dazu zwingen, meine dunkelste Stunde wieder und wieder und wieder zu erleben. Und nun hatte sich wohl auch noch die Stimme des Ostwindes vorgenommen, mich zu schikanieren. Na super!

Unaufhaltsam bahnte ich mir also auch heute meinen Weg durch das Labyrinth aus Zellen und Wachstuben, in dem es weder Quallen noch andere Lichtquellen gab. Stattdessen hing der Geruch von Verzweiflung in der stickigen Luft und das Rauschen der See klang hier unten seltsam dumpf und bedrohlich.

Wie grauenhaft musste es sein, sein gesamtes Leben in einer dieser Zellen zu verbringen!

Eine Gänsehaut kroch über meinen Nacken, während ich

mich zum gefühlt tausendsten Mal am schlaksigen neuen Lehrling des Kerkermeisters vorbeischlich, der in einer Ecke jenes finsteren Gangs eingenickt war und leise schnarchte. Jenes Gangs, an dessen Ende ein seit Generationen gequälter Gefangener darauf hoffte, von mir befreit zu werden ...

Was ich da tat, war natürlich Hochverrat. Sogar viel mehr als das.

Aber ich konnte es nicht länger zulassen.

Eilig raffte ich meine Röcke noch ein bisschen mehr zusammen, um sie am Rascheln zu hindern, und beschleunigte meine Schritte. Das verbotene Verlies lag vor mir und schließlich griff ich nach dem Amulett der Winde und schob es in das erste der zahlreichen Schlösser. Es ließ sich tatsächlich wie ein Schlüssel darin herumdrehen. Schon vibrierte der Boden unter meinen Füßen.

Ich hasste dieses Gefühl, hasste diese Erinnerung. Mein Unterbewusstsein würde mir wieder einmal alles haarklein vor Augen führen: wie ich die Tür öffnete und das Orakel befreite. Wie ich dabei versehentlich die Schutzflüche Ihrer Majestät aktivierte und eine Kettenreaktion auslöste, die den halben Kerker in Schutt und Asche legte. Und natürlich auch, wie das Amulett der Winde bei alledem irgendwie abhandenkam.

Ich umklammerte den Talisman mit beiden Händen, gerade so, als bestünde noch eine Chance, ihn meiner Mutter zurückzugeben.

Da ertönte plötzlich ein weiteres Geräusch, das es zuvor in keinem meiner Träume gegeben hatte: Es war ein Knall, und zwar ein so lauter, dass ich erschrocken aus dem Schlaf fuhr. Fröstelnd blinzelte ich in die Dunkelheit.

Dies war definitiv die Menschenwelt und nicht der düstere Palast von Atlantis. Ich lag in meinem Bett in der WG, kein Zweifel. Bloß, wieso war es so kalt?

»Ist alles in Ordnung?«, rief Louisa von nebenan.

»Mir geht's gut«, murmelte ich, noch immer verwirrt und frierend und –

»Krasser Sturm, was?«, fuhr Louisa fort. »Ist irgendwas bei dir kaputtgegangen?«

»Äh …« Noch einmal blinzelte ich, dann fiel mein Blick auf das Fenster und ich war endgültig wach.

Mit einem Satz sprang ich aus dem Bett, im nächsten Moment lehnte ich mich bereits über das Fensterbrett in die Nacht hinaus und angelte nach dem Griff. Die Scheiben klirrten, als ich den Flügel wieder zuzog, während eine weitere Bö daran zerrte.

»Der Wind hat bloß mein Fenster aufschlagen lassen«, erklärte ich Louisa durch die Wand. »Aber ich hab's wieder geschlossen. Alles okay.«

»Und mein Besuch soll gestern zu laut gewesen sein?«, beschwerte sich derweil Fiona durch die Wand der gegenüberliegenden Zimmerseite, während Andreas plötzlich in meiner Tür stand und mir mit einer Taschenlampe direkt ins Gesicht leuchtete.

»Was ist hier los?«, wollte er wissen. Er trug einen gestreiften Schlafanzug und Badeschlappen und schien wild entschlossen, jedweden männlichen Gast mitten hinaus ins Unwetter zu treiben.

»Sorry«, murmelte ich. »Der Wind.« Ich nickte in Richtung des uralten Fensters, gegen das nun prasselnder Regen peitschte.

»Aha.«

Andreas ließ den Lichtkegel der Taschenlampe zur Sicherheit trotzdem noch einmal durchs Zimmer gleiten, schaute in alle Ecken und kurz sogar unters Bett (zum Glück nicht bis in die hinterste Ecke, wo Bos Goldfischglas stand), dann endlich verzog er sich wieder und ich warf mich erschöpft zurück in die Kissen.

Wenigstens das Wetter da draußen war kein weiterer Grund zur Aufregung. Nur ein kleiner, allenfalls ein mittlerer Sturm, nichts Ungewöhnliches in dieser Region.

Aber der Wind kam in dieser Nacht eindeutig von Osten und in seinem Wispern und Summen und Heulen schien tatsächlich so etwas wie eine Warnung zu liegen.

4

Entwurzelt

A m nächsten Morgen kämpfte ich volle zehn Minuten mit meinem Haar. Die Strähnen hatten sich über Nacht dermaßen ineinander verknotet, dass ich mich wieder einmal fragte, warum ich mich nicht endlich von ihnen trennte. Ich betrachtete mein bleiches, spitzes Gesicht im Badezimmerspiegel, während ich versuchte, einen halbwegs ordentlichen Pferdeschwanz zu binden.

Eigentlich war ich rotblond, doch natürlich wäre diese Farbe viel zu auffällig. Eine derart helle, bis fast zur Hüfte reichende Mähne wäre quasi einem Leuchtfeuer gleichgekommen und hätte meine Verfolger sicher im Handumdrehen auf mich aufmerksam gemacht. Also hatte ich schon kurz nach meiner Ankunft an der Oberfläche zu einem Haarfärbemittel gegriffen und damit nicht nur meinen Schopf, sondern auch meine Brauen in einen kräftigen Ebenholzton getaucht. Doch die Farbe stand mir nicht wirklich, sie ließ mich blass aussehen wie eine wandelnde Leiche, fand ich manchmal. Wenn ich hingegen einen rötlichen Kurzhaarschnitt trüge –

»Brauchst du noch lang?« Louisa klopfte an die Badezimmertür. »Der Bus kommt gleich und ich muss mal.«

Seufzend gab ich es auf und legte die Bürste beiseite. Solange mich niemand erkannte, war es sowieso egal, wie ich aussah, oder? Ich räumte meinen Platz vorm Waschbecken.

Kurz darauf hasteten Fiona, Louisa und ich zur Haltestelle am Ende der Straße. Wir waren alle drei keine Frühaufsteherinnen und um diese Uhrzeit daher meistens etwas miesepetrig drauf. Dass der Bus heute auch noch auf sich warten ließ, machte es leider nicht besser.

»Toll, da hätten wir gar nicht so zu rennen brauchen«, beschwerte sich Louisa.

Wir lehnten mit dem Rücken gegen die Wand des Wartehäuschens. Während Fiona auf ihr Handy starrte und vermutlich mit Jonas (der Liebe ihres Lebens und dem auserwählten Wäscher unserer Schmutzwäsche im nächsten Monat) textete, glitt mein Blick die neblige Straße vor uns entlang. Der Sturm war wohl doch ein bisschen heftiger gewesen, als ich zunächst angenommen hatte. Überall hatten sich Pfützen auf dem Asphalt gebildet und dazwischen lagen abgerissene Äste herum. Ein Stück von uns entfernt versperrte eine umgekippte Mülltonne eine Einfahrt. Ihr Inhalt schien sich gleichmäßig über die Vorgärten der Nachbarschaft verteilt zu haben.

»Vielleicht kommt er schlecht durch«, murmelte ich. »Die Straßen sehen nicht gerade frei aus.«

Tatsächlich schienen sogar die Autos Mühe zu haben, eine freie Spur zu finden, und tuckerten nur langsam an uns vorbei. »Hmpf«, machte Louisa und zog den Reißverschluss ihrer Jacke weiter nach oben. »Ist das Wetter hier im Herbst eigentlich immer so grauenhaft? Oder liegt das am Klimawandel? Ich dachte, ich ziehe in einen Badeort ...«

Ich zuckte mit den Achseln. »Kein Ahnung«, log ich.

Selbstverständlich wusste ich genau, welches Wetter diese Stadt an jedem einzelnen Tag der letzten viereinhalb Jahre gehabt hatte. Ja, die globale Erwärmung bereitete meiner Mutter schon seit geraumer Zeit Probleme, aber die seit einer knappen Woche anhaltenden Stürme und Regengüsse waren dennoch ungewöhnlich. An der See schlug das Wetter normalerweise recht schnell um, so nah an den Kesseln meines Volkes wechselten sich Wolkenbrüche quasi im Minutentakt mit sonnigen Phasen ab und der Wind wehte zwar oft kräftig, aber das hier ... So schlimm war es noch nie gewesen. Seit meiner Begegnung mit dem *Anderen* beschlich mich ohnehin das Gefühl, dass irgendetwas vor sich ging. Etwas Wichtiges, das mit den Hexen zu tun haben musste ...

Als der Bus schließlich mit viertelstündiger Verspätung auftauchte und ächzend vor dem Wartehäuschen hielt, schoben wir uns rasch zwischen die anderen Schüler. Unsere Erleichterung über das Auftauchen des Busses hielt sich jedoch in Grenzen, als wir feststellten, dass es im Gedränge des überfüllten Innenraumes kaum noch Sauerstoff gab. Die Scheiben waren bereits komplett beschlagen. Noch dazu stand ich eingequetscht zwischen Fiona und einem Typen aus dem Basketball-Team, sodass ich selbst bei klarer Sicht nicht hätte rausgucken können.

Stattdessen blieb mir nichts anderes übrig, als an der Achsel der Sportskanone vorbei auf den schmalen Gang zwischen den Sitzreihen zu spähen, wo ich schließlich Vivien und Marie entdeckte. Beide waren ziemlich bleich um die Nase und zuckten bei jedem Stoppen und Schlingern des Busses (der Fahrer hatte offenbar Schwierigkeiten, seiner Route zu folgen) alarmiert zusammen. Tatsächlich schienen sie so sehr in ihren Gedanken gefangen zu sein, dass sie nicht einmal den Fünftklässlern um sich herum das Taschengeld abknöpften oder sie wenigstens so lange in die Rippen boxten, bis diese ihnen ihre Sitzplätze überließen.

Als Vivien dann, kurz bevor wir endlich die Schule erreichten, zufällig in meine Richtung schaute, wurde sie noch eine Spur blasser und hakte sich schutzsuchend bei Marie unter. Mit gesenkten Köpfen hasteten die beiden schließlich an mir vorbei ins Freie und ich wollte schon die Verfolgung aufnehmen, um ihnen irgendeine fadenscheinige Geschichte aufzutischen. Zum Beispiel von halluzinogenhaltigen Zigaretten, die ich ihnen gestern bei unserer Auseinandersetzung angeblich untergejubelt hätte oder so.

Doch dann bog ich um die Ecke und verschwendete plötzlich keinen einzigen Gedanken mehr an Marie oder Vivien, sondern blieb vor lauter Überraschung einfach stehen. Genau wie meine Mitschüler, die sich schockiert vor dem Schultor versammelt hatten.

Denn uns bot sich ein Bild der totalen Verwüstung.

Offenbar musste der Schulhof das Zentrum des Sturms gewesen sein. Überall lagen die zerbrochenen Schindeln des zur Hälfte abgedeckten Schuldachs herum, unzählige Bäume waren entwurzelt worden und wie Mikadostäbchen übereinandergepurzelt. Dazwischen ragten Teile der Fensterrahmen und eine aus den Angeln gerissene Tür hervor. Jemand, vermutlich der Hausmeister, hatte das gesamte Gelände notdürftig mit rot-weiß gestreiftem Flatterband abgesperrt. Daran hing ein Schild, auf dem stand, dass der Unterricht bis auf Weiteres leider entfallen müsse und die Sekretärin noch dabei sei, alle Eltern zu benachrichtigen.

In der Ferne war eine Sirene zu hören, die langsam lauter wurde.

»Vielleicht ist irgendwas explodiert«, vermutete ein Junge mit Kopfhörern in den Ohren und Kaugummi im Mund inmitten einer Gruppe Sechstklässler, die sich in einer Traube um das Flatterband gedrängt hatten. »Megacool, es dauert bestimmt Wochen, das alles zu reparieren.«

»Ob Schwimmen im Südbad dann auch nicht stattfindet?«, wollte ein Mädchen zu seiner Linken wissen und schlenkerte einen Sportbeutel.

»Eine defekte Gasleitung?«, überlegte derweil ein anderer Junge. »Oder kann das der Sturm gewesen sein?«

Ich nickte. »Sollte man nicht meinen, oder?«, murmelte ich mehr zu mir selbst als zu den rätselnden Unterstufenschülern. Noch immer starrte ich fassungslos auf das Chaos vor uns. Das konnte doch nicht wirklich passiert sein! Stand denn seit gestern die ganze Welt kopf? Diese Bäume waren jedenfalls nicht einfach nur von einer kräftigen Bö aus dem Erdreich gerissen worden. Ihre Rinden trugen Einkerbungen, wo etwas sie gepackt haben musste. Tiefe Striemen waren das, Spuren von … *Klauen*!

»Okay«, sagte Louisa zu mir und seufzte. »Wenn wir uns beeilen, erwischen wir den Bus zurück in zwei Minuten.« Fiona hatte sich natürlich längst zusammen mit Jonas aus dem Staub gemacht und auch Louisa hielt nichts an diesem Ort der Zerstörung. »Wie wäre es mit einem zweiten Frühstück und dann legen wir uns noch ein wenig hin?« Sie gähnte und versuchte, mich hinter sich herzuziehen.

Doch ich rührte mich nicht vom Fleck.

Auch nicht, als in diesem Moment unmittelbar hinter uns ein Löschzug der Feuerwehr hielt und die mit Motorsägen bewaffnete Mannschaft kurz darauf begann, alle versammelten Schüler fortzuscheuchen.

»Ich brauche noch ein bisschen frische Luft«, erklärte ich Louisa. »Fahr du ruhig schon, ich komme dann zu Fuß hinterher, ja?«

Louisa hob eine Augenbraue, als wollte sie etwas fragen. Mir war klar, dass ich noch ungesünder als sonst aussehen musste. Doch dann nickte sie und ließ mich los. »Sicher, bis später«, sagte sie. »Aber ruf mich an, falls dir wieder schwindelig wird oder so.«

Einen Herzschlag später verschwand sie in der Menge meiner menschlichen Mitschülerinnen und Mitschüler, die sich nun geballt auf die beiden ramponierten Bushaltestellen um die Ecke zuschoben.

Ich wandte mich erneut dem Unfassbaren zu.

Auch der Asphalt des Schulhofs trug tiefe Kratzspuren und sogar die Fassade war links neben dem Haupteingang zum Teil aufgerissen worden. Dabei schienen sich Tiefe und Breite der Kerben ein wenig voneinander zu unterscheiden, als wären mehrere Donnerdrachen am Werk gewesen. Zwei oder drei, vielleicht sogar vier, überlegte ich, während ich mich über das Flatterband beugte und die Augen zusammenkniff, um die Furchen besser begutachten zu können.

»Junge Dame, das gilt auch für dich«, riss mich einer der Feuerwehrmänner aus meinen Ermittlungen. Ich fuhr herum und sah mich einem imposanten Kerl mittleren Alters gegenüber. »Hier ist es nicht sicher. Der Rest des Dachs könnte jeden Moment einstürzen. Also ab mit dir«, erklärte er. »Außerdem brauchen wir Platz zum Arbeiten.«

»Ach so«, entgegnete ich. »Natürlich, äh, Entschuldigung. Dann werde ich mal …«

Mein Gestammel ging im Aufheulen seiner Motorsäge unter und ich brachte ein paar Schritte Abstand zwischen mich und die Absperrung. Für einen Moment tat ich sogar so, als wollte ich ebenfalls zum Bus gehen … Ich versicherte mich mit einem raschen Blick über die Schulter, dass der Typ mir nicht nachsah. Im nächsten Augenblick hechtete ich bereits zwischen zwei einsame (und seit heute Nacht noch dazu schrottreife) Autos auf dem Lehrerparkplatz. Durch eine zerbrochene Windschutzscheibe beobachtete ich, wie ein paar der Feuerwehrmänner weiteres Equipment abluden und Warnschilder aufstellten, während andere sich bereits mithilfe ihrer Motorsägen einen Weg auf das Gelände zu bahnen versuchten.

Schon bald würden die Spuren der Nacht unkenntlich sein, ich würde mich also ranhalten müssen. Mit der einen Hand zog ich das Haargummi um meinen hoffnungslos zotteligen Zopf fester, mit der anderen fuhr ich mir über die Augen, so als könnte ich dieses ganze Durcheinander einfach fortwischen. Als wäre das alles bloß ein weiterer wirrer Albtraum. Aber das war es nicht. Ich blinzelte und die Lage veränderte sich kein bisschen. Noch immer entdeckte ich überall um mich herum Hinweise auf Donnerdrachen. *Wütende* Donnerdrachen, um genau zu sein.

Was immer im Reich der Hexen vor sich ging, wenn die Biester sich tatsächlich bis hierher wagten, ohne dass sie jemand daran hinderte, musste es übel sein. Übel und gefährlich. Vielleicht war auch mein Versteckspiel an der Oberfläche in Gefahr?

Ich atmete aus. Sobald Donnerdrachen in den Gebieten der Menschen auftauchten, war jedenfalls nichts und niemand mehr sicher. Erst recht nicht jemand wie ich. Falls ich weiter unentdeckt bleiben wollte, musste ich also dringend herausfinden, was los war. Um meine Tarnung anzupassen und mich notfalls wenigstens verteidigen zu können …

In geduckter Haltung schlich ich hinter dem Auto entlang und sprintete kurz darauf in den schmalen Durchgang zwischen dem Schulgebäude und der Sporthalle. Hier gab es einen weiteren Eingang, der zum Sekretariat und zum Lehrerzimmer führte. Doch wenn man weiterging, gelangte man auf den Schulhof, und zwar aus genau entgegengesetzter Richtung zu den sich vorarbeitenden Feuerwehrmännern.

Auch hier lagen überall Dachziegel herum. Ganz zu schweigen von all den Bäumen und den Trümmern der zerschmetterten Tischtennisplatte. Ich kam nur langsam voran, musste den Kopf einziehen und klettern und riss mir die Hände an gesplittertem Holz und Steinen auf. Außerdem hielt ich immer wieder inne, um die Spuren der Donnerdrachen genauer zu betrachten.

Dabei fand ich nicht nur Kratzer, sondern auch Klauenabdrücke im Asphalt, als wäre dieser unter der Hitze eines Blitzes geschmolzen. Herrje, das da an der Tribüne des Sportplatzes, waren das etwa … *Bisse*? Und wieso, bei allen Kesseln, war der Ascheplatz so aufgewühlt, als hätte ein Maulwurf von der Größe eines Elefanten dort die Erde umgegraben?

Ich hatte davon gehört, dass Donnerdrachen auf hoher See zuweilen in Horden lebten. Aber unser Schulgelände erweckte nicht den Eindruck, als hätten die Biester auf der Durchreise nur eine Rast eingelegt. Nein, die Spuren erzählten eine andere Geschichte. Und auch wenn ich inzwischen gar nichts mehr verstand, nicht den blassesten Schimmer hatte, was das alles bedeutete, eines stand fest: Hier hatte es einen Kampf gegeben.

Und das machte mir eine Heidenangst.

Im Näherkommen erkannte ich, dass die Ränge am Rand des Sportplatzes nicht nur von Bissspuren gezeichnet, sondern darüber hinaus auch komplett niedergerissen worden waren. Wieder und wieder mussten die Donnerdrachen nach den hölzernen Bänken geschnappt haben. Die Sitzflächen waren kaum noch zu erahnen, selbst der Beton darunter war an vielen Stellen aus der Verankerung gerissen worden. Doch was hatte die Biester zu dieser Zerstörung getrieben? War es schlichte Raserei gewesen oder hatten sie dort gar etwas gesucht?

Ich bemerkte die Bewegung zunächst nur aus dem Augenwinkel. Jemand regte sich zwischen den Trümmern zu meiner Linken, etwa auf halber Höhe des Schuttberges, der einmal die Westtribüne gewesen war. Holz knackte, Betonkrümel rieselten zu Boden. Der Jemand hatte eher die Größe eines Menschen als eines Donnerdrachen.

Dennoch war mein erster Impuls natürlich zu fliehen.

Blindlings wirbelte ich herum und stürzte zurück in den schützenden Schatten zwischen den Gebäuden. Dort atmete ich tief durch, bevor ich vorsichtig um die Ecke lugte und den Jungen von gestern erkannte: Es war der kleinere der beiden Hexer, die den Donnerdrachen erlegt hatten. Er kroch gerade mitten aus einem Haufen Schutt hervor. Staub klebte in seinen Haaren, seine Kleidung hing in Fetzen an seinem mageren Körper und wo die dunklen Flecken auf dem Stoff herkamen, wollte ich lieber gar nicht erst wissen. Ächzend machte der Junge sich sogleich an einem der größeren Trümmer zu schaffen und versuchte, ihn zu bewegen. Jedoch ohne Erfolg.

War das, was die Donnerdrachen gesucht hatten, womöglich immer noch dort?

Mit aller Kraft zog und zerrte der Hexer nun an dem Ding, das vielleicht einmal Teil der Betonstufen in der Mitte der Tribüne gewesen war. Sein Kopf wurde vor Anstrengung unter all dem Schmutz rot. »Komm schon«, knurrte er. »Komm schon!«

Seine Stimme wirkte noch kindlicher als sein Äußeres. Tatsächlich verwandelte sich sein Knurren nach einer Weile in eine Art wütendes Schluchzen.

Ich konnte derweil nicht anders, als mich ein Stück aus meiner Deckung zu wagen und ihm zu nähern. Der Kleine hatte mir ohnehin den Rücken zugewandt und ich musste einfach wissen, was genau er da eigentlich vorhatte. Als Hexer hätte er schließlich den Wind herbeirufen können, um das schwere Trümmerstück zu bewegen. Doch er tat es nicht.

Stattdessen mühte er sich immer verzweifelter ab. »Beweg dich endlich«, raunzte er den Betonbrocken an. »Verdammt! Du musst durchhalten, Aaron! Ich hole dich raus. Hör nur nicht auf zu atmen, ja?«

Aaron? War das der zweite Hexer, dieser große, dunkelhaarige Typ? Hatte der Schutt ihn begraben?

Wie immer, wenn anderen Gefahr drohte, legte irgendetwas in meinem Innern einen Schalter um, der all meine Vernunft, all meine Vorsätze binnen eines Wimpernschlags verpuffen ließ. Eine Eigenschaft, die mich mehr als einmal in Schwierigkeiten gebracht hatte. Ich sollte es inzwischen also wirklich besser wissen ...

»Brauchst du Hilfe?«, hörte ich mich trotzdem bereits im nächsten Augenblick fragen.

Der Junge fuhr herum. »Ja, bitte!«, sagte er. »Kannst du mal mit anfassen? Mein Freund ist hier eingeklemmt.«

Ich stieg die letzten Meter zu ihm hinauf und entdeckte eine fast schwarze Haarsträhne zwischen den Holzsplittern. Ja, das musste der andere Hexer sein, eindeutig. Und offenbar blutete er, denn um die Strähne hatte sich eine glitschige rote Pfütze ausgebreitet.

»Ist er bei Bewusstsein?«, fragte ich, während ich meine Arme um den Betonbrocken schlang.

»Nein. Aber zumindest atmet er noch«, meinte der Junge. »Jedenfalls hoffe ich das«, fügte er düster hinzu.

»Okay«, sagte ich. »Bist du bereit? Dann bei drei. Eins – zwei – drei!«

»Drei!«, presste auch der Junge hervor.

Gemeinsam schafften wir es, den Brocken ein Stück anzuheben und schließlich von Aarons Brustkorb zu rollen. Zum Vorschein kamen ein von einer dicken Staubschicht bedecktes, auffallend ebenmäßig geschnittenes Gesicht sowie noch mehr Blut. Das Hemd des Hexers war zerrissen und seine muskulöse Schulter zierten grauenvolle Zahnabdrücke. Noch immer sickerte dunkles Rot aus der Wunde, bei jedem Herzschlag ein bisschen mehr. Eines der Ungeheuer musste ihn erwischt haben. Es war ein Wunder, dass er überhaupt noch lebte (und dass der Arm noch dran war). Doch seine Brust hob und senkte sich tatsächlich in regelmäßigen Abständen und außer der Bisswunde konnte ich keine weiteren Verletzungen erkennen.

»Ich rufe einen Krankenwagen«, sagte ich und kramte mein Handy hervor. Es war eines dieser uralten Teile, die man aufklappen und mit echten Tasten bedienen musste. Und ich brauchte immer noch erschreckend lange, um es zu benutzen. Die moderne Technik der Menschen war für mich nämlich fast genauso schlimm wie ihr leerer Himmel. Einfach komplett unverständlich. Ich starrte auf das Display und versuchte, mich daran zu erinnern, wie man das Mistding entsperrte.

»Nein«, meinte derweil der Kleine. »Danke, ich kümmere mich schon um ihn. Er … kann Krankenhäuser nicht leiden.«

»Aber die Wunde sollte unbedingt versorgt werden«, murmelte ich, den Blick immer noch auf das Handy in meiner Hand gerichtet. Musste man erst die Raute drücken oder …? Auch ich bezweifelte zwar, dass man in einem Menschenkrankenhaus wusste, wie man den Biss eines Donnerdrachen behandelte, aber offiziell hatte ich ja keine Ahnung, was diese beiden Jungen waren, geschweige denn, welche Art von Bestie sie angegriffen hatte. Und vielleicht war ja doch einer der Ärzte eingeweiht und konnte irgendwie gefrorenen Meerschaum organisieren?

Jedenfalls hatte ich mich bereits viel zu weit vorgewagt, indem ich überhaupt nur mit dem Kleinen redete. Unter allen Umständen musste er mich weiterhin für ein gewöhnliches Menschenmädchen halten und Menschen riefen eben Krankenwagen.

»Bitte.« Der junge Hexer legte eine schmutzige Hand auf meinen Arm. »Ich kriege das jetzt allein hin, versprochen.«

Ich musterte ihn einen Moment lang. In seinem Blick lag definitiv ein Anflug von Panik, doch er biss sich mit aller Kraft auf die Unterlippe, um sie vor mir zu verbergen. Mir fiel auf, dass da eine kleine Lücke zwischen seinen Vorderzähnen war, durch die er erleichtert die Luft ausstieß, als ich das Handy zuklappte und wieder einsteckte.

»Geht ihr eigentlich auf unsere Schule?«, fragte ich, weiter die Unwissende mimend. »Was ist denn überhaupt passiert?«

»Wir sind nur zum ... also eigentlich, um ...« Er räusperte sich. »Wir sind zu Besuch in der Stadt und waren die ganze Nacht über im Regen unterwegs«, erklärte der Hexer, während er begann, seinen reglosen Freund von Holzsplittern zu befreien. »Zufällig haben wir hier ein paar, äh, Bekannte getroffen und dann wurden wir leider von diesem, äh, *Anderen*, äh, ich meine natürlich von diesem krassen Unwetter überrumpelt.«

Ich nickte. Offenbar war er noch nicht häufig an der Oberfläche gewesen und es nicht gewohnt, sich unauffällig in der Menschenwelt zu bewegen. Ich zog mein Sweatshirt über den Kopf und reichte es ihm. »Versuch, die Wunde damit abzubinden, wir müssen den Blutverlust eindämmen«, sagte ich. »Und außerdem soll die Seeklinik, das ist das Krankenhaus in der Nähe des alten Leuchtturms, sehr gut sein. Vielleicht überlegst du es dir ja.«

Beim Wort »Leuchtturm« hatte sich der Ausdruck im Gesicht des Kleinen verändert. Neue Hoffnung flammte auf einmal in seinen runden braunen Augen auf. »Dann werde ich Aaron dorthin bringen. Hab Dank für deine Hilfe, Menschenmädchen.«

Ich zuckte mit den Achseln und tat so, als hätte ich das »Menschenmädchen« nicht registriert. »Gern geschehen. Aber darf ich fragen, mit was für Bekannten man sich mitten in der Nacht ausgerechnet an unserer Schule trifft?«

»Och, n…nur ein paar …«

Aaron stöhnte auf. Seine Lider flatterten und die Hand seines gesunden Arms zuckte, als wollte er nach einer unsichtbaren Blitzklinge greifen. »Die Drachen«, wisperte er heiser.

Der kleine Hexer räusperte sich.

Doch Aaron fuhr fort: »Damian, hilf mir, beeil dich. Wir müssen die Drachen davon abhal–«

»Oh, super. Er kommt zu sich«, sagte der Junge eine Spur zu laut. »Wir, äh, kriegen das dann ab jetzt wirklich ohne dich hin.« Er schob sich vor seinen Freund, um mir die Sicht zu versperren.

Auf der einen Seite wäre es bestimmt klug gewesen, schleunigst zu verschwinden. Bevor ich mich noch verplapperte oder einer der beiden sich womöglich an die verräterische Prinzessin mit dem spitzen Gesicht erinnerte ... Aber andererseits hielten sie mich für ein normales Menschenmädchen, nicht wahr? Da würde es doch sicher nicht schaden, nur noch einen Moment zu bleiben und ein paar unschuldige Fragen zu stellen. Diese Typen hatten die Biester bekämpft und ... in die Flucht geschlagen? Sie mussten einfach mehr über diese ganze Sache wissen!

»Also hat euch der Sturm ganz plötzlich überrascht oder –«, begann ich.

»Es war ein Hinterhalt«, nuschelte der gut aussehende Hüne und hustete. »Eigentlich sind wir Sturmjäger. Wir waren auf dem Weg in die Tiefe, um knapp einhundert Blitzklingen auszuliefern. Aber dann entdeckten wir gestern mitten in der Stadt dieses Rudel Donnerdr–«

»Herrje, er redet wirres Zeug«, unterbrach Damian ihn. »Wahrscheinlich hat ihn der Betonklotz auch noch am Kopf getroffen.«

Aaron linste benommen an den Beinen des Kleinen vorbei und es sah beinahe so aus, als zwinkerte er mir zu. »Oh, hallo! Wir kennen uns doch, oder?«

»Nein«, sagte ich. »Und das ist außerdem der älteste Spruch der Welt.«

Er schloss die Augen und lächelte schwach. »Hast recht, auf meiner Prioritätenliste sollte wohl gerade anderes stehen.

Zum Beispiel, dass ich ohne Meerschaum bald verbluten werde. Oder zumindest die Frage, wer diese Drachenköder am Strand –«

»*Drachenköder?*«, entfuhr es mir, während Damian gleichzeitig »Aaron!« rief und seinem Freund schockiert einen Stoß in die Seite verpasste. »Sie ist ein *Mensch*!«

Drachenköder. Mir wurde schwindelig. Ich hatte davon gehört. Natürlich. Unsere Vorfahren hatten sie einst verwendet, um die Rudel auf die See hinauszulocken. Doch nun hatte jemand es andersherum gemacht und die Bestien auf eine Stadt losgelassen? Wer würde denn so etwas Schreckliches tun? Warum? Und wenn ich mich richtig erinnerte, brauchte man für die Herstellung eines solchen Köders mehr als nur ein einziges Blutopfer …

Aaron versuchte, sich hochzustemmen. »Verdammt, findest du nicht, dass ich schon angeschlagen genug bin?«, blaffte er Damian an und rieb sich den rechten Rippenbogen.

»Halt einfach die Klappe, Mann! Sie ist keine von uns und –«

»Nicht?«

»Äh, also, ich habe echt keine Ahnung, wovon du da sprichst«, beeilte ich mich zu sagen. »Außerdem muss ich los, mein, na ja, mein Bus kommt gleich.«

Ich wollte mich zum Gehen wenden, doch etwas an Aarons Ausdruck hielt mich davon ab. War das etwa Belustigung, die da über seine Züge flackerte? Wenn er grinste, wurde sein Gesicht leicht asymmetrisch, weniger perfekt, aber auch offener. Er bekam da so ein charmantes Grübchen auf der linken Wange und … Ich schüttelte den Kopf, um diesen unsinnigen Gedanken zu vertreiben.

»Nun ja.« Er räusperte sich. »Wäre ich gerade nicht halb tot, hätte ich mir definitiv einen besseren Spruch für dich einfallen lassen«, sagte er und presste meinen Pullover mit seiner gesunden Hand fester auf die Wunde. Für einen Moment schien er Mühe zu haben, bei Bewusstsein zu bleiben, dann fing er sich jedoch wieder. »Aber mal im Ernst, wir sind uns wirklich schon begegnet, stimmt's?«, fuhr er flach atmend fort. Das Grinsen war verschwunden.

Intuitiv machte ich einen Schritt rückwärts. »Tut mir leid, du musst mich wohl verwechseln«, murmelte ich und biss mir auf die Lippe.

Verdammt, verdammt, verdammt!

Wie konnte es sein, dass ich viereinhalb Jahre lang die perfekte Tarnung aufrechterhielt und nun innerhalb von zwei Tagen plötzlich alles zunichtemachte? Na gut, ich hatte bei der Wahl meines Verstecks nicht damit rechnen können, dass Stürme dieser Art jemals das Festland heimsuchen würden, allerdings –

»Gestern in der Unterführung, das warst doch du an der Treppe!« Aaron runzelte die Stirn. »Wieso bist du abgehauen? Wir hätten deine Hilfe gut gebrauchen können. Das Vieh hatte, wie du hier siehst, noch ein paar Freunde dabei, die gar nicht erfreut –«

»SIE IST KEINE HEXE!«, brüllte Damian und sah so aus,

als hätte er seinen Freund am liebsten k. o. geschlagen, traute sich jedoch nicht, weil das Aaron wohl endgültig den Rest gegeben hätte.

»Und wie konnte sie dann den Ostwind befehligen?«, erkundigte sich Aaron.

Nein!

Ich taumelte weiter nach hinten, fort von den beiden. Ich musste weg, nichts war mehr sicher. Wenn sie wussten, was ich war, dann wäre es nur noch eine Frage der Zeit, bis sie erkannten, wen sie vor sich hatten. Oder?

»Was?«, fragte Damian. »Das soll *sie* gewesen sein?«

»Also, ich habe ihn gestern Nachmittag jedenfalls nicht herbeigerufen und du –«

Damian schnaubte.

»Entschuldigt, aber ich verstehe immer noch nicht …«, log ich mehr schlecht als recht. »Ach, vergesst es. Geht einfach ins Krankenhaus und lasst diese Wunde versorgen.« Ich wandte mich zum Gehen.

»Warte!«, rief Aaron. »Bist du sicher, dass *du* heute Nacht nichts auf den Kopf bekommen hast? Ich meine, ich bin doch nicht blöd. Ich habe dich gestern gesehen und heute tauchst du schon wieder an einem Ort auf, an dem ein *Anderer* gewütet hat. Soll das etwa ein Zufall sein?«

»Ich … nein … ich …«, stotterte ich, dann gab ich es auf. Statt zu antworten, stürzte ich einfach davon, vorbei an den Überresten der Tribünen und zurück in den Durchgang zwischen den Gebäuden. Das hier war viel zu viel. Und viel zu gefährlich. Was war nur in mich gefahren? Ich durfte nicht mit diesen Typen reden! Hexer! Meinesgleichen! Ich musste den Verstand verloren haben.

»Wer bist du?«, versuchte es Aaron weiter, doch Damian redete bereits auf ihn ein. Ich bog um die Ecke der Sporthalle und seine Worte gingen im Dröhnen der Motorsägen unter, die sich nun auch hier ihren Weg durch das Dickicht zu fressen schienen. Das Geräusch schwoll mit jedem meiner Schritte weiter an, bis ich schließlich den Lehrerparkplatz erreichte und einen ganzen Haufen Feuerwehrmänner vor mir fand.

Beinahe hätte ich ausgerechnet den Typen umgerannt, der mich bereits vor dem Haupteingang davongescheucht hatte. »Verdammt, ich dachte, ich hätte mich klar ausgedrückt!«, schrie er mich nun an. »Mädchen, du musst von hier verschwinden!«

»Ich weiß«, keuchte ich und lief schon im nächsten Moment die Straße hinunter, als ginge es um mein Leben.

Leider standen die Chancen gut, dass es tatsächlich so war.

5

Tanzende Wellen

*M*an sollte meinen, dass Fiona, Louisa und ich durchaus in der Lage wären, uns einen Vormittag lang allein zu beschäftigen. Wir waren schließlich keine Kinder mehr. Und wir starben sicher nicht gleich vor Langeweile, wenn mal die Schule ausfiel. In meiner Heimat am Meeresgrund hätten wir in unserem Alter als volljährige Erwachsene gegolten und nicht einmal mehr eine Schule besucht. Geschweige denn, dass man Hexen über zwölf Jahre überhaupt irgendwie pädagogisch betreut hätte. Warum auch, wir konnten doch längst auf uns selbst aufpassen.

Die Menschen, die in vielem anders dachten als die Hexen, sahen das natürlich nicht so. Allen voran Andreas, der noch dazu Spaß daran hatte, uns zu Dingen zu zwingen, die wir nicht tun wollten.

»Och, aber warum denn ausgerechnet Brettspiele?«, murrte Louisa gerade im Wohnzimmer, als ich die WG betrat. »Können wir nicht einfach auf unsere Zimmer gehen? Oder wenigstens einen Film gucken oder so? Ich hasse *Mensch ärgere dich nicht*.«

»Dann fangt ihr eben mit einem Kartenspiel an.« Andreas warf ein Päckchen Spielkarten auf den niedrigen Couchtisch.

Louisa und Fiona, die beide auf dem Sofa herumlümmelten, rührten sich nicht.

»Los, ein paar Runden *Mau-Mau*! Das ist doch wohl nicht zu viel verlangt.«

»Doch«, murmelte Fiona. Sie hielt ihr Handy in der Hand und die Augen fest auf das Display gerichtet.

»Louisa, du mischst. Und jetzt keine Diskussion mehr. Ah, Robin, da bist du ja endlich! Setz dich.« Andreas deutete auf den Sessel ihm gegenüber.

»Nein, danke«, brummte ich und wandte mich in Richtung meines Zimmers.

»Das war keine Frage.«

Ich seufzte. Donnerdrachen nahmen unsere Stadt auseinander und ein Hexer hatte erkannt, was ich war! Ich hatte wirklich keinen Nerv, ein dummes Spiel zu spielen.

»Tut mir leid, aber ich habe im Moment andere Probleme«, sagte ich und verließ den Raum, während Andreas hinter mir hörbar nach Luft schnappte.

»Ihr werdet jetzt, verdammt noch mal –«, begann er, doch ich ignorierte ihn.

Zielstrebig durchquerte ich den Flur. Bereits auf dem Weg hierher hatte ich mit dem Gedanken gespielt, jetzt meinen

Kram zusammenzupacken, mir Bo mitsamt Goldfischglas unter den Arm zu klemmen und dann schnurstracks zum Bahnhof zu gehen, um die Stadt zu verlassen. Es würde natürlich nicht leicht sein, sich eine komplett neue Identität zu erschwindeln. Vermutlich müsste ich zumindest wieder für eine Weile das Leben einer Obdachlosen führen. Zu einer wirklichen Entscheidung war ich daher noch nicht gekommen.

Aber allein die Erinnerung daran, wie Aaron mich gemustert und mich auf den Ostwind angesprochen hatte … konnte ich es überhaupt riskieren hierzubleiben? Gab es noch eine Chance, das zu behalten, was ich mir aufgebaut hatte? Oder war es an der Zeit weiterzuziehen? *Durfte* ich einfach so weiterziehen, wenn derart grauenvolle Dinge wie *Andere* begannen, dem Meer zu entsteigen und die Menschen um mich herum zu bedrohen?

In jedem Fall brauchte ich Ruhe, um alles gegeneinander abzuwägen. Ruhe und die Chance, wieder einen klaren Kopf zu bekommen. Und keine dämlichen Erziehungsmaßnahmen.

Doch dann erreichte ich meine Tür und rüttelte schon im nächsten Moment vergeblich an der Klinke.

»Andreas hat unsere Zimmer abgeschlossen!«, rief Louisa aus dem Wohnzimmer und nun war ich diejenige, die scharf die Luft einsog. Wie albern war das denn?

Ich kehrte zu den anderen zurück. »Darf ich bitte in mein Zimmer?«, fragte ich genervt.

»Sorry, aber gerade steht eine Gemeinschaftsaktivität auf dem Programm und die ist nun einmal verpflichtend.« Andreas lächelte eine Spur zu süffisant. »Es muss doch möglich sein, dass ihr euch mal für eine halbe Stunde miteinander beschäftigt anstatt mit euren Smartphones.«

Ha, das musste gerade er sagen! Meine Hände ballten sich zu Fäusten. Ich schloss für einen Moment die Augen und atmete tief durch. »Ich habe nicht einmal ein Smartphone«, sagte ich schließlich leise. »Und außerdem möchte ich bitte, bitte einfach nur allein sein und eine Lösung für … *etwas* finden.«

»Ach?« Andreas hob die Brauen. »Geht es um einen Jungen?«, fragte er. »Hast du Liebeskummer?« Er seufzte theatralisch.

»Nein«, sagte ich, verdrehte die Augen und sank in den Sessel. Am liebsten wäre ich ins Bad gestürmt und hätte die Tür hinter mir zugeknallt. Etwas in mir drängte sogar immer noch danach, aus der Wohnung zu stürzen und so weit wegzulaufen, wie ich nur konnte. Zu meiner Rolle der Jugendlichen mit sozialen Problemen hätte so ein Verhalten durchaus gepasst …

Dummerweise war es immer schlecht, die Nerven zu verlieren. Besonders wenn die Situation sowieso schon äußerste Vorsicht verlangte. Außerdem war ich nicht der Typ, der eine Szene machte, ich war vielmehr diejenige, die ihre Fähigkeit, unter dem Radar zu fliegen, mit den Jahren perfektioniert hatte. Nur so hatte ich mich an dieses Leben anpassen können, das so ganz und gar anders als alles war, das ich in meiner Kindheit kennengelernt hatte. Je mehr Ärger man machte, umso mehr Fragen begannen die Leute zu stellen …

»Ich … na gut, ich …« Ich senkte die Lider und atmete aus. Verdammtes Wohngruppenleben! »Dann kümmere ich mich eben später darum«, gab ich schließlich klein bei, schnappte mir die Karten und fing an zu mischen.

Erst etwa eine Stunde später erlöste uns Andreas endlich von den Qualen des Spiels. »Na, seht ihr, das hat doch Spaß gemacht, oder?«, fragte er in die Runde und überreichte jeder von uns ihren Zimmerschlüssel, als wäre es ein Preis.

Zur Antwort unterdrückte Louisa ein Gähnen und Fiona verließ wortlos den Raum. Auch ich erhob mich, allerdings hatten sich meine Pläne inzwischen geändert. Sooo furchtbar war das aufgezwungene *Mau-Mau* nämlich ehrlich gesagt nicht gewesen. Wir alle hatten während des Spielens kaum miteinander gesprochen und das sich immer wiederholende Legen und Ziehen von Karten hatte irgendwie etwas Meditatives gehabt. Zumindest waren meine Gedanken für eine Weile abgeschweift und das hatte mich wohl endgültig vor einer Kurzschlussreaktion bewahrt.

Meine Panik war innerhalb der letzten Stunde sogar beinahe wieder auf ihr übliches Level gesunken. Offensichtlich hatte ich ein Leben, in dem ich *Mau-Mau* spielen und mich mit einem unsympathischen Sozialarbeiter streiten konnte! War ich nicht inzwischen wirklich nur noch Robin, das Menschenmädchen? Damian hatte nicht eine Sekunde daran gezweifelt, oder? Er hatte mir meine Ahnungslosigkeit zu einhundert Prozent abgekauft.

Und auch wenn dieser Aaron die Überreste der Hexe in mir bemerkt hatte, er war verletzt und vermutlich verwirrt gewesen. Zusätzlich zum Blutverlust hatte er die halbe Nacht unter diesem Betonblock gelegen. Bestimmt hatte dabei auch sein Schädel etwas abbekommen. War es angesichts all dessen nicht sogar sehr wahrscheinlich, dass er mich mittlerweile längst wieder vergessen hatte?

Außerdem würden wir einander eh nie wiedersehen.

Statt also kopflos in mein Zimmer zu hasten und meine Sachen aus den Schränken zu rupfen, angelte ich mir nun, kaum dass Andreas uns entlassen hatte, einen Apfel aus der Schale auf der Anrichte und meinen Schal von der Garderobe, dann war ich auch schon an der Wohnungstür.

»Nanu?«, murmelte Andreas. »Ich dachte, du wolltest unbedingt auf deinem Bett liegen und traurige Liebesgedichte schreiben?«

»Hab's mir anders überlegt.« Ich zuckte mit den Achseln. »Du weißt doch, wir Teenager ändern unsere Stimmung quasi im Minutentakt.«

»Haha«, machte Andreas und tippte auf seinem Handy, während ich ins Treppenhaus hinaustrat.

Draußen hatte es wieder angefangen zu nieseln und der Wind blies frisch aus nordöstlicher Richtung. Aber das störte mich kaum. Ich biss in den Apfel und schlug den sandigen Pfad ein, der vom ehemaligen Pfarrhaus aus durch die Dünen bis zum Strand hinunterführte. Das Grollen der Wellen war dabei wie immer Musik in meinen Ohren und der süßliche Geschmack des Apfels in meinem Mund beruhigte mich zusätzlich.

Obwohl das Novemberwetter eigentlich nicht dazu einlud, zog ich Schuhe und Strümpfe aus, noch bevor die See in Sichtweite kam. Das letzte Stück des geschlängelten Weges rannte ich barfuß über hölzerne Bohlen und Grasbüschel. Dann versanken meine Zehen endlich im Sand und mein Blick hing an den schiefergrauen Wogen des Ozeans.

Heimat.

Der Geruch von Salz und Seetang stieg mir in die Nase und winzige Tröpfchen der aufgepeitschten Gischt prickelten auf meinen Wangen. Ich konnte das Wasser gar nicht schnell genug erreichen. Wie immer lockte mich das Meer zu sich, rief in mir den Drang hervor, mich einfach hineinzustürzen. Jetzt sofort. In Jeans und Anorak, obwohl die Wellen eisig sein mussten.

Wann immer ich die See erblickte, hatte ich das Gefühl, die Kuppelstädte meiner Mutter unter den wogenden, schillernden Wassern erahnen zu können. Das stimmte natürlich nicht. Die Paläste der Tiefe waren kilometerweit von der Küste entfernt, lagen gut verborgen in den Schluchten und Abgründen des Meeresbodens und die Reise nach Atlantis dauerte selbst in den besten Kesselbooten mehrere Tage. Dennoch bedeckten dieselben Fluten, die hier über den Sand tanzten, auch Fels, Korallen und Muschelkristall des versunkenen Königreichs. Dieselben Fluten, die den Eisglashimmel über den Köpfen meiner Schwestern schützten, kitzelten jetzt gerade vorwitzig die Spitzen meiner Zehen.

Abgesehen davon war die Kälte des Wassers eine Wohltat für meine geschundenen Füße. Auch wenn wir immer noch Menschen waren, unsere Hexenkörper hatten im Laufe der Jahrhunderte ganz langsam angefangen, sich an die Lebensbedingungen unter dem Meer anzupassen. Die Evolution war bereits am Werk. Noch waren es natürlich winzige Veränderungen, kaum der Rede wert, aber doch spürbar: Kälte und Dunkelheit machten uns von Generation zu Generation weniger aus, ebenso wie der Wasserdruck uns nicht mehr schadete. Im Gegenteil: Wenn wir uns zu lange an Land aufhielten, begannen unsere Füße sogar dann und wann zu bluten, weil unsere Haut viel zu dünn und zart war.

In der Regel gab es daher stets irgendeine Stelle an meinen Fersen oder meinen Sohlen, die ich mir wundgescheuert hatte. Als bekäme ich andauernd Blasen von neuen Schuhen, obwohl ich immer nur meine ausgetretenen Sneakers trug. Wie gesagt, es war nichts Dramatisches, man konnte damit leben. Aber es tat so gut, nun durch die Brandung zu laufen!

Ich hatte meine Hosenbeine hochgekrempelt und wanderte langsam am Ufer entlang Richtung stadtauswärts. Irgendwo hinter mir, wo die Dünen zu felsigen Klippen anstiegen und zum Glück längst nicht in Sichtweite, thronte der alte Leuchtturm. Ob Aaron und Damian gerade dort waren und um ein Muschelhorn voller gefrorenen Meerschaums feilschten?

Wenn sie schlau waren, verbargen sie Aarons Wunde vor den Händlern, damit die nicht erkannten, wie dringend er auf das Heilmittel angewiesen war. Aber da die beiden behauptet hatten, Sturmjäger zu sein, verstanden sie sich vermutlich aufs Handeln.

Und ich, ich verstand mich darauf, im Verborgenen zu bleiben.

Die Wellen umspielten meine Knöchel und meine Zehen gruben sich bei jedem Schritt in die glitschige Mischung aus nassem Sand, Algen und Muschelscherben. Ich saugte die Seeluft gierig in meine Lunge und spürte förmlich, wie sich der Sturm meiner Ängste und Gedanken bei jedem Atemzug weiter legte.

Ich würde also hier bleiben.

Das Wasser um mich herum glitzerte, wo vereinzelte Sonnenstrahlen durch die Wolkendecke brachen, als begrüßte es meine Entscheidung.

Das Ganze war selbstverständlich nicht ungefährlich. Der Gebrauch meiner Magie stellte den bisherigen Tiefpunkt meines neuen Lebens dar. Eine unverzeihliche Dummheit, ein Verstoß gegen die wichtigste Regel von allen. Doch wie ich es auch drehte und wendete, die Vorstellung, erneut alles aufzugeben und zu fliehen, erschien mir beinahe genauso grausam wie die Möglichkeit, nach all den Jahren von meiner Familie gefunden zu werden. Und außerdem ... Das heute war das erste Mal seit meiner Flucht aus dem Palast gewesen, dass ich mit meinesgleichen gesprochen hatte. Die beiden Hexer hatten mir direkt ins Gesicht gesehen, waren nur eine Armeslänge von mir entfernt gewesen. Aber keiner von ihnen hatte in mir Undina, die siebte Prinzessin, erkannt.

Es kam mir vor wie ein Wunder, doch womöglich war ich mit der Zeit einfach ein bisschen paranoid geworden. Überraschend wäre das bei meiner Vergangenheit jedenfalls nicht.

Ich wirbelte mehr und mehr Wasser auf, während ich nun zügiger voranschritt, als wäre mir plötzlich eine Last von den Schultern gefallen. Weil da eine Hoffnung in mir wuchs, mit der ich nie gerechnet hätte.

Bisher hatte ich immer angenommen, dass selbst die Haarfärbung und die Tatsache, dass ich in den letzten Jahren etwa dreißig Zentimeter gewachsen war, niemanden wirklich täuschen könnten. Mein Gesicht war schließlich für eine lange Zeit auf jede Hagelmünze und jeden ozeanischen Orden geprägt worden. Aber ich hatte mich wohl stärker verändert, als ich geglaubt hatte, und vermutlich –

Etwas Spitzes bohrte sich in meinen rechten Fußballen.

Erschrocken machte ich einen Satz nach hinten, doch zu spät: Blut färbte das Wasser für einen Moment rötlich, meine empfindliche Sohle brannte trotz des kühlen Meeres und das, was da vor mir aus dem Schlick ragte, als sich die Brandung zurückzog, jagte mir einen Schauer über den Rücken. Mit einem Mal begann ich doch zu frieren. Eine Kälte, die nichts mit dem Wasser oder dem Wind zu tun hatte, fraß sich in meine Magengrube.

Auf den ersten Blick hätte man das Ding für ein Bündel Seetang halten können, in dem sich ein paar Muscheln und Stücke von Treibholz verfangen hatten. Die Menschen wären wohl einfach daran vorbeigegangen. Doch die Algen hatten sich nicht bloß in den Strömungen der Tiefe ineinander verheddert: Sie waren sehr sorgfältig miteinander verknotet worden. Sieben mal sieben Knoten, darauf wettete ich, auch ohne nachzuzählen. Und das waren auch keine Muscheln oder Holzsplitter, die jemand wie Perlen auf die Pflanzenschlingen gefädelt hatte, sondern Knochen. Viele Knochen von unterschiedlicher Größe, längere und kürzere, allesamt glänzend poliert und nadelspitz zugefeilt.

Spitz wie die Zähne eines Donnerdrachen.

Ich schluckte und tat noch einen Schritt nach hinten.

Ein Köder. Die Hexer hatten also nicht gelogen. Jemand versuchte tatsächlich, die *Anderen* mit Absicht an Land zu locken!

Es war Wahnsinn.

So etwas hatte es in der Geschichte der Wetterhexen noch nie zuvor gegeben! Wer würde gegen das oberste Gesetz unseres Volkes verstoßen und vorsätzlich Menschen in Gefahr bringen?

Wer wagte es, sieben mal sieben Opfer ... Blutmagie war verboten, sie war dunkel und gefährlich. Mit ihrer Hilfe konnten starke Zauber gewoben werden, denn sie verstärkte die angeborenen Kräfte einer Hexe. Allerdings nur, wenn man bereit war, eine entsprechende Anzahl an Meeresbewohnern zu töten. Je mehr und je größere Wesen es waren, umso mächtiger die Beschwörung.

Ich fröstelte nun so sehr, dass ich zu zittern begann, während der Köder noch immer vor mir im Sand prangte, eine unaussprechliche Abscheulichkeit, hässlich und böse.

Er musste zerstört werden. Umgehend.

Nein!

Ich seufzte. Das ging nicht. Auf keinen Fall konnte ich schon wieder eine Ausnahme machen und meine Magie benutzen. Verdammt, ich durfte nicht so dumm sein! Es musste eine andere Lösung geben und solange sich kein Mensch in akuter Lebensgefahr befand, konnte ich danach suchen. Ich würde in Ruhe darüber nachdenken und früher oder später ... Ja, mir würde schon etwas anderes einfallen!

Ich presste die Kiefer aufeinander, kehrte dem Drachenköder den Rücken und wäre einen Herzschlag später beinahe mit Aaron zusammengestoßen.

»Huch, du hast es aber eilig«, sagte er.

Während ich versuchte, mein Gleichgewicht wiederzufinden, wanderte sein Blick langsam an mir auf und ab.

»Wie ...?«, stammelte ich schließlich und starrte ihn ebenfalls an.

Er hatte seine Kleidung gewechselt, statt des zerrissenen Hemdes trug er nun einen Wollpullover. Die Hose hatte er mittlerweile gegen eine helle Jeans eingetauscht und sein Haar glänzte, als wäre es frisch gewaschen. Nur die Stiefel an seinen Füßen waren immer noch schmutzig und mit Salz verkrustet, als wäre er damit bereits viele, viele Male durch die Brandung gestapft.

»Hi«, sagte Damian, der hinter ihm stand. Auch er war sauber und ordentlich gekleidet.

Als wäre überhaupt nichts geschehen ...

»Hallo, äh ...« Ich wandte mich wieder an Aaron. »W...was ist mit deiner Verletzung?«, fragte ich und deutete auf die Stelle, wo sich die Bisswunde unter seinem Ärmel verbergen musste.

Er zuckte mit den Achseln. »Geheilt natürlich.«

Mein Mund klappte auf und wieder zu. »Aber wie kann das sein?«

Es war keine drei Stunden her, dass ich die beiden auf dem Sportplatz zurückgelassen hatte. Wie waren die Hexer so rasch an den nötigen Meerschaum gekommen? Selbst wenn sie im alten Leuchtturm gleich an den richtigen Händler geraten und sich mit ihm einig geworden wären ... es hätte mindestens eine Nacht gedauert, den gefrorenen Schaum aus dem Nordatlantik herbeizuschaffen.

»Wenn man gute Beziehungen hat, geht so manches schneller als gewöhnlich«, war Aarons kryptische Erklärung. »Danke, dass du Damian heute früh geholfen hast.« Er spähte über meine Schulter und zuckte im gleichen Augenblick kaum merklich zusammen. »Ah, ich sehe, du bist auf einen weiteren Köder gestoßen.«

»Tut mir leid, ich weiß wirklich nicht, was –«, begann ich, doch er fiel mir ins Wort.

»Aber du hast gar nichts dagegen unternommen ...« Er kniff die Augen zusammen und musterte mich erneut, gründlicher jetzt. Seine Brauen schoben sich hoch. »Wolltest du ihn etwa einfach liegen lassen?« Vorhin hatte bei meinem Anblick noch der Anflug eines Lächelns in seinem Mundwinkel gehangen, doch nun war es plötzlich wie fortgewischt. »Oder hast du ihn gerade dort ausgelegt? Tust du deshalb so, als wärst du keine von uns?«, fragte Aaron scharf. »Ist das deine Masche?«

»Nein!«, rief ich und schüttelte den Kopf. »So etwas würde ich niemals machen! Und ich habe keine *Masche*.«

Wie unverschämt war dieser Typ eigentlich?

»Hm ...« Er verschränkte die Arme vor der Brust. In seinen honigfarbenen Augen blitzte es, unmöglich zu sagen, ob vor Argwohn oder Neugierde. »Nun, wer bist du dann, mysteriöse Hexe, die immer zufällig gerade dort auftaucht, wo ein paar ganz und gar vom Pfad abgekommene Donnerdrachen ihr Unwesen treiben?«

Verdammt! Röte schoss mir ins Gesicht. »Ich ... ich«, stotterte ich und spürte im selben Moment, wie die See, die meine Knöchel noch immer umspielte, mir neue Kraft gab. »Mein Name ist Roberta«, log ich schließlich und senkte den Blick. »Aber alle nennen mich Robin. Ich stamme aus dem Ostmeer. Vor ein paar Jahren zerstörte eines der Unwetter dort die Kuppel über unserem Dorf. Mein gesamter Clan kam dabei ums Leben, nur ich wurde an Land gespült und von den Menschen gefunden. Sie nahmen mich bei sich auf und seitdem tue ich so, als wäre ich eine von ihnen, weil …« Ich sah ihm in die Augen. »Na ja, weil alle, die mir etwas bedeutet haben, tot sind und ich nach dieser schrecklichen Nacht nichts mehr mit den Wettern oder der Welt der Hexen zu tun haben will«, presste ich hervor. Ich musste mich nicht einmal anstrengen, ein trauriges Gesicht aufzusetzen, obwohl ich mir das alles gerade aus den Fingern gesogen hatte. Meine Familie war schließlich wie tot für mich.

Und ich für sie.

»Oh«, machte Damian. »Das … tut mir leid. Meine Eltern sind auch gestorben.«

»Ja«, sagte Aaron, seine Lippen bildeten eine schmale Linie. »Trotzdem lockst du deshalb noch lange keine Donnerdrachen an Land, oder, Damian?«

Ich funkelte ihn an, jegliche Traurigkeit schlug augenblicklich in Zorn um. »Wie kannst du es wagen, mir so etwas zu unterstellen?«

»Nun, zuerst treffen wir dich in dieser Unterführung inmitten eines *Anderen*. Dann tauchst du am nächsten Morgen genau dort auf, wo mehrere Donnerdrachen versucht haben, uns umzubringen. Und jetzt erwischen wir dich hier mit einem Köder.« Aaron schüttelte den Kopf. »Robin, Robin, was denkst du denn, wie das für uns aussieht?«

»Also, erstens habe ich gestern gegen den *Anderen* gekämpft, und zwar um mein Leben, falls es dir nicht aufgefallen ist.« Ich richtete mich zu meiner vollen Größe auf. »Zweitens wart ihr heute Morgen an *meiner* Schule und ich war bloß auf dem Weg zum Unterricht. Und drittens habe ich diesen Köder gerade nur zufällig gefunden und war noch am Überlegen, wie ich ihn unschädlich mache.«

»Ganz schön viele Zufälle«, brummte Aaron.

»Tja.« Inzwischen ging der Kerl mir wirklich auf die Nerven. »Dann glaubt mir eben nicht. Allerdings finde ich es viel komischer, dass ihr beiden innerhalb von nicht einmal 24 Stunden ganze drei Mal in meiner Nähe auftaucht«, ging ich nun meinerseits in die Offensive.

»Wir handeln im Auftrag Ihrer Majestät der Tiefe«, sagte Aaron, als wäre allein das Erklärung genug. »Wir jagen Blitzklingen für die Königin und du weißt sicher, aus welcher Art von Stürmen die besten und schärfsten Waffen geschmiedet werden können. Aber natürlich wundern wir uns auch, warum die Biester plötzlich an Land kommen. Deshalb suchen wir die Küste nach Ködern ab und zerstören sie.«

»Toll«, zischte ich und unterdrückte ein Schaudern. Ihre Majestät der Tiefe, meine Mutter höchstpersönlich! Verdammt! Ich versuchte, mich möglichst lässig zum Gehen zu wenden. »Wenn das so ist, dann macht doch am besten gleich hier weiter. Viel Spaß!«

Ich wollte die Hexer stehen lassen, doch dieses Mal hatten sie offenbar mit einem Fluchtversuch meinerseits gerechnet. Noch ehe ich mich an ihnen vorbeischieben konnte, hatte Damian mich gepackt und verdrehte mir derart die Arme auf den Rücken, dass es wehtat. Er war zwar kleiner als ich, aber eindeutig kräftiger.

»Lass mich sofort los!« Ich wand mich hin und her, versuchte vergeblich, mich zu befreien.

»Nicht so schnell«, sagte Aaron und stand plötzlich sehr nah vor mir. Sein Blick bohrte sich in meinen und ich konnte die dunkelbraunen Sprenkel in seiner Iris erkennen. »Robin aus dem Ostmeer«, murmelte er. »Niemand kann dich zwingen, als Hexe zu leben, aber … Ich habe, ehrlich gesagt, noch nie davon gehört, dass jemand von uns freiwillig auf seine Magie verzichtet und sich unter die Menschen gemischt hätte. Und was ist mit deinem Schwur, sie zu beschützen? Den legt man doch wohl auch in den Ostmeeren ab …« Er blinzelte. »Ich verstehe das nicht. Wieso läufst du vor deinem Schicksal davon?«

»Na, weil …« Ich schnaubte. »Das ist echt bescheuert! Könnt ihr mich nicht einfach in Ruhe lassen?«

»Ich weiß nicht, können wir das? Was meinst du, Damian?«

»Na ja, sie hat uns zwar geholfen, aber sie hat mich heute Morgen auch angelogen«, erklärte Damian in meinem Nacken. »Das war schon irgendwie komisch und … äußerst verdächtig.«

»Höchst verdächtig«, pflichtete Aaron ihm bei.

Ich seufzte und schwieg einen Moment lang. Doch Damian hielt mich noch immer in eisernem Griff gefangen und auch Aaron machte keinerlei Anstalten, mich laufen zu lassen. Mit verschränkten Armen starrte er mich an. Ohne eine Erklärung kam ich hier nicht weg, so viel stand fest.

»Ich habe Angst«, flüsterte ich schließlich ehrlich. »Ich …
kann keine Hexe mehr sein, okay?«

Aaron betrachtete mich weiterhin mit dieser undurch-
dringlichen Miene. Glaubte er mir? »Nehmen wir an, du sagst
die Wahrheit und du bist nicht diejenige, die diese Bestien auf
die Stadt losgelassen hat«, begann er nach einer Weile. »Es ist
nämlich so, hier an der Oberfläche gibt es nicht mehr viele
Hexen. Die meisten von ihnen sind uralt und verlassen den
Leuchtturm so gut wie gar nicht mehr. Du weißt schon, weil
die Meeresspiegel steigen und die Wetter …« Er atmete aus.
»Die Alten können kaum noch die normalen Zauber ausführen. Diese Drachenplage wird also wohl oder übel an Damian
und mir hängen bleiben und … wir könnten dabei durchaus
ein wenig Hilfe gebrauchen.«

»Verstehe«, sagte ich und Aaron nickte.

»Dann bist du dabei? Um die Menschen zu retten, bei denen du lebst?«

Ich presste die Zähne aufeinander und dachte an meine
Schule. Wie viele Tote hätte es wohl gegeben, wenn die Donnerdrachen tagsüber anstatt mitten in der Nacht über sie her-
gefallen wären? Trotzdem … Ich versuchte, Aarons Blick auszuweichen. Das konnte ich einfach nicht tun.

»Du willst also ernsthaft tatenlos dabei zusehen, wie dieser
Ort mitsamt all seinen Bewohnern Stück für Stück dem Erd-
boden gleichgemacht wird?«

Inzwischen biss ich mir so fest auf die Unterlippe, dass ich
Blut schmeckte. Als ich blinzelte, verfing sich plötzlich eine

Träne in meinen Wimpern. Natürlich konnte ich nicht zulassen, dass *Andere* diese Stadt zerstörten und Menschen verletzten, aber … Scheiße!

Scheiße, Scheiße, Oberscheiße!

Aaron legte den Kopf schief und während er mich weiterhin unverwandt ansah, stahl sich ganz langsam das Lächeln zurück auf seine Lippen. Es huschte bis zu seinen Augen hinauf und verwandelte sich allmählich zu einem breiten Grinsen, das seine Züge aus dem Gleichgewicht brachte und dieses niedliche Grübchen erscheinen ließ. »Wusste ich's doch! Schön, dass wir das klären konnten, findest du nicht?«

Ich funkelte ihn an, bis er Damian einen Wink gab und dieser mich endlich losließ.

»Willkommen im Team, Robin aus dem Ostmeer«, sagte Aaron schließlich feierlich und schüttelte meine nun wieder freie Hand. »Dann zeigen wir den Biestern mal, was die Hexenwelt von ihnen hält!« Er wandte sich dem Köder im Schlick zu. »Und als Erstes schicken wir dieses Mistding auf den Grund des Marianengrabens, ha!« Er beugte sich über das Gebilde aus Tang und Knochen.

Ich schluckte und rieb mir die schmerzenden Handgelenke, wo Damian mich gepackt hatte. Derweil rief Aaron bereits nach dem Südwind und ich wusste noch immer beim besten Willen nicht, was ich von alldem halten sollte.

2. Strophe

Wettervorhersage

*Ein waghalsiges Unterfangen geht in eine sternenklare
Nacht über.*
Tagsüber bedeckt, bei Temperaturen von vier bis acht Grad.
Genervte Winde.
Örtliche Gewitter.
Und Blitze – Blitze in Robins Händen.

6

Karottenkaffee

Die Luft war erfüllt von einer Mischung aus Gischt und aufgewirbeltem Sand. Und von Aarons samtiger Stimme natürlich. Er sang mit dem Südwind ein kompliziertes Lied, ließ ihn über den Strand peitschen und lenkte ihn schließlich zu dem Drachenköder im Schlick.

Sofort begann das Ding, sich zu wehren. Es zischte und zuckte, als wäre es lebendig. Als wollte es nach der Bö schnappen, die es nun in die Höhe hob, um es auf die See hinauszutragen. Weit fort von hier. Fort von den Menschen und allem, dem die Drachen nicht zu nahe kommen sollten.

Aarons Ruf war stark und der Südwind gehorchte ihm aufs Wort. Dennoch gelang es dem Köder, sich loszuwinden. Schon sank er wieder in Richtung Boden. Die Knochensplitter glühten dunkel, während schwarzes Blut aus den sieben mal sieben Knoten quoll und in die Wellen tropfte, um auszuschwärmen und –

»Ach du Kacke, der macht noch jeden Drachen im Umkreis auf uns aufmerksam!«, schrie Damian gegen das Heulen des Windes an.

»Ich weiß.« Aaron stemmte die Füße in den Sand und wiederholte seinen Ruf, diese Tonfolge, die weniger eine Melodie als vielmehr eine Kampfansage war. Er hatte den Kopf in den Nacken gelegt und die Hände zu Fäusten geballt. Der Klang seiner Stimme verband sich mit dem Rauschen der See. Eine Gänsehaut kroch über meinen Nacken. Windlieder waren pure Magie.

Erneut riss es den Köder in die Luft. Und erneut versuchte das Biest, sich zu entziehen. Weitere Blutstropfen besprenkelten die Wasseroberfläche. Es musste eine mächtige Hexe gewesen sein, die diesen Zauber gewirkt hatte. Oder zumindest eine, die nicht vor Blutopfern zurückschreckte.

Ich hielt den Atem an, während der Köder weiter gegen den Südwind ankämpfte, sich fauchend auf Aaron stürzte und ihm ins Gesicht klatschte.

»Jetzt wäre ein guter Moment für ein wenig Unterstützung«, nuschelte dieser nun zwischen Algen und Knochen hindurch. Schwarzes Blut rann ihm über die Wangen wie Tränen. Mit beiden Händen packte er den Köder und zerrte daran.

Mein Blick wanderte zu Damian, doch der rührte sich nicht. »Mich hat er nicht gemeint!«, rief er. »Ich wurde ohne Kräfte geboren.«

»Du wurdest *was*?«, fragte ich verwirrt. Als Kind hatte ich natürlich Geschichten davon gehört, Geschichten von Hexen, denen die Wetter einfach nicht gehorchen wollten, aber ich hatte sie immer für Märchen gehalten. »Deshalb hast du heute früh nicht den Wind herbeigerufen, um diesen Betonbrocken –«

»Hm…hm…hmpf!«, unterbrach mich Aaron, dessen Gesicht sich noch immer in den Fängen des Köders befand.

Er deutete auf den Horizont, an dem sich bereits Gewitterwolken zusammenballten, die zu einem Sturm der *anderen* Art zu gehören schienen. Die Drachen hatten unsere Fährte aufgenommen.

Ich schluckte und schloss für einen Moment die Augen.

Dann lächelte ich plötzlich und überraschte mich selbst damit, wie ich zum zweiten Mal innerhalb von 24 Stunden nach dem Ostwind rief.

Bei Neptuns Bart, was war nur los mit mir? Ich verhielt mich so unvernünftig. Und war trotzdem so … *erleichtert.* Auch der Ostwind schien sich zu freuen. Genau wie gestern umtoste er mich stürmisch, zerzauste mein Haar, als hätte er mich vermisst, und stimmte zugleich in meinen Ruf ein. Als hätte es die letzten viereinhalb Jahre der Stille zwischen uns nie gegeben.

Ich ließ meine Stimme über Sand und Meer tanzen, schickte meinen Freund in wirbelnden Kreisen über das Wasser und hatte das Gefühl, mit ihm davonzuschweben. Meine Magie, die ich gestern lediglich in Panik und nur für einen Augenblick heraufbeschworen hatte, durchfloss mich nun vollkommen. Mein Brustkorb schien sich zu weiten, in meinen Adern pulsierte die uralte Macht über Gezeiten, Wolken und Winde. Und zum ersten Mal seit meiner Flucht war ich wieder wirklich und wahrhaftig eins mit dem Ozean, spürte sein Atmen in jeder Welle, die meine Knöchel liebkoste.

Ich wusste, ich durfte keine Hexe mehr sein. Und ich hatte es ehrlich versucht, hatte meine Herkunft verleugnet und mich selbst bestraft.

Aber hier und jetzt konnte ich nicht anders.

Denn ich war noch immer, wozu ich geboren worden war.

Ich war und blieb eine Hexe.

Eine Hexe, um die sich seit ihrer Geburt die Legenden gerankt hatten. Das war mein Schicksal, ob es mir gefiel oder nicht. Und ehrlich gesagt, gefiel es mir eigentlich schon, oder? Ja, es gefiel mir sogar sehr.

Mein Ruf verband sich mühelos mit Aarons, als dieser nun endlich wieder den Mund frei bekam. Unsere Winde trafen mitten auf dem Wasser zusammen, verflochten sich zu einem unsichtbaren Netz und umfingen den Köder schon im nächsten Augenblick. Mit einem Ruck befreite sich Aaron endgültig aus seinen Fängen, dann schleuderten wir die Monstrosität gemeinsam auf die See hinaus. Mitten hinein in den *Anderen* am Horizont und weit darüber hinaus.

Wir befahlen den Winden, das Ding in den tiefsten Tiefen zu versenken, und beobachteten schließlich, wie die bedrohlichen Gewitterwolken sich verzogen, um dem Köder dorthin zu folgen.

Wenige Minuten später war der Strand wieder so ruhig, als wäre gar nichts geschehen. Die Brandung hatte den Abdruck, den Tang und Knochen im Schlick hinterlassen hatten, bereits fortgewaschen.

Aaron wischte sich die letzten Spuren der Blutstropfen von den Wangen. Dann sah er mich an. Auf eine neue Art, die ... mir nicht unangenehm war.

»Du bist gut«, sagte er.

»Ja«, murmelte ich und zuckte mit den Achseln. »Manchmal zumindest.«

Er öffnete den Mund, als wollte er etwas erwidern, doch da erklärte uns Damian: »Also, ich habe Hunger wie ein Hai. Gehen wir etwas essen?«

Das Café lag am Rande der Fußgängerzone und war voller Menschen, die sich den regnerischen Nachmittag mit einer Tasse heißer Schokolade oder einem Stück des saftigen Bananenbrots versüßten, das man hier verkaufte. Ich hatte mich allerdings, genau wie Damian, für eines der überbackenen Panini entschieden und genoss nun die Kombination aus geschmolzenem Käse, Tomaten und Pesto. Es war seltsam, wie rasch einen das gemeinsame Bekämpfen von Blutmagie dazu brachte, mit wildfremden Jungs essen zu gehen. Wie sehr allein die Tatsache, dass wir alle drei aus derselben Welt stammten, uns miteinander verband.

Auf gefährliche Weise.

Denn natürlich bedeutete es vor allem, dass ich umso

wachsamer sein musste. Das hier war riskant, ein Spiel mit dem Feuer. Doch leider steckte irgendwo in meinem Innern wohl noch immer die Kriegerprinzessin von früher, die sich vor Begeisterung über die Aussicht auf ein magisches Abenteuer förmlich überschlug.

Ich nahm einen Schluck von meiner Saftschorle, um mich zu beruhigen. Dann beobachtete ich fasziniert (und auch ein bisschen angewidert), wie Aaron plötzlich eine Karotte aus seinem Salat in die Kaffeetasse vor sich tunkte und anschließend genüsslich verspeiste.

»Sein Geschmack ist etwas gewöhnungsbedürftig«, erklärte Damian, der meinem Blick gefolgt war. »Ich nehme an, in den Ostmeeren steht ihr ebenfalls eher auf andere, äh, Kombinationen?«

»Hm«, machte ich. »Allerdings.«

»Über Geschmack lässt sich nicht streiten«, brummte Aaron mit vollem Mund und in einem Tonfall, der mir klarmachte, dass die beiden diese Diskussion wohl nicht zum ersten Mal führten.

»Außer, dass deiner echt verboten sein sollte«, warf Damian ein. »Zumindest in der Öffentlichkeit.«

»Jetzt übertreibst du aber.« Aaron schnappte sich eine weitere Kaffeekarotte.

Damian seufzte theatralisch.

Mehr noch als Meister und Lehrling schienen die beiden Hexer Freunde zu sein. Kampfgefährten, die gegenüber dem anderen kein Blatt vor den Mund nahmen. Normalerweise bestanden die erfahreneren Sturmjäger in unserer Welt auf Anreden wie »ehrwürdiger Meister«. Dass Aaron so etwas offenbar nicht nötig hatte, gefiel mir irgendwie. Und dass er darüber hinaus ausgerechnet einem magisch unbegabten Jungen eine Chance gab, den Drachenkampf zu erlernen … Er war anscheinend alles andere als ein gewöhnlicher Vertreter seines Berufsstandes, dessen Mitglieder meist von einer schier grenzenlosen Gier nach Ruhm und Anerkennung angetrieben wurden.

»Du findest es doch genauso eklig, oder, Robin? Ich meine, wenn es wenigstens bei den Karotten bliebe … Wir können jedenfalls froh sein, dass sie hier weder Pommes noch Sprühsahne verkaufen«, fuhr Damian fort und nickte, als ich das Gesicht verzog. »Richtig.« Er verschränkte die Arme vor der Brust. »Siehst du, Aaron, Robin hält das auch für unnormal. Und sie lebt schon eine ganze Weile bei den Menschen.«

Statt zu antworten, zuckte Aaron bloß mit den Achseln, als wären *wir* verrückt und nicht er.

Erstaunlicherweise schien nach wie vor keiner der beiden auch nur im Geringsten an meiner falschen Identität zu zweifeln. Sie nannten mich Robin. Sie wollten meine Hilfe. Und niemand hatte bisher versucht, mich zu töten, weil ich unser Volk verraten hatte … Trotzdem, sollte es brenzlig werden, wäre ich von hier aus in wenigen Minuten am Bahnhof.

Während ich mir sicherheitshalber noch einmal den Fahrplan ins Gedächtnis rief, schob Aaron sich die nächste arme Kaffeekarotte in den Mund. Dieses Exemplar hatte er zudem mit einer Prise Zucker und dem Joghurtdressing des Salats verfeinert. Schon allein vom Zusehen bekam ich eine Gänsehaut.

»Vielleicht haben wir Glück und mit der Zeit lernt er, sich an die Speisekarten der Oberfläche zu halten«, überlegte derweil Damian. »Eine Weile werden wir sowieso noch hierbleiben müssen. Solange wir unsere Lieferung nicht zurückhaben, können wir uns auf keinen Fall in den Tiefen blicken lassen.«

Aarons Miene verfinsterte sich. »97 gestohlene Blitzklingen! Das ist eine Katastrophe«, brummte er und kippte den Rest seines Kaffees mitten auf den Salatteller.

Doch seine Marotten rückten für mich schlagartig in den Hintergrund. Hatte ich gerade richtig gehört? »Eure gesamte Lieferung wurde geklaut?«, erkundigte ich mich. »Was ist denn passiert?«

Er schnaubte. »Na, was wohl? Wir jagen die Drachen nicht aus reiner Menschenliebe, sondern weil Dinge verschwinden, Robin! Wolken, Blitze, Regenschauer – im Grunde ist unsere gesamte Beute der letzten Wochen vorgestern aus den Vorratskammern des alten Leuchtturms entwendet worden.«

»Und wir glauben, dass die *Anderen* etwas damit zu tun haben«, ergänzte Damian.

Wie bitte? »Äh«, machte ich und hob die Brauen. »Tut mir leid, das verstehe ich nicht. *Andere* zerstören und töten. Aber sie sind doch keine *Diebe!* Schon gar nicht, wenn es um Blitzklingen geht. Sie *bestehen* aus Blitzen.« Allein die Vorstellung, ein Donnerdrache würde irgendwo einbrechen und – nein, also, das war so was von absurd!

»Ich weiß! Trotzdem sind wir gestern in einen Hinterhalt geraten, als wir den Spuren unserer Lieferung folgten«, sagte Aaron ernst. »Jeden Blitz, den ich einfange, markiere ich mit meinem Siegel, um mein Eigentum zu schützen und es notfalls wiederfinden zu können. Die Händler heutzutage sind schließlich alles andere als vertrauenswürdig.« Er raufte sich das dunkle Haar. »Jedenfalls würde ich dieses Siegel überall wiedererkennen. Selbst mit einem Betonklotz auf der Brust, glaub mir. Und auch wenn es noch so unwahrscheinlich klingen mag, das in den Bäuchen der Donnerdrachen auf dem Schulhof, das waren *meine* Blitze, Robin!«

»Unsere«, verbesserte ihn Damian. »Unsere.«

»Vielleicht sollte ich dir doch endlich mal eine vernünftige Abreibung verpassen«, brummte Aaron.

Damian zuckte nur mit den Achseln, als wäre er sich in diesem Punkt ebenfalls unsicher.

Ich blickte von einem zum anderen. Noch immer verstand ich es nicht. »Also haben sie die Klingen *aufgefressen*? Ohne sich daran zu verletzen?«, fragte ich.

»Es sieht ganz danach aus.«

»Hmpf.« Ich schüttelte den Kopf. Das ergab doch überhaupt keinen Sinn! Ein Donnerdrache war eine wandelnde Blitzquelle. Deshalb jagten Leute wie Aaron und Damian die Biester schließlich. Der Kontakt mit einer bereits geschmiedeten Klinge hingegen endete für sie für gewöhnlich tödlich …

Während ich vor mich hin grübelte, stopfte Damian sich den Rest seines Panini-Brots in den Mund.

Aaron hingegen schob seinen Teller mit dem Lebensmittelmassaker, das er veranstaltet hatte, von sich, stützte stattdessen das Kinn in die Hände und betrachtete mich für einen irritierend langen Moment, tief in Gedanken. Und irgendwie schien das seine Stimmung allmählich wieder zu heben.

»Was ist?«, fragte ich. »Habe ich Pesto am Kinn?«

»Nein. Mir sind bloß gerade deine Augen aufgefallen«, erklärte er, als wäre es das Normalste auf der Welt, und legte den Kopf schief. »Die sind echt blau, weißt du das?«

Instinktiv senkte ich die Lider. Ich wusste selbst, dass meine Augen auffällig waren. Zu auffällig.

»So langsam kannst du nicht mehr jede plumpe Anmache mit dem Schlag auf deinen Kopf entschuldigen«, versuchte ich mein Unbehagen zu überspielen. Außerdem war ich noch nie der Typ für schmalzige Komplimente gewesen. Ich zwang mich dazu, ihn wieder anzusehen. »Bleiben wir lieber bei eurem Drachenproblem.«

»Unserem Drachenproblem«, berichtigte Damian nun mich.

»Na ja«, schnaubte ich.

Aarons Mundwinkel zuckten, dann wandte er sich an Damian: »Jedenfalls habe ich gerade gedacht, dass diesen Augen bestimmt noch nie jemand etwas abschlagen konnte, oder? Was meinst du?«

Hä?

Auch Damian musterte mich nun aufmerksam. »Könnte klappen«, sagte er und nickte.

So etwas wie Begeisterung flackerte über seine Züge, während ich plötzlich gar nicht mehr durchblickte und bereits drauf und dran war aufzuspringen.

Wussten sie es etwa? Hatte die Farbe meiner Iris mich verraten? Ich musste wohl irgendetwas Entscheidendes nicht mitbekommen haben.

Egal, noch konnte ich es schaffen. Bis zur Tür waren es fünf Meter und der nächste Zug kam in etwa sieben Minuten. Wenn ich also rannte …

Aaron lachte. »So hat wirklich noch kein Mädchen reagiert, wenn ich ihr etwas Nettes gesagt habe. Kein Grund, gleich in Panik zu verfallen.« Er hob beschwichtigend die Hände. »Ich nehme es wieder zurück, ja? In Wahrheit wirkst du so was von durchschnittlich, man muss sogar aufpassen, dass man dich nicht übersieht.«

Ich atmete tief ein und wieder aus, dann sank ich zurück auf meinen Stuhl. »Schon besser«, sagte ich schließlich gnädig, allerdings mit einer Spur von Misstrauen. »Zurück zu den Drachen.«

»Hat da irgendwer gesprochen?« Aaron gab vor, durch mich hindurchzugucken.

»Haha«, machte ich.

»Ich glaube, jetzt habe ich auch etwas gehört. Eine Stimme aus dem Jenseits oder so.« Damian grinste. »Oh, wie gruselig!«

Ich hingegen unterdrückte ein Schmunzeln. »Die Drachen. Oder ich bin weg«, informierte ich die Jungs und setzte meinen allerstrengsten Blick auf.

»Klar. Entschuldige.« Aaron lachte noch einen Moment lang leise vor sich hin, dann räusperte er sich. »Es geht hier selbstverständlich schon die ganze Zeit einzig und allein um die Donnerdrachen und unsere Abmachung«, sagte er betont ernst. »Die Bemerkung zu deinen Augen war auf jeden Fall rein geschäftlich gemeint. Und ... im Rahmen unserer Zusammenarbeit würdest du uns doch bestimmt einen klitzekleinen Gefallen tun. Nur um diese Stadt wieder sicher zu machen. Was sagst du, Waisenmädchen aus dem Ostmeer?«

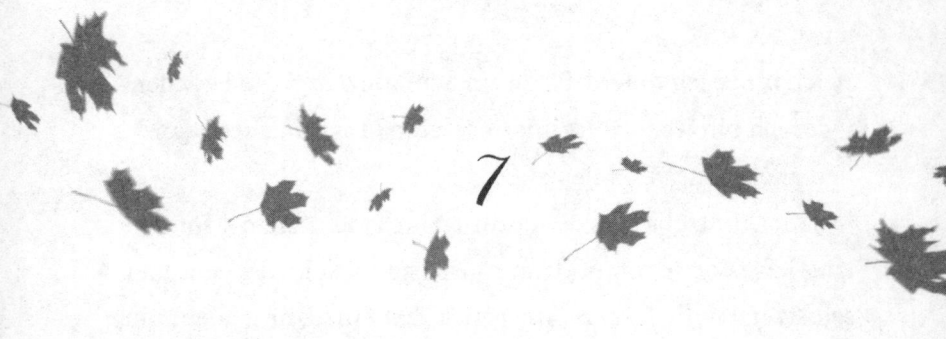

7

Im alten Leuchtturm

Mit einem mulmigen Gefühl in der Magengrube näherte ich mich dem Eingang. Ein sandiger, rutschiger Pfad hatte uns die Klippen hinaufgeführt. An seinem Ende, nur noch ein kurzes Stück von uns entfernt, thronte der alte Leuchtturm, um über die See zu wachen und sein Leuchtfeuer in die Ferne zu schicken. Zumindest waren das seine offiziellen Aufgaben – von denen auch die Menschen wussten.

Inoffiziell gab es hier allerdings so viel mehr. Die Wetter zum Beispiel, die auch jetzt aus dem verborgenen Kamin zu der Turmspitze in den Himmel hinaufstiegen und sich dort zu gräulichen Gewitterwolken zusammenballten. Irgendjemand dort drinnen musste einen Kessel befeuern …

»Ich weiß nicht«, murmelte ich. Meine Schritte waren immer langsamer geworden und nun, wenige Meter vor der rissigen Holztür mit dem »Betreten verboten – Lebensgefahr«-Schild, war ich stehen geblieben. Obwohl der Leuchtturm still vor uns aufragte und einen verlassenen Eindruck machte, bewiesen die aufsteigenden Wetter schließlich mehr als deutlich, dass dem nicht so war.

Die Angst kroch mir mit jedem Atemzug tiefer in die Glieder.

Was machte ich hier überhaupt? War ich nun vollkommen verrückt geworden?

»Ach«, drängelte Damian. »Komm schon! Hast du nicht manchmal Heimweh? Du bist eine Hexe, du gehörst doch in diese Welt.«

»Nicht mehr«, sagte ich. »Ich glaube, das ist keine so gute Idee. Entschuldigt, aber ich kann da nicht reingehen! Das wäre nicht … *richtig*.«

Auch Aaron hatte sich inzwischen umgewandt und musterte mich mit zusammengekniffenen Augen. »Du hast Schreckliches erlebt, als dein Dorf zerstört wurde, und das kann ich nachvollziehen«, sagte er schließlich. »Aber ohne Ausrüstung können wir nichts gegen die Donnerdrachen ausrichten. Und der alte Sigurd hasst mich nun einmal, also …« Er seufzte. »Bitte, hilf uns. Dadrin lebt vielleicht ein Dutzend uralter Hexen und Hexer und ich verspreche, dass du ihnen nach heute nicht mehr gegenübertreten musst. Tiefsee-Ehrenwort. Wir vertreiben die Donnerdrachen so schnell wie möglich aus der Stadt und dann kannst du, wenn du willst, wieder ganz langweilig als Mensch unter Menschen leben, okay?«

Ich schluckte. Ein Dutzend! Wie bewerkstelligten sie es mit

so wenigen, sämtliche Winde und Gezeiten der Region aufeinander abzustimmen? Ob meine Mutter davon wusste? War die Lage der Hexen überall auf der Welt so bemitleidenswert? Handelte es sich dabei um eine weitere Konsequenz meines, nun, meines Verbrechens?

Was mochte meinem Volk in den letzten viereinhalb Jahren nur zugestoßen sein?

Meine Knie zitterten, als ich mich wieder in Bewegung setzte. Für einen Moment hielten sich Angst, Neugier und Sorge in meinem Innern die Waage. Dann drückte Aaron die rostige Klinke herunter, die Tür schwang auf und ich vergaß vor lauter Staunen, dass ich mich überhaupt jemals gefürchtet hatte.

Der Kessel war riesig!

Sein kupferner Bauch nahm beinahe die gesamte untere Etage des Turms ein und die grünlichen Flammen, die darunter loderten, verströmten den Geruch modrigen Seetangs, der den Raum mit dicken Schwaden erfüllte. Es dauerte einen Augenblick, sich an die milchige Sicht zu gewöhnen. Erst dann entdeckte ich das hutzelige Männlein mit schlohweißem Bart, das auf einer an die Kesselwand gelehnten Leiter stand und von dort oben einen gewaltigen Löffel hin- und herbewegte.

»Verfluchte Windsöhne!«, ächzte der Alte.

Wir traten näher, wobei ich hinter Aaron blieb, sodass sein breiter Rücken mich verbarg.

»Lassen sich die Nebel mal wieder nicht unterheben?«, fragte Damian, der sich auf die Zehenspitzen gestellt hatte und es dennoch nicht ganz schaffte, über den Kesselrand zu spähen.

»Oh, kannst gerne mit anpacken, Bürschchen«, keuchte der Hexer, ohne den Blick von den brodelnden Wettern zu wenden. »Das wird sonst wieder ein Abend voller Autounfälle auf den Landstraßen und nach diesem Sturm in der Innenstadt letzte Nacht weiß ich nicht, wie – verflucht!«

Der Löffelstiel war den knorrigen Händen des Alten entglitten und versank schmatzend in den Tiefen des Kessels.

»Ich mache das!«, rief Damian, krempelte die Ärmel hoch und schwang sich einen Herzschlag später die Sprossen der Leiter hinauf. »Geht ruhig schon mal nach unten. Ich komme dann später dazu«, erklärte er uns im Klettern.

Aaron hustete etwas, das wie »Feigling« klang, dann nahm er ohne Umschweife meine Hand und zog mich mit sich, fort von dem Männlein und seinen verklumpenden Nebelschwaden. Wir mussten den Bauch einziehen, um uns nicht an der glühenden Kesselwand zu verbrennen. Mit dem Rücken stießen wir dabei immer wieder gegen weitere Löffel, Blasebälge und schmiedeeiserne Werkzeuge, die von Haken an der Mauer baumelten. Meine Augen tränten inzwischen vom Qualm des Feuers, das bereits jedes bisschen Sauerstoff im Raum aufgefressen zu haben schien.

Es war seltsam. Selbstverständlich wusste ich alles darüber, wie man die Wetter zubereitete, welche Zutaten benötigt wurden, wie hoch und in welcher Farbe die Flammen lodern mussten und welchen der Winde man sich zu Hilfe rufen konnte. Das alles kannte ich in- und auswendig, denn man hatte meine Schwestern und mich jahrelang in jedem Detail dieser Kunst unterrichtet.

Allerdings beinahe ausschließlich in der Theorie. In einem von Perlmutt und Kristallen verzierten Schulzimmer in den Weiten des Palastes, um genau zu sein. Und wenn unser Lehrer sich doch zu einer Demonstration hatte hinreißen lassen, hatte er die Wetter stets in kleinen goldenen Kesselchen gekocht und mit wohlriechenden Pulvern oder funkelnden Farbeffekten aufgehübscht.

Das hier hingegen war eine schmutzige, stinkige, schweißtreibende Angelegenheit und ich –

»Du hast so etwas noch nie gesehen, oder?«, fragte Aaron, dem mein interessierter Gesichtsausdruck offenbar nicht entgangen war.

»Ähm«, nuschelte ich.

»Schon okay«, sagte er. »Du warst wohl noch zu jung für Reisen an die Oberfläche, bevor es … bevor du unter die Menschen gingst.«

Ich nickte.

»Also, das da ist der große Boiler, genannt der ›Dicke‹«, erklärte er und wies auf den Kessel. »Jeder Außenposten an den Küsten hat so einen Hauptkessel. In ihm werden die wichtigsten Komponenten des Wetters angerührt: Stürme, Nebel, Regenschauer … Das alles braut man hier zusammen. Durch das Loch in der Decke steigt es dann nach oben auf die nächste Etage. Dort stehen die Silberkessel, aus denen wir zu den Rohwettern mal eine Prise Hitze oder Sonnenschein, mal ein wenig Schnee und Eis hinzufügen, je nach Jahreszeit. Und dann, hoch oben unter dem Dach, kurz bevor alles in den Himmel hinaufgeschickt werden kann, muss das Ganze natürlich noch optisch ansprechend in ein paar Wolken verpackt werden. Ja, und so hat man dann im Idealfall ein perfektes Wetter fabriziert. Alles klar?«

Ich nickte erneut. Wie gesagt, in der Theorie wusste ich das alles selbstverständlich. Trotzdem klebte mein Blick nun an der mit Ruß gefärbten Aussparung in der Decke über unseren Köpfen, durch die sich gerade eine ganze Reihe eher weniger ordentliche Nebelschwaden zwängte. Eine grau glänzende Flüssigkeit tröpfelte dort aus einer Art Trichter in die Schwaden hinein, um sie mit Raureif für den kommenden Morgen auszustatten.

Aaron seufzte. »Leider wird es seit Jahren immer schwieriger, die Wetter im Zaum zu halten. Dein Dorf musste erfahren, was das bedeutet, also ...« Er wich meinem Blick aus. »Unsere alten Rezepte funktionieren nicht mehr richtig. Das Klima verändert sich dank der Menschen nämlich viel schneller, als wir die Zutatenlisten anpassen können. Wir Sturmjäger finden weniger und weniger Rohstoffe. Und Ihrer Majestät der Tiefe mangelt es zudem an Magie. Selbst im Ostmeer habt ihr bestimmt davon gehört, wie die siebte Prinzessin von Atlantis mit dem *Amulett der Winde* den königlichen Kerker in die Luft –«

»Ja«, sagte ich tonlos. »Natürlich.« Ich räusperte mich und

kämpfte in mir eine neue Welle der Panik nieder. »Wo ist denn nun dieser Sigurd, mit dem ich so unbedingt für dich sprechen soll?«

Aaron zog mich noch ein Stück weiter (wir hatten den großen Boiler nun etwa zur Hälfte umrundet) und blieb schließlich vor einer Art Luke im Boden stehen. Steinerne, ausgetretene Stufen führten hier steil in die Tiefe. Das Ende der Treppe war trotz der in regelmäßigen Abständen an der Wand angebrachten Quallenlichter nicht auszumachen, die nächste Etage musste wohl ziemlich weit unten liegen. Irgendwo im Innern der Klippen?

»Nach dir«, sagte Aaron und machte mir Platz.

Für einen Augenblick betrachtete ich die blauweißlich glimmende Qualle, die stumm im obersten Kugelglas trieb und die Treppe in ein unterseeisches Schimmern tauchte. *Biolumineszenz*, wie lange hatte ich das nicht mehr gesehen? Die gallertigen Tentakel schlängelten sich so friedlich und sachte hin und her, als träumte sie davon, ins offene Meer hinauszuschwimmen. Dabei war sie vermutlich bereits in Gefangenschaft geboren worden und wusste überhaupt nicht, was es bedeutete, frei zu sein.

Ich holte tief Luft und tat einen weiteren Schritt in Richtung meines längst abgelegten Lebens.

So wirklich erklären konnte ich mir noch immer nicht, warum ich es tat. Warum ich mich derart in Gefahr brachte, obwohl ich mir doch vorgenommen hatte, selbst die Erinnerungen an diese Welt in meinem Herzen einzuschließen und nie wieder hervorzuholen. War es wirklich nur, weil ich helfen wollte? Weil Donnerdrachen unsere Stadt angriffen und ich etwas dagegen unternehmen musste?

Hatte ich es heute Nachmittag am Strand nicht viel zu sehr genossen, meine Kräfte zu benutzen? Und war es nicht viel zu schön, um wahr zu sein, jetzt an den Quallenlichtern vorbei in eine unbekannte Tiefe vorzudringen? Hinab an einen Ort, der ein Vorposten der Unterwasserreiche meiner Mutter war?

Herrje! Ich hätte den Leuchtturm gar nicht erst betreten dürfen! Das wusste ich genau, nicht umsonst hatte ich vorhin auf den letzten Metern des Weges noch einmal kehrtmachen wollen. Das hier war nach wie vor riskant. Viel zu gefährlich! Dumm!

Und doch hätte wohl nichts und niemand auf der Welt mich in diesem Moment davon abhalten können, diese Treppe hinabzusteigen. Nicht nach all den langweiligen, einsamen Jahren des Versteckspiels an der Oberfläche. Nicht mit all den Kreaturen der Tiefe in greifbarer Nähe! Und ich wollte ja sowieso nur einen kurzen Blick auf meine Heimat werfen, oder? Das alles war nur ein Intermezzo, bis wir die Donnerdrachen verjagt hätten und die Menschen hier wieder sicher wären. So wie … ja, vielleicht ein bisschen so wie Ferien von meiner Verbannung?

Meine Füße trugen mich wie von selbst weiter in die Dunkelheit. Solange mich niemand erkannte, wäre alles in Ordnung. Ich würde das schon schaffen. Und Aaron brauchte nun einmal diesen Gefallen von mir …

Tatsächlich sah ich das Ende der Treppe nicht kommen. So stolperte ich schließlich wenig elegant in die weitläufige Halle im Fels, die definitiv zu riesig war, um in das Fundament des Leuchtturms zu passen. Die Hexen mussten das gesamte Massiv der Klippe für diesen Raum ausgehöhlt haben, der wohl einmal einen der wichtigsten Umschlagpunkte Europas dargestellt hatte.

Inzwischen war er allerdings deutlich zu groß für das, was er beherbergte: Früher mochte hier ein gewaltiger Markt floriert haben, doch jetzt entdeckte ich gerade mal eine Handvoll Händler, deren Kesselboote mit Waren auf den Trockendocks auf Kundschaft warteten. Die Mehrheit der Ankerplätze lag verlassen und verwaist da, nicht wenige waren bereits im Verfall begriffen. Balken waren von Schimmel zerfressen, Moos bedeckte die gestampfte Erde, Kräne rosteten und sahen so aus, als würden sie jeden Moment auseinanderbrechen. Die wenigen Marktstände hatten sich in der Mitte der Halle zusammengerottet und wirkten ziemlich verloren.

Nun denn, mit dem Nötigsten konnte man sich hier wohl nach wie vor ausstatten. Wir würden finden, was wir für die Drachenjagd brauchten.

Aber natürlich steuerte Aaron weder auf die Auslage knisternder Blitzklingen neben in Einmachgläsern abgefülltem Sonnenlicht zu noch auf den Stand, an dem eine alte Frau mit schlohweißem Haar Meereskräuter und schillernde Schuppen feilbot. Stattdessen führte er mich an einem Muschelhändler und einem griesgrämig dreinblickenden Kerl vorbei, der die

Bullaugen seines Kesselbootes verdunkelt hatte, sodass von außen nicht erkennbar war, was er eigentlich verkaufte, zum anderen Ende der Halle.

Die ganze Zeit über lief ich mit gesenktem Kopf, sodass mir die Haare wie ein Vorhang vors Gesicht fielen und ich nur verstohlen zwischen den Strähnen hindurchlinsen konnte. Als wir kurz darauf eine Art Bretterverschlag erreichten, über dem ein verblichenes Schild baumelte, hätte ich mir sogar am liebsten noch eine Strumpfmaske übergezogen, so wie die Bankräuber in den alten Filmen, die Fiona so mochte. Aber das wäre natürlich nicht unbedingt unauffälliger gewesen ...

Zum Fischweib hieß die Spelunke, aus deren Ritzen gelbliches Licht, gedämpftes Stimmengewirr und der Geruch von billigem Algenbier in die Halle heraussickerten.

»Okay«, raunte Aaron und versuchte, mir trotz all der knotigen Locken vor meinem Gesicht in die Augen zu sehen. »Ab hier musst du allein weiter. Denk daran, was wir besprochen haben: Sei ein schüchternes, verängstigtes Waisenkind. Und erwähne ja nicht meinen Namen, bevor er nicht zugestimmt hat. Außer er wird grob oder kommt dir sonst irgendwie dumm, dann rufst du mich natürlich.«

»Sicher.« Er hatte mir den Plan unterwegs bereits dreimal erklärt. Ich wusste also, was ich zu tun hatte.

Aaron nickte, nahm plötzlich meine Hände und drückte sie kurz. »Danke, dass du uns hilfst, Robin. Das ist echt –«

»Also gut«, sagte ich und entzog mich seinem Griff.

Aaron schien noch etwas sagen zu wollen, aber dann nickte

er mir nur noch einmal zu und zog sich in die Schatten neben der Taverne zurück.

Die Tür des Verschlags quietschte beim Öffnen wie ein singender Wal. Doch selbst ohne ihr lang gezogenes Heulen hätte wohl jeder im Raum mein Eintreten bemerkt. Denn außer ein paar Männern, die an der Bar lehnten und tranken, war nur einer der Tische im Gastraum besetzt. Ein Pärchen mittleren Alters teilte sich dort einen Teller Muscheln, hörte nun jedoch auf zu essen. Auch die Männer an der Bar setzten ihre Bierkrüge ab. Einer von ihnen, ein großer Kerl mit schmutzigem Schlapphut, verstummte inmitten irgendeiner Anekdote, mit der er die anderen unterhalten hatte.

Nur der Wirt, der hinter dem Tresen Gläser polierte, tat so, als bekäme er nichts mit. Ansonsten lagen alle Blicke auf mir. Selbst das Fischweib, nach dem der Laden benannt war, musterte mich mit großen weiß glänzenden Augen. Ihr flossenbewehrter Unterleib zuckte in einem Becken hin und her, soweit die schweren Ketten es zuließen.

Ich räusperte mich. »E…es heißt, wer sich Ihrer Bestie stellt, dürfe die Beute behalten?«, stammelte ich mit bemüht dünner Stimme.

Der Wirt fuhr fort, mit einem Lappen über das Weinglas in seiner Hand zu reiben. »Wer will das wissen?«, fragte er, ohne aufzusehen. Die Haut über seinen hageren Wangen spannte, sodass sich die Knochen darunter abzeichneten, seine Augen lagen tief in den Höhlen und seine Finger erinnerten mich an geschäftige Spinnenbeine.

»Na, ich«, sagte ich. Auch ohne Aarons Erzählung wäre der Kerl mir gleich unsympathisch gewesen. Instinktiv hätte ich gern die Hände in die Seiten gestemmt und ihn herausfordernd angefunkelt. Doch natürlich sollte er mich für so harmlos wie möglich halten – aus mehreren Gründen. Also senkte ich rasch wieder den Blick, versteckte mich hinter meinen Haaren und erzählte stockend meine Geschichte von der Waise aus dem Ostmeer, die, so behauptete ich nun, auf der Durchreise zu Verwandten und leider knapp bei Kasse sei.

»Mir fehlen noch sieben Hagelmünzen für die Passage in die Südsee, also dachte ich, ich könnte mein Glück vielleicht einmal versuchen«, schloss ich und nagte an meiner Unterlippe.

Der alte Sigurd stellte das Glas auf ein Regalbrett hinter sich, den Lappen legte er sich über die Schulter. Dann trat er hinter dem Tresen hervor und musterte mich. »Soso«, brummte er. »Willst es also probieren, Kleine. Ganz schön mutig. Hast du dir das Weib überhaupt schon richtig angesehen? Bist du jemals einem Wesen mit solchen Zähnen begegnet? Beeindruckend, nicht wahr?«

Er deutete auf das Aquarium in der Ecke, in dessen Innern das Fischweib nun heftiger an seinen Ketten zerrte. Das Wesen, halb Frau, halb Fisch, hatte meine Witterung bereits aufgenommen und näherte sich der Scheibe aus magischem Eisglas. Es bestand aus demselben Material, mit dem mein Volk auch seine unterseeischen Städte überkuppelte. So gut wie unzerbrechlich. Niemals schmelzend. Solange ich also nicht freiwillig in das Becken stieg, wäre ich vor den spitzen Zähnen der Bestie sicher.

Allerdings hätte ich dann auch keine Chance auf eine der kostbaren Perlen, die in ihrem wallenden Blondhaar schimmerten.

Ich ballte die Hände zu Fäusten.

Seit jeher lockten Fischweiber (und -kerle, ihre männlichen Gegenstücke) Schiffe in gefährliche Gewässer, um sie zum Kentern zu bringen und die Besatzung zu fressen. Ihre Gesichter und Oberkörper waren von geradezu überirdischer Schönheit, ihre blinden Augen konnten alle Farben des Regenbogens widerspiegeln. Und sie machten keinerlei Unterschied zwischen Menschen oder Hexen, ihnen schmeckte jegliches Fleisch …

»Ihr Haar ist voller Perlen, als sei schon lange niemand mehr zu ihr getaucht«, flüsterte ich. »Also … ist heute nicht vielleicht zufällig ein Erntetag, an dem es jeder, der will, versuchen darf?«

»Oh, nun …« Sigurd legte den Kopf schief und tat so, als müsse er nachrechnen. Erst jetzt fiel mir auf, wie verfilzt sein Haar war und wie fleckig der Lappen, mit dem er die Gläser abgerieben hatte. »Ich weiß nicht …« Er gab vor, noch immer zu überlegen, und wandte sich an seine Gäste. »Ist heute möglicherweise ein Erntetag? Wer von euch würde überhaupt einen Hagelling auf die Kleine hier setzen? Oder wetten wir doch lieber auf unser stinkendes Fischweib?«

Die Männer an der Bar brachen in Gejohle aus und das

Pärchen mit dem Muschelgericht begann tatsächlich, in den Hosentaschen nach Kleingeld zu kramen.

»Du hast Glück«, informierte mich Sigurd derweil und grinste so breit, dass sein Kopf mehr denn je an einen Totenschädel erinnerte. »Natürlich tun wir alles, um einer armen Waise aus der Klemme zu helfen. Und heute ist in der Tat der perfekte Tag, um das Fischweib von seinen Perlen zu befreien.« Noch einmal musterte er mich, sein Grinsen wurde anzüglich. »Mit Klamotten würde ich da allerdings lieber nicht hineinsteigen. Damit gehst du unter wie ein Stein, also ...« Er zwinkerte mir zu. »Lass dir einen Rat geben und verzichte lieber darauf.«

Die Männer johlten noch lauter, während Sigurd eine Art Notizbuch zückte, um von Gast zu Gast zu gehen und die Wetten aufzunehmen. Inzwischen musste ich mich echt zusammenreißen. Das war eine so bodenlose Frechheit! Wie konnte er es wagen! Anstatt ihm jedoch an die Gurgel zu gehen, zwang ich mich dazu, tief ein- und wieder auszuatmen.

Immerhin war das zumindest der endgültige Beweis dafür, dass man mich so leicht nicht erkannte. Denn wenn er geahnt hätte, wer ich war, hätte dieser habgierige Mistkerl sich bestimmt lieber mein Kopfgeld unter den Nagel gerissen, statt mich dazu aufzufordern, mich zur Unterhaltung seiner Kundschaft auszuziehen und anschließend seiner Bestie zum Fraß vorzuwerfen ...

»Na los, zier dich nicht so! Nackt bist du auf jeden Fall viel wendiger!«, rief nun auch der Typ mit dem Schlapphut.

Doch natürlich rührte ich mich nicht und machte weder Anstalten, meinen Pulli oder meine Hose abzustreifen, noch die Schnürsenkel meiner Turnschuhe zu lösen. Stattdessen wartete ich und beobachtete, wie Sigurd das Publikum zu riskanten Wetteinsätzen anstachelte und das Fischweib voller Vorfreude immer heftiger an den Ketten um seine Flosse zerrte.

Da endlich, nach einer gefühlten Ewigkeit, flog die Tür der Spelunke erneut auf. Zusammen mit dem Walgesang der uralten Angeln wurde Aaron in das schummrige Licht der Gaststube gespült.

Schon im nächsten Moment baute er sich vor dem erbleichenden Sigurd auf und verschränkte die Arme vor der Brust.

»Ein Erntetag, endlich!«, sagte er und strahlte den Wirt an. »Ich hatte schon Angst, du würdest warten, bis das Weib komplett von Perlen überwuchert ist.«

8

Perlen

Sigurd war wütend. Schmallippig stand er neben dem Aquarium und durchbohrte Aaron mit Blicken. So hatte er sich das Ganze natürlich nicht vorgestellt. Normalerweise ließ er wohl nur Leute ins Becken, bei denen er sich sicher war, dass sie eine amüsante Show boten. Und amüsant war es in seinen Augen vermutlich besonders dann, wenn Blut floss und keinerlei Perlen erbeutet wurden ...

Aaron und Damian hingegen hatten ihn, wie sie mir auf dem Weg hierher erzählt hatten, bereits des Öfteren um eine üppige Perlenernte erleichtert. Und das ärgerte den alten Wirt heute sogar umso mehr: Nicht nur, dass er sich ungern von seinen Schätzen trennte, auch auf Wettgewinne brauchte er sich keine Hoffnungen zu machen.

Niemand setzte auf das Fischweib, wenn Aaron antrat. Deshalb hatte es in den letzten Wochen angeblich keinen einzigen Erntetag mehr gegeben ... Jetzt gab es für Sigurd jedoch kein Zurück mehr, denn er hatte öffentlich verkündet, dass es an der Zeit sei.

Aaron pfiff vor sich hin, während er zuerst die zerfledderten Stiefel auszog und sich dann behände auch des Rests seiner Kleidung entledigte. Schließlich stand er nur noch in Boxershorts da und aus irgendeinem Grund musste ich mich anstrengen, ihn nicht anzustarren. Wahrscheinlich lag es daran, dass von seiner Wunde an der Schulter lediglich ein rosiger Schatten übrig geblieben war. Oder aber an dem ungewöhnlichen Anhänger, den er an einem Lederband um den Hals trug. Im ersten Moment hielt ich es für einen Zahn, aber je länger ich das Ding betrachtete, das da auf seiner Brust ruhte, umso mehr bezweifelte ich es. Diese schillernde Oberfläche hätte eher zu einer Muschelscherbe gepasst und doch …

»Ach ja«, sagte Aaron und ich zuckte zusammen, als hätte er mich bei irgendetwas ertappt. »Das hätte ich fast vergessen.« Er nahm die Kette ab und hielt sie mir hin. »Könntest du kurz darauf aufpassen?«

»Klar.« Der Anhänger schmiegte sich warm in meine Handfläche, als wäre er lebendig. Ich schloss die Faust darum und trat von einem Fuß auf den anderen.

Auch mich betrachtete Sigurd inzwischen feindselig. Ich wusste, es lag an unserer List. Genau wie das Publikum nahm er es mir übel, dass ich nun doch nicht mit dem Fischweib kämpfen würde. Dennoch war da noch immer etwas in mir, das sich davor fürchtete, erkannt worden zu sein. Etwas, das glaubte, er hasse mich nicht wegen ein paar Perlen, sondern weil ich die siebte Prinzessin war, die ihr Volk all seiner Hoffnungen auf eine bessere Zukunft beraubt hatte.

»Ich bin gleich zurück.« Aaron zwinkerte mir zu. Dann trat er an das Eisglas, legte die Hände darauf und summte das *Aperire*, jene uralte Melodie, die uns auch in den Untiefen stets Einlass in die Kuppeln gewährte.

Schon veränderte sich die Scheibe des Aquariums. Zuerst erzitterte sie kaum merklich dort, wo Aaron sie berührte. Dann war es, als würde eine Wellenbewegung das Glas zum Schwingen bringen. Es begann an Aarons Fingerspitzen, zog jedoch immer größere Kreise. Als hätte er einen Stein in einen Teich geworfen. Schließlich waberte das Eisglas unter seinen Handflächen hin und her, schien nachzugeben und gleichzeitig vorwitzig nach seinen Handgelenken zu schnappen.

Aaron atmete ein paarmal tief ein und aus. Einen Herzschlag später tat er einen Schritt nach vorne, geradewegs durch die Scheibe des Aquariums hindurch. Schon umfloss ihn das Wasser und verschluckte ihn.

Das Fischweib, das in Lauerstellung am Grund des Beckens gewartet hatte, schoss auf ihn zu. Pfeilschnell. Ohne Vorwarnung.

Doch Aaron hatte offenbar damit gerechnet und duckte sich einfach zur Seite weg. Wobei er sich außerdem, wie zufällig, ein Stück nach links treiben ließ, gerade so weit, dass das Fischweib ihn nicht mehr erreichen konnte, egal wie zornig es auch an seinen Ketten riss.

Die Bestie bleckte die Zähne und stieß einen Schrei aus. Durch Wasser und Glas drang er zwar nicht bis an meine Ohren, aber dennoch rann ein Schauer meinen Rücken hinab. Erst jetzt offenbarte sich nämlich der wahre Schrecken ihres Mauls: Die zarten rosafarbenen Lippen des mädchenhaften Mundes klafften nun ebenso auseinander wie auch ihre Wangen, ja sogar ihre Schläfen. Das Maul des Fischweibs zog sich wie eine riesige Wunde quer über sein gesamtes Gesicht bis zu den Ohren. Sein Kopf klappte förmlich auseinander. Und die zum Vorschein kommenden spitzen Zähne, in mehreren Reihen hintereinander angeordnet wie bei einem Hai, jagten eine Gänsehaut über meinen Nacken.

Mit aller Kraft zerrte es nun an den Ketten, die seinen Fischschwanz mit einem Felsen an der Hinterseite des Beckens verbanden. Immer wieder schnappten seine Kiefer zusammen, nur wenige Zentimeter entfernt von Aarons Brust.

Im Gastraum war es mucksmäuschenstill geworden und auch ich hielt inzwischen die Luft an, obwohl ich – anders als Aaron – natürlich problemlos hätte weiteratmen können.

Der hingegen ließ nun erste kleine Blasen aufsteigen, während er sich mit Ausfallschritten vorarbeitete. Viel Zeit blieb ihm nicht. Wir Hexen hatten in all den Jahren unter dem Meer gelernt, unseren Atem einzusparen, doch länger als ein paar Minuten kamen wir dennoch nicht ohne frischen Sauerstoff aus. Bisher hatte die Evolution bedauerlicherweise niemandem von uns Kiemen geschenkt. Dazu brauchte es wahrscheinlich noch ein paar Jahrtausende …

Die Muskelstränge auf Aarons Rücken spielten unter seiner hellen Haut, die im Wasser noch bleicher wirkte, als seine Hände plötzlich vorschnellten und nach den Locken des Fischweibs griffen. Hastig klaubte er etwas aus den blonden Strähnen. Ich sah die Perle zwischen seinen Fingern aufblitzen. Eine einzige von ihnen war wertvoll genug, um alle Dinge zu ersetzen, die Aaron und Damian bei ihrem Kampf mit den Donnerdrachen verloren hatten.

Aber offenbar wollte Aaron diese Chance, seine Finanzen aufzubessern, so umfassend nutzen, wie es nur ging. Anstatt sich also außer Reichweite des Biests zu bringen, dem nun vor Wut beinahe die blinden Augen aus den Höhlen quollen, tänzelte er erneut darauf zu. Mit der linken Hand fuchtelte er im Wasser herum, um es abzulenken, mit der rechten schnappte er sich eine weitere Perle. Wieder stieß das Fischweib einen stummen Schrei aus, wand sich, zog und zerrte gewaltsam in Richtung seines unwillkommenen Besuchers. Seine Kiefer klappten gefährlich nahe neben Aarons Wange zusammen und dann, gerade als dieser seelenruhig die dritte Perle ernten wollte, geschah es.

Die Ketten lösten sich, das Fischweib kam frei.

Ich schrie auf.

Binnen eines Wimpernschlags hatte es Aaron gepackt und gegen die Scheibe des Aquariums geschleudert. Dort presste es ihm nun die Arme auf den Rücken und öffnete das furchtbare Maul noch ein Stück weiter, machte sich bereit zuzubeißen, ihm das Fleisch in Fetzen von den Knochen zu reißen.

Ein Raunen ging durch die Gaststube.

»Sind die Ketten gerissen, oder …?«, flüsterte einer der Männer an der Bar.

»Bei der seelenlosen Prinzessin!«, entfuhr es einem anderen. »Das Untier wird ihn töten!«

Hilfe suchend sah ich mich um. Wo war Sigurd abgeblieben? Warum griff er denn nicht ein?

Doch von dem Wirt fehlte jede Spur. Weder hinter der Bar noch im Publikum war er zu finden. Ich wirbelte einmal um die eigene Achse.

Der Kopf des Fischweibs senkte sich derweil, die Haifischzähne näherten sich Aarons Halsschlagader. Es schnüffelte genüsslich an seiner Beute.

Da entdeckte ich eine Tür in der Wand neben dem Becken. Sie stand einen Spaltbreit offen, als wäre jemand in den Raum hinter dem Aquarium gegangen, um –

So ein Mistkerl!

Vom alten Sigurd war also keine Hilfe zu erwarten, kein Trick, mit dem er sein Fischweib bändigte.

Im Gegenteil!

Ich schnaubte vor Zorn. Mit einem Satz war ich bei der Scheibe aus Eisglas. Ehe ich mich's versah, summte auch ich das *Aperire* und spürte, wie Kälte und Härte sich unter meinen Handflächen auflösten. Wie Wasser meine Fingerspitzen umschloss.

Dann hatte ich Aaron auch schon bei den Schultern gepackt. Die Verwirrung der Bestie war meine einzige Chance.

Entweder ich nutzte das Überraschungsmoment oder Aaron würde als ihre nächste Mahlzeit enden.

Das Fischweib blinzelte, seine Nase zuckte, als nähme es verwundert meine Witterung auf. Sein Griff um Aarons Arme lockerte sich ein wenig, als es mit der gewaltigen Schwanzflosse in meine Richtung peitschte.

Mit einem Ruck riss ich Aaron zu mir, zerrte ihn durch die sich bereits wieder verschließende Scheibe, gerade noch rechtzeitig, bevor die Kiefer des Fischweibs zusammenschlugen. Genau dort, wo sich eine Sekunde zuvor noch mein rechter Unterarm befunden hatte.

Schwungvoll taumelten wir nach hinten und purzelten auf die gestampfte Erde des Gastraums. Keuchend blieben Aaron und ich dort nebeneinander liegen.

Wir sahen uns an. Aarons Haar klebte ihm in der Stirn, Wasser perlte seine Wange hinab und an seinen Schläfen pulsierte eine Ader in wildem Crescendo. Ich hob die Brauen. Aaron grinste.

»Danke –«, begann er schließlich, zuckte jedoch im selben Augenblick zusammen, als das Fischweib mit voller Wucht gegen die Scheibe des Aquariums schwamm und diese zum Erzittern brachte. Es war noch immer fuchsteufelswild. Unterdessen bestürmten die Gäste den nun plötzlich wieder aufgetauchten Sigurd, ihre Wettgewinne auszuzahlen. Das Pärchen mit dem Muschelgericht verließ derweil seinen Tisch, um Aaron und mich genauer in Augenschein zu nehmen.

Höchste Zeit also, von hier zu verschwinden.

»Schon gut.«

Ich wälzte mich auf die Seite und entdeckte Aarons Kette neben mir im Schmutz. Vor Schreck musste ich sie fallen gelassen haben. Der Anhänger schimmerte geheimnisvoll. Noch immer fragte ich mich, woraus das Ding wohl bestehen mochte. War es eine Schuppe? Oder eine versteinerte Koralle? Ich tastete danach. Hatte es diese geschwungene Form von der Natur erhalten oder war es von einem Hexenschmied bearbeitet worden?

»Okay«, keuchte Aaron neben mir. »Es geht wieder.« Er sprang auf die Füße und klaubte seine Klamotten zusammen, dann bemerkte er, dass ich immer noch ein wenig benommen am Boden hockte, streckte mir eine Hand entgegen und half mir auf. »Brauchst du etwas zum Abtrocknen?«

Er bot mir seinen Wollpullover an, doch ich schüttelte den Kopf.

Da ich das Becken nicht wirklich betreten hatte, waren lediglich meine Arme nass geworden. An Aaron hingegen rann das Wasser jetzt regelrecht in Bächen herab, von den Haaren über seinen Oberkörper und die lang gezogenen Glieder. Wenn hier jemand ein Handtuch benötigte, war er es.

»Na gut.« Er hielt mir nun stattdessen eine der Perlen unter die Nase. »Wollen wir dann endlich einkaufen gehen?«

Hinter ihm tobte noch immer das Fischweib und der alte Sigurd bedachte uns mit kaum freundlicheren Blicken.

»Ich kann es gar nicht erwarten«, sagte ich und näherte mich dem Ausgang.

Aaron hielt mir die Tür auf.

»Weißt du, das war jetzt schon das zweite Mal, dass ich dir heute das Leben retten musste«, überlegte ich im Durchgehen. »Erst lässt du dich von Donnerdrachen unter einem Haufen Beton begraben, dann gerätst du in die Fänge eines Fischweibs. Wie bist du bisher überhaupt ohne mich klargekommen?«

Aaron streifte seine Hose über, kaum dass die Tür hinter uns ins Schloss gefallen war. Ein Grinsen flackerte über seine Züge. »Och, normalerweise passt Damian natürlich auf mich auf. Was dachtest du denn, warum ich in meinem Alter schon einen Lehrling angenommen habe?«, erklärte er, schlüpfte in die Stiefel und zog sich den Pullover über den Kopf. »Aber danke, dass du eingesprungen bist, das war – Pardon, darf ich jetzt vielleicht etwas Nettes zu dir sagen?«

»Also, es wäre mir wirklich lieber, wenn nicht.«

»Bist du sicher?«

»Absolut.«

»Du weißt schon, dass das seltsam ist, Waisenmädchen?« Er betrachtete mich von der Seite. »Wieso hast du überhaupt solche Probleme mit Komplimenten? Ich meine, die bekommst du doch bestimmt am laufenden –«

Ich hob warnend einen Finger.

Aaron seufzte und wurde wieder ernst. »Na gut, na gut. Dann also wieder zurück zu unseren Einkaufsplänen. Immerhin haben wir die Perlen, auch wenn es ätzend war.«

»Superätzend«, pflichtete ich ihm bei.

Wir wanderten durch die Halle.

»Sigurd wollte wohl verhindern, dass ich ihn je wieder um eine Ernte erleichtern kann. Verdammter Sohn einer Seekuh!«, schimpfte er und ballte die Fäuste.

»Du solltest die Königin informieren. Das grenzte eindeutig an einen Mordversuch.«

Aaron schnaubte. »Du hast die letzten Jahre wirklich komplett abgeschottet in der Menschenwelt gelebt, was? Glaub mir, unsere Königin hat ganz andere Sorgen, seit das *Amulett der Winde* zusammen mit all ihren Gefangenen in den Untiefen verschwand.« Er zog mich mit sich in Richtung der Händler. »Komm, sie schließen bald und wir brauchen dringend neue Waffen und etwas Krebsscherenpulver.«

»*Krebsscherenpulver?*«, fragte ich alarmiert.

Doch Aaron zuckte bloß mit den Achseln. »Nur zum Feuermachen, keine Sorge. Damian und ich haben mit Blutmagie nichts am Hut, versprochen.«

Ich hob eine Augenbraue, sagte jedoch nichts. Die letzten Stunden hatten mich beinahe vergessen lassen, dass ich genauso wenig über Aaron und Damian wusste wie die beiden über mich. Donnerdrachen und Fischweiber hin oder her, im Grunde waren wir nichts weiter als Fremde, die zufällig ein Stück des Weges gemeinsam gingen, oder? Fremde mit Geheimnissen.

Als wir kurz darauf die Schatten zwischen den Kesselbooten erreichten, fiel mir außerdem auf, was ich noch immer in der Hand hielt. »Oh, hier«, murmelte ich. »Deine Kette.«

»Danke.« Aaron hängte sich das Schmuckstück wieder um den Hals, wobei er sorgsam darauf achtete, dass der Stoff seines Pullovers den Anhänger verbarg.

Mit zusammengekniffenen Augen beobachtete ich, wie er sich vergewisserte, dass nicht einmal mehr das Lederband hervorlugte.

»Ich habe so etwas noch nie gesehen. Ist das ein Glücksbringer oder so?«, fragte ich und hatte dabei selbst den Eindruck, dass meine Stimme eine Spur zu scharf klang.

Doch Aaron schien es nicht zu bemerken. »Genau«, sagte er und schüttelte gleich darauf den Kopf. »Nein, eigentlich nicht«, verbesserte er sich. »Es ist eher ein Erinnerungsstück. Eine Mahnung, wenn du so willst.«

Ich schluckte. »Wovor?«

Aaron schwieg eine kleine Weile und ich war mir nicht sicher, ob er überhaupt noch antworten würde. Wir befanden uns bereits in der Nähe des ersten Marktstandes. Er presste die Lippen zu einer dünnen Linie zusammen und sein Blick wirkte, als schweife sein Geist gerade sehr weit weg. Vielleicht in eine ferne, traurige Vergangenheit? Irgendetwas an diesem Blick kam mir vertraut vor. War es Reue oder … Nein, egal. Das Ganze ging mich nichts an.

»Na endlich!« Damian sprang wie aus dem Nichts vor uns auf den Weg. »Ich habe schon die Besten herausgesucht.« Er deutete auf drei Köcher voller Blitzklingen in seinem Arm. »Natürlich qualitativ nicht mit unseren zu vergleichen, aber es wird gehen. Du musst nur noch bezahlen.«

Aaron bestand darauf, die Ware in der Auslage selbst noch einmal zu begutachten. Doch am Ende seufzte er und schloss sich Damians Meinung an. Etwas Besseres würden wir hier leider nicht bekommen.

Aaron kramte eine der Perlen aus seiner Hosentasche hervor, während ich nur Augen für die Klingen hatte.

Wenn Menschen einen Blitz am Himmel sahen, schien er für sie lediglich ein Lichtphänomen zu sein. Ein kurzes, gleißend helles Aufflackern von Energie, das die Wolken in dieser typisch gezackten Form zerschnitt. Tatsächlich waren die Blitze von gewöhnlichen Gewittern auch kaum mehr als das. Kurzlebige, flackernde Dinger, mit denen im Kampf gegen einen Drachen nur wenig anzufangen war.

Die Blitze in *Anderen* allerdings waren von ganz besonderem Kaliber. Sie behielten ihre Zackengestalt, leuchteten und glühten unablässig und ließen sich zu eleganten Waffen schmieden, die auch nach Jahren noch vor Spannung knisterten. In der Sammlung meiner Mutter befanden sich sogar Exemplare, die bereits mehrere Hundert Jahre alt und dennoch noch immer so scharf waren, dass man sie kaum berühren konnte, ohne sich daran zu verletzen.

Die Klingen, die wir hier nun erstanden, jedoch … Ich beobachtete, wie die Luft um die Köcher herum flirrte, und versuchte angestrengt, ihren Inhalt nicht mit meinen früheren Waffen zu vergleichen.

Der Händler, ein widerlicher Typ mit Stirnglatze, war trotz allem eine harte Nuss. Er wusste wohl, dass wir auf seine

Ware angewiesen waren, denn seine Preisforderung bewegte sich in einer derart schwindelerregenden Höhe, dass es eine Frechheit war. Für diese schartigen Klingen! Dabei musste es doch auch in seinem Interesse sein, dass wir uns der Donnerdrachen annahmen!

Zum Glück waren dies anscheinend nicht die ersten Verhandlungen, die Aaron und Damian mit ihm führten. Und als die beiden ihn an eine Lieferung Muschelsalz erinnerten, die sie vor einigen Monaten für ihn aus einem gesunkenen Kesselsegler geborgen hatten, lenkte er schließlich doch ein.

Eine halbe Stunde später jedenfalls trug jeder von uns ein Holster mit zwei knisternden Blitzklingen auf dem Rücken. Mein wahres Ich konnte es kaum erwarten, die neuen Schneiden auszuprobieren. Ich war so lange nicht mehr bewaffnet gewesen, dass ich beinahe vergessen hatte, wie gut es sich anfühlte, diese elektrische Spannung in meinem Nacken zu spüren. Auch die Jungs wirkten erleichtert. Keiner von uns war wohl gern wehrlos …

Beschwingten Schrittes wandten wir uns in Richtung des Kräuterstandes, zwei Kesselboote weiter. Die Hexe, die in ihrer Auslage fein gesponnenes Algengarn, getrockneten Seefenchel und Schlick in den unterschiedlichsten Farben und Körnungen feilbot, war alt. Sehr alt, selbst für unseresgleichen. Und winzig klein, sie reichte Aaron kaum bis zum Bauchnabel. Das weiße Haar klebte ihr strähnig auf dem Kopf. Ihre Hände steckten in löchrigen Handschuhen und der Rock ihres Kleides war so weit, dass es aussah, als trüge er die zierliche Gestalt umher und nicht umgekehrt. Durch eine Brille, so dick wie die Böden von Marmeladengläsern, strahlte die Alte zu uns herauf.

»Oh, kommt herein, nur herein mit euch!«, säuselte sie mit schriller Stimme, sobald sie uns erblickte, und schlurfte ins Innere des Kesselbootes. Bei jedem Schritt kicherte sie ein wenig in sich hinein.

Wir folgten ihr durch einen klimpernden Vorhang aus Eisglasperlen und fanden uns schließlich in ihrem kreisrunden Heim wieder, das zugleich als Warenlager diente und bis zur Decke vollgestopft mit Regalen voller seltsamer Dinge war. Dinge, die ich im Palast definitiv niemals gesehen hatte. Dinge, die mir einen Schauer über den Rücken jagten. Es schien, als verkaufte diese Frau die Zutaten für jeden nur erdenklichen Zauber … Allein für all die Muschelhörner dort auf dem Schrank musste sie die entlegensten Winkel der Weltmeere bereist haben. Und das alles in dieser Nussschale?

Wobei, wahrscheinlich überraschte mich hier nur diese ungewohnte Schäbigkeit, oder? Kesselboote galten schließlich als so ziemlich unverwüstlich, egal um welches Modell es sich handelte. Es gab die Dinger, die den Urwerkzeugen unseres Volkes nachempfunden waren, sowohl aus Kupfer oder Zinn als auch aus Eisen oder Stahl, allesamt geschmiedet in den Tiefen unterseeischer Vulkane. Und es brauchte schon einen ausgewachsenen *Anderen*, um eines der bauchigen Gefährte zu versenken, das mit einem Deckel luftdicht abgeschlossen werden konnte. Selbst Türen und Bullaugen bestanden aus unzerbrechlichem Eisglas. Die einzige Schwachstelle, so meinte ich mich zumindest an eine Unterrichtsstunde in grauer Vorzeit zu erinnern, bildete das Ruder, das wie ein gewaltiger Löffel aussah.

Ich persönlich war bis zu meiner Flucht selbstverständlich stets in den luxuriösen Varianten aus Kupfer mit weich gepolsterten Sesseln und Vorhängen aus Muschelseide gereist. Ein Exemplar wie dieses hier, mit Rostflecken an den Wänden und blinden Fenstern, hatte ich nur ein einziges Mal betreten – in jener schrecklichen Nacht. Und allzu viel war mir von der Fahrt durch die Dunkelheit nicht mehr in Erinnerung geblieben.

Ein Frösteln überkam mich, sobald mir der Geruch von feuchtem Eisen und Seepockenbewuchs in die Nase stieg. Für den Bruchteil eines Augenblicks kam es mir so vor, als würde ich erneut aus den Trümmern des Kerkers klettern und um mein Leben rennen.

Dann nahm die Alte plötzlich meine Hand und schüttelte sie. »Ich bin Faralda«, stellte sie sich vor. Ihr Griff war fester, als ich erwartet hatte.

»Äh, Robin«, sagte ich. »Eigentlich Roberta. Aus dem Ostmeer.«

»Sie hilft uns mit den Donnerdrachen«, ergänzte Damian, der es sich bereits unaufgefordert in der Sitzgruppe in der Raummitte gemütlich gemacht hatte, die über und über mit Häkeldeckchen dekoriert war.

»Ah!« Die Augen hinter den dicken Brillengläsern blinzelten. »Wenn das so ist, willkommen an Bord, Robin!« Faralda gluckste erneut vor sich hin und bedeutete mir, ebenfalls Platz zu nehmen.

Ich stellte meinen Köcher ab und zwängte mich neben Aaron auf die umhäkelte Eckbank. Während Damian mit seinem Stuhl herumkippelte, kramte die Alte in einem staubigen Büfettschrank herum. Kurz darauf schob sie jedem von uns einen Becher dampfender Schlickschokolade zu und kletterte über einen Hocker auf den Lehnsessel am Kopfende des Tisches.

»Wie ich sehe, habt ihr ein paar halbwegs nützliche Klingen ergattern können. Ich hoffe, Jakub hat euch nicht übers Ohr gehauen? Und wie geht es deiner Schulter, Aaron?«, erkundigte sie sich und kräuselte die lange Nase. »Brauchst du noch mehr gefrorenen Meerschaum? Einen Rest hätte ich noch übrig.«

»Nein, es geht schon.« Aaron legte die zweite Perle auf den Tisch, um stattdessen nach dem Salzstreuer zu greifen und seine Schlickschokolade … (Herrje, was lief falsch bei diesem Kerl?) Er nippte zufrieden an seinem frisch gewürzten Getränk. »Du hast uns bereits genug geholfen. Aber wenn du uns noch ein paar Zutaten für eine Beschwörung verkaufen würdest, wäre ich dir ewig dankbar«, sagte er.

»*Ewig* ist eine lange Zeit«, meinte Faralda. »Sogar für mich.« Sie schmunzelte in ihren Kakao hinein und so langsam bekam dieses ständige Kichern etwas Unheimliches.

Ihr Blick fiel auf mich und ich fuhr zusammen.

»Sag, wie alt bist du, meine Liebe?«, wollte sie wissen.

»Achtzehn«, log ich, ohne mit der Wimper zu zucken. Ihre Augen weiteten sich und ihr Gegluckse verstummte jäh.

»Ihr seid alle so jung und schon so weit von der Heimat entfernt! Achtzehn, sie ist ja noch ein Baby!« Sie rückte ihre Brille zurecht. »Aaron, du solltest Robin wirklich nicht in deine Geschäfte mit hineinziehen. Schlimm genug, dass du dich und Damian in Gefahr bringst!«

Ich räusperte mich. »Also, eigentlich –«

Doch Aaron schüttelte den Kopf. »Zwecklos«, raunte er mir zu. »Sie hält sogar Sigurd für einen ungezogenen Jungen und der ist mindestens sechzig.«

Okay, vermutlich war sie eine sehr alte, sehr verrückte Frau …

»Aber wir sind nun einmal Sturmjäger. Das ist unser Beruf«, erklärte Damian, der sich wohl in seiner Ehre angegriffen fühlte. »Ich würde ja auch lieber bei dir bleiben und den ganzen Tag Schlickschokolade trinken, bloß leider müssen wir unseren Lebensunterhalt verdienen.« Er fuhr sich durch das stoppelige Haar. »Die Zeiten, in denen die großen Wetterküchen genug für alle abwarfen, sind lange vorbei. Es ist nicht mehr wie in deiner Jugend.«

Faralda seufzte. »Ist ja gut. Ich weiß, ihr hört sowieso nicht auf mich. Aber das Mädel … Sie ist etwas Besonderes. Versprecht mir wenigstens, dass ihr auf sie aufpasst, in Ordnung?«

Ihre wässrigen Augen ruhten schon wieder auf mir. Ich strich mir eine Haarsträhne ins Gesicht und rutschte unbehaglich auf meinem Platz hin und her. Dieses Interesse an mir könnte schnell zum Problem werden. Ich schluckte. Zum Glück schien auch Aaron genug von dem Thema zu haben.

»Klar, bei uns ist sie sicher«, sagte er und leerte den Rest seiner Schlickschokolade in einem Zug. »Hast du übrigens noch etwas Krebsscherenpulver und ein Bündel Regenreisig in deinem Vorrat?«

Faralda nickte. »Natürlich«, krächzte sie. »Auch wenn das ganz und gar nicht so klingt, als hättet ihr irgendetwas vor, bei dem man auch nur im Entferntesten in Sicherheit sein könnte.« Sie erhob sich. Obwohl sie sich zu ihrer vollen Größe aufrichtete, überragte der sitzende Aaron sie. Daher sah es auch etwas merkwürdig aus, als sie sich auf die Zehenspitzen stellte, um ihm kurz über die Wange zu streichen. »Dein Vater war genauso ein Hitzkopf. Und eines Nachts war der Sturm, mit dem er sich anlegte, eine Nummer zu groß für ihn. Du weißt, er hätte sich etwas anderes für seinen Sohn gewünscht.«

»Ja«, sagte Aaron und tätschelte ihre knotige Hand. »Und doch ist es offenbar mein Schicksal.«

»Vielleicht.« Faralda schmunzelte nun wieder. »Vielleicht aber auch nicht.«

Für einen Moment sah es so aus, als wollte sie ihm noch wie einem kleinen Jungen das Haar verwuscheln. Dazu hätte sie aber wohl den Hocker benötigt und schließlich wandte sie sich doch ab und begann stattdessen, erneut in Schränken und Kisten herumzukramen. Vor allem das Krebsscherenpulver war anscheinend schwer zu finden.

Irgendwann erhob sich auch Damian. »Soll ich suchen helfen?«

»Ist sie deine Großmutter?«, fragte ich Aaron derweil leise.

»Nein«, sagte er. »Aber sie hat mich praktisch aufgezogen.« Er sah mir nun direkt in die Augen. »Und ich vertraue niemandem, dem sie nicht auch traut«, fügte er kaum hörbar hinzu.

»Ach, so ist das also.« Ich verschränkte die Arme vor der Brust. »Wir sind nicht nur wegen der Vorräte hier. Das ist ein Test.«

Er spielte mit seiner leeren Tasse herum. »Es war einer, ja. Entschuldige. Aber all diese Zufälle, ich meine, wir haben dich unmittelbar bei diesem Köder gefunden …«

»Ist schon okay. Ich verstehe das. Ich traue dir auch nicht.«

»Nein?« Er ließ die Tasse in Ruhe und seine Mundwinkel zuckten. »Dann passt es ja.«

»Vermutlich«, sagte ich und wünschte mir plötzlich aus irgendeinem unerfindlichen Grund, dass es anders wäre. Dass Aaron mir vertrauen und wir einfach Freunde werden könnten und –

»Was habe ich verpasst?«, fragte Damian und knallte ein Einmachglas gefüllt mit grünlichem Pulver auf den Tisch.

»Ach, wir sprachen nur darüber, dass ihr wer weiß wer sein könntet.« Ich winkte ab.

»Hä?« Damian runzelte die Stirn und blickte zwischen uns hin und her.

»Und darüber, dass, wenn es deine große Klappe nicht

schafft, deine Neugier dich eines Tages in echte Schwierigkeiten bringen wird«, ergänzte Aaron.

»Sehr witzig.«

»Oder auch nicht.« Aaron wandte sich nun ganz dem Krebsscherenpulver zu. Um es zu beurteilen, drehte er es im Licht der Hängelampe. »Perfekt«, murmelte er schließlich. »Damit wird es klappen.«

Auch Damian nickte zufrieden. »Gut abgestanden, was?«, fragte er.

»Ehrlich?« Mir erschien das Zeug ja eher schimmelig. »Darf es denn so grün sein? Ich dachte eigentlich immer, es wäre dunkelrot. Na ja, wegen der Blutmagie«, nuschelte ich.

»In diesem Punkt irren sich in der Tat die meisten«, erklärte Faralda, die mit einem Mal neben mir stand und mir ein in Zeitungspapier eingeschlagenes Bündel in die Hand drückte. »Achtung, das Regenreisig ist blau. Nicht erschrecken beim Auspacken.« Sie zwinkerte mir zu.

»Bestimmt nicht«, versprach ich. Regenreisig gab es in Atlantis an jeder Ecke. Trotzdem war es ungewohnt, nach viereinhalb Jahren wieder etwas davon in Händen zu halten. Vorsichtig trug ich das Päckchen zur Tür, während Aaron und Damian Faralda dazu überreden wollten, im Gegenzug für ihre Hilfe eine Perle anzunehmen. Doch es war zwecklos.

»Ihr braucht sie dringender als ich. Nein, denkt nicht mal dran. Raus mit euch!«, wehrte sie all ihre Einwände ab und schob die beiden förmlich hinaus. »Und damit basta.«

»Aber –«, versuchte es Aaron noch einmal, doch da klimperte der Eisglasvorhang, ein letztes Glucksen erfüllte die Luft und Faralda schlug uns die Tür vor der Nase zu.

»Das war klar.« Damian zuckte mit den Achseln. »Du kennst sie doch.«

»Eben«, brummte Aaron. »Deshalb frage ich mich ja auch, wann sie zum letzten Mal etwas Vernünftiges gegessen hat, so dürr, wie sie geworden ist. Aber gegen ihren Dickschädel werde ich wohl niemals ankommen.« Noch immer vor sich hin grummelnd steckte er die Perle wieder ein.

Selbst Faraldas Auslagen waren, wie von Zauberhand, zusammen mit ihr verschwunden. Ich sah mich um. Auch die übrigen Händler hatten ihre Stände für heute geschlossen. Nirgendwo war eine einzige Hexenseele mehr zu entdecken. Der ganze Markt lag wie ausgestorben da und ich war mir fast sicher, dass sogar das Bollern des Kessels im Leuchtturm über unseren Köpfen verstummt war.

Nur aus dem Wirtshaus vom hinterlistigen Sigurd drang nun lauteres Stimmengewirr als zuvor. Darunter war immer wieder das Plätschern von Wasser zu hören, als hätte jemand Mühe, das Fischweib wieder einzufangen.

Geschah ihm recht.

Ich presste das Regenreisig an meine Brust und folgte Aaron und Damian zur Treppe, die uns wieder hinauf in den Leuchtturm und zurück in die Welt der Menschen führte. Wie schon der Abstieg fühlte sich auch der Rückweg merkwürdig an. Als kröchen wir aus der Unterwelt empor zurück ins Licht. Oder erwachten aus einem fernen Traum. War ich heute Nachmittag wirklich in das Reich der Hexen zurückgekehrt, hatte gegen ein Fischweib gekämpft und mit einer seltsamen Alten über Krebsscherenpulver gefachsimpelt? Mit jeder Stufe kam mir all das unwirklicher vor.

Doch das Holster mit den Klingen ruhte auf meinem Rücken.

Und als wir ein paar Minuten später auf die von Laternen beleuchtete Straße hinaustraten, fiel mein Blick erneut auf das Bündel in meinen Armen. Regenreisig. Kein Zweifel. Echtes Regenreisig aus meiner Heimat.

Allerdings war das, was ich bisher für Zeitungspapier gehalten hatte, wohl eher ein Plakat. Oh ja, ein rissiges, vergilbtes Plakat aus Algenkarton. Die Tinte darauf war mit den Jahren ausgeblichen.

Mein Atem stockte.

Noch immer konnte man das Gesicht des Mädchens darauf erkennen, nach dem gesucht wurde. Das Mädchen, das einst einen Fehler begangen hatte, für den es nun bezahlen sollte.

Auf dem Bild mochte es gerade zwölf Jahre alt sein, trug ein Kleid mit Rüschen und ein Diadem auf dem Kopf. Das Haar fiel der Kleinen in sanften Locken über die Schulter und sie blickte dem Betrachter trotzig entgegen.

Zum allerersten Mal war ich froh darüber, dass die königlichen Maler dazu neigten, die Mitglieder unserer Familie stets ein wenig hübscher darzustellen, als sie in Wahrheit waren. Mit diesem Mädchen in Ballrobe hatte ich nun wirklich nicht mehr viel gemeinsam. Höchstens vielleicht die hellen Augen.

Doch der Text unter dem Bild erstickte meine Erleichterung bereits in der nächsten Sekunde. Darin versprach meine Mutter demjenigen einen gewaltigen Finderlohn, der ihr die siebte Prinzessin brächte. Die Prinzessin oder ihren Kopf. Tot oder lebendig.

Das war der Königin nämlich ganz und gar gleich.

Ein Kloß bildete sich in meinem Hals. Tränen schossen mir in die Augen. Natürlich hatte es so kommen müssen. Ihre Majestät der Tiefe – meine eigene Mutter! – hatte mich zum Tode verurteilt. Ein Kopfgeld war ausgesetzt worden. Ich hatte es bereits vermutet. Dennoch traf es mich, die Worte nun schwarz auf weiß auf diesem Plakat zu lesen. Es traf mich weitaus mehr, als ich für möglich gehalten hatte.

Tot oder lebendig. *Tot oder –*

»Also dann, bis morgen«, sagte Aaron, als wir kurz darauf die Straßenecke erreichten, an der sich unsere Wege trennten.

Die Jungs würden in ihrem Kesselsegler übernachten, der irgendwo im flachen Wasser vor Anker lag. Auf mich wartete die WG und hoffentlich ein Taschentuch … Ich unterdrückte ein Schniefen. Doch Aaron entging es nicht.

»Hey.« Er musterte mich. »Ist … alles in Ordnung mit dir? War es zu viel für dich? Die Erinnerung an deine Vergangenheit?«

»Nein, ach, ich weiß nicht«, sagte ich und blinzelte. Was hatte ich mir nur dabei gedacht, wieder Kontakt mit der Hexenwelt aufzunehmen? Nichts hatte sich verändert, gar nichts.

»Ich mache mir vor allem Sorgen wegen der Drachen«, nuschelte ich schließlich. »Wir sehen uns dann morgen am Strand, wie besprochen. Gute Nacht.«

»Wir schaffen das schon. Bald sind wir die Biester los!«, versuchte Damian noch, mich zu beruhigen.

Doch da hatte ich ihm und Aaron bereits den Rücken zugekehrt und hastete davon in die Dunkelheit.

9

Chimären am Strand

$\mathcal{E}$s dauerte eine halbe Ewigkeit, bis Andreas in dieser Nacht endlich schlafen ging. Bis weit nach Mitternacht patrouillierte er quasi im Fünfminutentakt den Flur entlang, als wären Fiona, Louisa und ich Schwerverbrecherinnen, die jeden Augenblick eine Bank ausrauben oder – schlimmer noch – unerlaubten Jungsbesuch bekommen könnten! Es war total lächerlich und nervig. Vor allem, da es mich von meinen Plänen abhielt.

Irgendwann allerdings (ich hatte schon befürchtet, es würde bis zur Dämmerung so weitergehen) fielen Andreas dann wohl doch die Augen zu, dem Gott des Schicksals sei Dank! Gegen vier Uhr früh wurden seine schlurfenden Schritte jedenfalls von einem kaum weniger nervtötenden Schnarchen abgelöst, das vom Wohnzimmer her durch die Wohnung schallte.

So wagte ich es schließlich, Bo unter dem Bett hervorzuholen und mich nach draußen zu schleichen. Den ganzen Weg hinunter bis zum Strand schwamm der Kleine vor Freude wild im Kreis herum und stupste immer wieder gegen das Goldfischglas in meinen Händen. Auch ich war erleichtert, zur Abwechslung mal etwas Gewohntes zu unternehmen, ohne Donnerdrachen und fremde Hexer. Nach all der Aufregung brauchte ich das Meer und den Wind dringender denn je, um wieder einen klaren Kopf zu bekommen und meine Fassung zurückzugewinnen.

Die Nacht war finster.

Neumond.

Ich hielt meine Lider eine Weile geschlossen, während ich in der Brandung stand und dem ewigen Auf und Ab der Wellen lauschte. Die Flut hatte bereits vor ein paar Stunden eingesetzt, der Morgen nahte. Doch ich fühlte mich kein bisschen müde. In meinen Gedanken spukten noch immer dieselben Worte herum wie am Abend zuvor: *Tot oder lebendig. Tot oder lebendig.*

Zu Hause hatte ich das Plakat natürlich sofort gegen ein Stück Zeitungspapier ausgetauscht. Nicht auszudenken, wenn Aaron und Damian es sähen und mich womöglich doch noch erkannten! Das Regenreisig war nun stattdessen in ein altes Supermarktprospekt gewickelt und das Plakat selbst hatte ich heimlich im Waschbecken verbrannt. Schade, dass die Flammen nicht auch meine Erinnerung daran ausgelöscht hatten.

Ich schluckte. Nein, ich musste mich zusammenreißen. Es

war keine Überraschung für mich, eine Ausgestoßene zu sein, eine gesuchte Verräterin. Wieso stellte ich mich plötzlich so an? Hatte ein winziger Teil von mir am Ende etwa immer noch gehofft, dass ich mich irrte und meine Mutter mich doch nicht hinrichten lassen wollte? Wie idiotisch!

Außerdem hatte ich schon wieder Kopfschmerzen. Verdammt!

Langsam ging ich in die Hocke und grub das Glas in den nassen Sand, sodass die nächste Welle Bo mit sich tragen konnte. Hinaus in die Weiten der See.

Für einen echten Goldfisch wäre das Salzwasser vermutlich wenig verträglich gewesen, aber Bo tat ja auch nur so, als wäre er einer. Oder manchmal auch zwei, so genau konnte man das eigentlich nie sagen. Wenn ich es recht bedachte, hatte er sogar meistens mehrere Köpfe …

Die Brandung rollte auf uns zu und floss bereits einen Wimpernschlag später in den Bauch des kugeligen Glases, um Bo abzuholen. Trotz der Dunkelheit erkannte ich, wie er erfreut eine Pirouette drehte und sich anschließend in die Fluten stürzte. Ohne sich noch einmal umzusehen, ließ er mich und das Goldfischglas am Strand zurück. Ich klaubte es wieder aus dem Sand, dann legte ich den Kopf in den Nacken und betrachtete den mondlosen Himmel.

Die Nacht war klar, offenbar hatten Damian und der alte Hexer den Nebel doch vollständig unterheben können … Nach den Stürmen der letzten Tage hatte ich trotzdem nicht damit gerechnet, so viele Sterne sehen zu können. Ich seufzte und begann damit, sie zu zählen, um mich von dieser erschreckenden Weite über mir abzulenken.

Bo würde sicher erst in einer Stunde oder so zurückkehren ... Bo oder einer seiner Brüder. Auch das wusste ich nie. Doch ich wartete gern auf ihn. Es war nett, dass stets ein Mitglied des Schwarms bei mir blieb. So war ich in den vergangenen Jahren zumindest nicht vollkommen allein gewesen.

Das ehrwürdige Orakel, die Chimäre, die in Wahrheit ein Schwarm aus Tausenden winziger Lebewesen war, die zusammen die verschiedensten Gestalten annehmen konnten, dankte mir auf diese Weise noch immer für das, was ich für sie getan hatte. Dass ich sie aus den Kerkern des Palasts befreit und dafür so ein großes Opfer gebracht hatte.

Natürlich hatte ich damals nicht absehen können, was es mich wirklich kosten würde.

Mein Verderben hatte schließlich recht harmlos begonnen: Auf meinen Streifzügen durch die Gewässer um Atlantis war mir ein winziger Teil des Schwarms begegnet und hatte mich um Hilfe gebeten. Und weil ich nun einmal ich war und die sagenumwobene Prinzessin der Prophezeiung hatte sein wollen, hatte ich Nachforschungen angestellt. Dabei hatte ich herausgefunden, dass meine Familie den Rest dieses seltsamen Wesens, das die Zukunft sehen, seine Gestalt ändern und sich sogar in viele einzelne Wesen aufteilen konnte, bereits seit Generationen gefangen hielt, um seine Kräfte für sich zu nutzen. Na ja, letztlich hatte ich mich entschieden, ihm zu helfen, und die Gelegenheit genutzt, als meine Mutter mich an meinem Geburtstag ausnahmsweise einmal das mächtige *Amulett der Winde* tragen ließ.

Was war schon Hochverrat, wenn das Lieblingskind der Königin ihn beging, hatte ich gedacht. Und wieso sollte das Öffnen eines verbotenen Verlieses ein so großes Problem sein?

Die Chimäre verdiente jedenfalls ein besseres Schicksal! Ein solch majestätisches Geschöpf, versklavt und weggesperrt in immerwährender Dunkelheit!

Doch was als Heldentat einer jungen Prinzessin begonnen hatte, war so furchtbar schiefgelaufen wie nur möglich. Ohne es zu wollen, hatte ich meine Mutter der wichtigsten Insignie ihrer Macht beraubt. Ganz zu schweigen von der Tatsache, dass neben dem Orakel auch die übrigen Kerkerinsassen entkommen waren.

Tot oder lebendig.

Die Königin würde mir niemals vergeben und auch ich verfluchte noch immer meine Naivität.

Allerdings erinnerte mich Bos Gesellschaft daran, dass das Ganze auch etwas Gutes mit sich gebracht hatte:

Die Chimäre war nun frei.

Anders als Fischweiber und -kerle, die unser Fleisch fressen, oder Donnerdrachen, die unsere Städte verwüsten wollten, hatte sich die Chimäre einfach nur danach gesehnt, in Frieden zu leben. Und zumindest das konnte sie nun.

Ein Plätschern mischte sich in das Grollen der Brandung.

Nanu!

Ich blinzelte, überließ die Sterne ihren unergründlichen Bahnen und richtete meinen Blick stattdessen wieder auf die schwarz schimmernde See. Und tatsächlich: Ich hatte mich nicht getäuscht, der Schwarm war da. Es geschah selten, dass die Chimäre sich mir zeigte. Meistens verschwand Bo einfach in den Wellen und kehrte nach einer Weile in haargenau derselben Gestalt in sein Goldfischglas zurück und das war's. Als würde ich ihn Gassi führen.

Jetzt jedoch hatte sich der Schwarm nur ein paar Meter von mir entfernt knapp unter der Wasseroberfläche versammelt. Unzählige Leiber wanden sich dort silbrig im Sternenlicht, schienen wie das Meer selbst ineinander überzugehen und sich wieder zu trennen. Nirgendwo zu beginnen, nirgendwo zu enden. Auch als es nun langsam emporstieg, entzog sich das fließende Etwas noch immer jedweder Form. Mal wirkte es wie eine weitere Welle, mal wie die Gestalt eines vielarmigen Ungeheuers, das sich aus den Tiefen erhob.

Schließlich schwebte es einen Moment lang als eine Art helle Kugel über dem Wasser, als wollte es das Fehlen des Mondes in dieser Nacht ausgleichen. Ein paar Sekunden später zerfloss es erneut, dieses Mal zu etwas, das ein Mensch hätte sein können – zumindest aus der Ferne betrachtet. Seine Konturen wurden schärfer und schärfer.

Ich blinzelte einmal und dann stand *er* in der Brandung: ein Junge mit silbernem Haar und einer Haut wie weißer Marmor.

Der Schwarmprinz!

In all den Jahren hatte ich ihn nur eine Handvoll Male zu Gesicht bekommen. Immer dann, wenn es einen wichtigen Grund gegeben hatte. Bei unserer gemeinsamen Flucht aus Atlantis hatte er das alte Kesselboot für mich gekapert. Als ich obdachlos gewesen war, hatte er den Streetworker des Jugendamtes auf mich aufmerksam gemacht. Und als vor zwei Jahren eine meiner älteren Schwestern auf der Durchreise zu den Meeren des Südens hier für einige Tage Rast eingelegt hatte, war er derjenige gewesen, der mich rechtzeitig gewarnt hatte, sodass ich mich mit einer angeblichen Grippe in mein Zimmer hatte verkriechen können.

Der Schwarmprinz erschien nicht zum Spaß.

Er war die Gestalt des Orakels, das unserem Volk schon bei meiner Geburt große Veränderungen prophezeit hatte. Damals, als meine Mutter es noch gefangen gehalten und es bei jeder sich bietenden Gelegenheit zu befragen versucht hatte.

Auch heute lächelte der Schwarmprinz mir freundlich, aber zugleich ernst entgegen, während eine Brise (ich hätte schwören können, dass es der Ostwind war) neugierig an seinem Haar zupfte.

Vorsichtig ging ich auf ihn zu, weil ich fürchtete, zu hastige Bewegungen könnten ihm Angst machen. Die Chimäre war scheu und die halbe Ewigkeit, die sie in der Finsternis der Kerker hatte verbringen müssen, hatte sie noch schreckhafter werden lassen.

Doch der Prinz bewegte sich nicht, auch als ich schließlich

direkt gegenüber von ihm stehen blieb. Nur eine Armeslänge trennte uns jetzt noch voneinander.

»Undina Severina Mare«, begrüßte er mich mit einer Stimme, die seltsam hallte, weil es natürlich viele Stimmen waren, die sich zu einem geisterhaften Chor verbanden. »Wir bringen Euch Kunde aus den Tiefen, holde Prinzessin. Die Zeiten sind finster, Eure Mutter rüstet sich zum Kampf.«

»Ja«, sagte ich. »Ich hörte, sie hat hundert Blitzklingen bestellt, und das vermutlich nicht nur bei einem Sturmjäger. Aber warum will sie in den Krieg ziehen? Gegen *wen* überhaupt?«

Natürlich beantwortete der Schwarmprinz keine Fragen. Normalerweise berichtete er, was er zu sagen hatte, und dann verschwand er wieder. Auch nun fuhr er fort, als hätte er meine Worte gar nicht gehört: »Nehmt Euch in Acht, man plant, Euch zu jagen und das *Amulett der Winde* zu verlangen. Doch das Verborgene ist nicht länger Euer Weg.«

Ich schluckte. »Aber …«, begann ich. »Was meinst du damit? Das Amulett wurde zerstört.«

Sein Gesicht blieb regungslos wie das einer Statue.

»Was wollen die Donnerdrachen hier? Kann ich Aaron und Damian trauen?« Ich biss mir auf die Lippe. »Was soll ich tun? Fliehen?«, versuchte ich es weiter.

Der Schwarmprinz streckte eine Hand nach mir aus. Die Bewegung war fließend und wirkte dennoch unnatürlich. *Zu* geschmeidig. Zwar hatten die Jahrhunderte unter den Meerhexen das Orakel gelehrt, menschliches Verhalten einigermaßen glaubhaft nachzuahmen, aber perfekt war es darin nicht. Ich jedenfalls würde den Schwarm wohl immer erkennen.

Die mondweißen Finger des Prinzen schlossen sich um meine und drückten sie. Ein Schauer rann über meinen Nacken, weil es sich anfühlte, als würden unzählige Leiber über meine Haut gleiten. Und doch war die Chimäre in diesem Moment lediglich eine einzige Person. Ein Junge mit fein geschnittenem Gesicht und schmalen Schultern.

Ich sah mein eigenes Spiegelbild in den dunklen Augen, während die blassen Lippen sich nun langsam, sehr langsam zu einem Lächeln verzogen, das so neu für ihn wirkte, als hätte der Schwarm es eigens für mich einstudiert.

»Viel Glück, Robin«, flüsterte die Chimäre im Chor. »Viel Glück.«

»W…wobei?«, stammelte ich. »Was weißt du über das Amulett?«

Der Schwarmprinz nickte.

»Soll das heißen –?«

Da löste sich plötzlich etwas von seiner rechten Schulter und schnellte auf mich zu. Instinktiv wollte ich in Deckung gehen, doch ich war zu langsam. Einen Herzschlag später landete das Etwas bereits platschend im Goldfischglas, das ich noch immer im Arm gehalten hatte, ohne dass es mir bewusst gewesen war.

Bo war zurück.

Und der Schwarmprinz zerfiel, bröckelte und wurde erneut zu vielen einzelnen Wesen, manche von ihnen sahen aus wie kleine Fische, andere erinnerten mehr an Quallen. Die Züge des Prinzen verschwammen jetzt rasend schnell, der Griff seiner Hand lockerte sich und die nächste Welle spülte die Beine unter seinem Körper einfach fort. Schon sackte er in sich zusammen, sein Haar verflüssigte sich und tropfte aufs Wasser.

Sein Lächeln zerfloss im Sternenlicht.

Dann war er fort.

Der Schwarm zerstreute sich in den Weiten der Weltmeere.

Mir blieb nur Bo. Und mit ihm die seltsame Weissagung des Orakels.

Einige Stunden später traf ich mich mit Aaron und Damian am Fuße der Klippen, um Krebsscherenpulver und Regenreisig zu entzünden und den Suchzauber zu sprechen, der uns den Aufenthaltsort des Donnerdrachenrudels verraten sollte.

Die beiden hatten einen kleinen Zinnkessel von der Größe eines Kochtopfs mitgebracht, unter dem wir nun die grünlichen Flammen schürten. Das Regenreisig knisterte im Feuer und verströmte den Geruch von Sonnenschein auf hoher See, während nicht weit entfernt von uns Aarons und Damians schmaler Kesselsegler auf den Wellen schaukelte.

Beide Jungs wirkten übrigens ziemlich verschlafen, als wären sie gerade erst aufgewacht. Damians Haar stand auf der einen Seite schräg von seinem Kopf ab und Aaron hatte einen Kissenabdruck auf der Wange. Nun gähnte er schon zum dritten Mal herzhaft. Was hatten sie denn noch getrieben?

»Lange Nacht?«, fragte ich.

»Wir mussten die Küste ja unbedingt zum hundertsten Mal nach Ködern absuchen. Sicherheitshalber«, sagte Damian und verdrehte die Augen in Aarons Richtung.

Das Meerwasser im Kessel kräuselte sich bereits leicht, als würde es jeden Moment anfangen zu kochen. Wie ein Kind stocherte Damian mit einem Stock in den Flammen herum.

»Und?« Mein Blick wanderte zu Aaron. Waren die beiden etwa auf weitere dieser schrecklichen Ausgeburten der Blutmagie gestoßen? Schon allein bei der Erinnerung an den Köder hatte ich das Gefühl, plötzlich nicht mehr richtig atmen zu können.

Doch Aaron schüttelte den Kopf. »Nichts«, sagte er. »Wir sind die gesamte Stadtgrenze abgegangen. Aber wer auch immer die Drachen anlocken wollte, hat es zumindest gestern nicht noch einmal probiert.«

»Das ist wenigstens etwas«, murmelte ich.

»Hm ... schon.« Aaron presste die Lippen aufeinander.

»Ach, ich verstehe diese ganze Sache nicht. Wer könnte wollen, dass Donnerdrachen eine Stadt der Menschen angreifen?«

»Haben die Hexen im Leuchtturm eigentlich eine Meinung zu dieser Sache? Habt ihr mit Faralda darüber gesprochen?«

Aaron zuckte mit den Achseln. »Sie hat auch keinen blassen Schimmer, was dahinterstecken könnte. Aber natürlich meint sie, wir sollten lieber Ihre Majestät informieren, anstatt die Sache selbst anzugehen.« Er seufzte.

Ich versuchte, mit aller Macht ruhig zu bleiben. »Die Königin weiß also noch nichts?«, erkundigte ich mich betont beiläufig.

»Nein, ich schätze, selbst der alte Sigurd kann sich Schöneres vorstellen, als die Soldaten Ihrer Majestät zu bewirten, und außerdem –«

»Hey!«, rief Damian plötzlich und deutete mit seinem Stock auf den Kessel. »Ich glaube, es ist so weit. Wir sollten anfangen.«

Tatsächlich blubberte das Meerwasser nun vor sich hin und der aufsteigende Dampf begann, sich blau zu färben. Blau wie das Regenreisig. Aaron nickte, seine Züge entspannten sich ein wenig. Beide Jungs starrten zufrieden in den Rauch.

Doch irgendetwas ließ sie wohl noch zögern, denn ansonsten taten sie rein gar nichts.

»Habt ihr das überhaupt schon einmal gemacht?«, fragte ich schließlich. »Eine Beschwörung, meine ich.«

Wie mit den kleinen und den großen Stürmen konnten Hexen auch mit *Anderen* in Kontakt treten. Denn obwohl Untiere wie Donnerdrachen in ihrem Innern hausten, bestanden sie zu einem großen Teil aus Wolken und Wind, Regen und Donner. Und deshalb würden die Winde uns zu ihnen führen können. Alles, was wir tun mussten, war, alle vier Winde gleichzeitig zu uns zu rufen und auf den Rauch des Kessels zu lenken …

Damian prustete los. »Nur ungefähr tausendmal oder so. Wir sind Sturmjäger! So finden wir unsere Beute.«

»Wo liegt dann das Problem?«

»Na ja«, sagte Aaron. »Nicht nur die Wetter sind in letzter Zeit unberechenbar geworden. Auch der gute alte Nordwind –«

»Er ist eine Diva«, unterbrach Damian ihn. »Manchmal hilft er. Und manchmal macht er dich fertig. Je nach Laune.«

»Und er ist vermutlich noch ein wenig eingeschnappt, weil ich ihn neulich mit einem hübschen Taifun zusammenbringen wollte und ihn dann stattdessen versehentlich in der Flautenfalle so eines Trottels vor Kap Hoorn habe hängen lassen«, erklärte Aaron.

»Die Aktion hat uns den fettesten Fang seit Monaten eingebracht«, ergänzte Damian und grinste sein Zahnlückengrinsen. »Warte nur, bis sie in Atlantis davon hören! Noch nie zuvor haben Sturmjäger so viele Blitze auf einmal ergattern können. Endlich wird die Damenwelt auch *mir* einmal zu Füßen liegen.« Seine Augen leuchteten und ich bemühte mich, keine Miene zu verziehen. »Obwohl es dem Nordwind gegenüber natürlich schon ein bisschen gemein war.«

»Nun ja«, murmelte ich.

»Also ehrlich gesagt war es auch nicht wirklich aus Versehen«, räumte Aaron ein. »Egal, wir brauchen diese Lieferung zurück, ich habe jahrelang auf eine solche Beute hingearbeitet. Hoffen wir einfach, dass er sich inzwischen eingekriegt hat.« Er seufzte, dann streckte er die Hände aus, mitten hinein in den saphirblauen Qualm, der nun in dicken Schwaden aus dem Kessel waberte.

Ich machte es ihm nach und gemeinsam begannen wir zu summen, um die Winde auf uns aufmerksam zu machen.

Unterdessen tat Damian so, als schürte er weiter die Flammen. Ernst dreinblickend hantierte er mit dem Stock herum, obwohl das bei der Beschwörung natürlich kein bisschen half. Es musste schwer für ihn sein, keine Magie zu besitzen ... Ob er froh war, wenigstens nicht jeden Tag seines Lebens in einer der unterseeischen Städte zu verbringen, wo er ständig daran erinnert würde?

»Stammt ihr eigentlich aus Atlantis?«, erkundigte ich mich zwischen zwei Tonfolgen. »Wie lange seid ihr schon zusammen auf der Jagd?«

»Seit etwa einem Jahr«, sagte Aaron. »Und ja, atlantisches Blut durch und durch. Wir sind uns beim – Mist!« Er brach ab und schloss die Augen, wohl um sich besser konzentrieren zu können.

Ich hingegen hatte das Gefühl, die Winde zu befehligen, wäre das Einfachste auf der Welt. Ein Kinderspiel, so war es schon immer für mich gewesen. Aber gut, wir konnten uns auch später noch unterhalten. Eins nach dem anderen.

»'tschuldigung«, nuschelte ich und verfiel wieder in den uralten Singsang unseres Volkes. Über Generationen hatten unsere Vorfahren diese Melodien perfektioniert. Von klein auf schulten wir unsere Stimmen darin, die Klänge der Natur nachzuahmen. Und dazu kam natürlich noch das Fünkchen Magie, das uns Hexen innewohnte.

Der Ostwind antwortete rasch. Wie eh und je schien er nur

auf meinen Ruf gewartet zu haben. Er fuhr mir fröhlich durchs Haar, während meine Fingerspitzen in der Hitze des Wasserdampfes prickelten und die Winde des Westens und Südens vom Horizont her auf uns zuwirbelten. In kreiselnden Böen tanzten sie über das Meer und umtosten uns schließlich mit ihrer unbändigen Kraft.

Schon begann der regenreisigblaue Qualm sich zu kräuseln und mal ein bisschen durchscheinender, dann wieder dickflüssiger zu werden. Doch der Nordwind ließ auf sich warten und ohne ihn würde die Beschwörung nicht funktionieren. Drei Winde reichten nicht aus, um uns die Donnerdrachen zu zeigen.

Noch einmal sangen Aaron und ich deshalb nun das nördliche Lied und legten Nachdruck in unseren Ruf.

Nichts geschah.

Wir starrten auf den Ozean hinaus.

»Äh, was genau hast du ihm angetan?«, erkundigte ich mich schließlich bei Aaron. »Eine richtige Flautenfalle? Und dann bist du einfach abgehauen?«

Manchmal kam es vor, dass Hexen, denen es schwerfiel, die Winde zu kontrollieren, auf hoher See Fallen auslegten, um sie dazu zu zwingen, ihnen zu gehorchen. Wenn ein Wind Pech hatte und sich in einer solchen Konstruktion verfing, konnte er sich häufig nur freikaufen, indem er dem Fallensteller einen Wunsch erfüllte. Und Winde waren stolze Geschöpfe. Dass Aaron den Nordwind hereingelegt und dann einfach seinem Schicksal überlassen hatte, war wirklich nicht sonderlich nett gewesen. Doch so ganz klar schien ihm das noch immer nicht zu sein.

»Hätte nicht gedacht, dass er sooo nachtragend ist!«, rief er gegen das Brausen um uns her an. »Man kann sich auch anstellen.«

Ich verdrehte die Augen. »Lass mich mal.«

Ich bedeutete ihm, die Hände sinken zu lassen. Dann holte ich tief Luft und wiederholte die Melodie zum dritten Mal, nun jedoch ganz allein.

Aaron ließ sich derweil missmutig nach hinten in den Sand fallen. Aus dem Augenwinkel registrierte ich, wie Damian seinen Stock in der Mitte durchbrach und Aaron wortlos eine Hälfte reichte.

Da zerrte bereits eine eisige Brise an meinen Kleidern und brachte mich zum Frösteln.

»Hey«, begrüßte ich den Nordwind und ließ ihn mir einen Moment lang um die Nase wehen. »Du bist sicher viel beschäftigt, aber vielleicht könntest du uns trotzdem behilflich sein«, erklärte ich ihm. »Wir suchen nämlich einen – wahrscheinlich sogar mehrere – *Andere*, die sich bis aufs Festland vorgewagt haben.« Ich nickte in Richtung des brodelnden Kessels. »Nur ein kurzer Suchzauber. Es dauert überhaupt nicht lange.«

Mit den Fingerspitzen dirigierte ich alle vier Winde in den Wasserdampf hinein.

»Bitte«, summte ich. »Mächtige Stürme aus Ost und West, aus Nord und Süd, ich rufe euch an. Enthüllt, was sich im

Nebel versteckt, zeigt uns, was verborgen ist. Wo finden wir das Rudel, das diese Stadt heimsucht?«

Die Winde heulten auf. Dann konzentrierten sie sich auf den Kessel vor mir. Und während sie ihn umtanzten, verflochten sie sich zusehends ineinander, webten ein Netz aus sich umschlingenden Luftmassen, das sich enger und enger um den Qualm zog. Bis es ihn schließlich zerteilte und formte und –

Gallertige Körper mit schuppenbesetzten Beinen wuchsen aus den Schwaden, dazu gesellten sich gewaltige Häupter und stachelige Schwänze. Der Geruch von Fäulnis schlug mir entgegen und winzige Muschelsplitter schienen über das kochende Salzwasser hinwegzufegen. Außerdem glommen Blitzklingen auf. Viele, viele Blitzklingen.

Schon allein dieser kurze Blick auf die Drachen jagte mir ein Schaudern über den Rücken.

»Wo sind sie?«, fragte Aaron mich von der Seite. »Kannst du etwas erkennen? Haben sie unsere Klingen bei sich?«

Ich schluckte. »Es sind mehrere«, sagte ich tonlos und versuchte, die grotesken Leiber zu zählen.

Zwei der Donnerdrachen lagen eng beieinander auf dem Boden, der irgendwie uneben aussah. Kein Asphalt. Aber auch kein Wasser. War das eine Wiese? Ich beugte mich vor und entdeckte mehrere Felsbrocken und dazwischen weitere schuppige Wesen, in deren Bäuchen es blitzte und zuckte. Herrje!

Doch alle Ungeheuer schienen zu schlafen. Zumindest

wiegten die Bäume im Hintergrund sich nur ganz sachte hin und her, nicht so, als würden sie jeden Augenblick von einem Sturm entwurzelt werden.

Bloß wo hielten die Biester sich auf? War das ein Wald? Irgendein Hügel, draußen vor der Stadt? Ich kniff die Augen zusammen, weil sich mein Gesicht nun mitten im Dampf befand und das Aroma des Krebsscherenpulvers mir in die Nase stieg. Die Winde heulten erneut und meine Sicht wurde klarer. Nein, ich hatte mich geirrt. Was ich im ersten Moment für Felsbrocken gehalten hatte, waren in Wahrheit geschliffene Steine. Quader mit abgerundeten Ecken. Und dort, war das nicht ein Schriftzug, den irgendjemand in die polierte Fläche gemeißelt hatte?

Verdammt, das war nicht vor der Stadt!

Jetzt erkannte ich auch einen marmornen Engel …

»Also, es sind leider mindestens vier, eher fünf Drachen«, murmelte ich schließlich. »Und wie es aussieht, machen sie gerade ein Nickerchen.« Ich räusperte mich. »Auf dem Hauptfriedhof.«

»Scheiße!«, entfuhr es Aaron und ich konnte ihm da nur beipflichten.

Denn es bedeutete, dass die Untiere sich nicht nur noch immer im Stadtgebiet befanden, sondern sogar mitten im Zentrum. Wo sich bald sehr, sehr viele Menschen aufhalten würden. Die ersten Geschäfte mussten bereits geöffnet haben. Ich biss mir auf die Lippe. Nicht auszudenken, was die Biester anrichten könnten, sobald sie aufwachten!

»Okay, wir müssen sofort los«, sagte Aaron, sprang auf und schnallte sich eilig das Holster mit den Blitzklingen auf den Rücken.

Damian warf den Stock von sich und tat es ihm nach.

Auch ich hatte meine neuen Waffen mit zum Strand gebracht. Bereits gestern Abend hatte ich sie ganz in der Nähe unter einem Stück Treibholz deponiert und lieber gar nicht erst mit in die WG genommen. Wer wusste schließlich schon, was Andreas in seinem Übereifer alles kontrollierte? Womöglich hätte er das Holster konfisziert und versehentlich eine der Schneiden berührt …

Inzwischen lagen die Klingen hinter mir im Sand und ich hätte gerne danach gegriffen. Aber noch umspielten alle vier Winde meine Handgelenke und der Ostwind zog schon wieder vorwitzig an meinem Pferdeschwanz.

»Habt Dank«, verabschiedete ich ihn und seine Freunde und lehnte mich vorsichtig zurück. »Grüßt mir die Meere!«

Ich streckte die Arme aus und spreizte die Finger gen Horizont, wobei ich das Netz aus Nebelfäden über dem Kessel zerriss. Mit einem Wink entließ ich die Winde aus meinem Dienst.

Einen Herzschlag später stoben sie bereits in ihre jeweilige Himmelsrichtung davon.

Einzig der Nordwind machte noch einmal kehrt, drehte eine kleine Extrapirouette um das brennende Regenreisig und wirbelte dabei wie aus Versehen eine Handvoll dunkelblauer Asche auf. Tatsächlich hätte es sogar ein weiterer Zufall sein können, als die Brise im Fortwehen ein wenig schlingerte und das Zeug kurz darauf mit einem schmatzenden Geräusch in Aarons Gesicht klatschte und dort kleben blieb. Aber vermutlich war es ganz und gar kein Missgeschick …

Die Winde zu verärgern, war nicht ratsam für einen Sturmjäger. Zum Dank trug Aaron nun eine fingerdicke Maske aus nasser Asche und blinzelte verdutzt in die Runde.

Damian kicherte und auch ich musste schmunzeln.

Der Nordwind war verschwunden.

»Du siehst aus wie ein Schlumpf«, informierte ich Aaron, noch immer lachend. »Oder wie ein Blauwal. Aber ich finde, du kannst es tragen.«

»Es betont deine Augen«, fügte Damian hinzu und hielt sich vor Lachen die Seite.

Aaron fuhr sich mit beiden Händen übers Gesicht und hustete. »Ja, okay«, brummte er schließlich. »Ich schätze, das habe ich möglicherweise verdient. Es hat nicht zufällig einer von euch ein Taschentuch dabei, oder?«

10

Blitzklingen

*E*s war Samstag, also musste ich nicht zur Schule (die vermutlich ohnehin noch aufgeräumt wurde), durfte den Tag mit Freizeitbeschäftigungen verbringen (Andreas dachte, ich wäre im Schwimmbad) und heute Abend würde es in der WG Pizza geben. So viel zum Positiven. Leider bedeutete es allerdings auch, dass die Straßenbahn an diesem Morgen vollgestopft mit Menschen war, die in die Innenstadt zum Einkaufen fuhren. Und die Fußgängerzone befand sich nur ein paar Haltestellen vom Hauptfriedhof entfernt.

Hoffentlich schliefen die Donnerdrachen noch ein Weilchen. Die Straßenbahn schien heute jedenfalls besonders lahm voranzukommen. Bei jedem Stopp dauerte es eine gefühlte Ewigkeit, bis endlich alle Passagiere aus- bzw. eingestiegen waren. Dennoch, wenn man kein Auto besaß, war es trotz allem die schnellste Möglichkeit, die Stadt zu durchqueren. Wir würden uns wohl oder übel gedulden müssen.

Zu dritt hatten wir uns in eine Ecke des überfüllten Waggons gequetscht und sahen mit den schwarzen Lederholstern auf den Rücken hoffentlich aus wie Architekturstudenten, die ihre Entwürfe mit sich herumtrugen. Oder Schüler auf dem Weg zu einem Zeichenkurs. Das unterschwellige Sirren der Blitzklingen in ihrem Innern würde in dem Trubel wahrscheinlich untergehen.

Neben der quälend langsamen Fahrt hatte sich allerdings auch die Vorstellung von dem, was uns am Ziel erwartete, wie eine eisige Strömung am Meeresgrund auf unsere Gemüter gelegt. Fünf Donnerdrachen! Aaron und Damian waren dem Rudel bereits einmal unterlegen gewesen und ich war vor zwei Tagen ebenfalls nur knapp mit dem Leben davongekommen. Das Ganze war ein waghalsiges Unterfangen, aber wir hatten schließlich keine Wahl. Wenn wir nichts unternahmen, würde es sicher bald die ersten toten Menschen geben. (Und obwohl das an sich natürlich schon schlimm genug wäre, würde dadurch der Rest der Hexenwelt und mit ihm meine Mutter oder meine Schwestern auf diese Stadt aufmerksam, was ich gar nicht gebrauchen konnte …)

Wenigstens ruhten wieder Klingen auf meinem Rücken. Sie kamen mir vor wie ein Gruß meines früheren, furchtlosen Ichs. Was auch geschah, heute würde ich mich zumindest angemessen verteidigen können. Der Gedanke, schon bald das elektrische Knistern eines Blitzes in der Hand zu spüren, erfüllte mich trotz aller Befürchtungen mit einer gewissen Vorfreude.

Damian und Aaron hingegen wurden sichtlich nervöser, je näher wir dem Friedhof kamen. Daran änderte sich auch nichts, als mehr und mehr Leute ausstiegen, sodass wir schließlich sogar Sitzplätze ergatterten. Während Damian neben mir herumzappelte und mit den Bändern seines Kapuzensweatshirts spielte, schien Aaron hinter uns immer stiller und stiller zu werden.

Irgendwann wandte ich mich zu ihm um und fand ihn mit verschränkten Armen und verkniffenem Gesicht vor. Obwohl er schwieg, erschien mir alles an ihm plötzlich ... *explosiv*.

»Bist du okay?«, fragte ich.

»Ich werde bloß leicht landkrank«, sagte er. »Menschliche Transportmittel! Könnte das Ding nicht wenigstens ein bisschen schaukeln? Da wird man ja wahnsinnig!« Er schüttelte sich.

Ach so, also doch keine Nervosität, sondern Übelkeit. Ich entdeckte tatsächlich einen blaugrünlichen Schimmer auf seinen Wangen. In seinem Haar hing allerdings auch noch eine Ascheflocke von vorhin. Ohne darüber nachzudenken, streckte ich die Hand aus und zupfte sie heraus. Die dunkle Locke, die Aaron in die Stirn fiel, fühlte sich genauso weich an, wie ich es mir vorgestellt hatte, und ich berührte sie einen Herzschlag länger, als es notwendig gewesen wäre.

Er blinzelte überrascht. »Äh ...«

»Nur noch etwas Asche«, sagte ich und zeigte ihm die Krümel, bevor ich sie zerrieb und auf den Boden fallen ließ. Obwohl ich noch immer so gut wie nichts über ihn wusste, hatte ich das Gefühl, dass innerhalb der kurzen Zeit, die wir uns kannten, eine Art Verbindung zwischen uns entstanden war. Ob es daran lag, dass wir gemeinsam gesungen und die Winde gerufen hatten?

»Ah. Danke.« Er atmete flach.

»Du musst aber nicht kotzen, oder?«

Ich stützte die Ellenbogen auf die Sitzlehne und mein Kinn in die Handflächen. Auch wenn ich selbst immer noch so meine Probleme mit dem Leben an der Oberfläche hatte (mein Kopfschmerz war der beste Beweis), war es seltsam, Aaron so zu sehen. Dieser große Typ, der kaum auf den Straßenbahnsitz passte und sich traute, den Nordwind hereinzulegen. Als Sturmjäger verbrachte er vermutlich sehr viel Zeit inmitten der heftigsten Unwetter und sein Magen vertrug die abenteuerlichsten Speisenkombinationen. Mal ganz zu schweigen von den Kämpfen gegen Donnerdrachen und Sigurds Fischweib, die er bereits bestanden haben musste. Trotzdem schien ihn ausgerechnet das hier an seine Grenzen zu bringen …

»Soll ich dich ablenken?«, bot ich an. Die Bahn hatte wieder einmal angehalten und konnte nicht weiterfahren, bis eine Oma all ihr Kleingeld hervorgekramt hatte, um das Ticket zu bezahlen. »Erzähl doch mal, wie lange macht ihr das eigentlich schon? Stürme jagen, meine ich.«

Aaron massierte seine Nasenwurzel. »Nun, früher hat mein Vater mich mit auf seine Beutezüge genommen. Ich habe ihm schon als kleiner Junge geholfen, bis er … Na ja, bis er eines

Tages nicht richtig aufpasste ...«, begann er stockend. »Ein *Anderer* hat ihn erwischt und vor meinen Augen in Stücke gerissen. Da war ich vierzehn. Ich habe das Vieh anschließend getötet.«

»Das tut mir leid.«

»Mein Vater war so etwas wie eine Legende und ich dachte immer, nichts und niemand könnte ihm etwas anhaben. Soweit ich mich zurückerinnern kann, wollte ich werden wie er, der beste Sturmjäger von allen, eines Tages Ratsmitglied, vielleicht sogar Befehlshaber über mein eigenes Regiment –« Die Bahn fuhr an und Aaron ballte die Fäuste, sodass die Knöchel seiner Finger weißlich hervortraten. »Nach seinem Tod hat Faralda mich jedenfalls nach Atlantis gebracht und ich hatte für kurze Zeit so etwas wie einen richtigen Beruf bei Ihrer Majestät der Tiefe ...« Er schluckte und schloss für einen Moment die Augen. »Allerdings war es nicht das Richtige für mich und deshalb entschied ich, zu meinen Wurzeln zurückzukehren. Die Stürme sind einfach mein Ding.«

»Es gefällt dir zu kämpfen?«, fragte ich.

Aaron nickte. »Das findest du sicher komisch. Ich meine, es ist nicht so, dass es mir Spaß macht, mein Leben zu riskieren. Aber ich, na ja, kann nun einmal recht gut mit einer Klinge umgehen und das Gefühl, einen Blitz zu führen, sich mitten in einen Sturm zu stürzen, es ... Keine Ahnung, wahrscheinlich bin ich irgendwie krank. Süchtig nach dem Kick oder so.«

Er presste die Lippen aufeinander, entspannte sich jedoch

wieder, als er sah, dass ich lächelte. Dass meine Augen genauso leuchteten wie seine eigenen, wenn er von der Sturmjagd sprach ...

»Außerdem ist es das Erbe meines Vaters. Leider nimmt Faralda es mir übel, dass ich nichts Anständiges aus mir mache und auch noch andere mit hineinziehe«, fuhr er fort. »Erst habe ich einen Lehrling aufgenommen, obwohl ich selbst noch so jung bin. Dann ist dieser Lehrling ausgerechnet ein Junge ohne Magie. Und jetzt führe ich sogar ein armes Waisenmädchen in den Kampf ... Ich bin keine gute Gesellschaft, fürchte ich.« Er versuchte sich an einem Grinsen, doch es misslang.

»Keine Sorge«, sagte ich. »Ich kann auf mich selbst aufpassen. Außerdem, irgendjemand muss die Biester schließlich aufhalten.«

»Und der Königin ihre Blitze beschaffen«, ergänzte Damian, der sich inzwischen ebenfalls in seinem Sitz umgedreht hatte und wie ich über der Rückenlehne hing. »Mich hätten übrigens keine zehn Fischweiber in die Schneefabrik am Nordpol gekriegt, in die das Waisenhaus mich an meinem zwölften Geburtstag letzten Herbst abschieben wollte«, fügte er düster hinzu. »Den ganzen Tag Kristalle ausstanzen, nur weil ich keine Magie besitze!« Er schnaubte. »Also wirklich! Eher lasse ich mich freiwillig von einem Donnerdrachen fressen.«

Damian war in seiner Empörung mit jedem Satz lauter geworden. Eine Mutter mit Zwillingsbuggy schaute bereits ein wenig irritiert zu uns herüber, während sie ihren Kindern zwei Trinkpäckchen öffnete.

»Ja, dabei gehe ich auch immer Game over«, sagte ich deshalb rasch und erhob mich, weil wir nun endlich unsere Haltestelle erreichten.

Die Blitzklingen in meinem Rücken klirrten und sirrten, als ich von den Stufen des Waggons auf den Bürgersteig hinunterhüpfte. Auch Aaron landete einen Wimpernschlag später behände auf dem Asphalt neben mir. Er hatte die Bahn wohl ebenfalls nicht schnell genug verlassen können.

Und die Donnerdrachen erwarteten uns schon.

Also machten wir uns auf den Weg. Egal, wie gefährlich es auch sein mochte: Wir hatten keine andere Wahl, als uns der Herausforderung zu stellen. Jetzt.

Kurz darauf erreichten wir das verschnörkelte Eisentor des Friedhofseingangs. Bewacht wurde es von zwei gigantischen Löwenstatuen aus Sandstein, die uns grimmig entgegenblickten.

Die Pirsch begann.

Natürlich waren wir hier nicht allein: Um den Brunnen in der Nähe der kleinen Kapelle scharten sich gleich mehrere ältere Damen mit Gießkannen (wobei das nach den Regenfällen der letzten Tage wohl etwas übereifrig war) und auch an den Gräbern selbst entdeckte ich immer wieder vereinzelte Gestalten, die Blumen oder Kerzen vorbeibrachten. Wir Hexen bestatteten unsere Toten ja seit jeher in Feuerzeremonien an der Wasseroberfläche. Es war schon seltsam, wie sehr die

Menschen sich an die sterblichen Überreste ihrer Lieben klammerten ...

Hoffentlich war bisher niemand in die Nähe der Donnerdrachen geraten. Denn dann hätte derjenige ziemlich sicher bereits die Seiten gewechselt und wäre vom Besucher zum ... *Bewohner* dieser Städte geworden.

Wir schlichen die ordentlich gehakten Kieswege entlang. Die Winde hatten mir die Drachen im Schatten einer Baumgruppe gezeigt. Ich vermutete daher, dass die Biester sich die hinterste Ecke des Friedhofs als Ruheplatz ausgesucht hatten. Das war zum Glück ein Stück den Hügel hinauf, wo die ältesten Grabstätten lagen und wohl keiner der Bestatteten noch lebende Verwandte hatte.

Schon am Fuße des Hügels lag der typisch fischig-faule Geruch der *Anderen* in der Luft. Im Schutze einer Hecke arbeiteten wir uns weiter voran, bis Aaron schließlich innehielt, einen Finger an seine Lippen legte und uns bedeutete, unsere Waffen zu ziehen.

Ich griff zum Holster, als wäre es das Natürlichste auf der Welt, als hätte ich nie etwas anderes getan. Meine Hände schlossen sich um die Griffe, die mit mehreren Lagen von Algen umwickelt waren, um die im Kampf nötige Rutschfestigkeit zu gewährleisten. Dann zog ich die beiden Klingen, kreuzte sie in bester Soldatenmanier vor meiner Brust und verbeugte mich aus Respekt vor dem Gott des Schicksals, dessen Geschöpfe wir gleich angreifen mussten. Auch im geschmiedeten Zustand wiesen die Waffen noch immer die charakteristische gezackte Blitzform auf und ihre glühenden Schneiden konnten so gut wie jedes Material durchtrennen.

Ein wohlig warmes Prickeln lief durch meine Arme und breitete sich über meine Schultern bis in meinen Bauch hinein aus. Zwar waren diese Exemplare lange nicht so perfekt ausbalanciert wie diejenigen, die ich am Hofe meiner Mutter geführt hatte, aber dennoch hatte ich das Gefühl, mit ihnen zu verschmelzen.

Wir bogen um die Hecke, schoben uns geduckt hinter einer Reihe von Grabsteinen entlang und …

Da waren sie!

Die Donnerdrachen lagen dicht beieinander, unmöglich zu sagen, welche Gliedmaßen zu wem gehörten. Und sie schienen bereits zu erwachen. Der Himmel über ihnen verdunkelte sich zusehends, ihre gallertigen Leiber zuckten und in ihrem Innern glommen unzählige Blitze. Sollten diese sich entladen, würde es eine gewaltige Explosion geben, so viel stand fest.

Vorsichtig wagten wir uns weiter voran und waren schließlich lediglich noch wenige Meter von den Bestien entfernt. Jede von ihnen hatte die Größe eines Einfamilienhauses, aber mein Magen krampfte sich nicht nur deshalb zusammen: Im Wirrwarr aus Leibern, Schnauzen und Klauen entdeckte ich plötzlich zwei menschliche Beine!

Diese steckten in hautfarbenen Strumpfhosen und orthopädischen Schuhen mit Klettverschluss. Offenbar hatte sich doch eine der Omis beim Blumengießen hierher verirrt. Ich blinzelte, erkannte nun auch eine ruinierte Dauerwelle und einen blutgetränkten Mantel und sog scharf die Luft ein. Es war bereits zu spät!

Die Alte regte sich nicht mehr. Binnen kürzester Zeit mussten die Drachen sie zerfetzt haben und dann eingeschlafen sein. Das erste Opfer. Verdammt!

Mein Mund wurde trocken und ich umklammerte meine Klingen fester.

Fast im gleichen Moment ertönte links von mir ein Knacken. Damian war auf einen morschen Ast getreten. Sofort fegte uns eine Bö voller Muschelsplitter entgegen. Fünf gewaltige Köpfe wirbelten zu uns herum und fixierten uns mit rot glühenden Augen.

Die Biester waren endgültig aufgewacht.

»Shit!«, entfuhr es Damian.

Von jetzt auf gleich schüttete es wie aus Eimern und ein Donner wie ein Paukenschlag ließ mich zusammenfahren.

Aaron fackelte nicht lange. Während ich noch versuchte, mich zu orientieren, war er bereits mitten in die Gruppe aus Untieren hineingesprungen. Auch er hielt in jeder Hand eine Blitzklinge, wirbelte damit nun rasend schnell um die eigene Achse und schwang sie elegant über seinem Kopf. Es stimmte, die Sturmjagd war sein Element und die Klingen wirkten wie Verlängerungen seiner selbst. Schon rammte Aaron die erste Waffe in eines der Drachenherzen. Es sah beinahe mühelos aus.

Das Monster kreischte überrascht und fiel in sich zusammen. Seine Artgenossen hingegen schienen Damian und mich als ihre nächste Mahlzeit ins Auge gefasst zu haben.

Wie vor ein paar Tagen in der Unterführung schossen plötzlich Schwänze und Mäuler auf mich zu. Doch heute musste ich nicht den Ostwind rufen, um mich zu verteidigen. Heute mischte sich das elektrische Knistern der Blitzklingen mit dem Rauschen meines Blutes. Wie Aaron sprang ich in das Kampfgetümmel, parierte den Angriff des ersten Drachen, ignorierte die Welle scharfkantiger Muschelsplitter, die er in mein Gesicht spie, und hieb nach den schuppigen Beinen, die auf mich zupeitschten.

Der Donnerdrache heulte auf und ein Maul voller glitschiger grüner Fangzähne schoss mir entgegen. War das eine Damenhandtasche dort zwischen den Backenzähnen? Mir wurde schwindelig.

Da schnappte das riesige Maul schon zu. Gerade noch rechtzeitig löste ich mich aus meiner Erstarrung, machte einen Ausfallschritt und entkam ihm um Haaresbreite.

Okay, ich musste mich zusammenreißen, mich konzentrieren. Entschlossen verbannte ich alle Gedanken an die tote Menschenfrau aus meinem Kopf. Dann ließ ich die Klinge in meiner Linken durch die Luft sausen, fuchtelte damit vor den Augen des Ungeheuers herum, um seine Aufmerksamkeit zu erregen, während meine andere Hand sich Stück für Stück ihrem Ziel näherte …

Erneut schnappte der Donnerdrache nach mir, versuchte, mich mit einem Happs zu verschlingen. Ich legte den Kopf in den Nacken und tat so, als wollte ich verzweifelt nach dem Ostwind rufen.

Gleichzeitig holte meine rechte Hand zum tödlichen Stoß aus.

Und wie damals, wie bei meinem allerersten Kampf gegen einen Donnerdrachen, fand meine Klinge auch heute ihr Ziel, als würde sie magisch davon angezogen werden.

Die Bestie zersetzte sich, während ich bereits zu einem weiteren Angreifer herumfuhr. Mein Körper bewegte sich wie von selbst, wurde eins mit der Waffe. Ich musste nicht einmal darüber nachdenken. Mit einem Mal fühlte es sich leicht an. Wie ein Tanz.

Seit meinem dritten Lebensjahr hatte meine Mutter mich in der Klingenkunst unterrichten lassen, hatte einen Privatlehrer nach dem anderen – allesamt Großmeister – für mich engagiert. Berühmte Sturmjäger wie Abraham Adler, den berüchtigten Hochseehexer, oder hochdekorierte Generalinnen. Nicht wenige von ihnen hatte ich im Laufe meiner Ausbildung irgendwann übertroffen. Zumindest in diesem Punkt hatten sich die Prophezeiungen nicht geirrt …

Ein triumphierendes Lächeln stahl sich auf meine Lippen, als ich kurz darauf auch den zweiten Angreifer erledigte. Erneut kreuzte ich die Klingen vor der Brust und lauschte ihrer sirrenden Energie, während ich mich verneigte.

Die Kriegerprinzessin in mir existierte also tatsächlich noch. Meine wahre Natur war zurück!

Aber noch war die Gefahr nicht gebannt.

Neben mir kämpften Aaron und Damian Rücken an Rücken gegen die letzten beiden Bestien, die vollkommen wild geworden waren. Es regnete inzwischen so heftig, dass man kaum ein paar Meter weit sehen konnte. Der Sturm tobte auf der Kuppe des Hügels, als wollte er uns vor den Augen der Menschen abschirmen, und die Donnerschläge des Gewitters brachten die Erde unter unseren Füßen zum Erbeben. Selbst die schweren Grabsteine wurden aus ihrer Verankerung gerissen und flogen nun wie gewaltige Geschosse durch die Luft.

Ich hatte Mühe, ihnen auszuweichen. Immer wieder musste ich vor den tonnenschweren Teilen in Deckung gehen. Als ich versuchte, mich zu Damian und Aaron vorzuarbeiten, streifte eines von ihnen meine Schläfe und schürfte meine Haut auf.

Verflucht!

Hämmernder Schmerz durchfuhr meinen Schädel. Ich taumelte und musste ein paarmal blinzeln, ehe ich wieder klar denken konnte und erkannte, dass nur noch ein einziger Donnerdrache übrig war, dem Aaron und Damian sich nun entgegenstellten.

Mein Kampfschrei mischte sich in das wütende Heulen des Unwetters, als ich den Jungs auf wackligen Beinen zu Hilfe eilte.

Zu dritt näherten wir uns der brüllenden Bestie. Für einen schrecklichen Augenblick sah es so aus, als wollte sie alle Blitze aus ihrem Innern zugleich auf uns schleudern. Ich parierte einen weiteren Klauenhieb. Dann gelang Aaron der entscheidende Streich.

»Das ist für die Menschenfrau, du Mistvieh!«, rief er und stach zu.

Der Drache zuckte und verstummte jäh. Ein letztes Donnern vibrierte tief in meiner Magengrube. Dann ging der *Andere* in einen Platzregen über und wir sanken erschöpft auf der matschigen, von Schleim und Schuppen bedeckten Wiese zu Boden. Ich stützte meinen noch immer schmerzenden Kopf in die Hände und schloss für eine kleine Weile die Augen, bis die Regentropfen immer spärlicher fielen und ich wieder einigermaßen zu Atem gekommen war.

Dann erst fand ich die Kraft, den Blick erneut zu heben.

Der gesamte Hügel hatte sich in ein einziges wüstes Chaos verwandelt: Gräber waren zerstört, die Erde aufgerissen worden. Überall um uns herum lagen außerdem halb geschmiedete Blitzklingen verteilt. Es mussten … an die hundert sein! Erst in Atlantis würden die Waffenmeister meiner Mutter ihnen den letzten Schliff verpassen, um sie kampftauglich zu machen. Doch Aaron und Damian hatten die Klingen bereits mit ihrem Zeichen (einer sich selbst in den Schwanz beißenden Wasserschlange) versehen.

»Wir haben es geschafft!«, keuchte Damian links von mir. »Wolken und Regen haben sie gefressen, aber unsere Klingen waren wohl nicht sonderlich gut verdaulich. Ha!«

Auch Aaron sah sich zufrieden nach allen Seiten um. »97. Alle da«, stellte er schließlich fest. Dann rieb er sich das Kinn und wandte sich mir zu. »Bei Neptuns Bart, wo hast du so zu kämpfen gelernt, Robin aus dem Ostmeer? Man könnte fast meinen ...«

»Was?«

»Dass du ebenso ein Sturm-Junkie bist wie ich«, murmelte er. In seinen honigfarbenen Augen loderte noch immer ein schwacher Abglanz des Kampfrauschs, dem auch ich mich nicht hatte entziehen können.

»Unsinn«, log ich. »Früher habe ich eine Zeit lang für das Heer Ihrer Majestät trainiert – in meinem Dorf, meine ich. Aber heute war wohl auch viel Glück dabei. Das war ... das war doch eigentlich gar nichts.« Ich bedachte Aaron mit einem warnenden Blick.

»Klar«, beeilte er sich zu sagen. »Verstehe.« Er musterte mich trotzdem noch einen Moment lang, als wäre ich eine Art Wunder oder so. Dann räusperte er sich und setzte eine ernste Miene auf. »Es tut mir leid, aber das war tatsächlich eine inakzeptable Leistung, Waisenmädchen. Langweilig. Geradezu armselig.« Er zuckte mit den Achseln. »Ehrlich gesagt muss man aufpassen, dass man nicht einschläft, wenn man dir beim Kämpfen zusieht.«

»Danke.« Ich fuhr zusammen, weil das Adrenalin in meinen Adern langsam abebbte und mein Kiefer beim Sprechen plötzlich schmerzte.

»Keine Ursache.«

Gemeinsam begutachteten wir die Überreste der *Anderen*. Doch wie das Exemplar in der Unterführung hatten sich auch diese Ungeheuer rasend schnell zersetzt und lediglich die zerstörte Umgebung zurückgelassen. Sogar der faulige Gestank war schon gewichen, stattdessen roch es nun nach nasser Erde, verbranntem Gras und … Blut.

Die Leiche der alten Frau lag nur wenige Meter entfernt, mit dem Gesicht nach unten, im Kies.

Taumelnd kam ich auf die Beine und ballte die Fäuste.

»Die Menschen werden denken, ein wildes Tier habe sie angefallen«, meinte Aaron, der meinem Blick gefolgt war. »Das muss seit tausend Jahren das erste menschliche Opfer sein. Die Königin sollte davon erfahren.« Er wiegte den Kopf hin und her. »Vielleicht ist es das Beste, wenn wir nach Atlantis reisen, unsere Klingen abliefern und ihr Bericht erstatten. Dann kann Ihre Majestät eine der Prinzessinnen schicken, um die Stadt vor weiteren Angriffen zu schützen.«

Okay, das ging natürlich auf gar keinen Fall!

»Nein«, sagte ich eine Spur zu vehement. »Nein, ich … äh, was ist mit den Drachenködern? Wir können doch jetzt nicht einfach aufgeben! Irgendjemand versucht, möglichst viele *Andere* hierherzulocken. Was, wenn derjenige heute Nacht schon damit weitermacht? Wenn du und Damian jetzt für ein paar Tage verschwindet, dann … Wir müssen verhindern, dass noch mehr Menschen sterben!«

Ich wollte zu der toten Oma hinübergehen, hatte jedoch mit einem Mal Probleme, das Gleichgewicht zu halten. Außerdem musste ich feststellen, dass meine Knie ihren Dienst vorübergehend quittiert hatten.

»Herrje.«

Aaron fing mich auf. Mit einem Arm packte er meine Schultern, der andere legte sich um meine Taille. Besorgt betrachtete er mein vermutlich ziemlich bleiches Gesicht.

»Weißt du, wahrscheinlich würde es dir auch ganz guttun, mal wieder in die Tiefe zurückzukehren. Wir sind einfach nicht dafür geschaffen, so lange an Land zu leben. All diese Luft und Leere über einem! Schrecklich! Wie wäre es, wenn wir nachher den Kesselsegler startklar machen und dann zusammen –«

»Nein!«

Verdammt, verdammt, verdammt! Das wurde ja immer schlimmer! Weder durfte eine meiner Schwestern hierherkommen, noch konnte ich mich jemals wieder in Atlantis blicken lassen!

Aus dem Augenwinkel sah ich, wie Damian eine Blitzklinge nach der anderen aufklaubte. Noch immer hielt Aaron mich fest und seine Berührung war … zu angenehm. Ich machte mich los.

Ich räusperte mich. »Tut mir leid, aber das geht nicht«, sagte ich und brachte einen Schritt Abstand zwischen uns. »Das habe ich doch schon erklärt: Ich bin keine Hexe mehr, sondern helfe euch nur herauszufinden, was hier los ist. Und dann gehen wir alle wieder unserer Wege.«

»Also, ehrlich gesagt, habe ich noch nie jemanden getroffen, der mehr Hexe ist als du«, entgegnete Aaron und zog die Brauen hoch.

Statt etwas zu erwidern, presste ich die Kiefer aufeinander, bis der Schmerz die in mir aufsteigende Panik übertraf.

Aaron beobachtete mich mit gerunzelter Stirn. In seinem Blick spiegelte sich eine Mischung aus Sorge, Verwirrung und … *Enttäuschung*?

»Okay«, murmelte er schließlich und seufzte. »Auf ein paar Tage kommt es nun wohl auch nicht mehr an. Dann bleiben wir noch, finden heraus, woher die Köder stammen, und im Anschluss liefern Damian und ich der Königin einen ausführlichen Bericht zusammen mit den Klingen. Einverstanden?«

Ich nickte. Das würde mir zumindest etwas Zeit verschaffen.

»Gut.« Aaron trat von einem Fuß auf den anderen, sah mir jedoch noch immer fest in die Augen. Plötzlich streckte er eine Hand nach meinen Haaren aus. Zuerst nahm ich an, dass dort eine Schleimschuppe oder irgendetwas anderes Ekliges kleben musste. Aber dann strich er mir eine Strähne aus der Stirn. Seine Fingerspitzen fuhren vorsichtig an meiner Schramme entlang und verharrten für einen Moment hinter meinem Ohr. Meine Haut begann seltsam zu prickeln.

»Äh«, stammelte ich, selbst überrascht, dass ich ihn gewähren ließ.

»Ascheflocke«, behauptete Aaron, zog seine Hand zurück und begann nun ebenfalls damit, die Blitzklingen einzusammeln.

11

Pizza-Abend

Unser Sieg hätte mich wohl zumindest ein bisschen euphorisch stimmen sollen. Immerhin hatten wir die Stadt vorerst von den Donnerdrachen befreit! Für einen Samstagmorgen war das doch etwas, mit dem man zufrieden sein konnte, oder? Obwohl es natürlich nicht leicht gewesen war, die Polizei zu rufen und von der toten alten Dame zu berichten, auf die wir *zufällig* gestoßen waren. Dann waren unsere Nachforschungen im alten Leuchtturm nicht gerade erfolgreich verlaufen und meine gute Laune hatte sich endgültig verabschiedet.

Nachdem wir Faralda die 97 Blitze der Jungs anvertraut hatten, waren wir von Händler zu Händler gegangen, um uns nach besonderen Vorkommnissen oder irgendwelchen ungewöhnlichen Beobachtungen zu erkundigen. Anschließend hatten wir uns sogar noch einmal in Sigurds Kaschemme gewagt. Doch unter den ortsansässigen Hexen und Hexern schien niemand etwas über die Köder oder ihren Hersteller zu wissen. Nur das verrückte Wetter war selbstverständlich allen aufgefallen und wer daran die Schuld trug, schien ebenfalls sonnenklar.

»Hätte die seelenlose siebte Prinzessin das *Amulett der Winde* nicht verloren, steckten wir jetzt überhaupt nicht in diesem Schlamassel«, hatte uns Jakub, der Blitzhändler, erklärt und Sigurd äußerte inmitten der wüsten Schimpftirade, mit der er uns aus seinem Etablissement warf, sogar die Vermutung, die Donnerdrachen würden aufgrund des Klimawandels an Land kommen. Und der wäre selbstredend gar nicht von den Menschen verursacht, sondern erst durch die Verbrechen von Undina Severina Mare in Gang gesetzt worden. Nun ja …

Zwar wäre ich die Letzte gewesen, die bestritten hätte, dass ich damals Mist gebaut hatte, mir deshalb allerdings gleich alle Übel der Welt in die Schuhe zu schieben, ging dann doch etwas zu weit. Zum Glück schienen das auch Aaron und Damian so zu sehen, von denen ich bei dieser Gelegenheit nebenbei erfahren hatte, dass die Hexenwelt mich inzwischen für tot hielt. Immerhin. Vielleicht war es also nicht nur meinem veränderten Äußeren geschuldet, dass ich noch nicht in Gewahrsam genommen und an meine Mutter ausgeliefert worden war. Vielleicht suchte auch schlicht niemand mehr nach mir …

Den Rest des Nachmittags hatten wir dann damit verbracht, noch einmal die Küste entlangzuwandern und nach neuen Ködern Ausschau zu halten. Bis die Sonne untergegangen war und wir nun hungrig und von Regen und Seewind durchgefroren die Nase voll hatten.

»Lassen wir es für heute gut sein«, meinte Aaron schließlich, dessen Arme bis zu den Ellenbogen in einem Haufen Algen steckten, um ihn nach verräterischen Knoten zu untersuchen, und gähnte. »Ich könnte eine Mütze Schlaf vertragen.«

»Jep«, sagte Damian.

Ich nickte ebenfalls. »Bei der Dunkelheit erkennen wir sowieso kaum noch etwas.«

Abgesehen davon war es bereits nach sieben Uhr und das bedeutete, ich konnte es gerade noch pünktlich zum wöchentlichen Pizza-Abend in der WG schaffen. Andernfalls würde Andreas wohl nicht sehr erfreut sein …

»Okay.« Aaron ließ die Algen fallen und wischte sich die Hände an seiner Jeans ab. »Wir bringen dich noch zur Bushaltestelle.«

»Cool.«

Erschöpft stapften wir durch den Sand und schließlich über den schmalen Weg zwischen den Dünen. Ich hatte den beiden noch immer nicht verraten, wo ich wohnte, doch als wir direkt am alten Pfarrhaus vorbeikamen, bemerkten sie wohl mein Zögern. Nach diesem langen Tag lockte mich die gemütliche WG sehr, wohingegen die Aussicht auf eine Pseudobusfahrt als Tarnung nicht gerade Begeisterungsstürme bei mir auslöste.

Vielleicht war es aber auch Louisa, die mich verriet, indem sie plötzlich – wir waren schon fast aus der Gefahrenzone – das Esszimmerfenster unserer Wohnung im zweiten Stock aufriss und mir für meinen Geschmack etwas zu überfröhlich zuwinkte.

»Robin! Da bist du ja!«, rief sie. »Na endlich, wir wollen bestellen! Ist Salamipizza okay? Oder lieber etwas Vegetarisches? Mit wem bist du da eigentlich unterwegs? Essen die beiden mit uns?«

Ich blieb stehen und schloss für einen Moment die Augen, bis ich mich zu einer Antwort entschließen konnte. So ein Mist! »Hey, Louisa«, sagte ich dann und bedachte die Jungs mit einem entschuldigenden Lächeln.

»*Hier* wohnst du?«, fragte Damian irritiert. »Wieso willst du dann zur Haltestelle?«

Aaron winkte ab. »Sie vertraut uns immer noch nicht. Ich weiß nicht, warum, aber …« Er wich meinem Blick aus. »Sie hält uns lieber auf Abstand«, erklärte er Damian.

»Tut mir leid«, nuschelte ich leise, sodass Louisa es nicht verstand. »Ich … Das ist nichts Persönliches oder so. Ich mag euch. Aber mein Leben ist so schon kompliziert genug und ich wollte einfach nicht, dass sich meine beiden Welten vermischen.«

»Schon gut.« Aaron sah mich wieder an. »Ich verstehe. Manche Erfahrungen lehren uns nun einmal, vorsichtig zu sein. Ob wir wollen oder nicht.« Er vergewisserte sich, dass sein Pullover die Kette noch versteckte.

»Ich –«

»Es ist okay. Wir werden uns aus deinem Menschenleben heraushalten.«

»Pizza«, murmelte Damian, der im Gegensatz zu Aaron offenbar nur noch ans Essen denken konnte. Sehnsüchtig sah er zum Fenster hinauf. »Ich könnte ja ein ganzes Blech allein verdrücken. Mit extraviel Käse.«

»Damian!«, wies Aaron ihn zurecht. Doch weiter oben hatte man wohl mehr gehört, als mir lieb gewesen war.

»Extrakäse kostet auch extra!«, rief Louisa.

Neben ihr erschien nun Fiona, in der Hand den Pizzaflyer. »Wenn wir fünf große Pizzen nehmen, kriegen wir einen Salat gratis dazu«, erklärte sie. »Mag irgendjemand Salat? Oh, hi!« Sie hatte meine Begleitung entdeckt.

»Hallo! Gibt es zufällig auch Frutti di Mare?«, erkundigte sich Damian so ungeniert, dass mir der Mund aufklappte.

»Äh ... ja! Mit Zwiebeln?«, fragte Fiona.

»Nein, danke.«

»Klärt das doch bitte, ohne die halbe Nachbarschaft zu nerven«, meldete sich schließlich Andreas von drinnen und scheuchte die beiden vom Fenster weg. »Und wenn du Gäste mitbringst, Robin, wäre es beim nächsten Mal schön, vorher Bescheid zu geben«, wies er mich zurecht.

Dann knallten beide Fensterflügel schwungvoll zu und Aaron, Damian und ich blieben allein im Schatten des Hauses zurück. Trotz der Dunkelheit entgingen mir Damians große Augen nicht. »Frutti di Mare«, murmelte er und schaute mich so flehend und halb verhungert an, dass mir schlicht die Worte fehlten.

»Nein«, sagte Aaron bestimmt und wandte sich zum Gehen. »Wir werden Robins Grenzen respektieren und uns nicht bei ihr zum Essen einladen.«

»Aber –«

»Vergiss es.«

Ich seufzte und kramte meinen Haustürschlüssel hervor. Die Qualle war natürlich schon in den Brunnen gefallen. Die beiden kannten jetzt meine Adresse. Und die Mädels hatten meine neuen Freunde gesehen und würden mich mit Fragen über sie löchern. Ich zögerte noch einen Moment, dann bemühte ich mich, ein Lächeln aufzusetzen.

»Ich glaube, sie bestellen eh schon für euch mit.«

Ich hielt ihnen die Tür auf.

»Entschuldige«, raunte Aaron, während ich die beiden durch das schmale Treppenhaus nach oben führte. Einen Herzschlag später kam es mir so vor, als würde sein Handrücken versehentlich meinen streifen. Kurz nur.

Dann betraten wir die Wohnung und ein ganz anderer Sturm brach über uns herein.

Fiona hantierte noch immer mit dem Flyer und wollte unsere Extrawünsche wissen. Louisa überschüttete die Jungs derweil mit Fragen nach ihren Namen und ihrer Schule, woher wir uns überhaupt kannten und, so ganz nebenbei, ob Aaron wohl eine Freundin hatte … Ja, sogar Andreas schien neugierig auf meine Begleiter zu sein, obwohl er normalerweise wenig für Besuch übrighatte und Fionas Freund sogar konsequent ignorierte, seit er das erste Mal einen Fuß über unsere Schwelle gesetzt hatte (was übrigens auch an einem Pizza-Abend gewesen war). Aaron und Damian gegenüber hatte er nun jedoch ein freundliches Gesicht aufgesetzt und versorgte die beiden eigenhändig mit Apfelschorle.

Eine Dreiviertelstunde später saßen wir dann auch schon zu sechst um den großen Esstisch und ließen es uns schmecken.

Und während wir aßen, berichtete Aaron erstaunlich überzeugend davon, wie er, Damian und ich uns angeblich vor ein paar Tagen im Einkaufszentrum über den Weg gelaufen wären und bei einem Eisbecher angefreundet hätten. Außerdem ließ er sich von Fiona alles über den Film noir erzählen, zeigte Louisa einen Zaubertrick mit dem Deckel der Apfelsaftflasche und fragte Andreas zu seinem Beruf aus. Hätte er sich nicht erkundigt, ob wir Vanillepudding oder zur Not auch Schokoladencreme zur Verfeinerung seiner Champignon-Pizza im Haus hätten, wäre er wohl binnen kürzester Zeit der unumstrittene Liebling aller gewesen.

So richtig verstand ich allerdings nicht, warum er sich derart ins Zeug legte.

»Pass auf, dass du nicht auf deiner Schleimspur ausrutschst«, murmelte ich, als ich ihm dabei half, den Kühlschrank nach einer Dose Sprühsahne zu durchforsten.

Wie ich roch er nach Sand und Algen und aufgewirbelter Gischt mit einem Hauch Elektrizität – von den Klingen, die wir heute geführt hatten. Und wieso warf er mir auf einmal diesen alarmierten Blick zu? Hatte er etwa eine neue Abscheulichkeit für seinen Speiseplan erspäht?

»Du machst das extra, die Sache mit dem Essen, oder? Um zu provozieren. Aber in Wahrheit wird dir schlecht von dem ganzen Mist, den du da kombinierst.«

»Quatsch.« Er grinste, wie so oft. Doch das Grinsen erreichte seine Augen nicht. Dann schien er plötzlich auf irgendetwas zu lauschen.

»Was ist?«

»Irgendetwas stimmt hier nicht«, wisperte Aaron. Er ging vor dem Gefrierfach in die Hocke und tat so, als begutachtete er unsere Eisvorräte.

»Was soll das heißen?« Ich sank ebenfalls zu Boden. »Wie meinst du das?«

War Aaron etwa noch paranoider als ich?

»Ist dir nicht aufgefallen, dass die Winde schon seit fast zehn Minuten einen Bogen um das Gebäude machen? Hör mal genau hin!«

Ich schloss für einen Moment die Augen und horchte, doch alles klang wie immer. Oder? Der Ostwind heulte vor den Fenstern, das Gebälk knarzte …

»Das hier ist eben ein altes Haus.« Ich zuckte mit den Achseln und nahm Aaron eine Flasche Karamellsoße aus der Hand, die er gerade in der Kühlschranktür entdeckt hatte. »Bitte tu das nicht!«

Die Pizza war köstlich und ihr Bäcker stadtbekannt. Einen

solchen Frevel konnte und wollte ich einfach nicht zulassen …

Aaron seufzte. »Ich weiß nicht, ich …«

Er schnappte sich eine Packung Erdbeereis und sprang wieder auf. Anscheinend wollte er sie rasch aus meiner Reichweite bringen. Doch auf halbem Weg zurück zum Tisch blieb er wie angewurzelt stehen.

»Eis, ernsthaft?«, nuschelte Damian mit vollem Mund und verzog das Gesicht.

Aaron reagierte nicht. Sehr langsam machte er einen Schritt rückwärts, so als hätte er etwas aus dem Augenwinkel gesehen, das ihn irritierte.

»Aaron? Hast du es dir anders überlegt?«

Er blinzelte.

Erst als ich vor ihn trat und fragend die Brauen hob, nickte er schließlich abgehackt in Richtung des Spülbeckens.

Herrje! Ich schluckte. Das … *das* konnte doch nicht sein!

Aaron kehrte zum Gefrierfach zurück. »Na gut, du hast mich überzeugt, Robin«, sagte er, sodass die anderen es hören konnten. »Süß und herzhaft, das passt wirklich nicht zusammen. Was habe ich mir nur dabei gedacht!«

»Ach, wir essen das Eis zum Nachtisch, lass es ruhig draußen!«, rief Fiona ihm nach, aber da hatte ich ihm die Packung bereits aus den Händen gerissen und achtlos auf die Anrichte gepfeffert.

Wir wandten den anderen den Rücken zu und starrten gemeinsam auf den Abfluss des Spülbeckens, aus dem etwas emporstieg. Etwas Weißes mit diesem unverwechselbaren Duft von feuchtem Gras und Mondschein …

»Ist das *Nebel*?«, wisperte ich.

Aaron nickte und presste die Zähne aufeinander.

Ich hielt unwillkürlich die Luft an.

Nebel dienten uns Hexen seit jeher zur Tarnung. Wir nutzten sie zum Beispiel, um unsere Kessel vor den Augen der Menschen zu verbergen. Oder wenn wir einmal einen Fehler beim Wetter gemacht hatten und es ein wenig anpassen mussten … Unsere Nebel waren ungeheuer praktisch, um alle Arten von Magie zu verschleiern.

Außer natürlich, man benutzte sie in einem geschlossenen Raum.

»Ich nehme an, du hast das Zeug auch nicht heraufbeschworen«, stieß Aaron zwischen zusammengebissenen Zähnen hervor. Noch immer war sein Blick starr auf den Nebel vor uns gerichtet.

Ich schüttelte den Kopf, begriff dann, dass er es nicht sah, und räusperte mich.

»Nein«, sagte ich heiser.

Inzwischen krochen mehr und mehr Schwaden aus dem Abfluss und füllten das Spülbecken mit einer wabernden, milchigen Masse. Verdammt! Was war hier los?

Ich drehte den Wasserhahn auf, um die Pampe fortzuspülen. Leider kam nicht das übliche, eher klägliche Rinnsal heraus, sondern ein ganzer Schwall bräunlich brackiges Regenwasser. Anstatt den Nebel zurückzudrängen, vermischte es sich zu allem Überfluss auch noch mit ihm, färbte ihn dunkel und brachte das Spülbecken binnen weniger Sekunden zum Überlaufen.

Und der Hahn ließ sich nicht wieder zudrehen, sosehr wir uns auch bemühten.

Gleichzeitig drangen auch aus Richtung des Badezimmers plötzlich verdächtige plätschernde Geräusche zu uns herüber, garniert mit ein paar herzhaften Flüchen. Andreas war gerade aufs Klo gegangen.

»W…was passiert hier?«, stammelte Louisa.

Fiona rief: »Fuck!«

Sie war so hastig aufgesprungen, dass ihr Stuhl auf den Boden polterte.

Eine der nunmehr schmutzigen Nebelschwaden kroch derweil wie eine Schlange aus dem Spülbecken über das Parkett, wand sich um Stuhlbeine und unsere Füße und bildete dabei einen glitschigen Film.

Noch mehr Nebel quoll unter der Badezimmertür hervor. Drinnen schrie Andreas auf. Es rauschte, als würde der halbe Ozean durch die Wasserleitungen zu uns herauf in die Wohnung steigen. Eine Pfütze breitete sich in rasender Geschwindigkeit quer durch die Diele bis zu uns aus.

»Das …«, ich starrte Aaron an, der mit bebenden Schultern noch immer mitten im Raum stand und offenbar nicht so recht wusste, was zu tun war. »Das ist kein *Anderer*, oder?«

»Nein«, knurrte er. »Aber wir werden angegriffen. Und zwar von …« Er schloss einen Moment die Lider, als könnte er es selbst nicht glauben.»... von einer Hexe«, presste er tonlos hervor.

»Aber wie ...?«

»Ich schätze, irgendjemand ist wohl wenig begeistert von unserem Sieg über die Drachen am Friedhof«, überlegte Aaron laut.

»Also rächt er oder sie sich an uns ...«

»Hast du gerade *Drachen* gesagt?«, stammelte Louisa. Sie stand auf einem Stuhl und sah so aus, als wäre sie kurz davor, als Nächstes auf den Tisch zu springen, um noch mehr Abstand zwischen sich und die rasch steigenden Fluten zu bringen.

Nebel und Wasser reichten uns inzwischen bis zu den Knien.

Das ging viel zu schnell. Es musste das Werk einer mächtigen Hexe sein, so viel stand fest. Jemand, der sogar den Ozean selbst befehligen konnte. Ich holte tief Luft, um den Ostwind herbeizurufen, doch Aaron schüttelte den Kopf.

»Zwecklos«, murmelte er. »Dafür ist es zu spät.«

»Aber irgendetwas müssen wir tun!«

»Vor allem müssen wir hier raus!«, befand Damian, klemmte sich einen der Pizzakartons unter den Arm und stapfte um den Tisch herum. »Kommt!«

Verdammt! Wieso blieb am Ende eigentlich immer nur die Flucht? Und nicht einmal die Zeit, über diese Frage nachzudenken ...

Damian bugsierte Fiona und Louisa zum Ausgang, während Aaron und ich bereits zum Badezimmer hechteten, um Andreas zu holen. Natürlich war abgeschlossen.

»Andreas!« rief ich und rüttelte an der Klinke. »Bist du okay?«

Ein ersticktes Röcheln war alles, was ich zur Antwort bekam.

Wasser und Nebel stiegen immer schneller.

»Wir kommen jetzt rein. Gehen Sie in Deckung!« Aaron zögerte wieder einmal keine Sekunde lang. Mit voller Wucht trat er gegen die Tür.

Einmal. Zweimal. Ein drittes Mal.

Holz splitterte. Die Angeln wurden jäh aus dem Rahmen gerissen.

Einen Herzschlag später rollte bereits eine eiskalte Flutwelle über uns hinweg und ergoss sich in jeden Winkel der Wohnung. Der große Flurschrank kippte um, sodass Aaron und ich auseinanderspringen mussten, um nicht davon erschlagen zu werden.

Ich hustete, schmeckte Salz und See. Es war tatsächlich der Ozean, der aus den Wasserleitungen strömte und inzwischen mit solcher Wucht aus sämtlichen Abflüssen und Hähnen schäumte, dass Andreas wohl beinahe in unserem Badezimmer ertrunken wäre!

Klatschnass taumelte er mir entgegen. Das Haar klebte ihm strähnig in der Stirn, ein Ärmel seines Fleecepullovers war an der Schulter abgerissen und in seinen Augen stand die nackte Angst. »W...was zur Hölle ...?«, stotterte er.

Ich konnte ihn gerade noch auffangen, bevor er in die Fluten stürzte.

»Warte!« Aaron warf die Reste der Tür von sich und versuchte, zu mir und Andreas zu gelangen. Doch das war gar nicht so einfach.

Das Wasser reichte uns nun bis zur Hüfte und die gesamte Einrichtung schien darauf zu treiben. Die Teller und Becher, die vor wenigen Minuten noch auf dem Tisch gestanden hatten, schipperten an mir vorbei, genauso wie ein Lampenschirm, Spielfiguren von *Mensch ärgere dich nicht* aus dem Wohnzimmer, ein paar von unseren Klamotten, Fionas uralte DVD-Sammlung und … war das etwa Bos Goldfischglas? *Ohne* Bo?

Mist! Ich brauchte beide Arme, um Andreas aufrecht zu halten, der mit flatterndem Blick an meiner Schulter hing und drohte das Bewusstsein zu verlieren.

»Mein … äh … mein Haustier«, nuschelte ich und ruckte mit dem Kinn in Richtung des Kugelglases.

Aaron angelte danach, doch schon als er es aus dem Wasser hob, erkannte ich, dass es leer war. Er zuckte entschuldigend mit den Achseln.

Ich seufzte. Ob die Chimäre irgendwie allein den Weg zum Rest des Schwarms finden konnte? Vielleicht durch eine der Leitungen?

»Tut mir leid. Ich nehme an, du hattest einen Fisch?«

Endlich gelang es Aaron, am Flurschrank vorbeizuschwimmen. Er griff nach dem reglosen Körper meines Sozialarbeiters. Gemeinsam schoben wir uns zum Treppenhaus vor. Hier donnerte inzwischen ein reißender Strom die Treppen hinab. Wie ein Wildbach, der sich in Windeseile in einen Wasserfall zu verwandeln drohte.

Aaron schleppte Andreas zum ersten Absatz hinab, während ich inmitten der Wohnungstür trotz allem noch einmal stehen blieb.

»Komm schon, Robin!«, rief Aaron. »Uns bleibt nicht mehr viel Zeit.«

»Sofort, ich … nur einen Moment noch.«

Ich brauchte all meine Kraft, um gegen den Strom in mein Zimmer zu gelangen. Doch ich schaffte es. Es musste sein, ich konnte den Kleinen nicht einfach zurücklassen. Nein, das konnte ich nicht. All die Jahre hatte die Chimäre mir schließlich beigestanden! Ich musste sicherstellen, dass sie zu ihrem Schwarm fand.

»Bo!«, rief ich. »Bist du noch irgendwo? Bo, bitte, tu mir das nicht an!«

Das Wasser reichte mir nun bis zu den Schultern, ich paddelte zwischen Möbeln und Krimskrams.

Das Gebälk des Hauses knarzte und krachte gewaltig. Die Wände erzitterten. Von draußen hörte ich erschrockenes Kreischen. Die Statik des Gebäudes war natürlich nicht für solche Wassermassen gemacht. Okay, ein letzter Versuch.

Ich holte tief Luft und tauchte zwischen meinem Bett und dem Schreibtischstuhl hindurch. Das Salzwasser biss mir in den Augen, als ich mich einmal um die eigene Achse drehte.

Tausend Dinge schwebten um mich herum: Stifte, Socken und Haarspangen, die wie seltene Tiefseekreaturen wirkten. Doch nirgendwo konnte ich Bos mehrköpfige Goldfischgestalt entdecken.

Verdammt, verdammt, verdammt! Selbst unter Wasser spürte ich, wie mir Tränen in die Augen schossen. Meine Kehle wurde eng.

Und dann, gerade als mir der Sauerstoff auszugehen drohte, zerbarsten die Fensterscheiben und das Meer in unserem Haus drängte nach draußen, wollte mich mit sich reißen und hinaus in die Nacht spülen.

Schemenhaft erkannte ich bereits die anderen dort unten in der Dunkelheit: Damian, Louisa, Fiona, Aaron, der noch immer Andreas stützte, und die Bewohner der WGs aus den unteren Etagen. Sie alle starrten erschrocken zu mir hinauf und … Wer war denn dieser dunkel gekleidete Mann in den Schatten zwischen den Dünen dahinten? Täuschte ich mich oder war das ein Kopf wie ein Totenschädel, der unter einer Kapuze hervorblitzte?

Ich verschluckte mich an einer Ladung Wasser. Meine Lunge brannte, mein Blick verschleierte sich. Ich musste dringend atmen und konnte es nicht, wollte auftauchen und schaffte es nicht.

Die Strömung war zu stark, die See zu mächtig.

Verzweifelt schlug ich mit den Armen um mich, ruderte wie wild durchs Wasser und wollte mich am Fensterrahmen festklammern, doch …

Meine Hände rutschten ab, ich verlor jeglichen Halt und wurde einfach in die Tiefe gerissen.

Mitten hinein in einen Mahlstrom aus Finsternis.

Ich fiel. Viel zu schnell.

Irgendjemand schrie.

Und dann war da gar nichts mehr.

3. Strophe

Wettervorhersage

Im Tagesverlauf lösen sich die örtlichen Nebelfelder auf.
Orkanartige Böen sorgen jedoch für eine unruhige See.
Kalte Strömungen bringen eine Gewitterfront mit starkem
Wellengang und einer schrecklichen Erkenntnis.
Robin kehrt nach Atlantis zurück.

12

Kesselboot

Stille drang an mein Ohr. Eine Stille, wie ich sie lange nicht mehr gehört hatte.

Außerdem wurde ich sachte hin und her gewiegt.

Oder bildete ich mir das nur ein?

Doch, da war dieses leichte Schwanken mal zur einen, mal zur anderen Seite … Auf jeden Fall lag ich auf etwas, das eine Matratze oder so sein konnte. Weich, allerdings nicht zu weich, und den Geruch von getrockneten Algen und Blitzklingen verströmend. War das eine Decke aus grobem Stoff über mir, die ich nun an meinen Handrücken spürte, als ich vorsichtig die Finger bewegte?

Ich blinzelte in grelles Licht. Es dauerte daher einen Moment, bis es mir endlich gelang, die Augen offen zu halten und mich umzusehen.

Ein Kesselboot.

Komisch.

Und zwar wieder einmal keines von der königlichen Flotte …

Schräg über mir erkannte ich ein Bullauge mit rostigem Rahmen, links von mir öffnete sich die Koje, in der ich lag, zu einem kreisrunden, winzigen Raum. Erhellt wurde er von mehreren Quallenlichtern sowie von einem ganzen Haufen Blitzklingen, die sich überall stapelten und die Luft mit unsichtbarer Spannung erfüllten. Obwohl irgendjemand die Dinger immer dutzendweise zu praktischen Bündeln verschnürt hatte, nahmen sie beinahe den gesamten Fußboden des Raumes ein und –

Moment mal, wie war ich eigentlich hierhergekommen?

Ruckartig setzte ich mich auf und keuchte, als mir der altbekannte Kopfschmerz so heftig durch den Schädel schoss, dass ich befürchtete, er würde zerspringen.

»Ich glaube, sie ist aufgewacht«, raunte jemand von der gegenüberliegenden Seite des Raumes.

Ich kniff die Augen zusammen und versuchte, das Pochen dahinter mit der Kraft meiner Gedanken fortzuscheuchen. Dann schaute ich an mir hinab und stellte fest, dass ich ein weites Männerhemd trug – und sonst nichts!

So ein Mist, ich war an Bord eines Kesselbootes, halb nackt und hatte einen kompletten Filmriss! Was, wenn die Häscher meiner Mutter mich –

Da endlich entdeckte ich die beiden Gestalten, die in einer weiteren Koje saßen und offenbar gerade Karten spielten. Ich atmete auf.

»Hey!«, rief Aaron und nickte mir zu. »Wieder unter den Lebenden?«

»Was ist passiert?«, krächzte ich und zog die Decke ein Stück hinauf. Meine Zunge fühlte sich pelzig an, meine Gedanken wirbelten noch immer wild durcheinander. Aber wenigstens fand ich auf dem Boden vor der Koje eine Flasche Mineralwasser und nahm gleich gierig einen Schluck.

»Du bist aus dem ersten Stock gespült worden und ein bisschen unglücklich gelandet«, erklärte Aaron mir derweil über seine Kartenhand hinweg.

Ich griff mir an die Stirn.

»Genau.«

»Ah …«, stammelte ich. Meine Erinnerungen waren vage, irgendwie unscharf. Ich wusste noch, dass wir gegen die Donnerdrachen gekämpft hatten. Auf dem Friedhof. Und es war gut ausgegangen, die Jungs hatten sogar ihre Klingen zurückbekommen. Richtig. Doch danach …

Das Bild von einem Esstisch voller Pizzas schoss mir durch den Kopf. Und von Nebel, der aus der Spüle gequollen war. Mein Magen zog sich zusammen. Irgendetwas musste furchtbar schiefgelaufen sein, oder?

»Eure Wohngruppe wurde angegriffen. Gestern Abend«, half Aaron mir auf die Sprünge. »Eine ziemlich mächtige Hexe hat euch eine Sturmflut auf den Hals gehetzt. Keine Ahnung, wer dahintersteckt. Zum Glück sind alle rechtzeitig rausgekommen, aber …«

»Aber was?«

»Das Haus hat es leider nicht überstanden«, erklärte Damian.

»Oh.« Das Dröhnen von berstendem Gebälk spukte durch meine Gedanken. Ich hatte nach Bo gesucht. In einem vollkommen unter Wasser stehenden Zimmer. Und dann war da diese vermummte Gestalt in den Dünen gewesen, ein Typ in einem Kapuzenmantel … Ja, jetzt fiel mir alles wieder ein. Die Fluten hatten mich gegen das Fenster gedrückt, bis die Flügel nachgegeben hatten, und ich … war gefallen.

»Wir haben dich natürlich gerettet und sofort von dort weggebracht«, verkündete Damian. »Keine Sorge, bald bist du in Sicherheit.«

»In Sicherheit?«, echote ich, noch immer verwirrt und – bei Neptuns Bart, da war Wasser vor dem Bullauge! Ich musste mir ganz schön den Kopf angehauen haben, dass ich es erst jetzt kapierte. Das Schaukeln, das leise Rauschen der Wellen …

Wir befanden uns auf dem Weg in die Tiefe!

War das ein Albtraum?

Vielleicht war ich noch immer ohnmächtig und mein Hirn fantasierte sich das alles zusammen?

Eine Strömung ergriff das Kesselboot und brachte es zum Wanken. Ich musste mich am Rahmen der Koje festhalten, um das Gleichgewicht nicht zu verlieren, und leider fühlte sich das ziemlich real an. Viel zu real.

Plötzlich war mir eiskalt. Das Blut in meinen Ohren rauschte, während sich etwas Dunkles in meinem Innern zusammenballte, das mir eine Heidenangst machte. Niemals! Ich durfte das nicht zulassen! Niemals konnte ich dorthin zurückkehren.

Ich wollte aufspringen, konnte mich jedoch mit einem Mal nicht mehr bewegen. Kein Millimeter meines Körpers regte sich, wie erstarrt saß ich da, weil meine Muskeln mir jeglichen Dienst versagten. Nicht einmal blinzeln funktionierte noch, schließlich rollten Tränen über meine Wangen.

»Atlantis ist nicht mehr fern«, sagte Damian, als wäre irgendetwas an dieser Tatsache gut oder gar wünschenswert.

Mein Innerstes sank immer weiter in sich zusammen. Als versuchte die Hexe in mir, sich unsichtbar zu machen. Selbst mein Herzschlag schien mit dem Gedanken zu spielen, eine Pause einzulegen.

Nein, war alles, was ich dachte. *Nein, nein, nein!*

»Robin?«, fragte Damian und wandte sich an Aaron. »Meinst du, ihr wird schlecht? Ist das der Wasserdruck, weil sie so lange an der Oberfläche war?«

»Keine Ahnung.«

Nur am Rande registrierte ich, wie Aaron sich schließlich von seinem Platz erhob und über die Blitzklingen hinweg zu mir herüberkletterte.

»Darf ich?«, fragte er und deutete auf die Kante meiner Koje, setzte sich jedoch, ohne eine Antwort abzuwarten, die ich ihm in meinem Zustand ohnehin nicht hätte geben können.

»Ich weiß, du wolltest den Meeresgrund eigentlich nie wie-

dersehen«, begann er leise. »Aber ich fürchte, wir haben keine
Wahl. Die Vorfälle mit den Donnerdrachen und dann dieser
Angriff, das ist einfach zu viel. Die Königin muss davon erfahren.« Er sah mir in die Augen. »Wir konnten dich nicht
einfach dort bewusstlos zurücklassen, vor allem weil all diese
Dinge ausgerechnet in deiner Nähe passiert sind ... Hörst du
mich überhaupt?«

Nein, dachte ich erneut und sah durch ihn hindurch.

»Robin? Hey! Bist du noch da?« Aarons Gesicht kam näher.
Er musterte mich, hielt eine seiner großen Hände hoch und
wackelte mit den Fingern. »Wie viele siehst du?«

Ich reagierte noch immer nicht, konnte plötzlich nicht einmal mehr atmen.

Die Untiefen. Das Reich meiner Mutter. Atlantis.

NIEMALS!

»Robin?« Aarons Stimme war lauter geworden, er rief meinen Namen nun, schrie mich an: »ROBIN!«

Atlantis. Das durfte nicht wahr sein!

»ROBIN! Ist das eine Art Anfall?« Aaron packte mich bei
den Schultern und schüttelte mich, sodass mein Kopf hin und
her schwang. Noch immer war ich wie gefangen in mir selbst.

»Verdammt, Robin, was ist mit dir? Du wirst ja blau im Gesicht, hast du etwa aufgehört – Scheiße!«

Eine schallende Ohrfeige traf mich. Brennen durchzuckte
mich, mein Kopfschmerz explodierte. Ich blinzelte, schnappte
nach Luft, griff mir verwirrt an die glühend heiße Wange.
Doch der Bann war gebrochen und einen Wimpernschlag

später sackte ich schluchzend vornüber. Mit der Stirn gegen Aarons Brust.

»So ist's gut«, sagte er und legte vorsichtig die Arme um mich. »Schön weiteratmen. Das ist leckerer Sauerstoff. Genau das Richtige nach einem langen Tag.«

Sein Geruch stieg mir in die Nase und seine Körperwärme umfing mich. Eine kleine Weile weinte ich einfach in die Wolle seines Pullovers. Dann war ich endlich wieder so weit bei Sinnen, dass es mir gelang, einen klaren Gedanken zu fassen.

»Bringt mich zurück«, murmelte ich und richtete mich auf. »Jetzt sofort.«

Aaron ließ mich los. »Was?«

»Ihr müsst mich zurückbringen«, wiederholte ich.

»Das ist zu gefährlich. Die Dinge, die dort oben vor sich gehen … Dahinter steckt irgendetwas Großes. Wir müssen nach Atlantis und Ihre Majestät davon in Kenntnis setzen. Das sind nicht nur ein paar verirrte Donnerdrachen – du hast die verbotenen Köder gesehen. Außerdem wartet die Königin auf ihre Klingenlieferung.«

»Klar«, sagte ich, weil ich das natürlich einsah. Aaron hatte recht, was auch immer meine Stadt heimsuchte, es war brandgefährlich. »Aber ich kann nicht mit euch kommen. Ich kann es einfach nicht. Also, bitte, wende das Boot.«

Aaron seufzte. »Du warst mehrere Stunden lang ohnmächtig. Wir können nicht mehr umkehren. Selbst wenn wir es wollten, dafür haben wir nicht mehr genug Planktonöl übrig, Robin.«

»Ich muss trotzdem zurück«, beharrte ich und strich mir fahrig eine Haarsträhne aus dem Gesicht. Meine Wange brannte noch immer wie Feuer, wo Aaron sie getroffen hatte. »Vielleicht reicht das Öl ja doch. Ich habe mal gehört, wenn man die Strömungen nur geschickt –«

»Nein«, meinte Aaron und verschränkte die Arme vor der Brust. »Das würde definitiv nicht funktionieren.«

»Vielleicht, wenn wir die Flamme auf ein Minimum herunterdrehen und langsamer fahren …«

»Selbst dann würden wir es nicht schaffen«, sagte Aaron ärgerlich und erhob sich. »Wir würden sterben, Robin. Willst du das?«

»Natürlich nicht!«

»Dann sind wir uns ja einig.«

Ich schnaubte. Dass ich keinerlei Todessehnsucht verspürte, war ja genau der Grund, warum ich so dringend umkehren musste. Verdammt! Ich durchbohrte Aaron mit meinem Blick.

Wieso? Wieso war schon wieder alles so gründlich schiefgegangen? Und wieso hatten Aaron und Damian ausgerechnet am Treibstoff sparen müssen?

»Es sind nur ein paar Tage in Atlantis. Höchstens eine Woche«, versuchte er mich zu beruhigen.

Doch ich reagierte nicht, sah ihn einfach nur weiter an. Verzweifelt. Hoffnungslos.

Was sollte man auch sagen, wenn man seiner eigenen Hinrichtung entgegenfuhr?

»*Bitte*, hör nicht schon wieder auf zu atmen!«, murmelte Aaron. Der Ärger in seiner Stimme war Besorgnis gewichen. »Du schaffst das, versprochen.«

Langsam schüttelte ich den Kopf, dann ließ ich mich nach hinten in die Kissen fallen.

»Okay«, brummte Aaron. »Du brauchst wohl noch Ruhe.« Er deckte mich wieder zu, dann hielt er mir kurz die Hand unter die Nase, wohl um sicherzugehen, dass ich nicht erneut erstickte. »Schlaf noch ein wenig. Und wenn du aufwachst, gibt es Algensuppe. Vielleicht sogar mit Schokostreuseln.«

Ich verzog das Gesicht und schloss die Augen.

Als ich das nächste Mal erwachte, hörte ich Aaron und Damian tatsächlich in der winzigen Kombüse des Kesselboots mit Geschirr hantieren. Ich drehte mich auf die Seite und schaute aus dem Bullauge in die Weiten des Ozeans. Die Farbe des Wassers verriet mir, dass wir uns schon in großer Tiefe befinden mussten.

Der Schein der Quallenlichter an der Außenseite des Kesselbootes erhellte die Dunkelheit nur noch wenige Meter und in den schwachen Strahlen flirrten Millionen und Abermillionen winziger Partikel. Teile von Pflanzen, Plankton, mikroskopisch kleine Müllfetzen, die in den letzten Jahrzehnten immer weiter zugenommen hatten. Ein Tanz der Schwerelosigkeit, in den sich dann und wann der silbrig schimmernde Körper eines Fisches mischte.

Ansonsten war da vor allem die Stille, die nach so langer

Zeit in meinen Ohren gellte und mich einhüllte wie eine Decke. Die mich begrüßte wie eine alte Bekannte, ein Kind, das
verloren gegangen war an die schreckliche Leere der Oberfläche und nun endlich zurückkehrte. *Nach Hause.*

Wie hatte ich die See vermisst! Das Gefühl, wieder unter
Wasser zu sein, war so ungewohnt nach all den Jahren, dass
es beinahe körperlich wehtat, die Fluten wieder um mich zu
spüren.

Aber vielleicht lag es auch nur daran, dass mir bewusst
wurde, worauf ich so lange hatte verzichten müssen ...

Doch während wir an Bord des Kesselseglers tiefer und tiefer glitten und dabei immer bizarrer geformten, gallertigen
Wesen begegneten, wurde mein panisches Herz nach und
nach ruhiger. Mit jedem Meter, den es weiter abwärtsging,
verlangsamte sich sein Schlag, meine Atmung reduzierte sich
und irgendwann verflüchtigte sich sogar mein Kopfschmerz.
Der Druck in meinem Schädel ließ nach, nun, da ich wieder
die schützenden Wassermassen über mir wusste. Die Kälte
des Ozeans, die durch die Außenwand des Bootes herein-
drang, besänftigte das Pochen hinter meinen Augen. Und
schließlich fühlte sich mein Geist zum ersten Mal seit viereinhalb Jahren wieder leicht und frei an.

Ein Schluchzen entrang sich meiner Kehle.

Auch wenn die Wiedersehensfreude nur von kurzer Dauer
sein würde, weinte ich dieses Mal vor Erleichterung. Wenigstens würde ich noch einmal durch die Gassen von Atlantis
wandern, bevor es zu Ende ging ...

Später brachte Damian mir eine Schale heißer Brühe. Algensuppe, ein einfaches Sturmjäger-Rezept. Und zum Glück ohne Verfeinerungen von Aaron. Aber selbst mit Schokostreuseln hätte ich das Gericht wohl heruntergeschlungen, denn beim Pizza-Abend hatte ich schließlich kaum etwas essen können, bevor die Sturmflut über uns hereingebrochen war. Nach meiner Bewusstlosigkeit hatte ich zunächst gar nicht gemerkt, wie hungrig ich war, doch nun knurrte mir der Magen und lechzte förmlich nach jedem weiteren Löffel der grüngoldenen Flüssigkeit. Bis auf den letzten Tropfen schlürfte ich die Schale leer.

Doch als ich aufstehen und die Jungs um einen Nachschlag bitten wollte, versagten meine Beine mir noch immer den Dienst. Meine Knie hatten die Konsistenz matschiger Quallen und der Raum begann, sich vor meinen Augen zu drehen, kaum dass ich mich aufrichtete.

Am Ende beließ ich es deshalb bei einer Portion und driftete stattdessen ein weiteres Mal erschöpft in das Reich der Träume ab.

Noch viel später weckte mich schließlich das Knarren der Koje.

Irgendwo zu meiner Rechten bewegte sich etwas. Die Matratze sank ein und als ich blinzelte, erkannte ich Aarons große Gestalt. Er hatte sich am Fußende niedergelassen und streckte seine langen Beine neben mir aus.

»Hi«, nuschelte ich. »Wir sind wohl bald da?«

»Schlaf weiter.« Er legte den Kopf in den Nacken und atmete tief aus, als hätte er exakt dasselbe vor.

Ich hingegen war mit einem Mal so wach wie seit Langem nicht mehr. »Ich tue seit Stunden nichts anderes«, sagte ich, stützte mich auf die Ellenbogen und rutschte zur Seite, um ihm Platz zu machen. »Das hier ist dein Bett, oder?«

Aaron nickte. »Ja. Ich muss nur mal kurz die Füße hochlegen, bevor wir ankommen. Mehr nicht.«

»Danke, dass du es mir überlassen hast.«

Er brummte etwas Unverständliches.

»Wenn du möchtest, kann ich …« Ich wollte aufstehen, doch Aaron winkte ab.

»Schon gut.«

Er streckte sich noch ein bisschen weiter aus, wobei sein Knie meinen Oberschenkel streifte. Plötzlich war ich mir seiner Nähe überdeutlich bewusst.

»Äh, wo sind eigentlich meine Klamotten abgeblieben?«, erkundigte ich mich.

»Trocknen neben dem Herd. Du warst nach deinem unfreiwilligen Tauchgang durch eure Wohnung komplett durchnässt, also …«

»Ah«, machte ich.

Je tiefer unsere Fahrt uns geführt hatte, desto schummriger war es im Innern des Bootes geworden. Auch Aarons Gesicht lag jetzt im Schatten, sodass ich den Ausdruck darauf nicht erkennen konnte. Doch irgendwie klang seine Stimme, als würde er lächeln, während er fortfuhr: »Keine Sorge, ich habe nicht hingesehen. Es war allerdings gar nicht so einfach, dich mit geschlossenen Augen aus so vielen Lagen Stoff zu pellen. Trägst du eigentlich immer deinen halben Kleiderschrank auf einmal?«

»Zwiebelprinzip«, sagte ich und zuckte mit den Achseln.

»Und noch dazu erschreckend viele Knöpfe und Reißverschlüsse!«

»Die dich offenbar nicht abhalten konnten.«

»Nein.«

Jetzt hörte ich sein Grinsen förmlich.

»Nun …« Rasch vergewisserte ich mich, dass der Kragen des Hemdes bis oben zugeknöpft war. »Ich würde mich ja dafür bedanken, dass du mich vor einer Erkältung bewahrt hast. Aber dazu erscheinst du mir gerade, ehrlich gesagt, eine Spur zu selbstgefällig.«

»Dabei wollte ich nur helfen.«

»Klar.«

Ich kuschelte mich tiefer in die Kissen. Aarons Hemd war wirklich bequem und trotz des dünnen Materials wohlig wärmend. Wenn es in Atlantis hart auf hart käme und ich fliehen müsste, wären meine Jeans und mein Sweatshirt allerdings eine deutlich praktischere Wahl … Vermutlich sollte ich mich also besser mal wieder umziehen. Dazu hätte ich mich bloß aufraffen und über Aaron hinwegklettern müssen, dessen Atem inzwischen auffallend regelmäßig ging.

Es war unmöglich zu sagen, ob er bereits weggedöst war, weil seine Augen im Dunkeln lagen. Da er wegen mir in der vergangenen Nacht keinen richtigen Schlafplatz gehabt hatte, wollte ich ihn auf keinen Fall stören.

Und außerdem standen die Chancen gut, dass dies auch für mich einer der letzten friedlichen Augenblicke war. Für immer. Oder zumindest für eine lange Zeit.

Anstatt mich also um mein Outfit zu kümmern, ignorierte ich die Tatsache, dass wir meine Heimat bald erreichen würden, einfach noch ein wenig länger und schaute wieder aus dem Bullauge in die See hinaus.

Dort draußen war es noch finsterer geworden, tot und leer waren die tiefsten Tiefen allerdings keineswegs. Im Gegenteil: Der Meeresgrund und mit ihm die überkuppelten Türme von Atlantis mussten nahe sein. Ab und zu sah ich in der Ferne bereits andere Kesselboote in den Strömungen, die wohl dasselbe Ziel hatten. Und dann, gerade als ich meinte, das Glimmen von Eisglas zu erahnen, zog plötzlich ein gigantischer Leib an uns vorbei. Grau und glänzend. Wenn man genau hinschaute, waren es vielleicht sogar eher viele Leiber ...

»Ist das etwa –?«, murmelte Aaron, der offensichtlich doch nicht eingeschlafen war.

»Irgendein Wal«, sagte ich und hoffte, dass er nicht mitbekam, wie das Orakel mir mit seiner Schwanzflosse kurz zuwinkte. Ob es mir zu verstehen geben wollte, dass Bo den Schwarm gefunden hatte?

»Ach so.« Aaron rieb sich schlaftrunken übers Gesicht, während der vermeintliche Wal genauso rasch wieder verschwand, wie er aufgetaucht war. »Ich dachte schon, das wäre vielleicht ein Freund von dir.«

»Natürlich nicht!«, rief ich viel zu schnell. »Woher sollte ich denn bitte schön einen Wal kennen?«

»Keine Ahnung. Aus dem Ostmeer?«

Okay, das war natürlich gar nicht so abwegig. Ich biss mir auf die Lippe. »Mhm.«

»Jetzt erzähl mir nicht, dass du ihn bereits eifersüchtig gemacht hast!«, rief Damian quer durch den Raum und gluckste vor Belustigung. »Mit einem Fisch.«

»Ein Wal ist kein Fisch«, erwiderte Aaron.

Ich verdrehte die Augen. »Können wir jetzt bitte das Thema wechseln?«

»Pardon, ich wollte natürlich nicht stören. Verzeihung, Verzeihung!« Damian hob abwehrend die Hände.

»Halt einfach die Klappe«, sagte Aaron und kehrte nun doch den ehrwürdigen Sturmmeister heraus. »Am besten ruhen wir uns alle noch ein wenig aus. Und außerdem macht sich der Abwasch nicht von allein.«

Damian schnaubte, kletterte aber gehorsam über die Blitzklingen im Lagerraum. Kurz bevor er murrend in der Kombüse verschwand, schickte er allerdings noch ein Kussgeräusch in unsere Richtung und wäre dafür beinahe von einem von Aarons Stiefeln getroffen worden.

»Ignorier ihn einfach«, meinte Aaron und ließ sich gähnend zurück in die Kissen fallen. »Er ist ein Kind. Und jetzt lass uns schlafen.«

»In Ordnung«, sagte ich, wandte mich jedoch nicht dem Kissen, sondern dem Bullauge zu.

Schweigend starrte ich weiter in die Dunkelheit hinaus und versuchte, so viel Ruhe und Frieden in mich aufzunehmen wie möglich.

Noch war ein bisschen Zeit übrig.

Noch waren wir nicht am Ziel unserer Reise.

Noch konnte ich hier mit diesen Jungen scherzen, als wäre ich wirklich nur ein verängstigtes Waisenmädchen und die Frage, wie nahe Aaron und ich einander kommen würden, tatsächlich irgendwie relevant.

Im Verdrängen war ich übrigens auch so etwas wie eine Meisterin.

Ich presste für einen Moment die Zähne aufeinander. Dann zog ich mir die Decke bis zur Nasenspitze herauf und sog tief den Duft von Algen und Blitzklingen ein.

Aarons Duft.

Unsere Beine berührten sich noch immer, als Aaron schließlich leise zu schnarchen begann.

13

Kuppelstadt

Atlantis wurde nicht ohne Grund als Perle der Weltmeere bezeichnet. Während die meisten unterseeischen Siedlungen eher dörflich waren, oft nur aus einer Ansammlung von Behausungen und wenigen Straßen bestanden, war der Regierungssitz meiner Mutter eine schillernde Metropole. Die gewaltige Eisglaskuppel, von der die Hauptstadt umschlossen wurde, wölbte sich leuchtend über einem Felsmassiv inmitten einer Tiefseeschlucht. Wie eine gigantische Seifenblase thronte sie dort am Meeresgrund und schon von Weitem schien uns ihr verheißungsvolles Glimmen durch die Fluten entgegen.

Wir reihten uns in die Schar von Kesselbooten ein, die von allen Seiten auf die Kuppel zuglitten. Im Näherkommen erkannte ich bereits die ersten Türme mit schimmernden Perlmuttdächern und reich verzierten Muschelfassaden. Tatsächlich lebten wir Hexen mit Vorliebe in schmalen, hohen

Häusern von fünf oder mehr Stockwerken mit Wendeltreppen, die sich von außen an den Türmen und Türmchen hinaufschraubten. Und Atlantis war berühmt für seine dramatischen Straßenschluchten und Hängebrücken aus Seetang in schwindelerregenden Höhen.

Lautlos glitt unser Kesselboot voran, wurde von einer unsichtbaren Strömung immer näher an die sagenumwobene Stadt herangetragen. Weil der Andrang groß war, dauerte es dennoch eine ganze Weile, bis wir das mächtige Stadttor erreichten, jene Schleuse im Eisglas, die sich nur für diejenigen öffnete, die das uralte *Aperire* summten. Von überallher schienen sich Hexen und Hexer auf den Weg zur Hauptstadt gemacht zu haben. Kesselboote unter den Flaggen aller Meere warteten darauf, eingelassen zu werden. Erhellt wurde die Szenerie vom Licht gezähmter Laternenfische, welche die Fahrrinne säumten, um Neuankömmlingen die Richtung zu weisen.

Ich hatte mich schließlich doch noch umgezogen und drückte nun meine Nase an die Scheibe des Bullauges, während Aaron uns mithilfe des Ruders durch das Getümmel manövrierte.

»Aufregend, oder?«, meinte Damian neben mir. Bereits seitdem wir das erste Schimmern der Eisglaskuppel in den Fluten gesehen hatten, wanderte er ruhelos durch das Innere des Bootes (was bei all den Blitzklingen, die wir an Bord hatten, gar nicht so einfach war). »Wusstest du, dass angeblich hundert Hexen sich Tag und Nacht abwechseln müssen, um beständig genug Winde zu beschwören, damit die Belüftungssysteme der Stadt mit frischem Sauerstoff versorgt werden können?«

»Echt?«, fragte ich und tat so, als wäre ich beeindruckt. Und außerdem so, als wüsste ich nicht, dass es in Wahrheit nur 38 Männer und Frauen waren, die meine Mutter jedes Jahr neu unter den mächtigsten Mitgliedern ihres Heeres auswählte.

»Klar«, sagte Damian mit gewichtiger Miene. »Was meinst du, wie viel in so einer großen Stadt geatmet wird? Noch dazu all die Wetter!«

Er deutete auf den Straßenzug unmittelbar hinter dem Stadttor, in dem es unablässig schneite, um die ankommenden Boote von den Verunreinigungen der Reise zu säubern. Eine Neuerung, die meine Großmutter vor etwa 50 Jahren eingeführt hatte, nachdem gesunkene Öltanker und kaputte Bohrinseln der Menschen Teile der See so sehr verpestet hatten, dass die klebrig-schwarzen Brocken bis in die Korridore des Palastes getragen worden waren. Selbst die *Gläsernen Hallen*, so hatte man mich gelehrt, waren damals schmutzig und voller stinkender Fußabdrücke gewesen.

Ich schluckte.

Es kam mir komisch vor, nach all der Zeit über die Einzelheiten des Lebens am Meeresgrund zu sinnieren, wo ich doch angenommen hatte, dass all das nie wieder eine Rolle für mich spielen würde.

Damian, der sich wohl etwas mehr Begeisterung meinerseits erhofft hatte, seufzte. »Nirgendwo sonst gibt es so guten kandierten Tintenfisch«, versuchte er mich weiter aus der Reserve zu locken. »Und am Geburtstag der Kronprinzessin, der zufällig schon morgen –«

Ich schlug mit der flachen Hand gegen die Wand des Kesselbootes. Das war es! Verdammt, wir hatten Ende November! Deshalb drängte momentan jedes magisch begabte Wesen der See hierher! Bereits vor viereinhalb Jahren waren die rauschenden Geburtstagsfeiern von Darjana, meiner ältesten Schwester, legendär gewesen. Berühmt-berüchtigt sozusagen.

»Robin?«, fragte Damian verwirrt.

»Ich dachte, da wäre ein Riss«, murmelte ich.

Meine Familie würde schon bald in ihren Triumphgondeln durch die Häuserschluchten fahren und sich bejubeln lassen. Ich sollte wirklich nicht hier sein. Nein, das Ganze war ein schrecklicher Fehler!

Ich biss mir auf die Lippe.

Damian runzelte die Stirn, sagte jedoch nichts weiter.

Ein paar Minuten später waren wir an der Reihe. Durch das Spalier der Laternenfische schipperten wir auf das Eisglas zu. Gerade noch rechtzeitig, bevor wir dagegenprallen konnten, summte Aaron die althergebrachte Melodie, die das Eis für die Dauer eines Herzschlages verflüssigte. Das Kesselboot schob sich durch den flimmernden Vorhang und weiter auf die Kanalstraßen der Stadt.

Sofort umhüllte uns ein ausgewachsener Schneesturm, um Muschelbewuchs, Rost und Schlick fortzuwaschen. Winde umtosten uns, dicke Flocken fegten über die Bullaugen hinweg und überzogen die Scheiben für einen Moment mit einem filigranen Geflecht von Eisblumen.

Dann war es vorüber. Die Sicht wurde wieder klar, das Kesselboot bog um eine Ecke und wir hatten es geschafft: Vor uns lag das größte Geheimnis der Weltmeere. Ein Ort, so magisch, dass selbst die ahnungslosen Menschen von ihm träumten, ihn besangen und immer wieder vergeblich nach ihm suchten.

Atlantis.

Allein der Name schmeckte nach Perlen und Geheimnissen, nach den Schätzen versunkener Schiffe und der pulsierenden Macht Ihrer Majestät, der Königin.

Im Laufe der Jahrhunderte hatten die Hexen unter der Herrschaft meiner Familie hier unten ein Imperium errichtet: Aus versunkenen Schiffen, Muscheln und der Lava unterseeischer Vulkane hatte unser Volk Häuser und Plätze, Handelskontore und sogar kleine Parkanlagen voller Pflanzen (von denen an der Oberfläche sicher noch nie jemand gehört hatte) geschaffen. Es gab Theater und Geschäfte, Gaststätten und Badehäuser, Alleen und Gässchen voller Aquarien, in denen die seltsamsten Geschöpfe der Tiefsee leuchteten. Und verbunden wurde alles durch ein weit verzweigtes Netz aus Kanalstraßen, das auf mehreren Ebenen durch das Stadtgebiet führte und an diesem Nachmittag wieder einmal hoffnungslos überfüllt war.

Kessel reihte sich an Kessel in den schmalen Fahrrinnen

und der Verkehr wurde dichter, je weiter wir uns dem Stadtzentrum näherten. Doch schließlich ragten in der Ferne die
silbernen Türme des Palastes auf. Ihr Anblick ließ mich frösteln und auch eine halbe Stunde später fror ich noch, als
Aaron das Boot schließlich an einem der bewachten Anleger
am Fuße des Schlossfelsens vertäute.

Die Salzkrusten im dicken Seetangseil knirschten und
knackten in Aarons Händen, während ich in der Tür stand
und mit dem Gedanken spielte, einfach an Bord zu bleiben
und mich in seiner Koje zu verkriechen, bis wir uns wieder
auf den Rückweg machen konnten.

Doch ehe ich mich's versah, schob Damian mich bereits
hinaus auf den Pier.

Und viel Kraft benötigte er dazu nicht, denn meine Füße
schienen wie von selbst voranzugehen. Meine blutigen, geschundenen Füße, die endlich wieder atlantisches Vulkange-
stein unter ihren Sohlen spüren wollten, trafen die Entscheidung schlicht ohne mich.

Also trat ich tatsächlich hinaus in die Stadt.

Als Erstes schlug mir der Geruch von Wolken und abge-
standenen Regenbögen in die Nase, mit denen unsere Vorfahren vor langer Zeit das Gewölbe der Eisglaskuppel hoch
über der Stadt ausgekleidet hatten. Damals, als die Hexen
sich noch an ihr Leben unter einem Himmel erinnert hatten.
Inzwischen hegte wohl niemand hier unten mehr den
Wunsch, diese Illusion heraufzubeschwören. Aber aus Respekt vor den Ahnen beließ man die uralten Wetter dort oben

und beobachtete, wie sie langsam zerfielen und sich dann auflösten.

Überhaupt spielten die Vergangenheit und der Schutz unserer Traditionen in den Augen meiner Mutter seit jeher eine große Rolle. Deshalb würde sie mir auch niemals verzeihen, sie um das Orakel gebracht zu haben, das uns einst den Weg hierher in die unerforschten Tiefen gewiesen hatte …

Ich ließ mir das Haar ins Gesicht fallen, um meine Züge zu verbergen.

Zwischen den dunklen Strähnen hindurch betrachtete ich über das geschäftige Treiben der Hafenarbeiter und Kontoristen hinweg das schwarz glänzende Massiv des Schlossfelsens, das aus dem Herzen Atlantis' emporwuchs – und sogar noch Spuren der Explosion trug! Ein gewaltiges Loch verunstaltete die Hangseite unter dem Thronsaal. Ausgefranster Fels und ein hässlicher, finsterer Schlund prangten dort, wo einst die Gefangenen Ihrer Majestät ihr trostloses Dasein gefristet hatten.

Ein Schauer rann meinen Rücken hinab. Damals, in jener schrecklichen Nacht, war überall Rauch gewesen. Rauch und Dunkelheit, Staub und Flammen … Ich hatte keine Ahnung gehabt, wie groß das Ausmaß der Zerstörung tatsächlich gewesen war.

Ein Seufzen entwich meinen Lippen, ehe ich es verhindern konnte. Doch als ich mich verstohlen nach den Jungs umschaute, hingen ihre Blicke ebenfalls an den ehemaligen Kerkern. Keiner der beiden beachtete mich. Aarons Kiefer mahlte, als verbände auch er ziemlich unschöne Erinnerungen mit dem, was er da sah ...

»Das ist also das Ergebnis von –«, begann ich.

»Ja«, unterbrach mich Aaron bitter. »Ich hatte damals gerade eine Anstellung dort oben angetreten. Dank Faraldas Fürsprache. Aber dann ...« Er schnaubte. »Letztendlich war es natürlich besser so. Nur deshalb konnte ich dann doch noch in die Fußstapfen meines Vaters treten, wie ich es mir immer gewünscht hatte. Nur Faralda war sehr enttäuscht.«

»Du hast zum Hofstaat gehört?«, fragte ich.

War er einer der Diener gewesen? Oder Teil der Wache? Waren wir einander bereits früher schon einmal begegnet? Ich ballte die Hände zu Fäusten, doch Aaron winkte ab.

»Nein«, sagte er. »Und ich befand mich außerdem nur etwa fünf Minuten in den Diensten Ihrer Majestät, bevor uns alles um die Ohren flog. Von daher zählt es wohl sowieso nicht.«

»Finde ich schon«, meinte Damian mit einem sehnsüchtigen Glitzern in den Augen. »Immerhin hast du die *Gläsernen Hallen* schon einmal von innen gesehen. Das können nicht viele von sich behaupten.«

Ich seufzte erneut und dieses Mal entging es Aaron leider nicht.

Er wandte sich zu mir um und musterte mich. »Du atmest noch brav, oder?«, erkundigte er sich.

»Mhm«, machte ich und zuckte mit den Achseln. »Mir gefällt es bloß nicht, hier zu sein, also ...«

Ich sah den Steg hinunter.

Wir befanden uns geradezu auf dem Präsentierteller. Zwar bezweifelte ich, dass meine Mutter oder meine Schwestern mich auf diese Entfernung erkennen konnten, selbst wenn sie in diesem Moment zufällig aus einem der Palastfenster sehen würden. Doch allein die Vorstellung, dass einer ihrer Blicke mich streifen könnte, ließ Übelkeit in mir aufsteigen.

»Du hast recht«, befand Aaron. »Vom Herumstehen bekommt man jedenfalls keine Audienz. Und ehe wir hier Wurzeln schlagen, sollten wir uns dringend ein Quartier für die Nacht suchen.« Er grinste sein schiefes Grinsen. »Hast du eigentlich schon einmal von der Südlichen Bucht gehört, Robin?«

Ich nickte, weil ich annahm, dass jenes Viertel von Atlantis tatsächlich weit über die Grenzen der Metropole hinaus bekannt war. Es gehörte schließlich zu jener Sorte von Orten, denen ein gewisser Ruf vorauseilte. Kein allzu tadelloser, um genau zu sein.

Als Kind hatte meine Familie mich selbstverständlich niemals einen Fuß in die verruchten Gassen der Bucht setzen lassen. (Wir waren höchstens auf den königlichen Triumphzügen über ausgewählte Kanäle gefahren.)

Umso erstaunter war ich deshalb etwa eine Viertelstunde später, dass sie sich – zumindest was den ersten Eindruck betraf – kaum von den anderen Stadtteilen zu unterscheiden schienen. Auch hier boten unzählige Garküchen am Straßenrand frittierte Algen- oder Muschelgerichte feil und Lastenseepferde (die bis auf die Kiemen, das rote Fell und Flossen anstelle von Hufen eigentlich genau wie die Pferde der Menschen aussahen) zogen Kähne voller Wettervorräte durch die Kanäle. In der Luft hing der würzige Geruch von Hagelkrautpfeifen, die von alten Hexendamen auf den Balkonen ihrer Wohntürme geraucht wurden.

Allerdings schien es hier überdurchschnittlich viele Wirtshäuser zu geben und an den Straßenecken hingen Plakate, die wohl zu den illegalen Kämpfen leicht bekleideter Fischweiber und -kerle einluden, wenn ich die Texte darauf richtig verstand. Dazwischen präsentierten schmuddelige Lädchen in ihren Schaufenstern die Zutaten für alle möglichen Tränke und Beschwörungen: Regenreisig, Krebsscherenpulver ... Wer verbotene Blutmagie betreiben wollte, würde hier fündig werden.

Außerdem hockten immer wieder zerlumpte Gestalten in Hauseingängen und auf Kanalbrücken und bettelten um einen Hagelling oder eine Mahlzeit – etwas, das ich nie zuvor in Atlantis erlebt hatte. Überhaupt sahen die meisten Leute auf den Straßen irgendwie abgekämpft aus. Verhärmt und müde, als würde das Lenken der Wetter an der Oberfläche sie all ihre Kraft kosten ...

Ich wäre gern stehen geblieben und hätte sie gefragt, was genau ihnen so zu schaffen machte. Hatte all das mit mir zu tun? Mit dem verlorenen Amulett? Oder steckte noch mehr dahinter?

Die Erkenntnis, dass ich keinen blassen Schimmer hatte, was meinem Volk in den letzten viereinhalb Jahren widerfahren war, traf mich mit plötzlicher Wucht. Ich stolperte über meine eigenen Füße. Beinahe wäre ich ins brackige Wasser zu meiner Linken vor die Lastenseepferde gestürzt. Zum Glück konnte ich mich im letzten Augenblick fangen.

Trotzdem hakte Damian sich kurz entschlossen bei mir unter. »Doch ganz schön beeindruckend, was?«, murmelte er, während Aaron, der offenbar ein bestimmtes Ziel im Visier hatte, meinem Straucheln keine Beachtung schenkte und uns eilig an einer ganzen Reihe von Gaststuben und Pensionen vorbeiführte.

Wenigstens waren die Gehsteige hier so überfüllt, dass niemand ein paar Neuankömmlingen auf der Suche nach Vergnügen große Beachtung schenken würde. Wir schwammen förmlich mit dem Strom und wagten uns dabei immer tiefer in die verwinkelten Gassen der Südlichen Bucht vor. Bis diese sich schließlich zu einer breiten Kreuzung, es war fast schon ein kleiner Platz, weiteten, auf dem gerade eines der atlantischen Lieder vorgetragen wurde.

Da wir Hexen den Gesang nicht nur bei unseren Beschwörungen liebten, hatten unsere Ahnen auch unsere Geschichte in Versform aufgeschrieben und vertont. Und noch immer war es ein guter Nebenerwerb, diese Tradition fortzuführen und die alten Melodien und Tänze aufzuführen.

Bei der Gruppe vor uns handelte es sich um drei Mädchen, etwa in meinem Alter. Sie trugen lange Gewänder aus schwarzer Meerseide, freilich billigeres Material als das, aus dem die Roben meiner Mutter gefertigt wurden. Und ihre Kronen bestanden lediglich aus Muschelschalen statt aus Perlen. Doch ihre Verkleidung musste schließlich nicht perfekt sein, jeder wusste ja, auf wen sie anspielten.

Als Königinnen der Tiefe erzählten sie den Besuchern von nah und fern also, was einst in den *Gläsernen Hallen* geschehen war ...

Aaron führte uns jetzt tatsächlich mitten in die Traube der Zuhörer hinein. Überraschenderweise blieben wir dort sogar stehen.

Nah, sehr nah neben anderen Hexen und Hexern.

Ich schluckte. »Ähm, wollen wir nicht weiter –«, begann ich und brach ab, weil ich nun ebenfalls in den Bann der drei falschen Königinnen gezogen wurde.

Die Mädchen tanzten mit abgehackten Bewegungen, denen ein eigentümlicher Zauber innewohnte. Ihre Gewänder bauschten sich und raschelten zum Klang ihrer vollen Stimmen. Und ihre Geschichte war mystisch und traurig zugleich. Normalerweise begannen unsere Lieder stets auf die gleiche Weise. Mit dem Kessel der Götter und der darin köchelnden Ursuppe, aus der alles Leben entstanden war. Dann folgten irgendwann die Flucht der Hexen in die Meere, die heroische Rettung durch meine Familie und die Erschaffung von Atlantis innerhalb von sieben mal sieben Tagen.

Doch anscheinend hatten wir die ersten Strophen bereits verpasst, ja, die Königinnen hatten sogar schon das Zerwürfnis mit meinem Vater, dem Herzog, wieder aufleben lassen und widmeten sich nun mir, Undina Severina Mare. Zornig

berichteten sie von meiner Freveltat, der Freilassung des Orakels und vom verlorenen *Amulett der Winde.*

Ihre Stimmen hatten sich nicht verändert, aber mit einem
Mal gellte jedes ihrer Worte in meinen Ohren:

»So singt der Wind
in Neumondnächten.
Die See beweint, was einst geschah.
Ein holdes Kind
mit Hexenmächten,
das kam dem Bösen viel zu nah.
Verriet sein Volk am Meeresgrund
und floh, seither fehlt jede Kund'.

Und Sturmbö klagt
am Horizont.
Die Wellen schreiben in den Sand.
Sei ruhig verzagt,
wirst nicht geschont,
Prinzessin –«

»Tod der Verräterin!«, brüllte jemand irgendwo hinter uns.
Die Tänzerinnen hielten mitten in ihren Bewegungen inne,
das Lied erstarb von einem Herzschlag zum nächsten.

»TOD DER VERRÄTERIN!«, wiederholte der Rufer, lauter
jetzt.

Etwas in mir zerbrach.

Verdammt.

Ich fuhr herum, reckte das Kinn und entdeckte mehrere vermummte Gestalten. Ihre Gesichter waren unter den weiten grauen Kapuzen nicht zu erkennen, der Statur nach schienen es Männer zu sein, breitschultrig und muskulös. Vielleicht Soldaten der geheimen Kompanie Ihrer Majestät? Bestimmt trugen sie Waffen unter den Umhängen. Doch die Menge wich auch so zurück und machte ihnen Platz, als sie sich ihren Weg zwischen den Leuten hindurch und direkt auf mich zu bahnten.

Ich hingegen rührte mich nicht vom Fleck, sondern wartete, bis einer von ihnen direkt vor mir stand und ein ärgerliches Schnauben ausstieß.

»Ich nehme an, meine Mutter schickt euch?«, fragte ich mit brüchiger Stimme. Aber immerhin zuckte ich nicht zusammen, als der Kerl eine behandschuhte Hand ausstreckte und mich grob an der Schulter packte.

Ich war lange genug geflohen, wenn es nun so weit war, dann wollte ich mir wenigstens den letzten Rest meiner Würde bewahren und Ihrer Majestät hocherhobenen Hauptes gegenüber –

»Weg da, Mädchen!«, raunzte der Vermummte mich an und schob mich beiseite.

Dann marschierte er einfach weiter, umringte gemeinsam mit seinen Kollegen bereits im nächsten Moment die drei falschen Königinnen, um ihnen die Muscheldiademe von den Köpfen zu reißen.

Mein Mund klappte auf und wieder zu.

»Hey!«, rief Aaron. »Was soll das? Lasst eure dreckigen Pfoten von ihnen!«

Allerdings waren die Kronen offenbar alles, worauf die seltsamen Typen es abgesehen hatten. Gleich darauf ließen sie von den Tänzerinnen ab, zerbrachen vor aller Augen die Muscheldiademe und schleuderten ihre Reste in den nächsten Kanal.

»Die alten Lieder sind Vergangenheit! Die sogenannte *Königin* kann euch nicht retten und die Wetter weiter zu kontrollieren, ist zwecklos«, verkündete einer von ihnen. »Lasst das Alte hinter euch und folgt uns in eine neue Welt!«

»Für eine neue Welt!«, skandierten auch die anderen.

Dann waren da plötzlich noch mehr Männer, die sich durch die Menge drängten. Diese jedoch trugen die dunkelroten Uniformen der Soldaten Ihrer Majestät. Und sie hatten ihre Blitzklingen bereits gezückt.

Doch die Vermummten mussten damit gerechnet haben. Mit wehenden Umhängen zerstreuten sie sich so rasch im Gewirr der Gassen, wie sie aufgetaucht waren. Und die Stadtwachen meiner Mutter mussten mit leeren Händen auf ihre Posten zurückkehren.

Ich blinzelte. Wie seltsam … Hexen und Hexer, die gegen die Herrschaft meiner Familie aufbegehrten! So etwas hatte es vor viereinhalb Jahren noch nicht gegeben. Nicht einmal hinter vorgehaltener Hand hatten die Einwohner von Atlantis es damals gewagt, etwas gegen die Königin zu sagen. Und jetzt?

»Verfluchte Mistkerle! Das war schon das dritte Mal in dieser Woche«, seufzte eine der falschen Königinnen, die plötzlich neben uns stand. Sie war blond, etwa einen halben Kopf kleiner als ich und ihre blasse Haut war über und über von Sommersprossen übersäht, so als verbrächte sie auch gerne ein bisschen Zeit außerhalb der Tiefsee.

»Hi, Fara«, begrüßte Damian sie.

»Diese Typen werden auch immer dreister«, brummte Aaron, der sich nun halbwegs wieder eingekriegt zu haben schien. Dann rang er sich ein Lächeln ab. »Aber schön, dich zu sehen, Fa.«

Faras Sommersprossen schienen zu tanzen, als sich ein Strahlen auf ihrem Gesicht ausbreitete.

»Aaron«, sagte sie und umarmte ihn. »Womit haben wir nur die seltene Ehre deines Besuches verdient?«

14

Fara

Fara oder Fa, wie Aaron sie nannte, war Faraldas Enkelin und führte eines jener winzigen Geschäfte für Magiebedarf, die es in der Südlichen Bucht zuhauf zu geben schien. Während ihre Großmutter die Weltmeere befuhr, um Kräuter und Wetter zu sammeln, brachte Fara die Waren in Atlantis an die Hexe oder den Hexer. Im Vergleich zu Faraldas chaotischem Kesselboot schien Fara in ihrem kleinen Verkaufsraum penibel Ordnung zu halten. Jedes einzelne Glas voller Nebel oder Schlickschokolade auf jedem einzelnen Regalbrett war mit einem akkurat beschrifteten Etikett versehen und die Registrierkasse auf dem Verkaufstresen glänzte, als würde sie jeden Morgen frisch poliert werden.

Doch viel Zeit, um mich in dem Lädchen umzusehen, blieb mir nicht. Kaum hatten wir es betreten, versiegelte Fara auch schon die Tür hinter uns mit einer leisen Tonfolge, drehte das Schild hinter der Eisglasscheibe auf »Geschlossen« und führte uns über eine schmale Treppe hinauf in die oberen Etagen des Wohnturms.

Zuerst ging es dabei durch eine ebenso blitzblanke und makellos aufgeräumte Küche, in der Fara im Vorbeigehen eine *Kaffeemaschine* einschaltete, als wäre das unter Wasser überhaupt nichts Besonderes.

Bevor ich den Schock überwunden hatte und mich danach erkundigen konnte, wie bei Neptuns Bart sie hier unten an ein elektrisches Gerät der Menschen gekommen war, geschweige denn an Strom, erreichten wir bereits das nächste Stockwerk. Es handelte sich um ein Wohnzimmer voller plüschiger Ohrensessel, gruppiert um ein Tischchen, auf dem ein Laptop leise vor sich hin summte und Satellitenbilder von der aktuellen Wetterlage über Nordeuropa zeigte.

»Äh«, machte ich und räusperte mich. »Du hast einen *Computer*? Mit *Internetanschluss*? Wirklich?«

»Sicher«, antwortete Fara nur, doch für einen Moment flackerte Stolz über ihre Züge. »Ist gar nicht so leicht, die Signale bis hier herunter zu leiten. Aber ich beschwöre jeden Morgen nach dem Aufstehen den Nordwind und meistens bringt er mir sogar ein GPS-Signal mit.« Sie deutete auf die Sessel. »Wer von euch hätte denn gerne Milch oder Zucker in seinem Kaffee?«

»Milch, bitte«, sagte ich.

Am liebsten hätte ich ja eine Schlickschokolade getrunken. Aber ich wollte nicht unhöflich sein und auch noch Extrawünsche äußern.

»Hast du zufällig auch Karotten?«, erkundigte sich Aaron und ließ sich in die Polster fallen.

Während Fara in Richtung Küche verschwand, zog ich das Notebook auf meinen Schoß und besah mir die Wolkenformationen, die sich ruckelnd über den Bildschirm schoben. Ob man die *Anderen* darauf erkennen konnte? Ich vergrößerte den Ausschnitt, der die norddeutsche Küste abbildete.

»Abgefahren«, sagte Damian, der auf der Armlehne meines Sessels hockte und mir über die Schulter schaute. »Ich habe noch nie einen Sturm von oben gesehen.«

Ich zeigte ihm eine Gewitterfront, die von der See aus südwärts wanderte, jedoch durch und durch gewöhnlich zu sein schien.

Unterdessen fläzte Aaron sich im Sessel mir gegenüber und hielt die Augen geschlossen. Nach der langen Überfahrt war er wohl noch immer vollkommen übermüdet. »Ihr solltet das lieber wieder wegstellen«, riet er uns, ohne die Lider zu heben. »Fara steht auf die Spielereien der Menschen und wird jede Gelegenheit nutzen, euch einen Vortrag über deren meteorologisches Halbwissen zu halten.«

»Ist das da ein Tiefdruckgebiet?«, wollte Damian trotzdem wissen und als ich versuchte, es ihm zu erklären, stieß Aaron ein Seufzen aus.

»Behauptet hinterher nur nicht, dass ich euch nicht gewarnt hätte«, murmelte er. »Ernsthaft, wenn Fa einmal in Fahrt ist, muss man sich ganz schön was einfallen lassen, um sie zu stoppen.« Seine Mundwinkel zuckten.

Ach ja?, dachte ich.

Da ertönten Schritte auf der Treppe. Hastig stellte ich den Laptop zurück, beinahe so, als hätte ich mich daran verbrannt.

Aaron lachte leise.

Dann bog Fara auch schon um die letzte Windung der Wendeltreppe, ein Tablett voller Geschirr und einen Teller Hagelkonfekt balancierend.

»Ah, genau das brauchen wir jetzt«, seufzte Aaron.

Kurz darauf hielt jeder von uns einen dampfenden Becher in den Händen. Während wir das bittere Gebräu tranken, dem Fara offenbar eine Prise Seetang beigemischt hatte, berichteten Aaron und Damian ihr, was geschehen war. Von den Donnerdrachen, die an Land gekommen waren, und dem Angriff auf das Haus, in dem ich gelebt hatte. Ohne es so richtig zu bemerken, aß ich derweil eine große Menge von dem süßen Gebäck aus Muschelzucker, das ich schon als Kind geliebt hatte.

»Wow, da ist aber jemand ausgehungert«, stellte Fara schließlich mit einem Seitenblick auf mich fest, als ich mir gerade den elften oder zwölften Keks (wer zählte bei so was schon mit?) in den Mund schob.

»Na ja, sie war ziemlich lange bewusstlos und muss wohl etwas nachholen«, meinte Aaron. »Außerdem hat sie zwei Donnerdrachen im Alleingang erledigt. Das kostet natürlich Energie.«

Faras Augen weiteten sich. »Ihr habt *zusammen* gegen das Rudel gekämpft?«

»Äh, ja«, sagte ich kauend. War das bei den Ausführungen der Jungs gerade etwa nicht klar geworden?

Damian schnappte sich den letzten Keks.

Fara schaute unterdessen mit sonderbarer Miene zwischen Aaron und mir hin und her. Dann räusperte sie sich. »Du hast immer noch Hunger, oder?«

Ich nickte und senkte den Blick. »Tut mir leid«, nuschelte ich peinlich berührt. Aber ich hatte wirklich das Gefühl, einen Riesentintenfisch auf Toast verdrücken zu können.

»Komm mit.« Fara erhob sich. »Ich glaube, es ist noch etwas Fischsuppe da.«

Nur allzu bereitwillig folgte ich ihr eine Etage nach unten und kaum dass wir die kreisrunde Küche betreten hatten, reichte sie mir ein frittiertes Algenblatt. Während ich mich an einen der Schränke lehnte und es vertilgte, entzündete Fara ein Regenreisigfeuer im Herd und stellte einen Topf darauf. Schon bald erfüllte ein himmlisch würziger Duft den kleinen Raum und mein Magen zog sich vor freudiger Erwartung zusammen. Fara rührte die schillernde Flüssigkeit und fügte noch das eine oder andere Gewürz hinzu.

»Danke«, sagte ich und trat neben sie.

»Wofür?«, fragte sie, ohne aufzusehen.

»Na ja, ich bin schließlich eine Wildfremde, die hier einfach auftaucht und –«

»Unsinn, Aarons Freunde sind auch meine Freunde«, verkündete sie. »Und du scheinst außerdem etwas Besonderes zu sein. Normalerweise duldet Aaron niemanden außer Damian auf seinen Beutezügen. Selbst ihn versucht er eigentlich so gut wie immer aus der Gefahrenzone herauszuhalten. Es hat irgendetwas mit seiner Sturmjägerehre oder so zu tun.«

»Ach, ich schätze, dieses Mal hatte er einfach nur keine andere Wahl. Es waren echt viele Drachen und wir mussten rasch etwas unternehmen.«

»Mhm«, machte Fara, als wäre sie nicht überzeugt. »Habe ich es richtig verstanden, dass du dauerhaft an der Oberfläche lebst?«, wechselte sie das Thema.

Als ich nickte, begannen ihre Augen zu strahlen. »Dann besitzt du ein Handy und bist schon einmal mit einem Auto gefahren?«

»Ja«, sagte ich und zuckte mit den Achseln. »Ich tue für gewöhnlich so, als wäre ich ein normaler Mensch.«

»Cool«, entfuhr es Fara, die mit dieser Meinung unter den Wetterhexen vermutlich ziemlich allein dastand. Sie schöpfte den Eintopf in eine Muschelschale und reichte sie mir zusammen mit einem schmalen Treibholzlöffel.

»Ich begleite meine Großmutter, so oft es geht, auf ihren Reisen. Aber leider kann ich den Laden nicht allzu lange allein lassen, wir brauchen schließlich das Geld. Und mit den alten Liedern etwas dazuzuverdienen, wird in letzter Zeit auch immer schwieriger. Verdammte Herzogisten!«

Wir standen noch immer neben dem Herd und ich verbrannte mir die Zunge an dem köstlichsten Gericht, das ich seit einer halben Ewigkeit zu essen bekommen hatte.

»Mhm«, machte ich und schloss für einen Moment die Augen. Wärme breitete sich in mir aus und deshalb dauerte es wohl ein paar Sekunden länger, bis die Bedeutung von Faras Worten bis in mein Bewusstsein drang. »*Herzogisten?*«, fragte ich verwirrt. »Was meinst du damit?«

»Nun«, sagte Fara und trug den leeren Topf zum angrenzenden Spülbecken hinüber, um ihn einzuweichen. »Diese vermummten Typen, die unsere Auftritte ruinieren und gegen die Königin hetzen ... Es heißt, sie folgen ihrem Gemahl, dem abtrünnigen Herzog, der bei der Explosion der Kerker fliehen konnte und nun im Verborgenen einen weiteren Putsch plant.«

»D...der Herzog ...«, stammelte ich und ließ den Löffel sinken.

»Hast du eine Flasche für mich?«, fragte Aaron, der die Treppe herunterkam und ein gerolltes Stück Papier in den Händen hielt. »Ich muss mein Audienzgesuch abschicken.«

»Bestimmt.« Fara durchquerte den Raum mit langen Schritten und begann, in einem der Schränke zu kramen. Für einen Herzschlag erinnerte sie mich nun doch an ihre Großmutter, wie sie so vornübergebeugt beinahe in das Möbelstück hineinzukriechen schien.

Allerdings hatte ich gerade andere Sorgen.

Der abtrünnige Herzog. Niemand wusste genau, wie das Urteil der Königin über meinen Vater gelautet hatte, nachdem er vor vielen Jahren – ich war noch ein Baby gewesen – versucht hatte, sie vom Thron zu stoßen. Wie viele andere hatte ich jedoch immer angenommen, er wäre hingerichtet worden. Möglicherweise hatte meine Mutter ihn aber auch einfach ins finsterste Verlies gesperrt und den Schlüssel fortgeworfen ...

Ich schluckte.

Bis ich ihm zu neuer Freiheit verholfen hatte?

»Robin? Alles in Ordnung?«

Ich fuhr zusammen. Aaron stand direkt vor mir. Nah, näher als notwendig.

»Du bist bleich wie ein Mondfisch. Magst du die Suppe nicht?«, raunte er.

»Was?«, krächzte ich. »Doch ... ich ...«

Ich blinzelte und umklammerte die Schale in meinen Händen so fest, dass meine Knöchel weiß hervortraten. Dass ich vor viereinhalb Jahren einfach abgehauen war, hatte anscheinend nicht nur mein Überleben gesichert. Ich hatte mich außerdem nie wirklich mit den Konsequenzen des Unglücks auseinandersetzen müssen. Es war zwar schrecklich gewesen, meine Herkunft zu verleugnen und ganz allein an der Oberfläche zu leben, aber auf eine gewisse Weise auch bequem ...

Hoffentlich hatte ich meinen Vater nicht wirklich aus Versehen befreit!

Ich atmete tief ein und wieder aus.

»Es geht schon wieder«, stammelte ich. »Ich glaube, das ist all das Wasser, weil ich so lange nicht mehr hier war. Äh, in der Tiefe, meine ich. Mein Körper muss sich erst wieder daran gewöhnen.«

Und mein Verstand auch, fügte ich in Gedanken hinzu.

Wollte ich wirklich wissen, was genau ich alles angerichtet hatte?

Aaron wiegte den Kopf hin und her. »Du solltest dich setzen.« Er bugsierte mich zu einem der Stühle an dem winzigen Esstisch und ich sank darauf nieder. »Besser?«, erkundigte er sich.

Ich nickte. Vorsichtig nahm ich einen weiteren Löffel Eintopf und der Geschmack von Fisch und Gewürzen hatte etwas Tröstliches. Dennoch verschluckte ich mich beinahe, als Aaron mir einen Herzschlag später wieder einmal ohne Vorwarnung eine Haarsträhne hinters Ohr strich.

Seine Fingerkuppen tanzten über meine Schläfe, als wäre es das Selbstverständlichste auf der Welt, und auch heute hatte seine Berührung eine seltsame Wirkung auf mich. Meine Haut kribbelte und ich hatte Mühe, den Impuls zu unterdrücken, meine Wange in seine große, schwielige Handfläche zu schmiegen. Außerdem fühlte ich mich plötzlich so viel weniger allein, als es für gewöhnlich der Fall war … Wir sahen uns an. Für den Bruchteil einer Sekunde glitt sein Blick zu meinem Mund, dann –

»Ha!«, rief Fara, die von meinem Schwächeanfall nichts mitbekommen und inzwischen wohl gefunden hatte, was sie suchte.

Aaron fuhr herum und zog dabei seine Hand zurück. Der Bann war gebrochen.

Ich räusperte mich, während Fara triumphierend auf uns zuschlenderte.

»Bitte sehr.« Sie hielt uns eine dunkelblau schimmernde Eisglasflasche unter die Nase. »Wir korrespondieren nicht gerade häufig mit dem Palast, aber eine war noch da. Ganz hinten im Schrank. Wusste ich's doch!«

»Du bist die Beste, Fa.« Aaron griff nach der Flasche und schob das zusammengerollte Schreiben an meine Mutter hinein. Dann verkorkte er sie sorgfältig, öffnete das Fenster und schleuderte die Flaschenpost schwungvoll hinaus in den Kanal, wo die Strömung sie sogleich in Richtung Stadtzentrum davontrug.

Es war keine große Sache.

Doch ich hatte in all den Jahren beinahe vergessen, wie die Dinge hier unten abliefen …

Dabei benutzten die Hexen dieses System bereits seit den Anfängen von Atlantis, um einander Nachrichten zu schicken. Briefkästen oder gar E-Mails oder Handychats kannte kaum jemand in den Untiefen. Aber jeder wusste, welche Eisglasfarbe man verwenden musste, um ein bestimmtes Stadtviertel zu erreichen. Und die Kraken, die unter Wasser an den Kanalkreuzungen arbeiteten, hatten die ein- und ausgehenden Flaschen in all den Jahrhunderten stets richtig sortiert und weitergeleitet.

Während Aaron und Fara darüber fachsimpelten, wie lange die Flaschenpost wohl unterwegs sein würde und ob und wann meine Mutter ihn schließlich zur Audienz laden würde (angesichts der Tatsache, dass die Geburtstagsfeierlichkeiten der Kronprinzessin unmittelbar bevorstanden), löffelte ich weiter meine Suppe und versuchte, nicht zu viel über all das nachzudenken.

Dies war nicht länger meine Welt und je häufiger ich mir das sagte, desto besser. Ich durfte jetzt nicht schwach werden und mich wieder auf das Leben hier unten einlassen. Denn das würde mich nicht nur in den Wahnsinn, sondern früher oder später in den sicheren Tod treiben. Inzwischen gehörte ich an die Oberfläche, zu meinen Mitbewohnerinnen. Ich führte ein Leben als Menschenmädchen. Fertig. Aus.

Und um über Aaron und die merkwürdige Wirkung, die er auf mich hatte, nachzudenken, hatte ich erst recht keine Zeit!

Daher war ich fast erleichtert, als Fara uns schließlich weitere Treppen hinaufführte und auf kleine Gästezimmer in den oberen Etagen des Wohnturms verteilte.

Der Raum, in den sie mich brachte, war wirklich winzig, kaum größer als das schmale Bett, das er beherbergte. Doch zum ersten Mal seit jenem Morgen, an dem wir die Winde beschworen hatten, war ich wieder allein. Deshalb genoss ich es, mich auf der Matratze auszustrecken und für eine Weile zu dösen, ohne mir Gedanken über meine Hexenkräfte oder solche Nebensächlichkeiten wie Aarons Nähe zu machen.

Wobei sein asymmetrisches Grinsen dann doch irgendwann, irgendwie vor meinem inneren Auge auftauchte. Verdammt, war ich denn von allen Göttern der See verlassen worden? Mein Leben war auch ohne Jungs schon kompliziert genug!

Womit ich übrigens genauso wenig gerechnet hatte, war die Tatsache, dass Fara mir kaum eine halbe Stunde ließ, bevor sie sich mit einem Arm voller Klamotten zu mir ins Zimmerchen drängte, um mich ... *umzustylen?*

»Äh, hey«, nuschelte ich und setzte mich auf, während Fara ihre Mitbringsel auf der Matratze ausbreitete.

»Was du da anhast, werden wir entsorgen«, informierte sie mich, als hätte ich keinerlei Mitspracherecht.

Mit spitzen Fingern zupfte sie an meiner Jeans und dem Kapuzenpullover herum, die beide tatsächlich arg ramponiert waren. Die Überflutung unserer WG hatte ihnen nicht nur zahlreiche undefinierbare Flecken, sondern auch den einen oder anderen Riss eingebracht. Die Sachen waren nicht mehr zu retten. Trotzdem fühlte ich mich ziemlich unwohl, als ich kurz darauf in eines von Faras langen Kleidern schlüpfte.

Obwohl der dunkelgrüne Stoff aus einfachem Seetanggarn gewebt war und sich weich an meine Haut schmiegte, erinnerte mich der Schnitt des Gewandes viel zu sehr an die schillernden Roben meiner Kindheit. Genau deshalb war es in den Straßen von Atlantis aber auch ein deutlich unauffälligeres Outfit als meine menschliche Kleidung.

Wie alles hier unten war nämlich auch die Mode nicht wirklich mit der Zeit gegangen und so trug die weibliche Bevölkerung der Untiefen noch immer ausnahmslos lange, wallende Kleider, hochgeschlossen und in der Taille mit Bändern zugeschnürt. Genau wie im Mittelalter. (Als Kind hatte ich mir darüber natürlich keine Gedanken gemacht, doch jetzt kam es mir schon komisch vor, dass mein Volk sich selbst in diesen Dingen so sehr an seine Vergangenheit klammerte. War das nicht ziemlich *rückschrittlich*?)

»Es sitzt wie angegossen«, freute sich Fara und zückte eine Bürste. »Jetzt noch die Haare.«

»Ich fürchte, dass –«

»Halt bitte still.«

Ich seufzte.

Wie immer kooperierte meine Zottelmähne natürlich nicht wirklich. Fara brauchte beinahe zwanzig Minuten, um sie zu einem halbwegs ansehnlichen Knoten hochzustecken. Unterdessen erzählte sie mir von ihrem Laden und der neuen Ladung Sonnenstrahlen, die ihre Großmutter hoffentlich bald liefern würde (Einmachgläser voller haltbar gemachtem Sonnenlicht waren in den Tiefen anscheinend nach wie vor ein Verkaufsschlager).

»Wow, vielen Dank«, sagte ich, als sie schließlich zufrieden schien und mir einen ovalen Spiegel hinhielt, um ihr Werk zu präsentieren. »So ordentlich habe ich echt noch nie ausgesehen.«

»Mhm«, machte Fara und stemmte die Hände in die Hüften. »Findest du es zu brav?« Sie musterte mich eingehend. »Ja, ich glaube, du hast recht, so kannst du nicht gehen … Vielleicht noch etwas Lippenrot? Magst du lieber Koralle oder Anemone? Wahrscheinlich würde dir beides gut stehen.« Sie begann, in einem kleinen Täschchen mit Make-up zu kramen, doch ich hob abwehrend die Hände.

»Ach nein, schon gut«, sagte ich. »Das muss wirklich nicht sein.«

Lippenstift war noch nie mein Ding gewesen, weder in dieser noch in der Menschenwelt. Und warum hätte ich mich auch so aufbrezeln sollen? Ich legte den Kopf schief, sodass mein Dutt ein wenig ins Wanken geriet und Faras Augen sich kaum merklich weiteten, als bange sie um ihr Meisterwerk.

»Was meinst du überhaupt mit *gehen*?«, fragte ich, nun ebenfalls besorgt. »Wir verlassen doch heute bestimmt nicht mehr das Haus, oder?«

»Äh, na ja«, meinte Fara. »Aaron ist seit einem halben Jahr zum ersten Mal wieder in Atlantis und hat die größte Beute seiner bisherigen Karriere mitgebracht. Diese Lieferung könnte ihm einen Posten im Kronrat verschaffen!«

»Also?«

Sie reichte mir ein Töpfchen mit roter Farbe. »Das müssen wir natürlich feiern.«

15

Wetterbillard

$\mathcal{D}$ie Bar lag unmittelbar an einer Kanalkreuzung, nur wenige Straßen von Faras Lädchen entfernt. Es behagte mir ganz und gar nicht, dass sie und die Jungs darauf bestanden hatten, zum Abendessen herzukommen. In Faras kleinem Wohnturm hatte ich mich zumindest einigermaßen sicher gefühlt. Warum hatten wir nach der langen Reise nicht einfach dortbleiben, noch ein wenig Eintopf kochen und uns in unsere Zimmerchen verkriechen können?

Ich rutschte auf der Kante meines Stuhls hin und her, während ein Kellner ein Tablett voller Algenbierkrüge durch den überfüllten Gastraum balancierte. Die Luft war stickig, das Licht schummrig und das Stimmengewirr ohrenbetäubend. An den meisten Tischen drängten sich mehr Leute, als Platz gehabt hätten, und der Geruch von Alkohol und Gebratenem war beinahe greifbar.

Außerdem spielte eine Gruppe von Musikern mit Muschelflöten auf einem Podium an der Stirnseite des Raumes Seemannslieder, während ein paar Hexer in einer Ecke ein Wetterbillardturnier austrugen. Unter ihren Händen donnerten und grollten immer wieder Miniaturunwetter in Puppenstubenformat und nicht nur die winzigen Blitze zwischen ihren Fingerspitzen sorgten dafür, dass eine gewisse Spannung in der Luft lag. Es war, als pulsierte das geballte atlantische Leben in diesem Etablissement. So vieles, das diese Stadt ausmachte …

Ich sollte wirklich, wirklich nicht an diesem Ort sein.

»Gefällt es dir hier nicht?«, fragte Damian, der links neben mir saß und auf einem Stück Räucherfisch kaute. Er musste schreien, damit ich ihn bei all dem Lärm verstand.

»Doch«, log ich schnell. »Ich bin nur immer noch echt müde.«

»Ach so«, sagte er und wandte sich wieder seiner Mahlzeit zu.

Unterdessen nahm Aaron mir gegenüber einen tiefen Zug Algenbier. Von beiden Seiten belagerten ihn Faras Freundinnen, die heute auf dem kleinen Platz mit ihr als falsche Königinnen aufgetreten waren.

Bereits seit sie vor etwa zehn Minuten zu uns gestoßen waren, schienen sie alles zu versuchen, um Aarons Aufmerksamkeit auf sich zu ziehen.

Fara hingegen nippte zu meiner Rechten an einem Krug Muschelmet und beobachtete missmutig, wie eine ihrer Freundinnen beim Gestikulieren nun wie zufällig über Aarons

Nacken strich und an dem Band zupfte, an dem der unter seiner Kleidung verborgene Anhänger hing.

Aaron lehnte sich unwillkürlich ein wenig zurück, um sich der Berührung zu entziehen, unterhielt sich jedoch weiter mit den Mädchen, als wäre nichts geschehen.

Ich schloss für eine Sekunde die Augen, weil mir das natürlich vollkommen egal sein sollte. Als ich sie kurz darauf wieder öffnete, saß eines der Mädels allerdings beinahe auf Aarons Schoß und Fara umklammerte den Krug in ihren Händen so fest, dass es aussah, als würde sie ihn jeden Moment zerbrechen.

Ich beugte mich zu ihr herüber. »Aaron und du, seid ihr beiden eigentlich …«, begann ich. »Oder wart ihr mal …?«

Fara schüttelte den Kopf. »Nein. Wir sind nur Freunde und praktisch zusammen aufgewachsen.« Sie räusperte sich. »Eigentlich bin ich es gewohnt: Wo immer er in Atlantis hingeht, fliegen ihm die Herzen zu. Ich meine, klar, sieh ihn dir an. Außerdem ist er Aaron Adler und jeder hat die Geschichten über seinen Vater gehört. Auch wenn er seine Herkunft normalerweise nicht an die große Glocke hängt, weil er seine Ziele aus eigener Kraft erreichen will, und nicht nur deshalb, weil sein Vater berühmt war.« Sie trank einen Schluck. »Echt, manchmal ist es geradezu gruselig, wie ehrgeizig Aaron ist.«

»Sind das nicht alle Sturmjäger?«, warf ich ein.

»Schon, aber bei ihm scheint es irgendwie tiefer zu sitzen, vielleicht wegen dem, was er durchmachen musste. Er ist so besessen davon, sich den früheren Rang seines Vaters zu verdienen, dass wir ihn kaum noch zu Gesicht bekommen.« Sie seufzte. »Mich nervt allerdings, dass selbst Kira und Saba sich plötzlich nicht mehr für mich interessieren, bloß weil er sich mal hierherbequemt hat.«

»Das tut mir leid«, sagte ich.

Fara zuckte mit den Schultern und verbarg ihr Gesicht hinter dem Krug.

Gemeinsam beobachteten wir Aaron und seine Bewunderinnen noch eine Weile, während ich mir erneut einredete, dass es mich nicht im Geringsten ärgerte, wie die Blondine sich an seine Schulter schmiegte. Und abgesehen davon fiel mir auf, dass selbstverständlich auch ich die Geschichten über Aarons Vater kannte. Ich hatte ihn bloß bisher überhaupt nicht mit ihm in Verbindung gebracht, weil Aaron nie seinen Nachnamen erwähnt hatte …

Adler!

Natürlich, sein Vater war ein Sturmjäger gewesen und eines Tages von einem *Anderen* getötet worden, genau wie Aaron es mir am Samstag auf unserer Fahrt zum Friedhof erzählt hatte.

Unterschlagen hatte er dabei lediglich, dass Abraham Adler nicht irgendein, sondern vielmehr *der* oberste Sturmjäger Ihrer Majestät und damit ein wichtiger Berater meiner Mutter gewesen war!

Als kleines Mädchen hatte er mich sogar für einige Wochen trainiert, als man Schwierigkeiten hatte, einen neuen Klingenmeister für mich zu finden. Er war ein hochgewachsener, breitschultriger Typ mit vernarbtem Gesicht und blitzenden Augen gewesen.

Damals hieß es, niemand könne einen Donnerdrachen rascher zur Strecke bringen als er. Niemand hatte meiner Mutter mehr oder bessere Blitzklingen geliefert. Und einmal, so erzählte man sich, hätte ein besonders wildes Exemplar ihn mitten in der Nacht auf hoher See überrascht, doch er erledigte es, ohne mit der Wimper zu zucken, rollte sich an Deck seines Kesselseglers auf die andere Seite und schlief seelenruhig weiter, inmitten von glibberigen Schuppen.

Als Kind hatte ich diesen Tausendsassa bewundert und mir beim Training zuweilen vorgestellt, wie Abraham Adler allein gegen ein ganzes Rudel Drachen anzutreten. Von einem Sohn hatte ich nichts gewusst. Aber die Nachricht von Abrahams Tod hatte mich damals wohl als Einzige in meiner Familie ehrlich betrübt. Für meine Mutter war er bloß ein zu ersetzendes Mitglied des Kronrats gewesen und meine Schwestern …

Aaron lehnte sich nun doch ein wenig weiter von den Mädchen fort und schaute zu den johlenden Männern hinüber, die versuchten, sich beim Billardspiel mit ihren Hexenkräften gegenseitig zu übertrumpfen.

»Du solltest sie herausfordern!«, rief eines der Mädchen (ich glaube, es war Kira), das seinem Blick gefolgt war, und kicherte. »Ich wette, du würdest sie fertigmachen.«

Aaron schüttelte den Kopf, dann sah er mich an und ertappte mich dabei, wie ich ihn anstarrte. Na super!

Seine Mundwinkel zückten.

Fragend hob ich die Brauen. Dann wandte ich mich wieder meiner Limonade zu, trank einen großen Schluck und beschloss, endlich von hier zu verschwinden. Das Ganze war albern. Was machte ich hier überhaupt?

»Ich muss an die frische Luft«, erklärte ich Fara und erhob mich von meinem Platz, bevor sie Gelegenheit hatte zu protestieren.

So rasch ich konnte (ohne dass es wie eine Flucht aussah), schob ich mich durch das Gedränge. Bis zum Ausgang war es nicht weit, doch ich musste am Wetterbillard vorbei. Zwei Hexer mittleren Alters waren dort gerade in eine Partie vertieft. Hinzu kam ein gutes Dutzend Zuschauerinnen und Zuschauer, die sich um den Spieltisch drängten und die Hälse reckten, um besser sehen zu können.

»Entschuldigung, darf ich mal?«

Ich quetschte mich an einem Pärchen vorbei. Aus dem Augenwinkel erkannte ich einen Regenbogen von der Größe einer Banane, der sich just in diesem Augenblick in einer Ecke des Spielfeldes aufspannte und einen ganzen Haufen gegnerischer Wolken zum Verpuffen brachte.

Das Publikum applaudierte begeistert und auch ich hielt kurz inne, um verhalten zu klatschen. Ich tat es ganz automatisch, vermutlich, weil ich meine Fähigkeit, mich unauffällig unterzumischen, in den letzten Jahren so perfektioniert hatte, dass ich gar nicht mehr anders konnte.

Das Spiel schien tatsächlich an einem alles entscheidenden Punkt angekommen zu sein. Einer der beiden Kontrahenten, er war glatzköpfig und von gedrungener Statur, hatte bereits über die Hälfte des Feldes mit seinen Wettern in Beschlag genommen. Er summte gerade eine komplizierte Melodie, um weitere Winde herbeizurufen und sich endgültig den Sieg zu sichern. Natürlich waren es nicht die echten Winde, sondern lediglich winzige Abbilder der Originale. Trotzdem schienen die Fans des Kahlkopfes den Atem anzuhalten.

Wetterbillard war eine der wichtigsten Sportarten der Hexenwelt und die atlantischen Spieler galten als besonders talentiert. In allen Weltmeeren, so hatte meine Mutter früher gerne betont, waren wir für unser herausragendes Geschick am Spieltisch berühmt.

Nun ja.

Wenn man es nüchtern betrachtete, war das Ganze nicht mehr als ein mit dunkelblauem Perlmutt ausgekleideter Tisch, der verschiedene Oberflächenkarten anzeigen konnte, je nachdem, welche Partie man spielen wollte. Ein Los entschied darüber, wie viele Wolken, Gewitter, Regenschauer oder Sonnenstrahlen auf dem Feld verteilt wurden und welches reale Wetterproblem mit ihnen nachgestellt wurde. Und dann mussten die Spieler eben abwechselnd ihre Kräfte nutzen und nicht nur versuchen, eine drohende Katastrophe zu verhindern (heute zum Beispiel einen Tsunami an der englischen Küste), sondern dabei auch noch die Vorherrschaft über das Gebiet erlangen. Man brauchte eine gute Strategie und Geschick im Umgang mit den Wettern.

Früher hatte ich Freude daran gehabt, aber heute …

Ich schob mich weiter Richtung Ausgang, prallte jedoch sogleich gegen eine breite Brust, die mir plötzlich den Weg versperrte. Ein bekannter Geruch stieg mir in die Nase.

»Hey«, sagte Aaron. »Ist dir wieder schwindelig?«

»Nein, es geht schon.« Ich zuckte mit den Achseln und trat einen Schritt nach hinten, um ihn ansehen zu können. »Mir war nur etwas, äh, langweilig.«

»Verstehe.« Aaron verlagerte sein Gewicht von einem Fuß auf den anderen, seine Augen glänzten, als hätte er bereits genug Algenbier für heute gehabt. Doch seine Worte waren vollkommen klar, als er nun weitersprach: »Weißt du, es wäre echt schade, wenn du schon gehen würdest. Ich dachte eigentlich, dass wir diesen Typen hier mal zeigen könnten, wie man es richtig macht.« Er ruckte mit dem Kinn in Richtung des Billardtisches. »Du und ich im Team gegen die beiden? Was meinst du?«

Instinktiv schüttelte ich den Kopf. »Ich spiele nicht.«

»Nicht?« Aaron kniff die Augen zusammen und musterte mich. »Weil du es nicht kannst oder weil du Angst hast zu verlieren?«

»Weil ich nicht will.«

»Mhm.« Er wirkte enttäuscht. »Schade. Ich habe den Mädels nämlich versprochen, als Nächster anzutreten. Und ich hatte dabei wirklich auf dich gezählt.«

Ich linste an ihm vorbei und entdeckte Saba und Kira, die noch immer an unserem Tisch saßen und uns tatsächlich halb aufgeregt, halb eifersüchtig beobachteten. Wenn sie unbedingt wollten, dass er spielte, warum kamen sie dann nicht her, um ihn zu unterstützen? Warum ließ sich Aaron überhaupt von ihnen herumkommandieren? Wollte er ihnen irgendetwas beweisen?

»Na, so ein Pech.«

»Bitte.« Aaron schenkte mir ein schiefes Lächeln. Seine Stimme wurde weich. »Nur eine Runde. Ich wette, bei deinen Kräften hätten wir sowieso im Nullkommanichts gewonnen.«

Ich funkelte ihn an, weil er die Sache mit den Komplimenten immer noch nicht verstanden hatte. »Du bist betrunken.«

»Stimmt.« Aaron nickte, als würde es ihm gerade erst klar werden. »Deshalb brauche ich ja auch deine Hilfe.« Er strahlte mich an angesichts dieser bestechenden Logik. »Komm schon, was soll denn passieren? Juckt es dir nicht in den Hexenfingern, mal wieder ein winziges bisschen zu zaubern, Robin? Nur so zum Spaß?«

Spaß, dachte ich. Allein das Wort erschien mir fremdartig, so lange hatte es keinerlei Rolle mehr in meinem Leben gespielt. Durfte ich mich auf etwas Derartiges einlassen? Ausgerechnet in Atlantis?

Die Menge jubelte derweil, weil der Kahlköpfige nun tatsächlich das alles entscheidende Tiefdruckgebiet auf den Weg geschickt hatte, und zwar mit einem kleinen, geschickten Täuschungsmanöver, das ich früher auch gerne verwendet hatte ...

»Cool, oder?« Aaron wackelte mit den Augenbrauen. »Aber wir bekommen das besser hin.«

Ich biss mir auf die Unterlippe. Meine letzte Partie war in der Tat viel zu lange her …

Die Wetter auf dem Tisch zerplatzten zu einem winzigen Feuerwerk und die Landkarte verschwand von der Perlmuttauskleidung: Das Spiel war zu Ende.

Ohne die Magie der beiden Hexer kehrte der Billardtisch nun wieder in seinen Ausgangszustand zurück und die schillernde Oberfläche zeigte natürlich die größte Sponsorin des Landes auf ihrem Thron in den *Gläsernen Hallen*.

Oh nein!

Mein Magen verkrampfte sich.

Obwohl es nur ein Bild war, hatte ich das Gefühl, die eisblauen Augen meiner Mutter würden mich durchbohren. Als würde ihr hasserfüllter Blick sich auf direktem Weg in meine Seele fressen.

»Robin?«, fragte Aaron leise und nun wieder vollkommen ernst.

Ich taumelte rückwärts. Noch immer starrte ich auf das Bildnis Ihrer Majestät. Meine Mutter trug selbstverständlich ihre reich verzierte Krone auf den korallenfarbenen Locken, blickte herrisch auf ihr Volk herab und um ihren Mund gruben sich wie eh und je diese winzigen Falten in die Haut, die von alles anderem als einem freundlichen Lächeln herrührten und in den vergangenen Jahren anscheinend noch tiefer geworden waren. Gleichzeitig ließ der dunkle Stoff ihrer Robe sie zerbrechlicher wirken, als ich sie in Erinnerung gehabt hatte.

Vielleicht kam dieser Eindruck aber auch daher, dass etwas

Entscheidendes fehlte: Abgesehen von ihrer Krone hatte die Königin keinerlei Schmuck angelegt, keine Ohrringe, keine Ketten … Ihr Hals erschien mir so schmal und schutzlos ohne das *Amulett der Winde*.

Plötzlich hatte ich das Gefühl, inmitten einer wattigen Kumuluswolke zu stecken. Das Blut rauschte in meinen Ohren, meine Gedanken drifteten in alle Himmelsrichtungen ab und meine Füße setzten sich von allein in Bewegung. Ich musste, verdammt noch mal, endlich hier raus! Raus aus diesem Pub, raus aus der Südlichen Bucht und raus aus Atlantis!

Was hatte ich mir nur gedacht?

»Robin!«, wiederholte Aaron nun lauter und streckte eine Hand nach mir aus.

Ich wich vor ihm zurück, öffnete den Mund, um irgendetwas zu stammeln, ihm zu erklären, dass mir schlecht wäre oder ich wieder Probleme mit dem Wasserdruck hätte oder irgend so einen Blödsinn. Doch dann ließ ich es einfach bleiben, presste die Lippen aufeinander, drehte mich um und rannte los.

Zur Hölle mit den perfekten Ausreden!

Es war zu viel. Viel zu viel.

Ohne mich darum zu scheren, wen oder was ich anrempelte, stürzte ich durch den Gastraum, erreichte schon bald die Tür und floh hinaus in die Stadt.

Blindlings lief ich in das Gewirr der Kanalbrücken und Gassen. Ich achtete weder auf den Weg noch darauf, ob jemand mich genauer anschaute, sich vielleicht zusammenreimte, wer das aufgelöste Mädchen mit den dunklen Haaren und den hellen Augen in Wirklichkeit war.

Ich benahm mich viel zu auffällig.

Doch ich konnte einfach keinen klaren Gedanken mehr fassen.

Stattdessen rannte und rannte ich immer weiter, bog mal in die eine, mal in die andere Richtung ab. Drängte mich vorbei an feierwütigen Matrosen und Hexern, die auf einem Platz einen kleinen Mitternachtsmarkt abhielten. Hauptsache, ich blieb in Bewegung. Das Einzige, was jetzt noch zählte, war das Geräusch meiner Schritte auf dem Kopfsteinpflaster.

Ich rannte so lange, bis meine Lunge brannte und meine Seite stach und ich in eine verlassene Sackgasse geriet, an deren Ende jemand eine löchrige Kanalgondel zur letzten Ruhe gebettet hatte. Im schummrigen Licht eines Quallenlichtes, das von einem der Fenster in die Straßenschlucht hinabfiel, hätte man das Ding auf den ersten Blick für einen Sarg der Menschen halten können.

Fix und fertig ließ ich mich darauf nieder und legte für einen Moment den Kopf in den Nacken, um wieder zu Atem zu kommen. Tränen rannen über meine Wangen.

Wenigstens war ich wieder allein.

Doch allzu viel Zeit, die Ruhe in mich aufzusaugen und mich wieder zu fangen, blieb mir nicht. Schon etwa dreißig Sekunden nach meiner Ankunft bog eine hochgewachsene Gestalt um die Ecke und kam mit großen Schritten auf mich zu.

Auch Aaron keuchte vor Anstrengung und die Gondel knarrte und ächzte beträchtlich, als er sich neben mir darauf fallen ließ. Das von Salzkrusten bedeckte Holz würde vermutlich jeden Augenblick unter uns zusammenbrechen.

Trotzdem fand ich nicht die Kraft, aufzustehen oder sonst irgendetwas zu tun.

Gemeinsam japsten Aaron und ich nach Luft und wider Erwarten hielt das alte Boot doch. Außerdem ging weder die Welt unter, noch eilte meine Mutter aus dem Palast herbei, um mich augenblicklich hinrichten zu lassen.

»Das waren ganz schön viele Haken, die du da geschlagen hast«, brummte Aaron schließlich und sah mich an, als wollte er noch viel mehr sagen, wüsste jedoch nicht, wo er anfangen sollte.

Er reichte mir ein Taschentuch und ich schnäuzte meine Nase.

»Das kann so nicht weitergehen«, murmelte er nach einer Weile.

»Ich weiß«, seufzte ich.

Mein Herzschlag galoppierte noch immer und mein Verstand versagte mir weiterhin den Dienst.

Vor allem, als Aaron nun zum zweiten Mal an diesem Tag die Hand ausstreckte, um mir das Haar hinters Ohr zu streichen.

»Aber die Bewegung hat gutgetan«, sagte er. »Hat mich wieder nüchtern werden lassen.« Er spielte mit meiner Strähne und lächelte vorsichtig. »Wir werden nicht länger als unbedingt notwendig hier unten bleiben. Ich bringe dich bald zurück an die Oberfläche. Versprochen.«

Ich nickte und senkte den Blick, doch Aaron beugte sich so weit vor, dass er mir in die Augen schauen konnte. »Hey, du hast zwei Donnerdrachen erledigt. Da schaffst du ein paar Tage in Atlantis locker.«

»Hoffentlich«, flüsterte ich und musste mich zusammenreißen, ihm nicht zu verraten, was genau mir solche Angst einjagte. Herrje, seine Nähe irritierte mich zu sehr! War das ein winziges Muttermal dort unter seiner linken Augenbraue? Das musste aufhören. Sofort.

»Wollen wir zurückgehen? Was ist mit deinem Spiel?«, fragte ich mit belegter Stimme, jedoch ohne mich zu bewegen.

Auch Aaron blieb, wo er war – seine Stirn berührte meine beinahe –, und zuckte mit den Schultern. »Ist doch egal. Vergiss das dumme Spiel.«

Seine Fingerspitzen ruhten inzwischen an meiner Schläfe, als gehörten sie dorthin. Eine Gänsehaut kroch über meinen Nacken.

»Außerdem fragen Damian und Fara sich sicher schon, wo wir stecken. Wir sollten also wirklich –«

»Ja, du hast recht.« In Aarons Augen blitzte etwas, das ich nicht so recht einordnen konnte. »Gehen wir.«

»Okay.«

Einen Herzschlag lang sahen wir einander an, keiner von uns machte Anstalten aufzustehen. Und da tat ich plötzlich, was ich nie für möglich gehalten, was mir zu erlauben ich niemals geplant hatte: Ich überwand den restlichen Abstand zwischen uns.

Als hätte auch noch die letzte Sicherung in meinem Verstand mit einem leisen Knistern den Geist aufgegeben. Oder nein, eigentlich war es vielmehr so, dass ich mit einem Mal alles eisglasklar vor mir sah ...

Sachte legte ich meinen Mund auf Aarons, schmeckte Blitzklingen, See und einen Hauch von Algenbier.

Zuerst schien er überrascht die Luft anzuhalten.

Doch dann wurden seine Lippen weich und er erwiderte den Kuss, zog mich an sich. Seine Finger vergruben sich tiefer in meinem Haar, während ich die Arme um seinen Hals schlang und –

Er löste sich von mir. »Robin«, wisperte er. Seine Pupillen waren geweitet und seine Augen dunkler als sonst. »Du bist erst vor ein paar Minuten vollkommen kopflos durch die Stadt –«, begann er, aber ich ließ ihn nicht ausreden.

»Mir geht's gut«, sagte ich und strich über seine Wange. Seine Bartstoppeln kitzelten meine Fingerspitzen. »Ich habe nämlich gerade beschlossen, die Sache mit der Panik endgültig aufzugeben. Sie bringt mich sowieso kein Stück weiter.«

Er betrachtete mich noch einen Moment lang prüfend. Dann entspannten sich seine Züge. »Das erscheint mir weise.«

»Ja, so bin ich nun einmal.« Ich rang mir ein Grinsen ab. »Und noch dazu sehr bescheiden.«

»Also, du darfst dir selbst Komplimente machen, aber wenn ich es versuche, ist das quasi eine Todsünde?« Er runzelte die Stirn.

»Ich lege die Regeln nicht fest.«

»Da habe ich, ehrlich gesagt, einen anderen Eindruck.« Er zupfte lächelnd am Ärmel meines Kleides. »Es gefällt mir übrigens, wenn du dich zur Abwechslung mal nicht wie eine Zwiebel anziehst. Ich wette, das Ding hat weniger als eine Million Reißverschlüsse. Maximal 999, würde ich vermuten.«

Ich verdrehte die Augen und öffnete den Mund, um meinen Kleidungsstil zu verteidigen, doch dieses Mal war Aaron derjenige, der mich überraschte, indem er mich küsste. Stürmischer, als ich es erwartet hatte.

Noch ehe ich so recht begriffen hatte, was geschah, hatte Aaron mich bereits auf seinen Schoß gezogen. Auch ich vergrub meine Hände nun in seinem Haar. Die ganze Welt schien nur noch aus Aaron und mir zu bestehen. Aus seinen Lippen, die meine Mundwinkel liebkosten, seinen Händen, die über meine Hüften wanderten, und seinen weichen Locken zwischen meinen Fingern, die all die schrecklichen Gedanken aus meinem Kopf verscheuchten.

Und so hielt ich mich eine kleine Ewigkeit lang an meiner neuen Welt fest. Einer Welt, in der ich weder Prinzessin noch Geächtete war, weder Hexe noch Menschenmädchen, weder schuldig noch unschuldig, sondern einfach nur Robin. Ich selbst.

Ganz und gar furchtlos.

Bis wir irgendwann beide außer Atem waren und ich widerwillig doch an diesen komplizierten Ort in den Tiefen der See zurückkehren musste, der noch immer mein Untergang zu werden drohte.

Seite an Seite lehnten wir schließlich mit den Rücken gegen die morsche Gondel, von der wir wohl irgendwie heruntergerutscht sein mussten.

Mein Puls raste. Aarons Brust hob und senkte sich rascher, als es für gewöhnlich der Fall war.

Und er lächelte mich an. »Ehrlich gesagt, wollte ich das schon seit einer ganzen Weile tun. Eigentlich schon, seit du diesen Betonklotz von mir heruntergehievt hast.«

»Ach ja?«, murmelte ich. »Gleich nachdem ich dich halb tot aus einem Trümmerhaufen gezogen habe? Das hättest du ernsthaft für einen passenden Zeitpunkt gehalten, um mich zu küssen?«

»Klar.« Seine Finger verschränkten sich mit meinen. »Hab jedenfalls mit dem Gedanken gespielt.«

Unwillkürlich grinste ich in mich hinein. »Warum hast du es nicht gemacht?«, fragte ich, noch immer ein wenig berauscht von seiner Nähe.

»Na, weil du allem Netten so furchtbar skeptisch gegenüberstehst. Und ein Kuss ist schon eine ultimativ nette Angelegenheit, finde ich.«

Wir lachten. Dann räusperte sich Aaron und fügte ein wenig ernster hinzu: »Außerdem wusste ich ja auch gar nichts über dich. Dazu die seltsamen Umstände, unter denen wir uns getroffen haben. Nenn mich altmodisch, aber normalerweise versuche ich, eine Hexe erst einmal kennenzulernen, bevor ich sie küsse.«

Plötzlich klang mein Lachen seltsam hohl und beinahe wäre ich sogar ein Stückchen von Aaron abgerückt, so unvorbereitet erwischte mich das schlechte Gewissen. »Wie superaltmodisch«, pflichtete ich ihm trotzdem bei und musste mich bemühen, dass es locker klang.

Aaron dachte also, er hätte mich in den letzten Tagen kennengelernt! Hatten wir uns in Faraldas Kesselboot nicht darauf geeinigt, einander nicht zu vertrauen und das zu akzeptieren? Ich biss mir auf die Unterlippe. Ein Frösteln durchlief meinen Körper.

»Ist dir kalt?«, fragte Aaron. »Du zitterst ja.«

»Ein wenig«, murmelte ich und wich seinem Blick aus. Stattdessen sah ich mich in der Gasse um. »Wo sind wir hier überhaupt? Und wie spät ist es? Doch sicher schon nach Mitternacht ...«

»Kann sein.«

Mit einem Satz kam ich auf die Beine.

»Na gut«, seufzte Aaron und erhob sich ebenfalls. Für einen Moment betrachtete er mich. In seinem Blick flackerte etwas. Etwas, das noch nicht zurück zu den anderen gehen, sondern lieber etwas ganz anderes tun wollte.

Aber dann folgte er mir doch aus der Gasse hinaus.

»Zum Glück bist du ziemlich im Kreis gelaufen«, stellte er an der nächsten Kreuzung fest und ich wunderte mich ein wenig darüber, dass mein Orientierungssinn mich heute Abend komplett im Stich gelassen hatte.

Tatsächlich lag Faras Turm nur wenige Straßen entfernt, sodass wir keine fünf Minuten für den Heimweg brauchten. Doch erst als wir nur noch wenige Meter vom Eingang entfernt waren, erkannte ich Damians schmächtige Gestalt, die sich über den Kanal beugte. Kopfüber angelte er in den Fluten nach einem schimmernden Gegenstand.

Auch Aaron schien ihn nun zu bemerken. »Ist das etwa schon die Antwort der Königin?«, rief er und eilte seinem Freund zu Hilfe.

Mit vereinten Kräften fischten die beiden eine dunkelrot schimmernde Eisglasflasche aus dem Wasser und veranstalteten dabei so einen Lärm, dass schließlich auch Fara aus der Ladentür auf die Straße trat.

»Robin, Aaron, da seid ihr ja! Was war denn los?«

Damian hielt die Flaschenpost inzwischen wie eine Trophäe über dem Kopf. »Ihre Majestät empfängt uns gleich morgen früh im Palast!«, rief er.

»Offenbar kann die Königin es gar nicht erwarten, unsere Wahnsinnslieferung in die Finger zu bekommen«, fügte Aaron hinzu und lächelte breit.

Doch Fara musterte mich noch immer. Und zwar ziemlich gründlich. »Geht es dir gut? Wieso bist du weggelaufen?«, erkundigte sie sich. »Und was, bitte schön, ist bloß mit deiner Frisur passiert? Hast du einen Kraken darin nisten lassen?«

16

Audienz

Am nächsten Morgen kochte Fara mir angesichts der dunklen Ringe unter meinen Augen einen extrastarken Kaffee. Anschließend beobachtete sie mich in ihrem Wohnzimmerchen dabei, wie ich das tiefschwarze Gebräu schlückchenweise zu mir nahm.

»Atlantis stresst dich ganz schön, oder?«, wollte sie wissen und ich nickte.

Die Nacht über hatte ich kaum geschlafen und mich stattdessen wieder und wieder unruhig von der einen auf die andere Seite gewälzt. Noch immer machte ich mir Vorwürfe, dass ich Aaron erlaubt hatte, mir so nahezukommen. Wahrscheinlich stimmte es wirklich, was alle über mich sagten: Ich war eine furchtbare Person, die sich keinen Deut um das Wohl anderer scherte. Nun hegte Aaron womöglich Hoffnungen auf eine Art Beziehung mit mir. Dabei war das unmöglich! Selbst wenn es mir gelänge, genauso unbehelligt wieder aus der Stadt zu verschwinden, wie ich hereingelangt war, meine Zukunft lag in der Menschenwelt. Weit weg von allem, was mit Stürmen und Magie zu tun hatte.

Aaron durfte sich nicht in mich verlieben.

Und ich mich nicht in ihn.

Ich stützte das Gesicht in die Hände.

Unwillkürlich kehrten meine Gedanken dennoch immer wieder zu Aarons Lippen auf meinen zurück. Wie gerne würde ich diesen Kuss nur noch ein einziges Mal wiederholen! Ich blinzelte eine Träne fort.

Nachdem ich allerdings gestern Abend wortlos in mein Zimmer geeilt war und mich heute Morgen auch noch entschieden geweigert hatte, die Jungs zum Palast zu begleiten, war Aaron vermutlich ohnehin viel zu sauer auf mich.

Zumindest hatte es ihn enttäuscht, dass ich den Vormittag lieber mit Fara verbringen und ihr bei ihren Besorgungen helfen wollte, als mit ihm zur Königin zu gehen, um ihr von den Donnerdrachen zu berichten. Nur widerwillig hatten Damian und er mich zurückgelassen.

»Du hast dich immer noch nicht wieder an die Untiefen gewöhnt, oder? Keine Sorge, es wird besser, wenn man eine Weile hier unten ist, versprochen«, meinte Fara. »Du wirst schon sehen.«

Ich schüttelte den Kopf. »Ich habe nicht vor, lange zu bleiben«, sagte ich, obwohl mein Drang, zum Hafen zu laufen und mich in den Frachtraum irgendeines Kesselbootes zu schmuggeln, das diesen Ort möglichst bald verließ, heute nicht mehr ganz so ausgeprägt war wie noch gestern Nachmittag.

Fara schwieg eine Weile und schlürfte ebenfalls ihren Höllenkaffee, dann räusperte sie sich schließlich. »Okay, genug gegrübelt. Trink aus, wir müssen los.«

Ich gehorchte und verzog das Gesicht, als der letzte Rest des Gebräus bitter und viel zu dickflüssig in meinen Mund rann. Hastig schluckte ich ihn hinunter.

Fara nickte. »Ich weiß, aber gleich wird er wirken«, versprach sie und reichte mir einen aus Uferschilf geflochtenen Einkaufskorb. »Wenn dieses Zeug es nicht schafft, dich wach zu machen, weiß ich es nicht.«

»Dann ist mir vielleicht auch nicht mehr zu helfen«, brummte ich und folgte ihr zur Wendeltreppe.

Als wir kurz darauf auf die Straße traten, fühlte ich mich allerdings tatsächlich schon ein bisschen fitter. Zwar gähnte ich noch ein paarmal auf dem Weg entlang der Kanäle, aus denen uns hier und da das Eisglas einer Flaschenpost oder die rote Mähne eines atlantischen Seepferdes entgegenschimmerte. Aber als wir schließlich den Marktplatz im Zentrum der Südlichen Bucht betraten, durchfluteten mich meine Lebensgeister beinahe wie eh und je.

Staunend begleitete ich Fara mitten ins Getümmel hinein. Es war mein erster atlantischer Tiefseebasar. Als Prinzessin hatte ich mich damals schlecht unter das einfache Volk mischen können. Und jetzt erst wurde mir klar, was ich verpasst hatte!

Hier gab es nämlich nicht nur die herkömmlichen Waren wie Seegurken, Räucherfisch oder Algensalat zu kaufen. Manche Händler boten neben kunstvoll geschmiedeten Blitzklingen auch kleine Schaukämpfe an.

In einem kleinen Zelt konnte man Hagelkrautpfeifen mit einer Prise Kugelfischgift rauchen, um sich in einen Rauschzustand zu versetzen, und auf einem Schemel aus Haifischzähnen thronte ein blinder Hexer, der sich als Orakel der Südsee ausgab und einem für einen halben Hagelling die Zukunft voraussagte.

Überall zwischen den Verkaufsständen tobten Kinder, falsche Königinnen sangen die atlantischen Lieder und Artisten zeigten ihre Jonglierkünste mit drei, fünf oder gar sieben Regenwolken, die sie gleichzeitig in der Luft halten und ab und an sogar zum Gewittern bringen konnten. In der Mitte des Platzes brodelte außerdem ein gigantischer Kessel voller Wettervorräte und verströmte das würzige Aroma eines Sommermonsuns.

»Beeindruckend, nicht wahr?«, meinte Fara, die mich von der Seite her beobachtete. »Und stell dir vor, wie fröhlich dieser Ort sein könnte, wenn nicht diese dämlichen Herzogisten wären.«

Ich blinzelte. Erst jetzt, wo Fara sie erwähnte, fielen mir die Gestalten in den dunklen Umhängen auf. Dabei waren es sicher zwei Dutzend! Ein paar von ihnen drangsalierten, genau wie gestern, Straßenmusikerinnen, die als meine Mutter auftraten. Die anderen verteilten Schriftrollen an die Marktbesucher oder skandierten erneut »Tod der Verräterin!«, um gegen die Königin zu hetzen.

Ich schluckte. Kein Wunder, dass sie allesamt Kapuzen trugen, um ihre Gesichter zu verbergen. Ihre Majestät hatte Leute schon für weniger in die Kerker werfen lassen …

»Komm, wir brauchen noch ein wenig Meeresfenchel.« Fara zog mich zum nächsten Marktstand.

Doch während sie sich missbilligend über die Auslage beugte und schon bald mit dem Verkäufer feilschte, stahl ich mich ein paar Schritte in Richtung eines der vermummten Herzogisten davon, um diese mysteriösen Schriftstücke genauer zu betrachten.

Wenn ich es so recht bedachte, war ich diesen Typen nämlich in Atlantis nicht zum ersten Mal begegnet, oder? Bei all der Aufregung gestern war meine Erinnerung an den Angriff auf unsere WG nur häppchenweise zurückgekehrt. Aber jetzt fiel es mir plötzlich wieder ein: Hatte nicht auch die Gestalt in den Dünen, die ich kurz vor meinem Sturz aus dem Fenster des überfluteten Hauses gesehen hatte, einen ganz ähnlichen Umhang getragen?

War es am Ende gar einer von ihnen gewesen, der uns die Wetter auf den Hals gehetzt hatte?

Verdammte Herzogisten!

Warum dachte ich überhaupt erst jetzt darüber nach, was genau in der vorletzten Nacht geschehen war? War mein Hirn von der Bewusstlosigkeit, meiner Rückkehr nach Atlantis und Aarons Küssen etwa so benebelt gewesen? Herrje, hoffentlich ging es Louisa und Fiona gut! Wo waren sie und die Mädels der anderen beiden Wohngruppen wohl untergekommen?

Ich straffte die Schultern und trat auf den nächstbesten Kerl im Umhang zu. »Entschuldigung, dürfte ich?«

Bereitwillig drückte er mir eine seiner Schriftrollen in die Hand und ich entfernte mich nur wenige Schritte, bevor ich innehielt, sie entfaltete und zu lesen begann.

Ich musste endlich wissen, was vor sich ging.

»Stimmt es, dass die Königin sämtliche Blitzklingen rationieren lässt?«, fragte ich Fara kurz darauf, den Blick noch immer auf das Pamphlet gerichtet.

Die Herzogisten verbreiteten darin eine ganze Reihe von abstrusen Verschwörungstheorien. Zum Beispiel behaupteten sie, die Königin besäße das *Amulett der Winde* in Wahrheit noch immer, weigere sich jedoch, seine Kräfte zu nutzen. Undina Severina Mare wäre inzwischen zu ihrem Vater übergelaufen, um ihn bei einem Angriff auf Ihre Majestät zu unterstützen. Und die Wetter würden durch die Erderwärmung langsam, aber sicher so knapp, dass niemand wüsste, wie lange die Hexenwelt die absolute Klimakatastrophe noch würde aufhalten können.

Fara stopfte eine Tüte Meeresfenchel in meinen Korb. »Nun ja«, sagte sie. »Man munkelt, die Königin würde für einen Krieg rüsten.«

»Ich hörte davon.« Ich erinnerte mich an die Worte des Schwarmprinzen. »Aber gegen wen?«

Fara zuckte mit den Achseln. »Keine Ahnung. Gegen den

Herzog? Oder gegen die Menschen? Das Einzige, was wir wissen, ist, dass sie seit einigen Monaten extrem scharf auf Blitzklingen ist. Was meinst du, warum sie Aaron und Damian so schnell empfängt? Sie braucht die Waffen. Wofür auch immer.«

»Vielleicht macht sie sich auch einfach große Sorgen wegen der Donnerdrachen und will sofort wissen, was geschehen ist«, widersprach ich. Meine Mutter mochte zuweilen grausam sein, aber der Kodex der Wetterhexen war ihr stets heilig gewesen. Sicher würde sie umgehend etwas gegen die Angriffe an Land unternehmen. Oder?

Ich an ihrer Stelle würde es jedenfalls tun.

»Vielleicht. Hoffen wir es mal«, sagte Fara und hakte sich bei mir unter, um mich durch das Gewirr der Marktbesucher zu bugsieren.

Ihre Einkaufsliste war besorgniserregend lang und so dauerte es beinahe eine Stunde, bis wir endlich alle Vorräte besorgt hatten. Doch obwohl ich noch immer darauf achtete, dass mir das Haar ins Gesicht fiel, und ich niemandem die Gelegenheit gab, mich zu lange anzusehen, war ich nicht länger so ängstlich wie bisher.

Was ich zu Aaron gesagt hatte, stimmte nämlich: Meine Panik, von der Vergangenheit eingeholt zu werden, würde mir nicht helfen, im Gegenteil. Also weigerte ich mich einfach, mich zu fürchten. Zumindest versuchte ich es. Außerdem knisterte das Pamphlet der Herzogisten inzwischen bei jedem Schritt in meiner Rocktasche, als wollte es mir klarmachen, dass ich nicht einfach wieder davonlaufen konnte. Was auch immer im Reich meiner Mutter vor sich gehen mochte, ich musste herausfinden, was es war.

Möglicherweise brauchte mein Volk mich.

Was mochte das nur für ein Krieg sein, in den die Königin die Hexen zu führen plante? Worum ging es dabei? Und konnte ich nicht vielleicht doch irgendeinen Weg finden, wieder Teil dieser Welt zu werden und meinem Volk beizustehen? Irgendwie im Verborgenen?

Ich grübelte noch immer vor mich hin, als wir schließlich am frühen Nachmittag zu Faras Lädchen zurückkehrten, vor dem sich bereits das halbe Viertel auf dem Gehweg zu drängen schien.

»Sieht aus, als hättest du Kundschaft«, sagte ich, doch Fara schüttelte den Kopf.

»Es wäre ein Traum, wenn meine Schlickschokolade so begehrt wäre«, erklärte sie, während wir uns durch die Menge schoben. »Aber die sind alle nur wegen der Parade zu Ehren der Kronprinzessin hier. Von diesem Kanalufer aus hat man einen guten Blick auf die königliche Familie. Da lohnt es, schon ein paar Stunden früher herzukommen und sich einen Platz in der ersten Reihe zu sichern.« Sie seufzte. »Und hinterher darf *ich* wieder hier kehren und alles sauber machen. Das ist jedes Mal eine besondere Freude. Als würde es nicht genügen, wegen der Paradewege einen ganzen Verkaufstag zu verlieren ...«

»Wie blöd«, murmelte ich. Natürlich hatte ich mich schon

darüber gewundert, dass Fara ihren Laden heute früh nicht geöffnet hatte, sondern stattdessen selbst einkaufen gegangen war, aber –

In diesem Moment drängten wir uns endlich am letzten Schaulustigen zum Wohnturm vorbei und mir wurde sofort klar, dass etwas nicht nach Plan verlaufen sein musste. Bereits durch die Schaufensterscheiben erkannte ich Aarons hochgewachsene Gestalt, die mit bebenden Schultern auf und ab marschierte.

Von der Registrierkasse zum untersten Treppenabsatz und zurück. Wieder und wieder.

Selbst als das Glöckchen über der Tür unser Eintreten verkündete, hörte er nicht damit auf. Tatsächlich stieß er im Vorbeigehen nun sogar gegen ein Glas voller Vulkansand und unternahm nicht einmal den Versuch, es aufzufangen.

Mit einem Scheppern zerbarst es auf Faras penibel sauberem Fußboden, sein Inhalt spritzte in alle Richtungen und Aaron stapfte mitten hindurch, als wäre es ihm vollkommen egal.

Splitter knirschten unter seinen Stiefeln. Nun kickte er sogar eine der Scherben quer durch den Raum, sodass sie ein Einmachglas auf einem der unteren Regalbretter an der Wand traf. Wieder klirrte es, etwas Schleimiges ergoss sich auf die Dielen und vermischte sich mit dem Vulkansand zu einer matschigen Pampe, während mir der scharfe Geruch von Krillessig in die Nase stieg.

»Spinnst du?!«, rief Fara und stürzte in Richtung des kleinen Lagerraums hinter dem Tresen, vermutlich um Besen und Lappen zu holen.

Oder einen Knüppel, um Aaron eins überzuziehen.

Der schien nämlich Gefallen an der Zerstörung zu finden und hob nun einen storchenbeinigen Stuhl hoch über seinen Kopf, als wollte er ihn zertrümmern. Sein Gesicht glühte vor Zorn, sein Blick war seltsam abwesend.

»Was ist passiert?«, fragte ich erschrocken, weil ich ihn so nicht kannte.

War das etwa der Aaron, der Winde in Flautenfallen lockte und einfach dort zurückließ? Ich machte einen Schritt auf ihn zu.

Doch Aaron achtete gar nicht auf mich. Er war wie im Rausch und schleuderte den Stuhl von sich.

Holz splitterte, noch mehr Glas ging zu Bruch. Ich fuhr zusammen. Der Lärm war ohrenbetäubend.

»Verdammt!«, brüllte Fara und stürmte wieder in den Verkaufsraum. Sie hielt einen Mopp in den Händen und richtete ihn wie eine Waffe auf Aarons Brust, aber der entriss ihr das Teil bloß und pfefferte es in die Ecke.

»AARON ADLER! Ich fasse es nicht!«, kreischte Fara und stürzte sich auf ihn, versuchte, ihm einen Fausthieb zu verpassen, doch er hielt sie mühelos mit dem einen Arm auf Abstand, während er mit dem anderen die Registrierkasse zu Boden fegte.

Fara schrie auf, dann hastete sie erneut in den Lagerraum.

»AARON!«, rief nun auch ich und näherte mich ihm.

Langsam und vorsichtig, als wäre er ein wildes Tier, das um sich biss.

Er hatte sich bereits einen weiteren Stuhl geschnappt, den er offenbar in die Schaufensterscheibe zu befördern gedachte. Doch ehe er dieses Vorhaben in die Tat umsetzen konnte, baute ich mich so nah vor ihm auf, dass er überrascht blinzelte.

»Du erzählst mir jetzt sofort, was geschehen ist«, sagte ich ruhig.

Aaron starrte mich an. Sein Haar stand wirr von seinem Kopf ab, sein Atem ging keuchend. Auf einer Wange prangte eine leuchtend rote Schramme. Und seine Unterlippe war aufgeplatzt und blutig.

Ohne darüber nachzudenken, streckte ich die Hand aus und strich mit zitternden Fingern darüber. Hatte er sich die Verletzungen gerade während seines Wutanfalls zugezogen oder rührten sie etwa von einer Schlägerei her? *Im Palast?*

Die Schwellung wirkte jedenfalls nicht, als hätte er die Wunde innerhalb der letzten Minuten bekommen, und das Blut war bereits geronnen.

»Aaron«, flüsterte ich.

Er blinzelte wieder, als würde er jetzt erst erkennen, wer vor ihm stand. »Robin, ich …«, stammelte er. Wie in Zeitlupe ließ er den Stuhl sinken, dann betrachtete er das Chaos um uns herum und schüttelte den Kopf, als könnte er selbst nicht fassen, was er da angerichtet hatte. »Verdammt.« Er sog scharf die Luft ein. »Oh nein, Fara! Es tut mir leid!«

Doch ich streichelte weiter seine Wange und zwang ihn, mich anzusehen. »Was ist los?«

»Die Königin ...«, begann er.

Weiter kam er nicht, denn in diesem Moment traf ihn ein Schwall eiskalten Wassers.

»Verflucht!«, rief Aaron und schüttelte sich.

Auch ich hatte einige Spritzer abgekriegt und rieb sie mir aus dem Gesicht. »Eigentlich hatte er sich gerade schon wieder etwas gefangen«, sagte ich.

»Mir doch egal«, schnaubte Fara. »Er sollte lieber zusehen, dass er das hier schnell wieder in seinen ursprünglichen Zustand versetzt. Sonst hole ich Nachschub – und beim nächsten Mal ist es nicht nur Wasser«, schäumte sie, offenbar viel zu wütend, um Aaron auch nur eines Blickes zu würdigen.

Sie nahm ihren leeren Eimer und verschwand nach oben.

Aaron, der noch immer leise vor sich hin fluchte, zog sich das klatschnasse Hemd über den Kopf und fuhr sich damit übers Gesicht.

Trotz allem konnte ich nichts dagegen tun, dass mein Blick flüchtig an seinem Oberkörper und dem Kettenanhänger auf seiner Brust hängen blieb. Dann fiel mir wieder meine Mutter ein und drängte alles andere in den Hintergrund.

»Was ist mit Ihrer Majestät?«

Aaron ließ das zusammengeknüllte Hemd fallen. Er presste die Zähne zusammen, seine Nasenflügel blähten sich. »Sie bestiehlt uns«, sagte er tonlos. »Die Königin reißt sich einfach so unsere 97 Blitzklingen unter den Nagel! 97! Damian übergibt ihren Soldaten im Hafen in diesem Moment unsere gesamte Lieferung. Und wir werden dafür keinen einzigen Hagelling und auch sonst keine Belohnung sehen!«

»*Was?* Aber das würde sie doch nicht ... Sie ist die Herrscherin der Tiefe, sie kann ...«, murmelte ich.

Meine Mutter mochte vieles sein, aber ganz sicher keine Diebin.

»Nein, nicht offiziell. Auf dem Papier heißt es, dass wir selbstverständlich irgendwann bezahlt werden. Mit einer angemessenen Summe. Bloß kann niemand sagen, wann das sein wird. In ein paar Jahren vielleicht. Doch wahrscheinlich wohl nie.« Aarons Miene verdunkelte sich bereits wieder, er ballte die Fäuste. »Ich wollte mich natürlich nicht darauf einlassen. 97 Blitzklingen sind mehr als ein Jahreseinkommen wert! Diese Menge auf einen Schlag zu liefern, ist bisheriger Rekord! Hab mich also geweigert, ihnen den Schlüssel zum Boot zu geben. Aber dann befahl Ihre Majestät den Wachen, mir eine reinzuhauen, und als ich wieder zu mir kam, lag ich drei Straßen von hier entfernt unter einer Brücke.« Ein Beben durchlief seinen Körper. »Elende Söhne eines Fischweibs!«, stieß er grollend hervor.

»Hat sie gesagt, wofür sie all die Klingen braucht? Und warum sie nicht bezahlen kann? Die Herzogisten glauben, sie rüstet sich für einen Krieg ... Meinst du, wir haben Feinde, von denen wir nichts wissen?«

Aaron zuckte mit den Achseln.

Ich legte den Kopf schief. »Was ist mit den Donnerdrachen?«, kam ich auf das wichtigste Thema zu sprechen. »Wie steht sie zu den Vorfällen?«

»Ach so«, sagte Aaron. »Keine Ahnung. Aber ich nehme an, darum wird sie sich wohl kümmern.« Sein Blick verfinsterte sich plötzlich noch mehr. »Genügend Blitze hat sie ja jetzt.«

»*Du nimmst es an?*«

»Ja. Allerdings hatte ich auch angenommen, dass die Herrscherin dieses Reiches für Waren bezahlt, die sie bestellt, von daher ...«

Ich schnappte nach Luft. »Also habt ihr gar nicht darüber gesprochen, was jetzt wegen der Drachen –«

»Ich habe nicht nach ihren genauen Plänen gefragt, nachdem sie mich ausgeraubt hat«, schnitt Aaron mir das Wort ab. »Entschuldige bitte, dass ich zu beschäftigt damit war, meine Lebensgrundlage zu verlieren und bewusstlos geschlagen zu werden.«

»Aber Damian und du habt ihr natürlich, bevor das passiert ist, von den Angriffen berichtet. In allen Einzelheiten, oder?«, bohrte ich weiter, weil mich mit einem Mal dieser schreckliche Verdacht beschlich ...

Aaron schob mit der Stiefelspitze ein paar Glasscherben hin und her. »Klar. Also mehr oder weniger. Wir haben es zwischendrin erwähnt.«

»Verdammt!«, zischte ich. Plötzlich war ich diejenige, die Lust bekam, einen Stuhl zu zertrümmern. Auf Aarons Kopf vielleicht. »*Die Menschen werden angegriffen! Das muss* höchste Priorität haben!«, rief ich. »Deshalb sind wir doch überhaupt bloß hergekommen.«

»Äh, also, ich wollte auch meine Blitzklingen abliefern«, meinte Aaron und da überkam es mich endgültig. Ohne Vorwarnung stieß ich ihn gegen die Brust, sodass er rückwärts gegen eines der ramponierten Ladenregale taumelte.

»Du hast sie doch wohl nicht mehr alle!«, fauchte ich. »Ging es dir etwa die ganze Zeit nur darum? Um Geld?« Und ich hatte diesen Typen auch noch geküsst!

Mit beiden Fäusten hämmerte ich auf Aaron ein, doch er umfasste meine Handgelenke und hielt mich fest, bevor ich einen Treffer landen konnte.

»Natürlich nicht«, knurrte er und fuhr herum, sodass mit einem Mal *ich* mit dem Rücken zum Regal stand und Aaron unmittelbar vor mir. Nah. Sehr nah. In seinen Wimpern glitzerten noch Wassertropfen von Faras Attacke und sein Geruch stieg mir in die Nase. Aber zum Glück war ich viel zu wütend, um mich davon auch nur im Geringsten aus dem Konzept bringen zu lassen.

»Also hast du mich nur um Hilfe gegen die Donnerdrachen gebeten, um deine kostbaren Klingen zurückzubekommen und an deinem Ruf als bester Sturmjäger Ihrer Majestät zu arbeiten«, sagte ich leise. »Und alles andere ist dir scheißegal.«

Aarons Kiefer mahlte. Noch immer hielt er meine Handgelenke fest umschlossen, doch er brauchte dafür lediglich eine Hand, mit der anderen massierte er seine Nasenwurzel. Außerdem schloss er für ein paar Sekunden die Lider, als müsste er sich zusammenreißen, mich nicht … *anzuschreien?*

»Mir ist die Drachensache nicht egal. Aber ich bin nun einmal, was ich bin, Robin. Blitze sind mein Leben. Und du weißt ganz genau, welchen Ruf die Sturmjäger haben. Wir bezeichnen uns selbst als ehrwürdige Meister, doch in Wahrheit hält uns diese Gesellschaft für Abschaum. Für Wahnsinnige, die für ein bisschen Ruhm ihr Leben riskieren«, erklärte er schließlich ruhig. »Keiner von uns wird alt, wir sterben nämlich selten eines natürlichen Todes. Ich liebe meinen Job trotzdem. Bloß, wenn ich eine Chance auf eine halbwegs sichere Zukunft haben will, muss ich es an die Spitze schaffen, und zwar schnell.« Er seufzte. »Nachdem die Königin mir mitgeteilt hatte, dass sie mich bestiehlt, anstatt mich auszuzahlen und mit der früheren Position meines Vaters zu ehren, lief der Rest der Audienz leider nicht gerade entspannt ab.«

»Sicher, da vergisst man schon einmal, dass die Leben zahlreicher Menschen in Gefahr sind.«

Ich begriff, dass auch für ihn viel auf dem Spiel stand, dass ihn das Verhalten meiner Mutter schwer enttäuscht haben musste. Aber die Vorfälle mit den *Anderen*, diese Sache war größer als unsere individuellen Schicksale!

Ich nagte an meiner Unterlippe.

Aaron ließ die Schultern hängen. »Es tut mir leid«, sagte er und es klang aufrichtig. »Ich schätze, ich habe einfach die Nerven verloren. Du hättest mitkommen und der Königin selbst von allem erzählen sollen.« Er räusperte sich. »Ich hätte deine Unterstützung heute Morgen in diesen verdammten *Gläsernen Hallen* nämlich wirklich gebrauchen können.«

Ich wich seinem Blick aus.

»Nur wolltest du mich ja unter keinen Umständen begleiten, stimmt's? Schon irgendwie komisch, oder? Dass es dir anscheinend sooo wichtig war, diese Nachricht zu überbringen, doch dann wieder nicht genug, um an der Audienz teilzunehmen ...«

Meine Lider flatterten. Aaron hatte recht, das Ganze war genauso meine Verantwortung wie seine. Wenn ich ehrlich war, hatte auch ich mein eigenes Wohlergehen vor das der Menschen gestellt. Jedoch –

Er kam noch ein Stückchen näher. Sein Mund war nur noch Millimeter von meinem entfernt.

»Warum?«, flüsterte er.

Sein Atem strich über meine Lippen und mein Herzschlag beschleunigte automatisch. Gleichzeitig bildete sich ein Kloß in meinem Hals.

»Ich ...«, krächzte ich und blinzelte eine Träne fort. »Ich konnte nicht zur Königin, ich ...«

»Für dich geht es hier nämlich auch nicht nur um ein Gespräch über ein paar verirrte Drachen, nicht wahr?«, sagte Aaron an meinem Mundwinkel. »Robin aus dem Ostmeer?«

Ich erschauderte. Wusste er es? Hatte er es etwa herausgefunden? Oder verlor ich bloß endgültig den Verstand? Er hatte mir meine Geschichte doch abgekauft ... Alles in meinem Kopf drehte sich. Wieder einmal war ich unfähig, einen klaren Gedanken zu fassen.

»Aaron, ich …«, nuschelte ich.

»Ja?«

Doch ich verstummte.

Einen Moment sah er mir in die Augen, hoffte wohl darauf, dass ich es mir anders überlegte und mein Geheimnis endlich mit ihm teilte.

Ja?, flehte sein Blick.

Aber ich schwieg beharrlich, senkte die Lider und da ließ Aaron mich ohne Vorwarnung los. Enttäuschung legte sich wie ein Schleier über sein Gesicht, obwohl er die Lippen aufeinanderpresste und versuchte, seine Gefühle zu verbergen. Abrupt wandte er sich von mir ab und stattdessen den Scherben um uns herum zu.

»Entschuldige. Ich wünschte ehrlich, dass es anders wäre. Doch wir können einander wohl einfach nicht vertrauen«, wisperte ich seinem Rücken zu.

»Nein.« Seine Schultern bebten und seine Hand zuckte in die Höhe, vielleicht wieder einmal zu dem Kettenanhänger an seinem Hals. Ich konnte es nicht genau erkennen.

»Allerdings bin ich immer noch Abraham Adlers Sohn und das bedeutet, ich bekomme, was mir zusteht. Alle Trümpfe habe ich noch nicht ausgespielt«, brummte er nach einer Weile, bückte sich nach einem Stuhlbein und begann mit dem Aufräumen.

Ich schnappte mir einen Besen, um ihm zu helfen. Doch er

schüttelte den Kopf und nahm mir das Ding sofort wieder aus der Hand.

»Das kriege ich allein hin«, erklärte er, ohne mich anzusehen. »Und die Königin wird die Menschen übrigens schon nicht diesen Bestien überlassen.«

4. Strophe

Wettervorhersage

Sturmwarnung!
Aaron trifft eine Entscheidung.
Robin trifft fast der Schlag.
Und die Königin gebietet über Blitz und Donner, Ebbe und
Flut, Krieg und Frieden.

17

Gläserne Hallen

*E*in paar Stunden später war die Stimmung im Turm immer noch schlecht. Aaron hatte den Verkaufsraum aufgeräumt und gesäubert und mithilfe eines magischen Blizzards nicht nur die Regale, sondern auch den Stuhl wieder reparieren können. Dennoch war einiges von Faras Waren nicht mehr zu retten gewesen und die Registrierkasse hatte von ihrem Sturz einen Kratzer davongetragen. Selbst in meinem Zimmer drei Stockwerke höher konnte ich Fara noch fluchen hören, während sie versuchte, ihn wegzupolieren.

Aaron war inzwischen in die Stadt gegangen und keiner von uns wusste, was genau er vorhatte. Vielleicht versuchte er, Ersatz für Faras Verluste zu besorgen. Zumindest hatte er sich etwa hundertmal bei ihr entschuldigt und genau das versprochen, nachdem er wieder zu sich gekommen war und das volle Ausmaß der Konsequenzen seines Wutanfalls erkannt hatte … Vielleicht hatte es ihn aber auch zum Hafen gezogen, um mit eigenen Augen zu sehen, was meine Mutter ihm alles genommen hatte. Oder, um Damian abzuholen, der noch immer nicht zurückgekehrt war.

Ich hingegen hatte mich, da Fara keine Hilfe mehr brauchte, in mein Zimmer zurückgezogen. Dort hockte ich nun abwechselnd auf dem Bett und zerbrach mir den Kopf darüber, wie viel Aaron wohl ahnte, oder tigerte zum Fenster, um den Kanal im Blick zu behalten.

Mittlerweile war es zu beiden Uferseiten brechend voll, selbst auf den Brücken und in den Fenstern der umliegenden Häuser drängten sich die Schaulustigen und warteten auf den Triumphzug, der bald auch diesen Stadtteil erreichen musste.

Ich erinnerte mich noch daran, wie ich früher mit meinen Schwestern in der mit goldenen Fischschuppen überzogenen Gondel gefahren war. Die Tour durch die Stadt hatte stets eine gefühlte Ewigkeit gedauert. Es war anstrengend gewesen, stundenlang zu lächeln und zu winken. Und der Jubel unseres Volkes hatte mich zwar gefreut, aber zugleich auch irgendwann in meinen Ohren zu gellen begonnen …

Jetzt wurde es draußen plötzlich lauter. Die Menge geriet in Unruhe, Hexen und Hexer riefen durcheinander.

Ich öffnete das Fenster, wagte jedoch nicht, mich hinauszulehnen, wie es die umliegenden Nachbarn taten. Stattdessen verbarg ich mich halb hinter dem Vorhang und linste an dem groben Algenleinen vorbei aufs Wasser.

In diesem Moment tauchten an der Biegung bereits die ersten Boote auf. Seepferde mit perlenbesetztem Zaumzeug zogen die Gondeln des hochrangigen Militärs. Offiziere und Generäle meiner Mutter, mit spiegelnden Uniformen und sirrenden Blitzklingen am Gürtel, ließen wachsame Blicke umherschweifen.

Ich wich noch ein Stückchen weiter hinter den Vorhang zurück. Nur zur Hälfte sah ich deshalb die goldene Gondel der jüngeren Prinzessinnen, in welcher auch ich früher einmal einen Platz gehabt hatte. Jetzt thronten darauf nur noch fünf Frauen in prächtigen Roben ...

Huldvoll winkten sie dem Volk. Ihr Haar strahlte ebenso feurig wie die Mähnen der Seepferde. Und ihre Münder wirkten ein wenig verkniffen. Ja, sie waren es.

Meine Schwestern.

Tränen stiegen mir in die Augen, als Silvana Sixta, die nach mir Zweitjüngste, kurz in meine Richtung blinzelte, während Rosalia Quarta ein Spitzentaschentuch zückte und ihre Stirn damit betupfte.

Es musste in einem anderen Leben gewesen sein, als wir gemeinsam auf den königlichen Himmelbetten unserer Gemächer herumgesprungen waren und einen Rüffel von einer unserer vielen Gouvernanten bekommen hatten, weil Silvana und ich dabei auch noch schmutzige Reitstiefel getragen hatten. Zugleich kam es mir wie gestern vor ...

Das nächste Boot bog um die Ecke und die Kronprinzessin kam in Sicht. Ich schluckte.

Darjana Primellas Gondel war ebenfalls reich geschmückt. Reicher noch als die meiner übrigen Schwestern. Natürlich, so war es immer gewesen. Darjana würde eines Tages Königin werden. Doch heute, anlässlich ihrer Geburtstagsfeierlichkeiten, schien sie noch mehr über die Stränge zu schlagen, als es sonst der Fall war: Das gesamte Boot war über und über von leuchtenden Korallen bedeckt, genauso wie auch ihr ausladender Rock und die Krone in ihrem Haar. Als wäre sie keine gewöhnliche Hexe, ja nicht einmal eine gewöhnliche Prinzessin, sondern die Tochter der See selbst, aus den Tiefen des Meeresgrundes emporgewachsen.

Sie war wunderschön, blass und strahlend. Die Jahre hatten sie unserer Mutter immer ähnlicher werden lassen. Ihr Mund war beinahe ebenso schmal und ernst geworden. Und er verzog sich zu einem leicht missfälligen Ausdruck, als das Volk seine Aufmerksamkeit nicht länger ihr allein schenkte.

Denn die Gondel der Königin erschien.

Plötzlich raste mein Herz, mein Mund wurde so trocken wie der eines gestrandeten Wals. Der Jubel am Ufer ebbte schlagartig ab und wich einer Stille, die genauso ohrenbetäubend war. Als würde die ganze Stadt, ich eingeschlossen, plötzlich den Atem anhalten.

Dabei war Ihre Majestät kaum zu erkennen unter dem Baldachin aus schwarzer Muschelseide, der sie beinahe vollständig von ihren Untertanen abschirmte. Lediglich der Saum ihrer Robe lugte zwischen all dem Stoff hervor. Doch das genügte offenbar, um die Leute in eine Art Schockstarre zu versetzen.

Hatte sich meine Mutter in den letzten Jahren etwa so selten gezeigt? Warum hatte unser Volk eigentlich solche Angst vor ihr? Ich beugte mich nun doch ein wenig vor, um besser sehen zu können. Was war das für ein seltsamer Ausdruck auf den Gesichtern der Leute?

Das Blut in meinen Ohren rauschte, während außer dem Plätschern des Kanalwassers und einem gelegentlichen Schnauben der Seepferde nichts die gespenstische Ruhe zu stören wagte, die sich über die Szenerie gelegt hatte wie eine Eisglaskuppel.

Nichts, abgesehen von dem hochgewachsenen Sturmjäger, der genau den richtigen Moment abpasste, um sich von einer der Brücken über das Geländer geradewegs an Bord der königlichen Gondel zu schwingen.

Sein Haar war wild, genau wie sein Blick. Und seine Unterlippe war geschwollen, als wäre er vor nicht allzu langer Zeit in eine Prügelei geraten.

Beinahe hätte ich aufgeschrien.

Ich schlug mir die Hand vor den Mund, die Bewohner von Atlantis schienen unisono nach Luft zu schnappen.

War Aaron Adler etwa lebensmüde?

Schon drehte eines der Militärboote bei. Die Soldaten darin wirkten entschlossen. Sie würden keine Sekunde zögern, Aaron eine Klinge zwischen die Rippen zu stoßen. Die Befehle meiner Mutter, was ihre und die Sicherheit ihrer Töchter anbelangte, waren schon zu meiner Zeit erbarmungslos gewesen.

Die Blitze in ihren Händen glommen bereits auf, das elektrische Knistern zerschnitt die Ruhe vor dem Sturm wie ein düsteres Versprechen und jagte eine Gänsehaut über meinen Nacken.

Doch Aaron sank seelenruhig in eine Verbeugung, als wäre dies lediglich eine weitere Audienz. Als hätte er rein gar nichts zu befürchten.

»Majestät«, verkündete er. Seine Stimme hallte von den Häuserwänden wider. »Heute habe ich Euch 97 Blitzklingen bester Qualität geliefert. 97 auf einen Schlag. Ist das nicht die größte Ausbeute, die Ihr je von einem Sturmjäger in Empfang genommen habt?«

Weder antwortete die Königin ihm noch winkte sie ihre Wachen näher heran. Nichts schien sich unter dem Baldachin zu regen.

Aaron, der sich davon offenbar ermutigt fühlte, fuhr fort: »Leider kam es zu einem Missverständnis mit Euren Soldaten.« Er deutete auf seine malträtierte Unterlippe. »Und ich fürchte, dabei ist meine wohlverdiente Belohnung untergegangen, die Ihr mir selbstverständlich gewähren werdet, oder?«

Vereinzelte Leute am Kanalufer sogen nun scharf die Luft ein. Ich krallte meine Hände um die Kante des Fensterbretts. Aaron versuchte also, meine Mutter zum Zahlen zu zwingen, indem er sie in aller Öffentlichkeit damit konfrontierte! Natürlich war es eine Sache, wenn die Herrscherin der Tiefe ihr Wort hinter verschlossenen Türen brach, doch eine ganz andere, wenn es vor dem versammelten Volk geschah.

Dennoch, diese Aktion und allein schon die Tatsache, dass Aaron einfach so in die Gondel gesprungen war und meine Mutter auf diese Weise bedrängte ... Ich bezweifelte, dass sie sich eine solche Dreistigkeit gefallen lassen würde. Aaron kannte sie nicht so gut wie ich. Verdammt, warum hatte dieser Hitzkopf mir nicht erzählt, was er vorhatte? Ihre Majestät war unerbittlich. Nie und nimmer würde sie sich erpressen lassen – oder?

Nein, ich behielt recht: Der Rocksaum der Königin bewegte sich nun kaum merklich, als sie eine behandschuhte Hand ausstreckte und den Soldaten mit einer spärlichen Geste den Befehl erteilte, Aaron festzunehmen.

Ich blinzelte.

Eine Sekunde später zielten mehrere Klingen direkt auf Aarons Herz. Einer der Offiziere kletterte in die königliche Gondel und schickte sich an, Aaron zu fesseln. Dieser war jedoch noch nicht bereit aufzugeben.

»Wartet!«, rief Aaron und riss sich los. Eine seiner Hände schloss sich wieder einmal wie von selbst um den merkwürdigen Talisman auf seiner Brust. »Ich ... könnte Euch noch einen anderen Handel vorschlagen ...« Er räusperte sich.

Für einen winzigen Moment flackerte sein Blick in die Richtung von Faras Wohnturm und dem Vorhang, hinter dem ich hervorlugte. Plötzlich stand ihm das schlechte Gewissen ins Gesicht geschrieben und seine Lippen formten etwas, das eine Entschuldigung hätte sein können ... oder ... *versuchte er, mir irgendetwas mitzuteilen?* Was, bei allen Kesseln, hatte er vor? Mein Magen verknotete sich, während Aaron in der Gondel die Schultern straffte und sich wieder meiner Mutter zuwandte.

»Es wäre zwar ein ziemlich kostspieliger Handel, aber ich bin sicher, Ihr habt Interesse«, erklärte er. »Eure Majestät, was würdet Ihr dazu sagen, wenn ich Euch zusätzlich zu den 97 Klingen noch etwas anderes lieferte? Etwas, das Ihr bereits seit über vier Jahren –«

Er brach mitten im Satz ab und schüttelte den Kopf, als fiele es ihm schwerer, als er erwartet hatte, die nächsten Worte auszusprechen.

»Etwas, das Ihre Majestät seit über vier Jahren *was*?«, knurrte der Offizier und richtete seine Klinge auf Aarons Kehle. »Komm schon, Bürschchen, es reicht!« Er packte ihn grob am Arm.

Auch meine Mutter trat mittlerweile von einem Fuß auf den anderen. Ihr Geduldsfaden würde jeden Augenblick reißen.

»Etwas, das Ihr bereits seit über vier Jahren sucht«, fuhr Aaron nun tonlos fort, aber seine Stimme hallte über das Wasser und die gebannte Menge, als hätte er geschrien.

Mir wurde mit einem Schlag eiskalt. *Nein!* Ich biss auf die Innenseite meiner Wangen und schmeckte Blut. Verflucht, das konnte nicht wahr sein! Doch da atmete Aaron bereits tief ein und wieder aus.

»Es geht um die Prinzessin Undina Severina Mare«, sagte er und entwand sich dem Griff des Offiziers. »Sie ist hier.«

Meine Welt zersplitterte.

Er hatte es herausgefunden!

Und er hatte mich verraten.

Während Aaron den Soldaten erklärte, wo genau sie mich finden würden, stand ich wie vom Donner gerührt da und konnte keinen Muskel regen.

Nichts.

Mein Geist musste meinen Körper wohl irgendwie verlassen haben, denn ich hatte mit einem Mal das Gefühl, mich selbst von außen zu betrachten. Als schwebte ich ein Stück über mir und beobachtete von oben meine schmale Gestalt mit dem knotigen Haar.

Lauf weg! Versuch doch wenigstens zu fliehen!, wollte ich mir selbst zurufen, schaffte es jedoch nicht.

Schwere Stiefel stampften derweil die Stufen des Turms hinauf. Dazu dröhnende Stimmen, die Befehle brüllten.

Und Fara, die etwas rief. Offenbar versuchte sie, die Männer der Königin aufzuhalten. Aber natürlich hatte sie keine Chance. Sie schrie auf. Vielleicht, weil sie zur Seite gestoßen wurde?

Die Schritte näherten sich jedenfalls weiter, während draußen im Kanal ein Raunen durch die Menge ging.

»Sie ist hier«, hörte man die Leute murmeln.

»Wo?«

»Dort drüben, in einem der oberen Stockwerke!«

»Wirklich? Aber hieß es nicht, sie wäre längst tot?«

»Ja.«

»Vielleicht war das ein Irrtum?«

Mir wurde schwindelig. Ohne es zu bemerken, hatte ich schon wieder aufgehört zu atmen und heute war kein Aaron zur Stelle, um mich wieder zu beruhigen. Im Gegenteil, er hatte überhaupt erst dafür gesorgt, dass ich in diesen Zustand geraten war und –

Nein, ich konnte jetzt nicht über ihn nachdenken.

Ich konnte überhaupt nicht mehr denken.

Jemand rüttelte an meiner Tür. Hatte ich sie abgeschlossen? Ich erinnerte mich nicht, doch so musste es wohl gewesen sein.

»Prinzessin Undina!«, brüllte jemand. »Wir wissen, dass Ihr hier seid.«

Ach ja?, dachte ich. War ich das? War ich überhaupt noch diese Person, nach der sie suchten? *Undina Severina Mare ...* Wer sollte das bitte sein? Hatte ich mich nicht in den letzten Jahren mehr und mehr in Robin, das Waisenmädchen, verwandelt?

Genug, ich musste handeln. Jetzt.

Endlich schnappte ich nach Luft, verlor dabei das Gleichgewicht und klammerte mich reflexartig am Bettpfosten fest. Mein Überlebenswille war wohl doch stärker als meine Angst, jedenfalls –

Holz splitterte.

Im nächsten Moment war ich bereits auf das Fenstersims gesprungen. Der feuchtmodrige Geruch des Kanalwassers schlug mir mit neuer Intensität in die Nase, in der Gasse unter mir wirbelten zahlreiche Köpfe in meine Richtung herum.

Und meine Füße fanden kaum Halt auf dem schmalen Vorsprung.

»Ist sie das?«, rief jemand.

»Die sieht doch gar nicht aus wie die Prinzessin. Viel zu unscheinbar.«

Unterdessen rupfte ich mir mein Zopfgummi vom Kopf, sodass mir das Haar ins Gesicht fiel und meine Züge wenigstens ein wenig vor den neugierigen Blicken abgeschirmt wurden. Allein das Wissen, dass meine Mutter mich gerade beobachtete, hätte mich beinahe wieder gelähmt. Allerdings war dies wohl eindeutig der Punkt, an dem ich mir nicht einmal mehr den Luxus der Furcht leisten konnte.

Hastig schob ich mich seitwärts an der Wand des Turms entlang und kämpfte gegen das Zittern meiner Knie an. Ich befand mich verdammt hoch über dem Kopfsteinpflaster, auf keinen Fall durfte ich abrutschen und in die Tiefe stürzen.

Meine Finger krallten sich in den von Muschelsplittern durchsetzten Putz und mein Herz schlug mir bis zum Hals. Aber wenigstens bildeten mein Körper und mein Geist nun wieder eine Einheit. Also arbeitete ich mich weiter in Richtung des angrenzenden Raumes vor. Vielleicht, wenn es mir gelänge, zwei weitere Simse zu überqueren, dann die Feuerleiter zu erreichen und –

Ich zuckte zusammen, als der Soldat, der die Tür eingetreten hatte, seinen Kopf nun aus dem Fenster streckte, aus dem ich gerade erst geklettert war.

Der Kerl mochte um die 40 sein und seine spitze Nase vibrierte beim Sprechen. »Bleibt stehen!«, befahl er mit undurchdringlicher Miene. »Ihr könnt nicht entkommen, das gesamte Regiment ist hier.«

Statt zu antworten, machte ich einen Satz nach links. Ein gewagtes Manöver, doch schon im nächsten Moment spürte ich einen weiteren Vorsprung unter meinen Füßen. Ich schwankte noch einen Augenblick, dann fand ich meine Balance wieder.

»Das war knapp«, murmelte irgendwer irgendwo in der Tiefe und ich wollte schon weiterhasten, die Feuerleiter war nur noch wenige Meter entfernt.

Da wurde das Badezimmerfenster in meinem Rücken aufgerissen und kaum einen Herzschlag später fühlte ich die Hitze einer Blitzklinge an meinem Hals.

»Sie verwechseln mich«, krächzte ich und versuchte, mich so weit wie möglich von der sirrenden Klinge wegzulehnen. »Ich –«

»Keinen Ton!«, knurrte ein jüngerer Kollege des Soldaten mit der zitternden Nase. Der Kerl war muskulös und grobschlächtig. Die blassblaue Uniform des Offizierskorps spannte an seinen Schultern, als er mich so rabiat packte, dass ich beinahe doch noch abgestürzt wäre, wenn er mich nicht zurück ins Innere des Turms gezogen hätte. Mit einem triumphierenden Lächeln stieß er mich vor sich her, als wäre ich eine Art seltenes Tier oder so, das er erbeutet hatte. Eine Trophäe, die ihm Ruhm und Ehre einbringen würde.

Verdammt!

Plötzlich drängte alles in mir danach, den Ostwind herauf- zubeschwören und mir einen Kampf auf Leben und Tod mit diesem Typen zu liefern, der mich jetzt unsanft durch die nächste Tür bugsierte. Na und? Dann wartete dort unten eben die halbe Armee auf mich. Ganz zu schweigen von meiner Mutter höchstpersönlich.

Mir blieb dennoch nur die Flucht nach vorn, oder?

Schon schwoll in meiner Kehle jene uralte Melodie an, die einen ganzen Sturm herbeizurufen in der Lage wäre. Dazu wand ich mich, trat um mich, um die Zeit zu überbrücken, die mein Freund, der Ostwind, benötigen würde, um Atlantis zu erreichen.

Der Soldat fluchte, als ich sein Schienbein traf. Doch er zögerte keine Sekunde. Seine Blitzklinge versengte mich, schnitt einfach in die empfindliche Haut über meinem Schlüsselbein.

Ich sog scharf die Luft ein, glühender Schmerz durchzuckte mich und mein Gesang riss ab.

Der Geruch von verbrannter Haut ließ Übelkeit in mir auf- steigen.

»Seid ruhig, habe ich gesagt!«, fuhr der Soldat mich an. Seine schwielige Hand legte sich über meinen Mund und presste meine Zähne zusammen, sodass ich ihn nicht beißen konnte. Dann versetzte er mir einen Stoß und ich fiel die Stu- fen der Wendeltreppe mehr hinab, als dass ich lief.

Unten angekommen packte mich nun auch der ältere Sol- dat, der in meinem Zimmer gewesen war. Verzweifelt bäumte ich mich auf und versuchte, dem Kerl seine Klinge zu entreißen, um mich wenigstens verteidigen zu können. Ich hatte es schließlich mit einem Rudel Donnerdrachen aufgenommen, was wären dagegen schon ein paar Soldaten? Wenn ich nur irgendwie eine Waffe in die Finger kriegen könnte! Doch es war aussichtslos.

Während ich die Tränen zurückdrängte, die mir ohne Vorwarnung in die Augen geschossen waren, schleppten und schleiften die beiden Soldaten mich nach draußen.

Erst an der Ladentür bemerkte ich Fara.

Aschfahl und mit weit aufgerissenen Augen sah sie mich von der Verkaufstheke her an. Ihre Hände umklammerten noch immer den Lappen, mit dem sie die Kasse poliert hatte. Würde ich noch eine Gelegenheit bekommen, ihr alles zu erklären und mich bei ihr zu entschuldigen?

Unsere Blicke trafen sich.

Dann schwang die Tür ins Schloss und ich konzentrierte mich darauf, stur geradeaus zu sehen.

Nur am Rande registrierte ich, wie man mich hier draußen erst recht anstarrte. Wie die Menge vor unserem kleinen Tross zurückwich, sich teilte, um den Weg zum Kanal freizugeben. Noch immer hielt man mir den Mund zu. Noch immer drohte die Blitzklinge, mir bei einem falschen Schritt die Kehle aufzuschlitzen.

Und da begriff ich, dass die Sache endgültig entschieden war: Ich würde meiner Mutter also gegenübertreten. Meine größte Angst wurde Wirklichkeit und irgendwo in meinem

Inneren musste ich die Stärke finden, der Königin nach allem, was geschehen war, wieder in die Augen zu sehen.

Allerdings brachten die Soldaten mich nicht direkt zur Gondel Ihrer Majestät der Tiefe, sie steuerten auf eines der Militärboote zu.

Irgendjemand fesselte mir die Handgelenke auf dem Rücken, die Klinge tanzte erneut gefährlich nah über meiner Halsschlagader. Und dann traf mich der Griff einer Waffe am Hinterkopf und ich stürzte vornüber an Bord.

Ich war leicht benommen und mein Schädel brummte, als wir etwa eine Stunde später, vielleicht waren es auch zwei (ich war schließlich nicht ganz bei mir gewesen), den königlichen Schiffsanleger in einer Grotte des Palastfelsens erreichten.

Über Treppen und Stiegen aus Lavagestein brachte man mich nach oben. Noch immer waren es dieselben beiden Soldaten, die mich mit ihren Klingen in Schach hielten, doch inzwischen umringte uns ein ganzes Dutzend ihrer Kameraden.

Die Schritte ihrer schweren Stiefel hallten durch die Korridore und der kaum wahrnehmbare Duft von Meeresseide umfing mich so unerwartet, dass es mich für einen winzigen Augenblick tatsächlich in meine Kindheit zurückversetzte. Als dieses Schloss mein Spielplatz und meine Zukunft noch ein schillerndes Märchen gewesen war …

Dann betraten wir die *Gläsernen Hallen*.

Wie die Kuppel, welche Atlantis überspannte, bestanden auch die Thronsäle Ihrer Majestät gänzlich aus hartem, glänzendem Eisglas. So kam es, dass man von hier oben nicht nur die gesamte Stadt überblicken konnte, sondern zugleich freie Sicht auf die See selbst hatte. Tiefblau, beinahe schwarz lagen die Fluten über den Decken und tauchten die Hallen in ein dunkles Leuchten, dann und wann durchsetzt vom Glimmen bizarrer Tiefseebewohner. Selbst die schillernden Böden reflektierten das Farbenspiel des Meeres und der aus Glas und Perlen errichtete Thron Ihrer Majestät erschien wie ein sagenumwobener, versunkener Schatz, der hier im Verborgenen darauf wartete, gefunden zu werden.

Obwohl Hunderte ausladender Sessel seiner Größe in den weitläufigen Hallen Platz gehabt hätten, war er das einzige Möbelstück weit und breit. Sämtliche Wachen, die an den Türen positioniert waren, mussten natürlich stehen.

Und selbst die Königin setzte sich nur selten, zumeist veranlassten ihre Staatsgeschäfte sie, unruhig auf und ab zu gehen. Jedenfalls war es früher so gewesen.

Heute saß meine Mutter nämlich doch auf ihrem Thron und beobachtete, wie ihre Männer mich zu ihr führten. Ihr Gesicht war eine Maske, kein Muskel regte sich, kein Zucken verriet, was sie bei meinem Anblick empfand. Tatsächlich hatte ich das Gefühl, ihr Blick ginge geradewegs durch mich hindurch. Als wäre ich überhaupt nicht zurückgekehrt. Oder als verdiente ich nicht einmal mehr, von ihren königlichen Augen betrachtet zu werden.

Ihr erneut gegenüberzustehen, erfüllte mich mit flirrender Nervosität. Ich presste die Zähne zusammen.

Die Falten um ihren schmalen Mund hatten sich in den letzten Jahren wirklich noch tiefer in ihre Züge gegraben. Und der strenge Knoten, in dem sie ihr korallenfarbenes Haar trug, ließ sie noch älter aussehen. Oder war es das schwarze Kleid, das sie so blass machte?

Sie nickte den Soldaten zu und die Klinge vor meiner Kehle verschwand ebenso wie die Hände, die meine Ellenbogen festgehalten hatten. Dann entfernte sich meine Eskorte und ich stand allein vor meiner Mutter.

Ihrer Majestät der Tiefe, der alle sieben Weltmeere untertan waren. Und nicht nur diese. Meiner Mutter, die mich vor viereinhalb Jahren zum Tode verurteilt und ein Kopfgeld auf mich ausgesetzt hatte.

Meine Handgelenke waren noch immer hinter meinem Rücken zusammengebunden, die Wunde an meinem Hals pochte und ein paar wirre Strähnen klebten mir in der Stirn. Dennoch stand ich kerzengerade da und wartete.

Ich wartete, bis die Königin schließlich langsam, unendlich langsam, den Kopf in meine Richtung wandte und mich nur sehr beiläufig musterte.

Dann schaute sie wieder weg, lenkte ihren Blick stattdessen auf irgendetwas hinter mir, am anderen Ende der Halle. Etwas, das womöglich interessanter war als ich. Oder wichtiger.

»Sie hat sich verändert«, sagte sie leise. »Aber sie ist es.«

Ihre Stimme, die ich so lange nicht mehr gehört hatte, jagte eine Gänsehaut über meinen Nacken.

»Dann werden wir uns also einig?«, fragte Aaron und nun fuhr ich doch herum.

Seine breitschultrige Gestalt und die dunklen Locken zwischen den Wachen an einem der Seiteneingänge zu entdecken, tat beinahe genauso weh, wie meiner Mutter zu begegnen. Oder von einer Blitzklinge versengt zu werden. *Aaron Adler. Wieso tat er mir das an? Erst küsste er mich und dann verkaufte er mich einfach so? Für einen dämlichen Sack voller Hagellinge?*

Ich ballte die gefesselten Hände zu Fäusten.

Aaron war bleich wie ein Mondfisch. Seine Augen weiteten sich, als er mich ansah, und seine Nasenflügel blähten sich bei jedem Atemzug. Zudem zuckte seine linke Braue ziemlich merkwürdig ...

Der Kerl hatte echt Nerven! Ich funkelte ihn an.

»Bezahlt den Mann«, willigte die Königin nun tatsächlich ein, aber das genügte Aaron nicht.

Er hatte seine Gesichtszüge unter Kontrolle gebracht und räusperte sich. »Was ist mit dem Posten meines Vaters?«, fragte er, ohne jedoch den Blick von mir zu wenden. Seine Stimme bebte, als müsste er sich zusammenreißen, nicht schon wieder irgendetwas Unüberlegtes zu tun.

Ihre Majestät seufzte. »Von mir aus.«

Aaron nickte knapp. »Ich danke Euch.«

Er verneigte sich. Einen Herzschlag lang zögerte er noch, dann machte er – ich konnte es noch immer nicht fassen – auf dem Absatz kehrt und ließ mich einfach zurück.

Allein mit meiner Mutter.

Ich schluckte.

Erneut dauerte es eine ganze Weile, bis die Königin sich dazu herabließ, sich mit mir zu befassen.

»Undina«, sagte sie schließlich und auch aus ihrem Mund klang mein Name inzwischen wie ein Schimpfwort.

»Mutter«, erwiderte ich tonlos.

Ich verbeugte mich und als ich wieder aufsah, hatten sich die Lippen Ihrer Majestät in eine dünne Linie verwandelt.

»Viereinhalb Jahre«, murmelte sie und umfasste die kostbaren Armlehnen ihres Throns. »Ich dachte, du wärst tot, gestorben bei der Explosion ... oder zumindest auf der Flucht danach.«

Ich schwieg.

Wieder an diesem Ort zu sein, fühlte sich vollkommen surreal an und die Erinnerungen an längst Vergangenes drängten nun mit jedem Herzschlag stärker zurück in mein Bewusstsein. Bilder von mir und den jüngeren meiner Schwestern, die sich trotz der Schlafenszeit auf einen der Bälle hierhergeschlichen hatten, wirbelten durch meinen Kopf. Meine Mutter hatte einen Walzer mit Abraham Adler getanzt, ich hatte mich hinter dem Thron versteckt und das Orchester war dort hinten positioniert gewesen, wo Aaron gerade noch –

»Das wäre jedenfalls besser gewesen«, fuhr die Königin fort und zerstörte damit auch den letzten Hauch von Nostalgie, die ich für diese Hallen empfunden hatte.

»Tut mir leid, dich enttäuschen zu müssen«, sagte ich.

»Nun.« Die Lippen meiner Mutter wurden noch eine Spur schmaler. »Was du getan hast, war Hochverrat und kann niemals entschuldigt werden.«

»Ich weiß«, entgegnete ich und reckte dennoch das Kinn. »Aber ich war erst zwölf Jahre alt und habe die Konsequenzen nicht richtig eingeschätzt. Im Grunde wollte ich nur helfen.«

»Das ist keine Entschuldigung.«

»Nein.«

Ihr Blick bohrte sich in meinen und ihr Gesicht bekam diesen erbarmungslosen Ausdruck, mit dem sie auch gegenüber ihrem Volk Recht zu sprechen pflegte.

Mir wurde kalt, zugleich traten mir Schweißperlen auf die Stirn.

Würde sie das Urteil jetzt vollstrecken? Natürlich, ich war nicht umsonst jahrelang vor ihr geflohen. Doch konnte sie denn nicht wenigstens ansatzweise verstehen, warum ich es getan hatte? War sie nicht trotz allem noch immer meine Mutter?

»Es ging mir wirklich nur darum, das Orakel zu befreien«, erklärte ich. »Ich dachte, nachdem unsere Familie es so viele Generationen lang gefangen –«

»Du zwingst uns in einen Kampf, den wir kaum gewinnen werden, Undina!«, rief die Königin so plötzlich, dass die Wachposten an den Türen alarmiert die Blitzklingen zückten.

Ihr elektrisches Sirren erfüllte die Hallen, als befänden wir uns mit einem Mal inmitten eines Schwarms von Zitteraalen.

»W…wie meinst du das?«, stammelte ich gegen das allgegenwärtige Knistern an.

»Unser Volk steht vor der schwierigsten Aufgabe, die es je bewältigen musste. Und wir werden es ohne das *Amulett der Winde* tun müssen. Deinetwegen«, erklärte sie tonlos.

Ich schnappte nach Luft. »Was passiert ist, tut mir sehr leid, ehrlich. Ich habe einen Fehler gemacht. Aber vielleicht kann ich ja helfen, alles wieder in Ordnung zu bringen?«

Meine Mutter würdigte diesen Vorschlag nicht einmal einer Antwort, doch ich ließ nicht locker.

»Von was für einer Aufgabe sprichst du? Und von welchem Kampf? Was geht hier unten überhaupt vor sich? Ich meine, in der Stadt sind diese Herzogisten und behaupten wer weiß was über meinen Vater und irgendeinen Krieg. Und du hast von den Donnerdrachen gehört, oder? *Sie kommen an Land und greifen die Menschen an!* Ich glaube, es war auch ein Herzogist, der das Haus an der Oberfläche, in dem ich gewohnt habe –«

»Schweig!« Sie erhob sich von ihrem Thron. »Das ist genug.«

»Aber –«

»Ich werde nicht mit dir darüber sprechen. Nein, du hast wahrlich genug angerichtet, *Tochter*! Dir kann man nicht trauen.« Meine Mutter winkte die Soldaten herbei und raffte ihre Röcke. »Schafft sie weg!«, befahl sie. »Sofort.«

Sogleich spürte ich wieder eine Klinge an meinem Hals. Man packte mich grob. Doch selbst das schien der Königin nicht schnell genug zu gehen. Noch vor mir und meiner bis an die Zähne bewaffneten Eskorte verließ sie selbst eiligen Schrittes die *Gläsernen Hallen*.

Als hätte ich sie vertrieben.

18

Finsternis

$\mathcal{I}$ch hatte angenommen, die gesamten Kerkeranlagen wären damals bei der Explosion zerstört worden, doch ich hatte mich geirrt. Ein Großteil der Verliese war dem Unglück zwar zum Opfer gefallen und fast alle Gefangenen hatten entkommen können, aber ein paar Zellen schienen den Vorfall sogar beinahe unbeschadet überstanden zu haben.

In einer davon ließ man mich nun schmoren.

Der Raum war schmal und leer bis auf die hölzerne Pritsche, die mittels zweier Ketten im Lavafels befestigt worden war. Lampen oder Fenster gab es keine, abgesehen von der Luke in der Zellentür, durch die man mir kurz nach meiner Ankunft eine Schüssel schleimigen Breis geschoben hatte.

Und es war schrecklich kalt.

Seit etwa drei oder vier Stunden, so schätzte ich zumindest, bibberte ich nun schon in meinem Seetanggarn-Kleid vor mich hin. Dabei lauschte ich auf das Plätschern des kleinen

Bachs, der sich einen Weg durch die Ritzen im Gestein gebahnt hatte und einmal quer durch die Zelle floss, sodass ich nasse Füße bekam, wenn ich aufstand.

Schlimmer als Kälte und Dunkelheit war allerdings die Ungewissheit. Was würde als Nächstes geschehen? Hatte meine Mutter vor, mir den Prozess zu machen? Oder plante sie, mich hier unten verrotten zu lassen? Und welche Aussicht war eigentlich weniger niederschmetternd?

Natürlich hatte ich versucht, meine Kräfte herbeizurufen. Doch die Kerker waren noch immer mit einem Bann belegt, der jedwede Hexenmagie unterband. Nicht einmal der Ostwind konnte mir hier unten also Gesellschaft leisten.

Nun war ich also wirklich vollkommen allein. Allein mit einer Mischung aus Angst und Zorn und einer ganzen Menge Ideen für Unfälle, die ich Aaron an den Hals wünschte, weil er mich in diese Lage gebracht hatte. (Eine Begegnung mit einer Herde wilder Fischweiber zählte dabei zu den harmloseren Varianten.) Wie hatte ich mich nur dermaßen in diesem Jungen täuschen können? Hoffentlich rostete sein Kesselsegler ihm bei der nächsten Fahrt unter dem Hintern weg!

Noch nie zuvor hatte ich mich so verraten gefühlt! Ob meine Mutter eine ähnliche, alles verschlingende Leere in sich spürte, wenn sie an mich dachte?

Ich rutschte auf der unbequemen Pritsche hin und her und rieb mir über die Oberarme, um mich zu wärmen. Schlafen würde ich heute Nacht bestimmt nicht. Ich schnaubte.

Dann ertönte plötzlich eine Stimme.

»Undina Severina Mare«, wisperte es kaum hörbar. »Holde Prinzessin.«

Natürlich musste das Einbildung sein, ich hatte mich schließlich mehrfach versichert, allein in dieser Zelle zu hocken. So ein Mist! Es war allgemein bekannt, dass die Gefangenen Ihrer Majestät früher oder später wahnsinnig wurden. Mich überraschte allerdings, dass es so schnell ging. Schon am ersten Tag Stimmen zu hören, die in Wirklichkeit gar nicht da waren, stufte ich als schlechtes Zeichen ein.

Oder gab es noch eine andere Erklärung?

Nach einer Weile rollte ich auf meinem harten Lager zur Seite, blinzelte in die Schwärze darunter und streckte vorsichtig die Hände aus.

»Hallo?«, flüsterte ich zurück. »Ist da jemand?«

»Undina Severina Mare.«

Jetzt erklangen die Worte sogar noch leiser. So leise, dass es ganz sicher nur meine eigenen Gedanken waren. Meine Fingerspitzen tauchten in das eisige Wasser. Hastig zog ich sie zurück. Im selben Moment wurde das Wispern von einem anderen Geräusch abgelöst: Etwas klapperte ganz in der Nähe der Zellentür. Aber nicht so wie der Riegel, der die Essensklappe verschlossen hielt. Eher wie ein ... *Schlüsselbund!*

Ich setzte mich auf.

Türangeln quietschten, zugleich fiel ein Lichtstrahl auf mich, so gleißend, als wäre die Sonne selbst im Meer versunken, um mich zu verbrennen.

Ich kniff die Augen zusammen und war zunächst zu geblendet, um etwas zu erkennen. Das Rascheln einer Robe aus Meerseide ließ mich erschaudern. War das die Königin?

»Undina«, sagte eine Stimme, die jünger klang als die meiner Mutter. »Stimmt es tatsächlich? Bist du zurückgekehrt?«

Ich blinzelte in die Helligkeit. Noch immer sah ich alles verschwommen. Doch ich machte die Umrisse einer Frau mit korallenrotem Haar aus, das genauso knotig und störrisch wie meins zu sein schien und sich an zahlreichen Stellen aus der Hochsteckfrisur an ihrem Hinterkopf hervorkämpfte.

»S…Silvana?«, stotterte ich.

Die Gestalt nickte und stellte ein Quallenlicht neben sich auf den Boden.

»Silvana!« Ich sprang auf und fluchte, als ich mit beiden Füßen im Wasser landete.

Dennoch entging es mir nicht, dass meine Schwester vor mir zurückzuckte.

»Äh, keine Sorge. Ich tue dir nichts«, stammelte ich und zeigte meine leeren Handflächen, was vermutlich ziemlich idiotisch aussah, sie aber zu beruhigen schien.

Endlich hatten sich meine Augen an das Licht gewöhnt und nun erkannte ich die Züge meiner kleinsten großen Schwester. Silvana, die sechste Tochter der Königin. Sie war drei Jahre älter als ich und sah inzwischen richtig erwachsen aus. War das etwa ein Ehering an ihrem Finger?

Sie musterte mich eingehend. »Du bist es wirklich«, murmelte sie mit erstickter Stimme. »Geht es dir gut? Wie hast du es geschafft zu entkommen? Und was ist mit deinen hellen Locken passiert? Wir dachten, du wärst tot!«

Ihre letzten Worte gingen in einem Schluchzen unter und auch mir kullerte nun eine Träne über die Wange, so sehr rührte es mich plötzlich, sie wiederzusehen.

»Ich habe mich bei den Menschen versteckt und so getan, als wäre ich eine von ihnen«, erklärte ich ihr. »Ach, es war schrecklich! Ich habe euch alle so, so vermisst!«

Ich machte einen Schritt auf sie zu, um sie zu umarmen. Doch sie wich schon wieder zurück und das brachte mich erst recht zum Weinen. »Bitte, hab doch keine Angst vor mir, Silvana!«

Sie hob die Brauen. »Aber wie könnte ich mich nicht vor dir fürchten, Undina? Natürlich habe ich Angst. Ist dir überhaupt bewusst, was du angerichtet hast?«

»Nun …« Ich räusperte mich, dachte an das verlorene Amulett, die entkommenen Gefangenen und das Loch im Palastfelsen. Sicher, was in jener Nacht geschehen war, hatte ich noch eisglasklar vor Augen. Bloß war ich geflohen, hatte fliehen *müssen*, ohne zurückzublicken. Und jetzt verstand ich nur noch sehr wenig. »Nein, wenn ich ehrlich bin, nicht«, räumte ich ein. »Ich habe vielleicht eine Ahnung, aber …« Ich zuckte mit den Achseln.

Silvana nickte. »Das dachte ich mir.« Sie machte Anstalten, meine Zelle wieder zu verlassen.

»Warte!«, entfuhr es mir. »Bitte, geh noch nicht. Erklär mir doch, was los ist.«

Meine Schwester presste für einen Moment die Lippen aufeinander. Ihr Blick huschte zur Tür.

»Bitte! Was macht unserem Volk so zu schaffen?«

»Das ist nicht leicht zu erklären und ich darf nicht lange hier bleiben, sonst erwischen sie mich und ...« Sie seufzte. »Okay, hör zu: Es ist natürlich das Klima«, begann sie hastig und knetete ihre Hände. »Wie du weißt, können wir die Wetter bereits seit einigen Jahrzehnten immer schlechter kontrollieren. Stürme werden heftiger, Hitzewellen und Dürren extremer, genauso wie Schneefälle. Gletscher und Polkappen schmelzen, Permafrostböden tauen auf und lassen giftiges Methan in die Atmosphäre entweichen, Meeresspiegel steigen. Unser Volk ist inzwischen am Ende seiner Kräfte. Bisher haben wir es meistens noch irgendwie geschafft, die schlimmsten Katastrophen abzuwenden. Doch in letzter Zeit gelingt es uns immer seltener, Sturmfluten oder Erdbeben zu verhindern.« Sie hob die Augenbrauen. »*Irgendetwas* davon hast du aber schon mitbekommen, oder? Davon, dass uns das Gleichgewicht der Wetter entglitten ist?«

Ich nickte.

»So hinterwäldlerisch habe ich nicht gelebt. Der Klimawandel ist auch unter den Menschen bekannt. Sie haben ihn schließlich verursacht und versuchen gerade ebenfalls, etwas dagegen zu unternehmen.«

Gehörte Silvana etwa zu der Fraktion, die mir plötzlich die Schuld für alle Übel dieser Welt in die Schuhe schieben wollte?

»Aber denkst du nicht, dass es etwas extrem ist, jetzt zu behaupten, *ich* –«, setzte ich an.

»Natürlich«, unterbrach sie mich. »So habe ich das nicht gemeint.«

Ich atmete auf, allerdings nur für etwa drei Sekunden.

»Allerdings hätte unsere Mutter mit dem *Amulett der Winde* vermutlich die Macht besessen einzugreifen, die großen Winde zu vereinen und vielleicht sogar eine neue Eiszeit einzuläuten. Immerhin besaß das Amulett die ursprüngliche Magie des Urkessels.«

Ich nagte an meiner Unterlippe. Auch diese Geschichten wurden immer wieder in den Städten der See besungen: wie die allerersten Hexen, meine Ahnen, einst in einer Höhle am Meer den Urkessel fanden, in welchem die Götter am Anbeginn der Zeiten die Ursuppe kochten und so das Leben erschaffen hatten. Unsere Ahnen hatten darin die ersten Wetter zusammengerührt, ihn schließlich eingeschmolzen und aus seinem Metall einen Amboss gegossen, um die älteste aller Blitzklingen zu schmieden. Und ein Tropfen des flüssigen Metalls, der dabei versehentlich in den Sand fiel, war zum *Amulett der Winde* geworden. Dem Insigne des Königtums, dessen Magie allerdings, soweit bekannt war, noch niemals zuvor eingesetzt worden war …

»Aber …« Ich biss mir heftiger auf die Lippe. »Niemand weiß, ob unsere Mutter mit dem Amulett wirklich all diese Dinge hätte tun können«, warf ich ein. »Das sind nur Spekulationen.«

Silvana lauschte ängstlich auf den Gang hinaus. »Schon«, presste sie hervor. »Bloß, das Volk verliert das Vertrauen. Es glaubt nicht, dass unsere Familie die Probleme in den Griff bekommen kann. Manche verlangen bereits die Abdankung.« »Herzogisten«, murmelte ich.

»Richtig. Man munkelt, unser Vater sei ebenfalls noch am Leben und wieder auf freiem Fuß seit deinem, nun ja, seit deinem Attentat auf die Kerker.«

Das Wort »Attentat« versetzte mir einen Stich. Ich schluckte, betrachtete Silvanas winzigen Mund, der dem der Königin so ähnlich war. Als Kind war mir das nie aufgefallen.

»Also hat unsere Mutter ihn damals wirklich nicht hinrichten lassen?«, flüsterte ich schließlich.

Silvana zuckte mit den Achseln. »Wer weiß. Sie schweigt dazu. Wie immer.«

Meine Schwester lehnte inzwischen mit den Schultern an der Tür. So weit wie möglich von mir entfernt, so schien es mir, und bereit, jederzeit aus der Zelle zu stürzen. Doch wenigstens redete sie mit mir und gab mir so die Chance zu verstehen, wie es um unsere Welt stand.

»Manche behaupten, er wolle eine Art Arche für uns Hexen und die Wesen der Tiefe bauen und die Menschen ihrem Schicksal überlassen. So wie damals, als die Dinosaurier ausstarben«, erklärte sie mir mit gedämpfter Stimme. »Andere sagen, die Herzogisten planen, jegliche Wettermagie einzustellen und unter dem Meer abzuwarten, bis das Leben an der Oberfläche sich selbst ausgerottet hat. Das Schlimme ist, dass immer mehr Leute diese Idee gut finden. Kannst du dir das vorstellen, Undina? Dass wir die Menschen einfach aufgeben? Das wäre so …«

»Es würde allem widersprechen, wofür wir stehen«, murmelte ich. »Das müssen wir verhindern!«

Silvana hob abwehrend die Hände. »Wir?«

»Nun, irgendjemand muss es tun. Und ich habe keine Ahnung, was unsere Mutter im Schilde führt, also …«

»Niemand kennt ihre genauen Pläne. Aber ich schätze mal, sie will ebenfalls gegen die Herzogisten vorgehen. Und gegen alle anderen, die an ihrem Herrschaftsanspruch zweifeln. Auf jeden Fall scheint sie noch viel mehr Waffen zu fordern. Dieser Aaron Adler, das neue Ratsmitglied, hat sogar schon verkündet, ihr in Kürze einen ganzen Haufen weiterer Klingen zu liefern.«

Meine Zähne knirschten aufeinander. »Verstehe«, sagte ich. »Dann haben wir also zumindest einen gemeinsamen Feind, oder?«

»Kann sein.« Silvana seufzte. »Aber ich kapiere nicht, was das bringen soll. Du sitzt fest und ich … ich dürfte nicht einmal hier sein. Wenn jemand erfährt, dass ich mit dir gesprochen habe …« Sie trat von einem Fuß auf den anderen und nestelte am Stoff ihres ausladenden Rocks herum. »Du warst schon immer die Einzige von uns, die kämpfen konnte und sich auch mal etwas getraut hat.«

Ja, deshalb war das hier ja jetzt mein neues Zuhause.

»Bitte, sieh mich nicht so an! Ich bin nicht gut in solchen

Dingen und es wird sowieso höchste Zeit für mich zu verschwinden«, fuhr Silvana fort. Sie wandte sich zum Gehen und ihre Bewegungen wurden mit einem Mal fahrig, als wäre ihr gerade erst klar geworden, dass es sogar noch größere Gefahren barg, sich mir zu nähern, als sie angenommen hatte.

»Es war schön, dich wiederzusehen, Undina«, murmelte sie mit erstickter Stimme.

»Gleichfalls«, nuschelte ich.

Dann quietschten die Angeln der schweren Kerkertür und einen Herzschlag später war ich wieder allein. Allein mit meiner Fantasie, den Stimmen in meinem Kopf und all den Sorgen um die Zukunft meines Volkes.

Aber wenigstens hatte Silvana mir das Quallenlicht dagelassen.

19

Wiedersehen

Minuten und Stunden rauschten in einem Strom der Monotonie an mir vorbei. Irgendwann schlief ich wohl doch ein und als ich erwachte, stand eine neue Breischüssel auf dem Zellenboden. Möglicherweise war also bereits der nächste Tag angebrochen.

Ich hatte keine Ahnung, wie spät es war und was außerhalb meiner schmalen Zelle vor sich gehen mochte. Wenn die Königin meinen Tod wollte, worauf wartete sie dann noch? Jagten Aaron und Damian bereits wieder neue Blitze? Was war mit den Donnerdrachen an der Küste? Und wie ging es wohl Fiona und Louisa?

»Undina Mare«, flüsterte es zum etwa hundertsten Mal, doch ich beachtete es nicht.

Stattdessen stellte ich mir Dinge vor, um meinen Geist zu beschäftigen und gegen den Wahnsinn anzukämpfen. Bei meinen frühsten Kindheitserinnerungen fing ich an. Damit, wie ich als Dreijährige vom Arm meiner Gouvernante aus nach der Blitzklinge eines Soldaten geangelt hatte. Es folgten die Spiele mit meinen Schwestern, der Unterricht in unserer kleinen Palastschule und mein Training mit Abraham Adler. Etwa am frühen Nachmittag (zumindest, wenn man die Breischüsseln zählte) kam ich bei meinem zwölften Geburtstag an. Genauer gesagt, bei jener Nacht, in der ich das Amulett hier heruntergebracht hatte …

Ich versuchte, mir ins Gedächtnis zu rufen, welchen Weg ich genommen hatte, und langsam (wohl auch dank meiner zahlreichen Albträume in den letzten Jahren) setzte sich das Bild zusammen.

Mit geschlossenen Augen lag ich auf meiner Pritsche und konzentrierte mich.

Schon echote wieder einmal das Rascheln meines seidenen Prinzessinnengewandes in meinen Ohren. Eilig hastete ich durch die finsteren Gänge und spürte das Gewicht des Amuletts der Winde um meinen Hals, als ich mit wehenden Röcken um die nächste Ecke bog. Aus dem Augenwinkel bemerkte ich den Lehrling des Kerkermeisters, der auf seinem Posten eingenickt war, ein schlaksiger Junge mit dunkel gelocktem Haar. Sein Mund stand im Schlaf weit offen und irgendetwas an ihm kam mir bekannt vor. Doch da verschwand er auch schon wieder aus meinem Blickfeld. Stattdessen erreichte ich das Verlies des Orakels und –

»Undina Severina Mare«, wisperte es, lauter dieses Mal. »Holde Prinzessin, bitte, hört mich an!«

Meine Erinnerungen, die ich so mühsam zusammenge-
kratzt hatte, zerfaserten in ihre Einzelteile und verschwanden
im Wirrwarr meiner Gedanken.

Ich seufzte und setzte mich auf.

Wann würde diese verdammte Stimme bloß endlich Ruhe
geben? Ich hatte gedacht, wenn ich diesen Quatsch nur lange
genug ignorierte, würde er von allein aufhören. Doch anscheinend war mein Wahnsinn hartnäckig. Und irgendwie
kam es mir schon komisch vor, dass er nun auch noch in ganzen Sätzen zu mir sprach …

Ich angelte nach dem Quallenlicht, beugte mich über den
Rand der Pritsche und spähte in die Schatten darunter.

Der Lavafels war dort unten noch eine Spur schwärzer, der
Bach schlängelte sich glänzend über das poröse Gestein und
ansonsten – ich schob das Glas mit der Leuchtqualle noch ein
Stückchen weiter vor –, ja, ansonsten war dort nichts. Ich war
allein, oder?

»Undina, ich flehe Euch an!«

Wassertropfen spritzten auf und trafen mich im Gesicht.
Ich zuckte zusammen. *Hatte sich da etwa gerade etwas be-
wegt?* Mein Herzschlag galoppierte.

Etwas oder *jemand*?

Mit einem Satz war ich auf dem Boden, kniete mitten in
den eisigen Fluten. Ich schob das Quallenlicht auf die Stelle
zu, an der das Rinnsal aufgewirbelt worden war, während ich
selbst auf allen vieren in den Hohlraum unter der Pritsche
kroch.

»Hallo?«, flüsterte ich.

»Ich grüße Euch«, plätscherte es kaum hörbar, doch dieses Mal erkannte ich tatsächlich einen winzigen Kopf, der sich durch eine Ritze im Gestein presste und kaum größer als meine Daumenkuppe war. In dem schillernden Gesicht leuchteten uralte Augen und die Lippen umkränzten ein Fischmaul.

»Bo?«, fragte ich. »Bist du das etwa?«

»Holde Prinzessin.« Der klitzekleine Fisch, nein, das Orakel nickte mir zu.

Tränen verschleierten meinen Blick. »Dann bist du noch rechtzeitig aus dem Haus gekommen, bevor es zusammengestürzt ist? Geht es dem Schwarm gut? Euch allen? Ehrlich gesagt wusste ich gar nicht, dass du sprechen kannst. Ich meine, wenn du nicht gerade der Schwarmprinz bist.«

»Es war ein anderer Teil von uns, der über die Kanalisation des Menschenhauses fliehen konnte«, erklärte Bo und drückte sein Gesichtchen noch ein wenig weiter durch den Riss. »Und ich spreche nicht, ich schreie schon seit über zwölf Stunden aus Leibeskräften hier im brackigen Kanalwasser, um Eure Aufmerksamkeit zu erregen. Ihr könnt wirklich froh sein, dass wir auf ewig in Eurer Schuld stehen, weil wir nur Euretwegen wieder die Meere durchstreifen.«

»Entschuldige. Ich dachte, deine Stimme wäre bloß Einbildung.«

»Einbildung!« Bo schürzte die Lippen und sah nun tatsächlich ein wenig beleidigt aus, jedenfalls soweit das bei einem Fisch möglich war.

»Tut mir echt leid«, entschuldigte ich mich noch einmal.

Bo nickte. »Nun«, sagte er. »Jetzt habt Ihr mich ja endlich bemerkt und ich kann meinen Auftrag ausführen.« Er räusperte sich. »Holde Prinzessin, vernehmet die Kunde von – verdammt.« Er bekam einen Hustenanfall.

»Geht es?«, fragte ich, sobald er sich wieder einigermaßen beruhigt hatte.

»Meine Stimme ist inzwischen ganz schön mitgenommen. Der Schwarm wünscht natürlich, dass ich Euch unsere Weissagungen in angemessener Weise überbringe. Aber ich fürchte, dazu bin ich zu heiser«, krächzte er. »Es geht um die Donnerdrachen, sie formieren sich und niemand unternimmt etwas dagegen.«

Ich klapperte mit den Zähnen. »Dann hat meine Mutter noch immer niemanden an die Oberfläche entsendet?«

»Sie ist mit anderen Dingen beschäftigt«, sagte Bo und ich ballte die Hände zu Fäusten.

Das durfte nicht wahr sein!

Die Weissagung des Orakels ging allerdings noch weiter: »Das Schicksal der Menschen hängt an Euch, Undina Severina Mare, siebte Tochter der siebten Königin, die Ihr als Einzige wirklich unter ihnen gelebt habt«, erklärte Bo, nun doch ein wenig feierlich. »Schon bei Eurer Geburt haben wir es vorausgesehen. Es ist so weit: Euer Pfad liegt nicht länger im Verborgenen. Man wird das Amulett von Euch fordern. Dieses Mal entscheidet weise, hört Ihr? Und nehmt Euch in Acht, Ihr könnt niemandem trauen.«

»Ich weiß«, sagte ich bitter und dachte an Aaron. Dann erst sickerte auch der Rest von Bos Worten zu mir durch, die denen des Schwarmprinzen damals am Strand nicht unähnlich waren, mich aber noch immer kein Stück weiterbrachten.

»Warum erwähnst du andauernd das Amulett? Es ist fort, wahrscheinlich zerstört, also –«

»Nicht zerstört. Verloren.«

Ich zuckte mit den Achseln. »Von mir aus. Auf jeden Fall habe ich es nicht mehr.« Ich schnaubte. »Und ich wüsste auch nicht, was ich in meiner aktuellen Lage gegen die Donnerdrachen unternehmen könnte.«

»Wirklich?« Bo blinzelte. Seine Fischaugen zuckten zur Seite, hin zu einer Stelle, an welcher der Bach noch ein wenig dunkler zu glimmen schien als auf dem restlichen Zellenboden.

Ich kniff die Augen zusammen.

»Du meinst also, ich könnte erneut entkommen?«, murmelte ich, den Blick noch immer auf das geheimnisvolle Leuchten gerichtet, das mir bisher nie aufgefallen war.

Doch Bo wiederholte nur die Worte des Schwarmprinzen.

»Holde Prinzessin, nehmt Euch in Acht«, wisperte er so leise, dass es dieses Mal vielleicht wirklich nur in meinem Kopf existierte.

Denn als ich mich umwandte, um ihn zu fragen, wovor genau er mich da immer wieder warnte, war die Ritze im Gestein leer und mein kleiner Freund verschwunden.

»Warte!«, rief ich. »Bitte, komm zurück!«

327

Ich erhielt keine Antwort.

Das Glimmen im Wasser hingegen schien intensiver zu werden. Je näher ich herankroch, desto klarer strahlte es. Und, ja, Größe und Form kamen in etwa hin, oder? Dennoch wagte ich nicht, meine Hand danach auszustrecken.

Konnte es denn wirklich sein?

Das war doch absurd!

Ganz sicher hatte die Königin damals alle Hebel in Bewegung gesetzt und jeden einzelnen Schuttbrocken hier unten umdrehen lassen, um ihr Eigentum zu finden. Wie wahrscheinlich war es da, dass man etwas auf dem Boden einer noch intakten Zelle übersehen hatte?

Und wie standen die Chancen, mich ausgerechnet in dieses Verlies zu sperren?

Nein, das waren doch eindeutig zu viele Zufälle!

Ich krabbelte unter der Pritsche hervor und setzte mich darauf.

Wieder einmal fror ich erbärmlich und während ich mein Kleid auswrang und mir über die Oberschenkel rieb, um mich wenigstens ein bisschen aufzuwärmen, konnte ich mir noch immer keinen Reim auf das alles machen.

Lange grübelte ich darüber nach, von welcher weisen Entscheidung, die ich treffen sollte, das Orakel wohl gesprochen hatte.

Und natürlich vor allem darüber, wie das *Amulett der Winde* (wenn es denn wirklich die Ursache für das Glimmen dort unten im Bach sein sollte) in der Nacht meiner Flucht hierhergelangt sein könnte. Allein die Vorstellung erschien mir vollkommen abwegig.

Hatte die Explosion es so weit schleudern können?

War der Bach schon damals durch diese Mauern geflossen und hatte es mit sich getragen?

Und wieso hatte meine Mutter es dann nicht entdeckt?

Wieso? Oder ... *hatte sie etwa doch?*

Bos Besuch und mein seltsamer Fund hatten mich so sehr verwirrt, dass ich sogar zum ersten Mal den Brei probierte, den mir einer der Wärter – es musste Abend geworden sein – durch die Klappe in der Tür schob. Das Zeug schmeckte absolut widerlich, doch nach anderthalb Tagen war ich ausgehungert und aß am Ende die gesamte Portion auf – nur, um mich anschließend mit Bauchschmerzen auf meiner Pritsche zusammenzurollen. Verdammt.

Irgendwann glitt ich trotz der Übelkeit in einen unruhigen Schlaf und träumte, nun, da ich die Erinnerung zuvor selbst heraufbeschworen hatte, meinen altbekannten Albtraum. Davon, wie ich mich am Lehrling des Kerkermeisters vorbeischlich und das Amulett nutzte, um Bo und seinen Schwarm zu befreien. Doch dieses Mal war meine Mutter bei mir. Wie ein Schatten hastete sie mit mir durch die Korridore, sah mir über die Schulter, während ich eine Tür nach der anderen öffnete, und flüsterte mir zu, was ich als Nächstes machen sollte.

»Sehr gut«, murmelte sie. »Jetzt das Hauptschloss. Keine Angst, es wird sich ganz leicht öffnen lassen. Nein, du musst das

Amulett ein wenig schräger halten. Siehst du? So passt es genau
ins Schlüsselloch.«

»Ach so, danke.«

Ich lächelte die Königin an und sie lächelte zurück. Ihre fei-
nen Gesichtszüge wirkten weicher als sonst und die dunklen
Ringe unter ihren Augen blasser. Nur in ihrem Blick lag etwas,
das nicht so recht zu ihrer plötzlichen Freundlichkeit passte.
Etwas Kühles, Berechnendes, das mich zögern ließ. Als hegte sie
heimlich Hintergedanken. Als plante sie etwas, das sie kaum
noch erwarten konnte und –

Da durchzuckte es mich plötzlich mitten im Traum: Das
Amulett in meiner Zelle – es war eine Falle. *So musste es sein.*
Meine Mutter wollte, dass ich es fand. Warum auch immer.
Deshalb hatte sie das Urteil noch nicht vollstreckt.

»Was willst du von mir? Was soll das alles?«*, fragte ich meine*
Traummutter, doch sie lächelte mich weiterhin nur an und
schwieg.

Irgendetwas übersah ich. Ich riss mir das Traumamulett vom
Hals und schleuderte es ihr vor die Füße. Die Königin rührte
sich nicht. Doch ihre Augen weiteten sich kaum merklich, als
das Schmuckstück über das Lavagestein schlitterte.

Dann veränderte sich ihre Gestalt mit einem Mal, wurde
größer und breiter, kantiger und muskulöser. Auch befanden
wir uns nicht länger draußen auf dem Korridor, sondern ich lag
wieder auf meinem kargen Kerkerlager und die Robe meiner
Mutter hatte sich in einen dunklen Mantel verwandelt, dessen
Kapuze Aaron nun zurückwarf. Er beugte sich über mich.

»Robin!«, raunte er, zog mich in seine Arme und flüsterte unzählige Entschuldigungen in mein Haar. Dabei drückte er mich an sich, bis ich kaum noch Luft bekam. Ja, wirklich, selbst im Traum hatte ich plötzlich Mühe zu atmen. Und da war sogar sein Duft nach See und Blitzklingen, der mich umfing.

Wie selbstverständlich kuschelte ich mich an seine Brust und lauschte seinem kräftigen Herzschlag. Ich konnte gar nicht anders, als würden unsere Körper sich magnetisch anziehen. Er war so schön warm ...

»Verzeihst du mir?«, fragte Aaron. Seine Stimme klang wie Honig, seine Lippen streiften meine Wange. »Ich habe dich vermisst.«

Dann fuhr er zusammen, horchte einen Moment angestrengt in die Dunkelheit. War da irgendein Geräusch gewesen? Kam meine Mutter etwa zurück?

»Aaron?«, stammelte ich.

»Weißt du, wir können auch später noch darüber reden. Jetzt bleibt uns nicht viel Zeit.« Er ließ mich los und breitete stattdessen einen weiteren Mantel um meine Schultern. »Los, verschwinden wir von hier«, flüsterte er, nahm meine Hand und deutete auf die Kerkertür, die einen Spalt weit offen stand. »Höchste Zeit abzuhauen.«

»Aber«, stotterte ich, kam taumelnd auf die Beine und begriff im selben Moment, dass ich aus meinem Traum aufgewacht sein musste.

Dass es der echte Aaron war, der mich ungeduldig mit sich zog. Mitten in der Nacht. Hinaus in das Labyrinth der Felsenkorridore. Die Tür meiner Zelle knarrte, als wir hindurchgingen.

Kaum hatten wir die Schwelle überschritten, blieb ich stehen und schnappte nach Luft.

Aaron besaß also ernsthaft die Dreistigkeit, hier aufzukreuzen? Und das nach allem, was er mir angetan hatte!

Ich machte mich von ihm los und gab ihm eine Ohrfeige.

Aaron stieß einen zischenden Laut aus. Er fluchte leise, dann wollte er wieder nach meiner Hand greifen, um mich weiterzuzerren.

Doch ich ließ es nicht zu. Stattdessen verschränkte ich die Arme vor der Brust und funkelte ihn an, nicht sicher, ob ich ihn anschreien oder ihm noch eine verpassen sollte.

Er spähte den Gang hinunter. Vermutlich konnte jeden Augenblick eine der Wachpatrouillen um die Ecke biegen. Aber im Moment war nichts im schummrigen Licht der Quallenlampen zu sehen.

Aaron seufzte. »Ich hatte von Anfang an einen Plan«, sagte er. »Die Einzelheiten erkläre ich dir später, jetzt müssen wir uns beeilen. Damian wartet draußen im Kesselsegler.«

Ich rührte mich nicht von der Stelle, es brauchte ja schon allein all meine Kraft, Aaron nicht an die Gurgel zu springen.

Dieser rieb sich nun mit der Hand übers Gesicht. »Ich weiß, du bist wütend, weil es so aussah, als hätte ich dich verraten«, flüsterte er. »Aber ich … ich hatte die ganze Zeit vor, dich wieder zu befreien. Hast du denn nicht verstanden, was mein Zwinkern in den *Gläsernen Hallen* bedeuten sollte?«

Seine Augenbraue zuckte. »Ich hätte dich niemals einfach so ausgeliefert. Das musst du mir glauben.«

»Komisch«, entgegnete ich. »Weil du nämlich genau das getan hast!«

Aaron nickte, dann schüttelte er den Kopf. »Hör zu, Ihre Majestät hat mich heute Nachmittag endlich offiziell zum Ratsmitglied ernannt, und zwar auf Lebenszeit. Damit habe ich nun Zugang zum inneren Kreis und kann vielleicht herausfinden, was mit den Wettern nicht stimmt und warum die Königin nichts dagegen tut. Verstehst du? Diese Finte musste sein. Dadurch haben wir jetzt eine viel bessere Möglichkeit, etwas zu unternehmen.«

Ich presste die Lippen aufeinander. »Du hast mich geküsst«, sagte ich tonlos. »Und dann verraten. An meine Mutter, die ein Kopfgeld auf mich ausgesetzt hatte und mich tot sehen will. Ich glaube nicht, dass man das irgendwie schönreden kann.«

Wegen ihm war mein schlimmster Albtraum der letzten viereinhalb Jahre Wirklichkeit geworden!

Gegen meinen Willen schossen mir auf einmal Tränen in die Augen. So ein Mist, er sollte mich nicht auch noch weinen sehen!

Aaron verzog das Gesicht. »Es tut mir so leid. Ich hatte gehofft, dass es gar nicht so weit kommen und die Königin früher einlenken würde. Und ich konnte dich nicht einweihen, genauso wenig wie Fara und Damian. Das wäre zu riskant gewesen. Fara war deswegen echt sauer auf mich. Aber

333

ich dachte, *du* würdest es verstehen. Ach, Robin, bitte verzeih mir …«, murmelte er.

Ich schnaubte. Eigentlich hatte ich es immer gemocht, wenn er meinen Namen aussprach. Aber jetzt … »Ich heiße Undina«, sagte ich und wich seinem Blick aus. Es tat zu weh, ihn anzusehen. »Und so einfach ist das nicht.«

»Ja, aber vielleicht –«

»Übrigens lautet die korrekte Anrede: Eure Königliche Hoheit.«

Er zuckte bei meinen Worten zusammen, dann nickte er langsam. »Also gut.« Aaron schluckte. »*Eure Königliche Hoheit*. Und wenn ich dir alles erkläre? Beim Gott des Schicksals, können wir dann endlich von hier verschwinden und – verdammt!«

Ohne Vorwarnung packte er mich und sprang in die Nische zwischen zwei Kerkertüren. Keine Sekunde zu früh: Kaum waren wir in die Schatten geglitten, erschien ein Quallenlichtkegel am Ende des Gangs, gefolgt von zwei Wachen auf ihrem Rundgang.

Wir drängten uns so nah wie möglich an den Fels und hielten den Atem an.

Die Soldaten plauderten, während sie die Korridore abschritten und kontrollierten, ob jede einzelne Zelle fest verschlossen war.

»… dass sie diesem Aaron Adler gleich ein ganzes Regiment zuteilt«, ärgerte sich einer der beiden Typen gerade. »Der hat doch gar keine Militärerfahrung.«

»Es sind die ehemaligen Leute seines Vaters. Hab gehört, sie freuen sich, endlich wieder unter einem Adler zu dienen«, meinte der andere und ließ sein Licht über ein Vorhängeschloss tanzen. »Jedenfalls kann er kämpfen.«

»Ja, gegen Donnerdrachen, na und? Das qualifiziert einen Jungspund wie ihn noch längst nicht dazu, Hexen und Hexer anzuführen!«

»Immerhin hat er die siebte Prinzessin gefunden.«

Plötzlich stieß Aaron mich in die Seite und deutete auf die Tür meines Verlieses schräg gegenüber. Scheiße! Sie war nur angelehnt. Wir standen so eng beieinander, dass ich spürte, wie Aarons Herzschlag sich pochend beschleunigte. Auch mir brach der Schweiß aus und das Blut rauschte in meinen Ohren.

Die Wachen waren noch zwei Zellen entfernt.

Jetzt nur noch eine …

Jede Sekunde würden sie mein Fehlen bemerken und dann bräche die Hölle los!

Aaron bewegte sich. Weil er halb den Rücken zu mir gewandt hatte, konnte ich nicht sehen, was genau er tat. Doch einen Wimpernschlag später schimmerte etwas in den Schatten zwischen uns. Das Etwas war klein und seltsam geformt und hing an einem Lederband, das Aaron für gewöhnlich um den Hals trug. Kurz wog er den Talisman in seinen Händen, dann knackte es kaum hörbar und …

… gerade als sich der Quallenlichtkegel meiner Zelle gefährlich näherte, warf Aaron ein winziges Stück des Kettenanhängers den Gang hinunter, genau in die Richtung, aus der die Soldaten gekommen waren. Es prallte gegen das Schloss einer entfernt liegenden Tür, das nun vernehmlich klickte, als es aufsprang.

»Was war das?«, rief der Wachmann, der just mein Verlies überprüfen wollte, und fuhr herum, wobei er beinahe unsere Nische beleuchtet hätte.

»Alarmstufe blau«, murmelte sein Kollege.

Die beiden rannten los.

Anschließend untersuchten sie eine gefühlte Ewigkeit lang die geöffnete Tür und ihr Schloss (die Zelle dahinter war derzeit nicht belegt), ohne dabei den Splitter von Aarons Anhänger im Staub des Lavafelsbodens zu bemerken. Dann machten sie sich auf den Weg, um einen Bericht über die »Fehlfunktion in Korridor 1D« zu verfassen.

»Das war knapp!«, entfuhr es Aaron, sobald sie fort waren.

Er trat aus der Nische. Ich tat es ihm gleich und brachte außerdem etwa anderthalb Meter Sicherheitsabstand zwischen uns. Noch immer verstand ich nicht, was das alles sollte. Was führte dieser Kerl im Schilde? Wie hatte er die Tür öffnen können?

Ich verschränkte die Arme vor der Brust und wartete.

»Du willst wirklich ausgerechnet *jetzt* darüber reden?«, erkundigte er sich ungläubig.

»Wenn du eine Chance darauf haben willst, dass ich dir je wieder über den Weg traue.«

Aaron seufzte und hielt mir den Talisman unter die Nase.

»Okay, bringen wir es hinter uns«, begann er, während er das Ende des Korridors nicht aus den Augen ließ. »Also, nachdem mein Vater im Dienst der Krone gestorben war und die Königin mir verwehrt hatte, seinen Posten zu erben, bekam ich dank Faralda, wie du bereits weißt, für etwa einen Tag einen Job hier oben. Oder besser gesagt: hier unten.«

»Aha.« Ich runzelte die Stirn.

Aaron schwenkte derweil den Kettenanhänger hin und her. »Der Kerkermeister hatte mich unter seine Fittiche genommen, aber ich war gerade mal ein paar Stunden im Einsatz, als irgend so eine verrückte Prinzessin alles in die Luft gejagt hat. Das hier ist der Überrest eines Generalsschlüssels für die Zellen, der zum Glück noch immer erstaunlich gut funktioniert.«

Ich blinzelte. Der schlaksige Lehrling! Die Schnarchnase! Natürlich! Ich hatte den Typen damals nur für wenige Sekunden zu Gesicht bekommen, deshalb war mir die Ähnlichkeit bisher nicht aufgefallen. Aber jetzt, da Aaron es ansprach …

»Sie hätten mir beinahe auch den Prozess gemacht, weil ich dich nicht aufgehalten habe. Nur mit Mühe und Not konnte Faralda die Königin überzeugen, mich zu verschonen«, fuhr Aaron eilig fort. »Den Schlüssel habe ich mitgehen lassen und all die Jahre über behalten, um mich daran zu erinnern, wie Ihre Majestät mich behandelt hat.« Er massierte seine Nasenwurzel mit Daumen und Zeigefinger. »Ich wurde also Sturmjäger und versuchte, mir einen Namen zu machen und auf diese Weise doch noch zu bekommen, was mir zustand. Vor ein paar Tagen traf ich schließlich dich an der Oberfläche und sah deine Kampfkünste … Ich hatte von Anfang an so eine komische Vorahnung. Du wusstest zu viel über Atlantis, hattest diese Panikattacken und warst überzeugt, die Herzogisten, denen wir kurz nach unserer Ankunft in der Stadt über den Weg liefen, hätten es auf dich persönlich abgesehen. Irgendwann habe ich eins und eins zusammengezählt und, na ja, ich dachte mir, sollte es hart auf hart kommen, könnte ich dieses Wissen nutzen und dich anschließend dank des Schlüssels kinderleicht wieder befreien.«

Ich war also eine Art Ass in seinem Ärmel gewesen? Ein Schaudern durchlief meinen Körper, meine Knie gaben unter mir nach und ich taumelte gegen die Felswand. Aaron wollte mir wohl zu Hilfe eilen (wobei, wer wusste schon, was in diesem Typen vor sich ging?), doch mein warnender Blick hielt ihn davon ab.

»Ich hatte ehrlich niemals vor, dich hier zu lassen. Du bist das stärkste und faszinierendste Mädchen, das ich je getroffen habe. Für mich spielt es keine Rolle, wer du warst und was du früher einmal getan hast«, beteuerte er.

»Nun, für mich schon.«

»So habe ich das nicht gemeint.«

»Du …«, murmelte ich, noch immer war ich mehr als skeptisch. »Du konntest doch gar nicht wissen, ob meine Mutter mich nicht gleich umbringen lassen würde. Was wäre dann aus deinem tollen Plan geworden? Wenn sie mich einfach auf der Stelle hingerichtet hätten?«

»Na ja«, sagte Aaron und lauschte einen Moment, ob sich Schritte näherten, bevor er weitersprach. »Es war schon auffällig, dass die Königin das Kopfgeld, das sie jedem versprach, der dich tot oder lebendig zu ihr bringt, vor ein paar Monaten auf einzig und allein ›lebendig‹ geändert hat. Daher dachte ich, dass sie irgendetwas von dir wollen muss und dich bestimmt nicht sofort ... du weißt schon.« Er fuhr sich mit dem Finger über die Kehle.

Meine Gedanken wanderten erneut zu dem geheimnisvollen Glimmen im Wasser unter meiner Pritsche. Welches Spiel spielte die Königin da bloß?

»Wie du siehst, habe ich alles durchdacht. Das Regiment meines Vaters ist mir genauso treu ergeben wie ihm. Ich kann dich also ab jetzt vor Ihrer Majestät beschützen. Und vor allen Donnerdrachen, die uns zu nahe kommen.« Er trat nun doch auf mich zu und griff nach meinen Händen. »Ich habe alles vorbereitet. Wir fangen ganz von vorne an. In einer Siedlung im Nordatlantik. Oder von mir aus auch an der Oberfläche, ob Kanada oder Neuseeland, mir egal.«

Ich nagte an meiner Unterlippe. »Also soll ich einfach wieder fliehen? Das ist dein Vorschlag?«

Der Gedanke hatte etwas für sich. Noch vor gar nicht allzu langer Zeit wäre ich ganz verrückt auf ein neues, noch besseres Versteck gewesen ...

Aaron nickte. »Du suchst dir einen anderen Namen. Wir jagen zusammen Stürme und helfen den Menschen. Und ich werde nur ab und an hierher zurückkommen, um meine

Pflichten zu erfüllen. Ich glaube, das könnte sehr schön werden.«

Er zog mich an sich und legte sein Kinn auf meine Schulter, sein Atem streifte mein Ohr und eine Gänsehaut kroch
über meinen Nacken.

»Komm mit mir«, wisperte er.

Ich schluckte. Dann entzog ich mich ihm.

»Nein«, sagte ich, löste meine Hände aus seinen und rückte
demonstrativ von ihm ab. »Das geht nicht.«

»Aber –«

»Ich kann dich nicht begleiten, weil ich längst eigene Pläne
habe.«

Sie waren zwar noch ziemlich frisch und nicht zu hundert
Prozent ausgereift, doch in meinen Gedanken nahmen sie
bereits Form an.

Wenn mich die letzten Tage eins gelehrt hatten, dann, dass
es nicht richtig wäre, davonzulaufen und meine Welt sich
selbst zu überlassen. Diesen Fehler hatte ich schon einmal
begangen. Ich durfte mein Volk nicht wieder im Stich lassen.

Außerdem hatte das Orakel mich gewarnt: *Ich konnte niemandem trauen. Auch Aaron nicht.*

Ich setzte mich in Bewegung und steuerte auf meine Zelle
zu.

»Das ist nicht dein Ernst!« Aaron fluchte. »Komm schon,
Robin. Niemand weiß, was deine Mutter mit dir vorhat. Hass
mich von mir aus für das, was ich getan habe. Aber lass mich
dich wenigstens retten.«

»Danke«, sagte ich und ging weiter. »Das schaffe ich schon allein.«

Wenn ich eines noch nie gewesen war, dann *so* eine Prinzessin. Eine, die gerettet werden musste, pah!

»Wie willst du denn –?« Er versuchte, mir den Weg abzuschneiden. »Das ist echt nicht der Zeitpunkt für falschen Stolz. Herrje, Robin! Ich sollte dich einfach schnappen und dazu zwingen, mit mir zu kommen.«

»Probier es ruhig«, zischte ich.

Aaron atmete tief ein und aus, wagte es jedoch offenbar nicht, nach mir zu greifen. »Nimm wenigstens den Schlüssel«, presste er hervor und hielt mir seine Kette hin.

»Nein, danke.« Ich marschierte um ihn herum.

»Das ist doch Wahnsinn!« Er wollte mir in das Verlies folgen. Seine Schultern bebten und an seiner Schläfe pulsierte eine Ader.

Doch ich schüttelte nur den Kopf und drängte ihn wieder auf den Korridor hinaus. Nein, eigentlich schubste ich ihn sogar und er stolperte vor Überraschung tatsächlich einen Schritt rückwärts, wobei er plötzlich so aussah, als hätte er am liebsten zurückgeschubst.

»Ich fürchte, du hast in der Dunkelheit den Verstand verloren und weißt überhaupt nicht mehr, was du tust«, knurrte er.

»Oder ich tue es nur einfach ohne dich«, sagte ich und ließ meinen Blick über seine perfekten Züge gleiten. Gerade so, als müsste ich mir das Gesicht des Mannes, der mich geküsst und verraten hatte, noch einmal genau einprägen.

Vielleicht aus Sicherheitsgründen, um niemals wieder auf ihn hereinzufallen?

Ich drückte die Tür ins Schloss, doch im allerletzten Moment, kurz bevor der Mechanismus einrastete, zwängte Aaron sich noch einmal hindurch und gab mir einen Kuss auf die Stirn, ehe ich ihn daran hindern konnte.

»Ich werde nicht aufgeben«, raunte er. »Pass auf dich auf.«

Dann verschwand er im Gewirr der Korridore.

20

Tribunal

Am nächsten Morgen war ich bereit. Als man mir den schleimigen Frühstücksbrei brachte, den es hier zu jeder Mahlzeit gab, ließ ich meine Hände durch den Schlitz meiner Zellentür schnellen. Schon hatte ich die Unterarme des Wächters gepackt und ihn mit einem so plötzlichen Ruck zu mir herangezogen, dass er mit dem Kopf gegen das schwere Holz stieß.

»Was …?«, stammelte er und versuchte, sich loszureißen, war jedoch wohl zu benommen, um seine volle Kraft einsetzen zu können.

»Hör mir zu«, sagte ich. »Ich verlange, Ihre Majestät zu sprechen. Sofort.«

»Wie könnt Ihr es wagen, der Königin etwas befehlen zu wollen!«, knurrte er. »Allein für dieses Ansinnen sollte man Euer Urteil gleich vollstrecken.«

»Lass das meine Sorge sein«, beschied ich ihn und bohrte

meine Fingernägel in seine Unterarme. »Sag ihr einfach, dass ich auf sie warte.«

Ich ließ ihn los und richtete mich wieder auf.

»Und jetzt hätte ich gerne mein Frühstück.«

Der Wachmann pfefferte die Schüssel durch die Klappe, sodass sie mir mit Schwung entgegenflog. Ich konnte gerade noch rechtzeitig ausweichen, bevor sie auf dem Zellenboden zerschellte.

»Herrje, ich fürchte, hier ist ein Missgeschick geschehen!«, sagte ich. »Leider benötige ich eine neue Portion.«

Der Aufseher antwortete nicht, stattdessen hörte ich Schritte, die sich entfernten.

»Ich bin sicher, sie wird es kaum erwarten können, mich zu sprechen!«, rief ich ihm noch hinterher.

Dann betrachtete ich den Schleimbrei zu meinen Füßen. Das Zeug war eklig, aber ich hatte Hunger. Schade, dass ich der Königin nun mit knurrendem Magen gegenübertreten musste.

Na ja, man konnte nicht alles haben …

Zum Glück brauchte ich tatsächlich nicht lange zu warten, bereits kurze Zeit später erklangen gedämpfte Stimmen auf dem Gang vor meiner Zelle. Dazu knirschten schwere Stiefel auf dem Gestein und Blitzklingen surrten.

Viele Blitzklingen.

Man fürchtete mich.

Als sich die Tür zu meinem Verlies schließlich langsam öffnete, stand nicht weniger als ein Dutzend schwer be-

waffneter Soldaten davor, um mich in den Palast hinauf-
zueskortieren.

Natürlich fesselte man mir die Hände und auch an meiner
Kehle spürte ich wieder das Glühen einer Schneide, bereit,
sich binnen eines Herzschlags in meine Haut zu fressen, sollte
ich einen Fluchtversuch wagen.

Aber heute machte es mir sehr viel weniger aus als bei meiner Festnahme vor zwei Tagen. Denn das alles bestätigte zumindest, dass ich mit meiner Theorie nicht vollkommen da-
nebenlag.

Niemals hätte die Königin irgendeiner gewöhnlichen zum
Tode Verurteilten eine Audienz gewährt. Schon gar nicht einer verhassten Verräterin. Doch offenbar brauchte sie etwas
von mir. Und zwar dringend. Allein die Soldaten zusammen-
zurufen und anzuweisen, die mich nun durch die Flure und
Treppenhäuser des Palastes bugsierten, hätte länger dauern
müssen.

Es war, als hätte meine Mutter nur darauf gewartet, dass ich
mich meldete.

Wieder brachte man mich in die *Gläsernen Hallen*, aber
das Erste, was mir dort ins Auge fiel, war nicht etwa der Eisglashimmel, über dem die dunkel leuchtende See lag. Es war
noch nicht einmal der muschelbesetzte Thron der Königin,
sondern die Tatsache, dass es nur so von Hexen und Hexern
wimmelte!

Ihre Majestät hielt an diesem Morgen eindeutig einen ihrer
Gerichtstage ab. Wie passend!

Ich straffte die Schultern, während die Männer meiner Mutter mich vor sich her durch die Halle trieben, vorbei an einer Gruppe in bunte Trachten gekleideter Händler aus dem Pazifik, noch mehr Soldaten, Hexen in den Gewändern der falschen Königinnen sowie mehreren Herzogisten in Handschellen, die dunklen Kapuzen tief in den Gesichtern.

Erst jetzt fiel mir auf, wie still es trotz all dieser Leute war. Von allen Seiten her starrte man mich an und so mancher reckte den Hals, um eine bessere Sicht auf mich zu haben. Erhobenen Hauptes ließ ich mich durch die Halle führen. Meine Schritte hallten auf dem spiegelnden Perlmuttfußboden wider und die Blitzklinge an meiner Kehle schien im Rhythmus meines Herzschlags zu summen.

Dann erreichten wir Ihre Majestät der Tiefe.

Heute saß meine Mutter nicht auf ihrem Thron, stattdessen lauschte sie den Bittstellern von einem Sessel aus, der auf einer Art Podest in der Ecke stand. Ihre Hände ruhten auf einem kristallenen Schreibtisch, den man an den Gerichtstagen aus ihrem königlichen Arbeitszimmer hierhertrug.

Auch heute war sie vollständig in Meerseide gehüllt, ihr blassrotes Haar und die fahle Haut hoben sich kränklich von dem dunklen Stoff ab. Ihr Mund wirkte so verkniffen und grausam wie eh und je. Obwohl ich annahm, dass sie mich noch gar nicht bemerkt hatte. Da wir uns von der Seite näherten, befand ich mich wohl noch außerhalb ihres Blickfeldes, trotzdem straffte ich die Schultern instinktiv.

»… wegen Verleumdung und Hetzerei zu 20 Jahren Festungshaft«, beendete meine Mutter gerade ihren Satz und ließ einen marmornen Hammer auf die Schreibtischplatte niedersausen, um das Urteil zu besiegeln. Das dumpfe Geräusch, mit dem er aufschlug, schien in keinem Verhältnis zur Schwere der Strafe zu stehen. Dennoch zuckte der alte Mann – man hatte ihn gezwungen, zu knien und die Herzogisten-Kapuze zurückzuschlagen – zusammen, als hätte man ihn geschlagen.

»Ich bitte Euch!«, rief er. »Es geschah nur aus Sorge um unser Land! Ich habe doch nur ein paar Flugblätter verteilt.«

»In welchen du meine Abdankung verlangst«, sagte meine Mutter, ohne ihn anzusehen. Sie zog bereits eine neue Akte aus einem Stapel zu ihrer Linken.

»Bitte!«, versuchte der Alte es noch einmal. »Meine Frau ist krank. Ich … wollte doch nur, dass Ihr endlich etwas unternehmt.«

Die Königin machte eine Handbewegung. Zwei ihrer Soldaten ergriffen den Mann und schleiften ihn fort.

»Wartet! Ich wusste mir nicht anders zu helfen!«, schrie er. »Unsere Siedlung wird von Müllbergen überschwemmt und die Strömungen sind mittlerweile so warm, dass wir das Eisglas kaum noch daran hindern können zu schmelzen. Bitte!«

Der kleine Tross erreichte eines der Tore und die Schreie des Verurteilten wurden leiser. Meine Mutter wollte schon den nächsten Fall bearbeiten, doch kurz bevor sie die schmale Mappe mit den Vergehen des nächsten Angeklagten (eines kleinen Mädchens mit blonden Locken, vielleicht acht oder neun Jahre alt) öffnete, hielt sie inne und drehte leicht den Kopf.

»Wie lange steht ihr schon dort?«, blaffte sie meine Wachen an.

»Wir sind gerade eingetroffen, Eure Majestät. Vor ein oder zwei Minuten vielleicht«, erstattete einer der Männer hinter mir Bericht.

»Nun.«

Die Königin ließ die Unterlagen sinken und erhob sich. Wieder einmal würdigte sie mich kaum eines Blickes. Stattdessen betrachtete sie einen Moment lang ihre Fingernägel. Dann wandte sie sich wortlos zum Gehen, bedeutete uns jedoch mit einem Nicken, ihr zu folgen.

Die *Gläsernen Hallen* hatten einst den Kern des neu errichteten Hexenreiches unter der See gebildet. Damals, als unsere Vorfahren mit nichts als ein paar Kesseln und ihrer Macht über die Wetter hinabgereist waren, hatten sie zunächst alle gemeinsam in diesen Sälen aus Eisglas gelebt. Erst nach und nach hatten sie die Stadt darum herum errichtet und die gewaltige Kuppel darüber. Zu einem Palast waren die in einer Reihe hintereinanderliegenden Hallen also erst viel später geworden und heutzutage wurden nur noch wenige von ihnen wirklich genutzt.

Die größte von ihnen beherbergte den Thron der Herrscherinnen (und manchmal auch Hinrichtungsstätten für deren Töchter, wie es aussah). Durchquerte man sie, so wie wir es nun taten, kam man zunächst in die Halle des Kronrats, einen weiteren weitläufigen Saal ohne jedwedes Mobiliar, in dem sich die Berater Ihrer Majestät zu versammeln pflegten.

Ich schluckte, als ich die bleichen Uniformen der ranghöchsten Generalinnen und Generäle sah, die dort in kleinen Grüppchen zusammenstanden, Tee aus kristallenen Bechern tranken und sich leise unterhielten.

Eine Uniform erweckte den Eindruck, noch besonders neu zu sein. Die Streifen an Schultern und Hosenbeinen glänzten jedenfalls in strahlendem Perlmutt und der Stoff spannte ein wenig an den Schultern. Vielleicht weil noch keine Zeit für eine Maßanfertigung gewesen war ...

Aaron sprach gerade mit einer seiner Kolleginnen und hatte uns den Rücken zugewandt. Im Vorbeigehen hörte ich ihn irgendetwas über noch unentdeckte Blitzvorkommen in den Nordmeeren sagen. Doch die Königin schritt eilig auf das Tor an der Stirnseite der Halle zu und die Wachen trieben mich unaufhaltsam voran, sodass ich nicht länger lauschen konnte.

Erst als wir schon beinahe die nächste Halle erreicht hatten, schien der Rat von uns Notiz zu nehmen. Hier und da wurden Stimmen plötzlich zu einem Flüstern herabgesenkt.

Aaron fuhr herum. Er war blass und unter seinen Augen lagen dunkle Schatten, als hätte er in der letzten Nacht überhaupt nicht geschlafen.

Unsere Blicke trafen sich, er hob erschrocken die Brauen und ich hätte ihm gern unauffällig zu verstehen gegeben, dass ich alles unter Kontrolle hatte.

Aber meine Eskorte ließ mir dazu natürlich keinerlei Gelegenheit.

Außerdem war ich mir auch nicht sicher, ob es die Wahrheit gewesen wäre.

Die nächste Halle war leer, bis auf einen weiteren schmalen Schreibtisch, an dem Darjana Primella saß und eine Füllfeder in ein Fässchen mit Tintenfischtinte tauchte. Ihr ausladendes Kleid war über und über mit silbernen Quallen bestickt, ihr Haar wurde von einer glitzernden Spange zusammengehalten und ihr Mund verzog sich, als wir eintraten.

»Weshalb hast du sie holen lassen?«, fragte sie verwirrt und ließ die Feder sinken. »Vollstrecken wir das Urteil etwa heute schon? Du weißt, wie sehr diese Sache Silvana mitnimmt. Ich hatte ihr versprochen, sie rechtzeitig vorzuwarnen.«

»Hallo, Darjana«, begrüßte ich sie.

Meine Schwester sog scharf die Luft ein. »Richte nicht das Wort an mich! Du hast alles kaputt gemacht.«

»Es tut mir –«

Eine der Wachen versetzte mir einen Stoß. »Ruhe.«

Meine Mutter hingegen marschierte einfach weiter auf die nächste Halle zu, als hätte sie von alldem nichts mitbekommen.

»Was hat das zu bedeuten, Mama? Denkst du nicht, dass du mich als Kronprinzessin so langsam mal in deine Pläne einweihen solltest?«

Die Königin verschwand wortlos durch die nächste Tür.

Ich hingegen wandte mich noch einmal zu Darjana um.

»Offenbar ist alles genau wie früher«, sagte ich. »Mutter herrscht und du darfst dich frisieren und Geburtstagsbriefe beantworten.«

Meine Schwester funkelte mich an. »Eines Tages wird sich das ändern.«

»Bist du dir da sicher?«, fragte ich.

Dann traf mich ein weiterer Stoß und ich stolperte in die angrenzende Halle, wo die Königin nun doch innehielt, die Hände über den Kopf hob und ihre Fingerspitzen in Richtung Wasseroberfläche ausstreckte. Anschließend legte sie den Kopf in den Nacken und sang einen lang gezogenen Ton, dann noch einen.

Als ich die Melodie erkannte, wehte der Nordwind bereits in einer kräftigen Bö durch die Halle und zerrte an meinen Haaren.

Meine Mutter verstummte und verschränkte die Arme vor der Brust. Das Ganze hatte sie offenbar überhaupt keine Mühe gekostet, obwohl wir uns mehrere Kilometer unter dem Meer befanden. Es hätte wenigstens ein paar Minuten dauern müssen, einen der großen Winde in die Untiefen hinabzulenken.

Nun gut, sie war die Königin. Ihre Befehle hatten Gewicht, selbst bei den Wettern.

»Geht«, entließ sie nun die Wachen.

Die Hände, die mich bei den Schultern gepackt hatten, verschwanden genauso wie die glühende Klinge an meiner Kehle. Nur die Fesseln um meine Handgelenke waren geblieben.

Vorsichtig drehte ich den Kopf ein wenig hin und her, um meine verspannte Nackenmuskulatur wieder zu lockern. Unterdessen fuhr der Wind durch meine Kleider und ließ mich frösteln, umso mehr, als meine Mutter ihn jetzt mit einem Rucken ihres Kinns dazu brachte, um uns herumzukreiseln wie ein Wirbelsturm.

Die eisgläsernen Wände dahinter verwischten zu einer silbergrauen Masse und selbst der schimmernde Boden zu meinen Füßen wirkte mit einem Mal seltsam trüb und fern. Ein Tosen umgab uns, durch das vermutlich keinerlei Geräusch dringen würde. Weder von außen noch von innen. Es war, als hätte die Königin uns beide in einer Art Gewitterwolke eingeschlossen.

Richterin und Verurteilte. Keine Zeugen.

Ihre Majestät durchbohrte mich mit ihrem Blick.

Ich drückte den Rücken durch. »Mutter«, sagte ich mit fester Stimme.

Die Königin atmete aus. »Gib es mir«, forderte sie müde und ich musste die Worte mehr von ihren Lippen ablesen, als dass ich sie im Rauschen des Nordwindes hätte hören können. Sie streckte die Hand aus, doch ich rührte mich nicht.

»Es tut mir leid, aber das kann ich nicht«, erwiderte ich.

Die Züge meiner Mutter verhärteten sich. »Du willst nicht«, stellte sie fest.

»Nein, ich kann nicht. Ehrlich nicht.« Ich zuckte mit den Schultern. »Ich habe es nämlich gar nicht.«

»Du hast ...«

»Nein.«

Nun tat die Königin einen Schritt auf mich zu, die Kreise des Nordwindes um uns herum wurden enger und das Parfüm meiner Mutter stieg mir in die Nase, ein schwerer Duft, der mir schon als Kind Unbehagen bereitet hatte.

»Undina Severina Mare«, sagte meine Mutter gefährlich leise. »Ich bin deine Spielchen leid. Nun gib zurück, was mir gehört.«

»Warum holst du es dir nicht einfach?«

Ihre Robe raschelte, als sie sich zu mir vorbeugte. »Du wagst es, auch noch frech zu werden?«, flüsterte sie mir ins Ohr. »Nach allem, was du deinem Volk angetan hast, wagst du es, mich derart zu verspotten? Nun denn, ich kann es mir genauso gut aus deinen toten Händen nehmen.«

»Das bezweifle ich«, murmelte ich und neigte mich ebenfalls ein Stück zu ihr hinüber. Unsere Wangen berührten sich, als ich fortfuhr: »Weil ich es nämlich gar nicht bei mir trage, sondern es liegen gelassen habe, wo es war.«

Der Sturm heulte auf.

Meine Mutter stieß mich von sich, sodass ich mit dem Rücken gegen die Wand aus Wind prallte. Mein Haar wehte mir ins Gesicht und versperrte mir für einen Moment die Sicht.

»Nicht einmal deine Fehler haben dich erwachsen werden lassen«, wütete die Königin, die nun jegliche Beherrschung zu verlieren schien. »Noch immer bist du so arrogant wie eh und je, Undina, stellst deinen Stolz über die Belange unserer Welt, anstatt –«

»Du kennst mich überhaupt nicht«, sagte ich und zerrte an meinen Fesseln. Auch mir reichte dieses ganze Theater allmählich. Sollte eine Mutter ihr Kind nicht wenigstens ein bisschen einschätzen können?

»Oh, ich kenne dich, meine wilde jüngste Tochter. Du dachtest schon immer, die ganze Welt wäre dein Spielplatz. Dass für dich andere Regeln gelten, nur weil der Ostwind dir nachläuft wie ein Schoßhund und dir das Führen einer Blitzklinge scheinbar in die Wiege gelegt wurde. Keines meiner Kinder hat mich je so enttäuscht.«

»Das … ich …« Ich schnappte nach Luft. »Vielleicht sind mir die Prophezeiungen in meiner Kindheit ein wenig zu Kopf gestiegen«, räumte ich ein. »Aber seither habe ich mich sehr verändert. Glaub mir, viereinhalb Jahre auf der Flucht vor der Rache der eigenen Mutter gehen nicht spurlos an einem vorüber. Allerdings interessiert dich das natürlich nicht. Du hast dein Urteil längst gefällt.«

So herrschte meine Familie bereits seit Generationen: kalt und unnachgiebig wie die Kuppeln, unter denen wir uns versteckten. Nie etwas widerrufen, niemals weichen. Es sei das Geheimrezept für den Fortbestand unserer Dynastie, hatte man mir früher eingebläut.

Die Königin widersprach mir nicht.

Hinter dem Rücken ballte ich meine gefesselten Hände zu Fäusten. Ich schloss für einen Moment die Augen, um mich zu beruhigen. »Im Grunde tut das alles also sowieso nichts zur Sache und wir können genauso gut aufhören, uns zu streiten. Ich brauche nämlich vor allem endlich ein paar Antworten und deshalb möchte ich dir einen Handel vorschlagen.«

»Nein.«

»Nun …«

»Ich verhandele nicht mit einer Landesverräterin«, erklärte meine Mutter. Allerdings klang ihre Stimme ein wenig brüchiger als noch vor ein paar Minuten.

Ich legte den Kopf schief. »So, wie ich das sehe, brauchst du mich aus irgendeinem Grund, um wieder an das *Amulett der Winde* zu kommen, richtig?«

Meine Mutter schwieg, ihr Kiefer mahlte. Doch das war mir Antwort genug.

»Jedenfalls ist das die einzige Erklärung, die mir für all das eingefallen ist«, sagte ich. »Wieso solltest du mich sonst in eine Zelle sperren, auf deren Boden etwas so Wertvolles herumliegt? Ich habe mir die Kette dort unten im Wasser genau angesehen. Bei der Explosion damals mag sie bis in dieses finstere Verlies geschleudert worden sein, aber … da ist noch etwas anderes außer dem Wasser, stimmt's? Vielleicht ein Überrest eines Fluches, mit dem die Kerker damals von Hexenkräften abgeschirmt wurden? Irgendetwas, ein letzter Rest eines magischen Schlosses hat sich um das Amulett gewickelt und niemand ist in der Lage, es zu berühren …«

Die Königin presste die Lippen aufeinander. »Niemand, außer der letzten Trägerin«, gab sie zu.

Ich nickte. »Also wolltest du, dass ich es entdecke und aus

seinem Versteck befreie … Ganz schön riskant, oder? Ich hätte damit auch den Rest dieses Palastes in Schutt und Asche legen können.«

»Ich habe neue Flüche gewirkt, die das verhindern. Du … wärst mit dem Amulett eingeschlossen gewesen, ohne es nutzen zu können.«

»Das dachte ich mir bereits.« Ich wandte mich um und streckte ihr meine gefesselten Hände entgegen. »Aber vielleicht werden wir uns ja einig, wenn wir erst vernünftig über alles gesprochen haben? Ich wollte diesem Reich niemals schaden und auch jetzt ist es das Letzte, was ich möchte. Ehrenwort.«

»Die Zeiten sind verzweifelt«, murmelte Ihre Majestät und zögerte noch einen Moment, dann glitten ihre schmalen Finger über meine Arme. Endlich lockerte sich der Strick und ich konnte ihn abstreifen. Ich rieb mir die Handgelenke und drehte mich wieder zu meiner Mutter um.

»Viel besser«, sagte ich. »Danke.«

»Stell deine Fragen«, forderte sie.

»Also gut. Ich möchte nur, dass du mir ein paar Dinge erklärst und dabei ehrlich bist. Dann gehört das Amulett wieder ganz dir«, sagte ich und begann mit dem Naheliegendsten. »Was hat es mit diesen Herzogisten auf sich? Steckt wirklich mein Vater dahinter?«

Die Königin blinzelte. Es war eine Art Todsünde, den abtrünnigen Herzog in ihrer Gegenwart zu erwähnen. Sogar sein Name war aus den Chroniken entfernt worden, nachdem er damals versucht hatte, die Macht zu übernehmen, und mit seinem Putschversuch gescheitert war.

Doch jetzt, inmitten dieses Sturms, holte meine Mutter tief Luft, strich ihren Rock glatt und sah mir wieder in die Augen. »Ja«, presste sie hervor.

»Also konnte er tatsächlich ausbrechen, weil ich –«

»Das zumindest ist nicht deine Schuld.« Sie räusperte sich.

»Er war niemals mein Gefangener.«

»Was?«

Meine Mutter blinzelte erneut. Ihr Mund hatte sich in eine dünne Linie verwandelt und ihre Arme hingen plötzlich seltsam nutzlos an ihrem Körper hinab. »Er ... entkam bereits vor vielen Jahren, noch ehe ich ihm den Prozess machen konnte. Seither arbeitet er im Untergrund gegen mich und lange Zeit konnte ich dafür sorgen, dass er keine Gefahr darstellte«, berichtete sie stockend. »Aber jetzt baut er eine Armee auf, in welcher laut meinen Spionen nicht nur Hexen und Hexer kämpfen sollen. Um mich zu stürzen und seine eigenen Pläne doch noch zu verwirklichen.«

»In denen es ernsthaft um so einen Blödsinn geht, wie die Menschheit einfach ihrem Schicksal zu überlassen und die Klimakatastrophe am Meeresgrund auszusitzen?«

»Ja.«

»Das ist doch Wahnsinn.«

»Ich weiß.«

Wir sahen einander an.

»Außerdem hetzt er das Volk auf und es beginnt, an mir zu

zweifeln – am Herrschaftsanspruch unserer Familie! Sieben Generationen lang haben wir hier unten beschützt und geleitet und ich soll die Letzte unserer Linie gewesen sein?«, fuhr die Königin fort, ihre Worte wurden bitter. »Weil meine Tochter mich bestohlen hat und die Leute ohne das *Amulett der Winde* nicht mehr daran glauben, dass wir die Wetterprobleme überhaupt noch in den Griff bekommen können. Als würde uns ohne das Amulett rein gar nichts von ihnen unterscheiden. Als wären wir bloß Hexen wie alle anderen auch.«

»Es tut mir leid«, entschuldigte ich mich wieder einmal, obwohl es natürlich sinnlos war. Davon abgesehen: Was wäre denn so schlimm daran, wenn wir wirklich wie unsere Untertanen wären? Die magische Begabung unserer Familie war stark, aber nicht, äh, göttlich oder so was.

»Wenn wir diesem Aufbegehren nicht bald ein Ende bereiten, werden sie versuchen, uns zu stürzen. Mich, deine Schwestern und alles, was diese Familie aufgebaut hat!«

Ich wiegte den Kopf hin und her, wägte für einen Moment ab, wie weit ich mich noch vorwagen sollte, und beschloss dann, dass es jetzt sowieso egal war, wenn meine Mutter mir den Kopf abriss. Das hatte sie ja ohnehin vor. Ich schluckte.

»Und die Zweifel, die der abtrünnige Herzog sät, sind die etwa ... *berechtigt*?« Das Kinn meiner Mutter zuckte, schnell sprach ich weiter: »Können wir es überhaupt? Die Wetter wieder in ruhigere Bahnen lenken und den Klimawandel aufhalten, meine ich. Kann unsere Familie noch den Schutz bieten, den sie einst versprochen hat?«

Meine Mutter zögerte.

Lange.

Entrüstung flackerte über ihre Züge, gefolgt von Wut und etwas, das wie *Verzweiflung* aussah? Zumindest bildete sich da eine Falte auf ihrer Stirn, die ich noch nie gesehen hatte ...

»Keine Ahnung«, flüsterte sie nach einer ganzen Weile. »Vielleicht.«

»Also ist es wirklich so schlimm«, murmelte ich. »Aaron hat dir von den Donnerdrachen an der Küste berichtet, oder? Sie entsteigen der See und fallen über besiedelte Gebiete her.«

Sie nickte.

»Wenn ich dir das Amulett gebe, dann reist du damit an die Oberfläche und beschützt die Menschen vor ihnen, nicht wahr?«

»Sicherlich. Ich kümmere mich darum, sobald das Volk mir wieder vertraut und die Sache mit deinem Vater ein für alle Mal erledigt ist.« Jegliches Blut war aus ihren Wangen gewichen und mir entging nicht, dass ihre Hand zitterte, als sie damit über ihre Augen fuhr. »Ich werde die Krone nicht aufgeben. Ich bin immer noch die rechtmäßige Königin.«

»Verstehe.« Ich atmete ein und wieder aus, reckte das Kinn. »Bei alledem könnte ich dir helfen, weißt du? Ich möchte die Menschen beschützen und unser Volk natürlich auch. Wir könnten zusammen kämpfen, Seite –«

»Nein.« Der Nordwind blies mir einen Schwall Eiskristalle ins Gesicht. Ich zuckte zusammen. »Ich herrsche und niemand sonst. Niemand sagt mir, was ich zu tun habe. Dein

Vater und sein Aufrührerpack nicht. Und erst recht keine verurteilte Verräterin.«

»Aber ich –«

»Ich war sehr gnädig mit dir, Undina, und habe ehrlicher geantwortet, als du es verdient hast. Ehrlicher, als ich es vermutlich hätte tun sollen. Das ist genug. Strapaziere meine Geduld nicht.«

»Aber was ist mit den Donnerdrachen? Ich will doch nur verstehen, warum sie überhaupt an Land gekommen sind. Was geht da vor sich? Wer legt diese Köder aus?«, versuchte ich es trotzdem weiter.

»Ich brauche das Amulett und ein paar Drachen sind momentan wirklich nicht mein größtes Problem. Der Gott des Schicksals hat sie einst unkontrolliert zurückgelassen. Du kennst die Geschichten. Es ist nicht unsere *Pflicht*, sie zu bekämpfen, sondern eher eine selbst gewählte Aufgabe.«

Wie bitte? Was war mit unserem heiligen Eid?

»*Menschen sterben!*«, erinnerte ich sie.

»Und Hexen planen eine Revolte. Das alles hier könnte schon bald untergehen!«, rief meine Mutter. »Dann spielt das, was an der Oberfläche passiert, auch keine Rolle mehr.«

War es ihr etwa egal, was mit den Menschen geschah, wenn sie nicht an der Macht bleiben konnte?

Allein der Gedanke schockierte mich so sehr, dass es mir für einen Moment die Sprache verschlug. Unterdessen sang meine Mutter eine kurze Tonfolge, um den Nordwind aus ihren Diensten zu entlassen.

Das Tosen legte sich genauso plötzlich, wie es aufgekommen war. Augenblicklich wurde es wieder ein paar Grad wärmer in der Halle. Nur der Ausdruck in den Augen der Königin ließ mir noch immer das Blut in den Adern gefrieren.

»Das Tribunal ist beendet«, erklärte sie und hatte damit wohl recht.

Das hier führte zu nichts. Offenbar standen wir doch nicht auf derselben Seite. Und wie man es auch drehte und wendete, wir hatten einander längst verloren. Spätestens als ich die Krone verraten und meine Mutter ihr eigenes Kind dafür zum Tode verurteilt hatte, waren alle Bande zwischen uns zerrissen. Aber vielleicht auch schon davor. Hatten wir einander überhaupt jemals gehabt?

Meine Mutter setzte wieder die undurchdringliche Miene Ihrer Majestät auf. Nie hatte sie mehr wie eine Meerhexe aus den Märchen der Menschen auf mich gewirkt. Ich verschränkte die Arme vor der Brust.

»Also gut«, sagte ich leise. »Gehen wir.«

»Das werden wir.« Die Königin winkte bereits die Wachen herbei, die außerhalb des Sturms auf uns gewartet hatten.

Einen Herzschlag später lag wieder die Klinge an meinem Hals und ließ mich erschaudern.

21

Abschied

Aaron trat uns in den Weg.

Sobald unser Tross wieder die Halle des Rates erreichte, löste er sich aus einer Gruppe Generäle und baute sich unmittelbar vor der Königin auf, sodass diese gezwungen war innezuhalten. Zwar neigte er respektvoll den Kopf und verbeugte sich nach den Regeln des Hofzeremoniells, doch das schien die Frechheit seines Verhaltens nur noch zu unterstreichen. Niemand hatte die Herrscherin der Tiefe von sich aus anzusprechen! Und Aaron hatte den Bogen nach seinem Auftritt bei der Parade ohnehin mehr als überspannt.

Die Wachen, die mich hinter meiner Mutter herbugsierten, schnaubten jedenfalls verächtlich. Gleichzeitig schien es, als würde jeder in der Halle den Atem anhalten.

»Eure Majestät«, begann Aaron. »Dürfte ich erfahren, wie Ihr mit der Prinzessin zu verfahren gedenkt?«

Jetzt wirkten die Soldaten, die mich festhielten, wirklich

entrüstet. Die Hände der Königin schlossen sich hinter ihrem Rücken für einen Augenblick zu Fäusten, dann öffneten sie sich wieder und ihre Schultern hoben und senkten sich unter betont regelmäßigen Atemzügen.

»Das darfst du selbstverständlich nicht«, sagte sie schlicht. »Und nun lass uns vorbei.«

Die Wachen schickten sich an, mich einfach an Aaron vorbeizuzerren. Die Königin blieb, wo sie war. Ihre Majestät würde nicht ausweichen. *Er* hatte *ihr* Platz zu machen, und zwar sofort.

Bloß tat er es nicht.

Es war eine Beleidigung sondergleichen, fast so dreist, wie in ihre Gondel zu springen. Doch Aaron schien es egal zu sein, dass er vermutlich kurz davor war, ebenfalls einen Aufenthalt in einer finsteren Zelle zu ernten. *Vielleicht, weil er sowieso einen Schlüssel hatte?*

Für den Bruchteil einer Sekunde sah er zu mir herüber.

Erst jetzt, aus der Nähe, erkannte ich, wie wütend er war. Die Augen kniff er leicht zusammen und die Muskulatur seines Kiefers zuckte vor Anspannung. Er konnte wohl nicht fassen, dass ich seine Fluchthilfe ausgeschlagen hatte und mich stattdessen nun mit einer Klinge an der Kehle abführen ließ.

Aber er wusste ja auch nicht, was ich wusste …

»Bitte«, stieß er hervor. »Ihr müsst das Urteil doch nicht jetzt vollstrecken. Eure Tochter hat bereits an meiner Seite gekämpft und ihre Gaben könnten dem Reich noch von Nutzen sein. Warum zwangsverpflichtet Ihr sie nicht als Soldatin und lasst sie mir helfen, die Donnerdrachen –«

»Es reicht.« Meine Mutter machte einen Ausfallschritt und drängelte sich wenig königinnenhaft an ihm vorbei. Auch sie schien langsam die Nerven zu verlieren. Oder ihre Maske der unnahbaren Herrscherin saß noch nicht wieder sicher auf ihrem Platz, nachdem sie gerade so offen zu mir gewesen war. »Wenn ich heute noch einmal das Wort ›Donnerdrachen‹ hören muss …«, murmelte sie.

»Ihr könnt Robin nicht einfach hinrichten lassen!«, rief Aaron. »Das … sie … Robin wollte immer nur das Beste für ihr Volk!« Seine Hände zuckten kaum merklich in Richtung der Klingen auf seinem Rücken.

Ich warf ihm einen warnenden Blick zu, doch das schien ihn nicht im Geringsten zu beschwichtigen. Seine Zähne mahlten aufeinander, in seinen Augen flackerte es wie kurz vor einem Kampf. Er war ganz eindeutig drauf und dran, eine riesengroße Dummheit zu begehen!

Die Königin blinzelte derweil. »Von wem sprichst du?«, erkundigte sie sich.

»Von mir natürlich«, sagte ich. »Robin, so nenne ich mich jetzt.« Dann wandte ich mich an Aaron. »Und du, beruhige dich! Man eskortiert mich in meine Zelle, das ist alles.«

Aaron schluckte. »Ist das wahr?«

Meine Mutter seufzte und nickte einem der Offiziere zu, der Aaron nun unwirsch zur Seite stieß, sodass sie endlich weitergehen konnte. Auch ich wurde erneut vorangeschubst und stolperte dabei über meine Füße, während die Hitze der Blitzklinge auf meiner Haut brannte. Dann setzten wir unseren Weg fort – unsere Gruppe wurde jedoch ab sofort von einem hochgewachsenen Sturmjäger ergänzt. Offenbar wollte Aaron sich persönlich davon überzeugen, dass man mich auch wirklich nur wieder in mein finsteres Verlies sperrte.

Ich biss mir auf die Lippe. Das hatte ich nicht kommen sehen. Nun wusste ich nicht so recht, ob ich mich über seinen Beistand freuen oder mich darüber ärgern sollte, dass er meinen Plan über den Haufen zu werfen drohte ...

Zeit, um darüber nachzudenken, blieb mir allerdings ohnehin nicht.

Schon durchquerten wir erneut die Thronhalle. Dann folgten Wandelgänge und Treppen, Korridore und Stiege, die immer tiefer in die Grundfesten des Palastfelsens hineinführten.

Schließlich raschelte die Robe meiner Mutter tatsächlich neben mir, während ich durch die Kerker schritt. Genau wie in meinem Traum letzte Nacht.

Nur dass mir dabei dieses Mal bedeutend mulmiger zumute war. Das Herz schlug mir bis zum Hals, noch immer hatte ich nicht endgültig entschieden, ob ich der Königin nicht doch einfach geben sollte, wonach sie verlangte. Immerhin war es ihr Eigentum, ihr angestammtes Recht ...

Die Dunkelheit umflutete uns mehr und mehr, während wir uns unseren Weg in die Tiefen bahnten und schließlich meine Zelle erreichten, in der es noch immer so düster und kalt war wie am Morgen.

Doch im Licht der Quallenleuchte tanzten nun unheimliche Schatten, als wir uns mit viel zu vielen Personen in die schmale Kammer hineinquetschten. Jetzt musste sie also die Königin höchstselbst beherbergen, die sich mit ihren ausladenden Röcken zwischen meine Pritsche und die Felswand geschoben hatte. Dahinter hatten eine meiner Wachen und ich uns hineingedrängt und in meinem Rücken spürte ich Aarons Atem.

Eine Gänsehaut kroch über meinen Nacken.

Es war so weit.

»Nun«, sagte meine Mutter und ruckte mit dem Kinn in Richtung Boden.

Schweigend sank ich auf die Knie, wieder einmal sog sich der Stoff meines Gewandes binnen Sekunden mit dem eisigen Wasser des Bachs voll.

»Robin? Was hast du vor?«, fragte Aaron, der nicht begriff, was das alles sollte.

»Das *Amulett der Winde*«, knurrte ich und zwängte mich unter meine karge Schlafstätte, was gar nicht so leicht war bei all den Füßen, die sich gegenseitig im Weg standen. Doch irgendwie schaffte ich es, unter das Brett zu kriechen. Mit dem Quallenlicht leuchtete ich vor mir her und schon nach ein paar Sekunden erkannte ich das verheißungsvolle Glimmen im Wasser, wo das Insigne unserer Familie die letzten viereinhalb Jahre gewartet hatte.

»Mutter hätte es jetzt gerne zurück«, erklärte ich Aaron weiter. Meine Stimme klang seltsam dumpf in der Dunkelheit. Ich schluckte und fuhr mir über den schmerzenden Hals, der nun zumindest nicht länger von einer Klinge bedroht wurde. Es war hier unten einfach viel zu eng, als dass die Wache mir bis in die hinterste Ecke des Raumes hätte folgen können. Genau, wie ich es gehofft hatte.

»*Wie bitte?*«, entfuhr es derweil Aaron, der noch immer nicht verstand. »Du hattest es die ganze Zeit über? Also stimmt, was die Herzogisten –«

»Nein, so ein Blödsinn.«

»Ruhe!«, bellte der Soldat.

»Aber …«, stammelte Aaron trotzdem.

Da platzte meiner Mutter endgültig der Kragen. »Schafft ihn hier raus!«, befahl sie. »Ich schätze dich als meinen königlichen Blitzlieferanten, Aaron. Doch ansonsten steckst du deine Nase viel zu tief in Dinge, die dich nichts angehen, mein Lieber. Denkst du etwa, ich weiß nicht, wer sich in den letzten beiden Nächten heimlich in meine Bibliothek geschlichen hat? Und am nötigen Respekt wirst du wohl genauso arbeiten müssen wie dein Vater.«

»Sie haben Ihre Majestät gehört«, sagte der Wachmann. Das Geräusch einer Blitzklinge, die aus ihrem Holster gezogen wurde, durchschnitt die Luft.

Aaron schnaubte. »Ist ja gut«, murmelte er. »Ich wollte doch nur –«

»RAUS!«

Schritte entfernten sich, jedoch nicht allzu weit. Aaron war wohl auf den Gang hinausgetreten und wartete nun stattdessen vor der Zellentür darauf, dass ich tat, was auch immer ich nun tun würde. Tun *musste*.

Denn was sich wie eine Entscheidung anfühlte, war in Wahrheit gar keine, oder?

Im Grunde hatte ich keine Wahl.

Der Wachmann steckte seine Klinge wieder ein, der Bach plätscherte leise vor sich hin und ich zögerte einen Herzschlag lang.

Dann noch einen.

Und noch einen.

Die Königin erlaubte sich ein Seufzen. »Jetzt mach schon, Undina. Wir haben schließlich bereits viereinhalb Jahre verloren.«

Ich nickte, auch wenn meine Mutter es natürlich nicht sehen konnte, und streckte vorsichtig meine Hand aus. Meine Fingerspitzen durchbrachen die Wasseroberfläche. Eisige Fluten umspülten mein Handgelenk, als ich mitten in das schillernde Rinnsal hineingriff.

Ich tastete mich voran, bis ich die dunklen Schlieren berührte, die das Amulett hier unten noch immer in ihren Fängen hielten. Schwarze Schleier aus Magie, die es umtosten wie ein Miniaturgewitter, in dem dann und wann tatsächlich winzige Entladungen von Energie aufflackerten und das Wasser aufwirbelten.

Doch ich fürchtete mich nicht vor ihnen. Anderen mochten sie Schmerz zugefügt haben, aber mich erkannten sie wieder. Meine Haut begann zu kribbeln, die Flüche begrüßten mich, indem sie an meinen Fingern leckten, als wären sie lebendig.

Ich schluckte.

Mit einem raschen Blick versicherte ich mich, dass Bo, den ich heute Nacht herbeigerufen hatte, tatsächlich im Felsspalt auf mich wartete. Sein winziges Fischmaul wirkte verkniffen, so als würde auch er es vor Anspannung kaum noch aushalten können.

Ich atmete ein und wieder aus. Dann lüftete ich den ersten Schleier, zupfte ihn vorsichtig mit Daumen und Zeigefinger beiseite und entließ ihn in die Wasser.

Sofort sauste er auf Bos Spalt zu, als hätte er viel zu lange darauf gelauert, endlich wieder frei zu sein. Bo selbst konnte gerade noch in Deckung gehen. Um ein Haar wäre ihm der dunkle Wirbel direkt ins Gesicht geklatscht.

Wieder holte ich tief Luft, dann wandte ich mich dem nächsten Fluch zu. Dieses Mal kostete es mich ein wenig mehr Mühe, die Verknotung zu lösen. Vielleicht auch deshalb, weil meine Finger inzwischen taub vor Kälte waren. Am liebsten hätte ich den Ostwind zu Hilfe gerufen, doch das ging in den vor jeglicher Magie abgeschirmten Kerkern natürlich nicht. Also musste ich die fransigen Fluchenden wohl oder übel Stück für Stück entwirren und daher dauerte es eben ein wenig länger.

So lange allerdings, dass die Königin vor Ungeduld schließlich hinter mir von einem Fuß auf den anderen trat und dabei etwas Unverständliches vor sich hin grummelte, das nach weniger freundlichen Titeln für mich klang.

»Redest du mit mir?«, erkundigte ich mich, ohne den Blick von dem Amulett zu wenden, dessen Umrisse jetzt immer deutlicher zu erkennen waren.

»Tu es einfach, Undina.«

»Du kannst es wohl nicht erwarten, mich gleich danach hinrichten zu lassen?« Meine Hände ballten sich wie von selbst zu Fäusten.

Die Königin antwortete nicht mehr, aber das brauchte sie auch nicht. Wie gesagt, ich wusste sowieso, was ich zu tun hatte, wenn ich die Donnerdrachen aufhalten und die Menschen beschützen wollte.

Plötzlich war es ganz einfach. Der letzte Fluch schien wie von selbst in meine Hand zu springen, schlängelte sich einmal zwischen meinen Fingern hindurch und stob davon.

Dann war die Sicht endlich frei: Vor mir im Wasser lag es, silbern und rein. Nicht ein Kratzer verunstaltete den von filigranen Gravuren überzogenen Anhänger.

Das *Amulett der Winde.*

Es war wunderschön. Viel schöner als in meiner Erinnerung. Hatte ich es mir damals als Zwölfjährige überhaupt genauer angeschaut? Kälte und Nässe, Dunkelheit und Zeit hatten dem mächtigen Talisman anscheinend nicht das Geringste anhaben können.

In meinen Kinderaugen hatte das Amulett wohl immer

bloß wie eine hübsche Kette ausgesehen. Wie der Schlüssel zu den Kerkern, den meine Mutter gern um den Hals trug. Etwas Wertvolles. Etwas, mit dessen Hilfe man einen wenig durchdachten Plan in die Tat umsetzen und einen magischen Orakel-Schwarm befreien konnte ...

Doch jetzt erkannte ich, wie alt es sein musste. Die Symbole darauf schienen aus einer längst vergangenen Zeit zu stammen, die Inschriften waren seltsam kantig, verfasst in einer Sprache, die unser Volk schon vor vielen Jahrhunderten vergessen hatte. Eine archaische Aura umgab das Schmuckstück, als hätten schon die frühesten Menschen es in einer Höhle umhergereicht, während der Feuerschein bemalte Felswände beleuchtete. Es existierte jedenfalls schon sehr viel länger als unsere Dynastie, die nun Anspruch darauf erhob.

Ehrfürchtig griff ich danach und der ovale Anhänger schmiegte sich in meine Handfläche, als wäre er dafür gemacht worden. Außerdem war er schwer und deutlich wärmer, als ich erwartet hatte und er inmitten dieses eisigen Baches hätte sein dürfen. Da, war das etwa ein zartes Pulsieren in seinem Innern? Wie ein winziger, flirrender Herzschlag?

Mir wurde ein wenig schwindelig. Allein das *Amulett der Winde* in den Händen zu halten, jagte mir einen Schauer über den Rücken. Im Vergleich zu allem, was dieses Schmuckstück bereits gesehen haben musste, kam ich mir klein und unbedeutend vor. Zugleich durchströmte mich ein nie da gewesenes Gefühl von Macht. War das vor viereinhalb Jahren auch schon passiert?

»Undina!«, drängelte meine Mutter weiter.

Ich schloss meine Hand fester um das Amulett, drückte es für einen Augenblick an meine Brust. Dann kroch ich rückwärts unter der Pritsche hervor.

»Endlich!«, flüsterte die Königin.

Noch bevor ich mich ganz aufgerichtet hatte, wollte sie mir das Amulett aus den Händen reißen, doch ich konnte im letzten Moment ausweichen.

In einer fließenden Bewegung wirbelte ich herum, griff dabei nach einer der beiden Blitzklingen auf dem Rücken des Wachmanns und zog sie aus dem Holster heraus. Gleichzeitig versetzte ich der Zellentür einen Stoß, sodass sie ins Schloss fiel. Einen Herzschlag später hatte ich die Waffe bereits auf den Hals meiner Mutter gerichtet.

Ihre Augen weiteten sich, ihr Mund klappte auf und wieder zu, ohne dass ein Ton herauskam.

»Zu Hilfe!«, brüllte dafür nun der Soldat. »Die abtrünnige Prinzessin –«

»Noch einen Mucks und sie ist tot«, schnitt ich ihm das Wort ab und erschrak selbst darüber, wie überzeugend es mir über die Lippen kam.

Ich drückte die Klinge gegen die bleiche Haut der Königin. Diese taumelte nach hinten, stieß jedoch sofort gegen die Felswand. Sie saß in der Falle.

Allerdings schien sie das auch von mir zu denken.

»Was soll das, Undina?«, zischte sie ärgerlich, schaffte es aber nicht, das Zittern in ihrer Stimme zu verbergen. »Ein halbes Regiment hält sich in diesen Mauern auf. Allein in den Kerkern habe ich die Wachmannschaften in den letzten Tagen verdoppeln lassen. Und das Amulett ist hier unten nutzlos. Was hast du also vor? Willst du dich lächerlich machen?«

»Lächerlich ist höchstens, dass ich offenbar die Einzige bin, die hier die Dinge in die Hand nimmt«, schnaubte ich und legte das Amulett mit einer fahrigen Bewegung an.

Sofort fühlte ich mich besser: Die Wärme des schweren Anhängers auf meiner Haut hatte etwas Beruhigendes. Sie tröstete mich beinahe darüber hinweg, dass ich gerade das Leben meiner eigenen Mutter bedrohen musste.

Ich seufzte und wandte mich an den Soldaten. »Gib mir deine andere Klinge auch noch«, befahl ich ihm, nun, da ich eine Hand frei hatte.

Er zögerte. Der Kerl war ein gestandener Offizier, erst jetzt bemerkte ich die Narbe über seiner Augenbraue. Das hier war sicherlich nicht sein erster Tag in den Diensten Ihrer Majestät. Vermutlich wusste er auch deshalb, wann man weiterkämpfte und wann es besser war, sich zu fügen.

Sein Blick huschte zur Kehle der Königin, deren Haut bereits vom elektrischen Sirren der Klinge versengt wurde. Er wägte seine Chancen ab, mich zu überwältigen, bevor ich Ihre Majestät ernsthaft verletzen oder gar töten könnte …

Dann zog er seine Waffe und reichte sie mir.

»Gut«, sagte ich. »Und jetzt will ich, dass ihr verschwindet.

Alle beide.« Ich ruckte mit dem Kinn in Richtung Tür. »Schließt hinter euch ab und lasst mich in Ruhe.«

»Was versprichst du dir davon, wieder eingesperrt zu werden?«, entfuhr es meiner Mutter. Sie hätte wohl beinahe gelacht, wenn sie nicht so wütend gewesen wäre. »Hör auf mit diesen Spielchen und gib mir das Amulett!«

Doch als ich noch ein wenig fester zudrückte und ein erster Blutstropfen ihre Halsbeuge hinabbrann, gab sie nach.

»Du verdienst wirklich, wozu ich dich verurteilt habe«, murmelte sie, während sie sich seitlich an der Wand entlang zum Ausgang schob.

»Geht einfach«, forderte ich erneut und endlich taten sie, was ich verlangte.

Der Soldat trat als Erster auf den Gang hinaus, die Königin folgte ihm. Dann wurde die Kerkertür zugepfeffert. Die schweren Schlösser klickten. Befehle gellten durch die steinernen Korridore. Der Offizier hatte die höchste Alarmstufe ausgerufen.

»Was ist los?«, hörte ich Aaron fragen. »Robin? Alles in Ordnung?«

Doch niemand beachtete ihn und auch ich hatte keine Zeit, um zu antworten.

»Die beiden Klingen bringen dir gar nichts, wenn erst einmal die Verstärkung hier ist!«, schrie meine Mutter und schlug mit der flachen Hand gegen die Tür.

Ich hingegen kroch bereits wieder zurück unter die Pritsche. Das Amulett ruhte an meiner Brust, als wollte es mich beschützen, während ich Bo bedeutete, zur Seite zu gehen. Dann holte ich aus und stieß die beiden Blitzklingen mit einem kräftigen Hieb mitten hinein in den Felsspalt.

Brackiges Kanalwasser floss dort hindurch, hatte das Orakel gesagt. Und so war mir die Idee gekommen: Der Bach war nicht nur irgendein eiskaltes Rinnsal. Er war eine Verbindung nach draußen, in ein Gewässer, in die Kanäle der Stadt, und schließlich würde er in den Ozean selbst münden.

Die Klingen schnitten natürlich nicht wirklich *durch* den Fels, dazu waren selbst die hochwertigen Waffen eines Offiziers nicht scharf genug. Doch es gelang mir, den Riss in der Wand zu vergrößern. Seit Jahren hatte das Wasser sich hier seinen Weg gesucht und das Lavagestein brüchig werden lassen. Nur ein paar weitere Hiebe waren nötig, um den Durchgang zu weiten.

Zum Glück.

Auf dem Gang erklang das Geräusch vieler Stiefelpaare. Meine Mutter brüllte irgendetwas Unverständliches. Schon wurde die Kerkertür wieder geöffnet. Viele, viele Blitzklingen fuhren aus ihren Holstern und brachten die Luft zum Knistern, als befänden wir uns in einer Gewitterwolke. Ihre Schneiden sausten durch die Luft auf mich zu.

Und für einen kurzen Moment meinte ich tatsächlich, Aarons Stimme direkt hinter meinem Rücken zu hören.

Doch dann warf ich mich in die Fluten – in die Fluten und einen Wirbel aus Leibern. Bo hatte Wort gehalten, der gesamte Schwarm hatte auf der anderen Seite auf mich gewartet.

Das Orakel bildete heute wieder einmal die Gestalt des Wals, der mich nun verschluckte. Der massige Körper schloss sich um mich, formte in seinem Innern jedoch eine schmale Blase, innerhalb derer ich atmen konnte.

Obwohl genau das mir momentan schwerfiel und ich mich kaum davon abhalten konnte, vollkommen durchzudrehen, wie ich es sonst in brenzligen Situationen zu tun pflegte. Aber nein, über diesen Punkt war ich längst hinaus.

Nun gab es kein Zurück mehr.

Meine Lider flatterten, während Bo und die anderen mit mir davonschossen, und das Amulett um meinen Hals fühlte sich an, als würde es heißer glühen als jede Blitzklinge, die ich jemals geführt hatte.

Diebesgut. Ein Frevel sondergleichen. Das *Amulett der Winde*, geraubt von der siebten Prinzessin, die nun gemeinsam mit dem uralten Orakel in die See hinauspreschte.

Ich hatte es also wieder getan.

5. Strophe

Wettervorhersage

Katastrophenalarm!
Ein Tsunami erreicht die Küste.
Nicht nur Donnerdrachen entsteigen der See.
Robin und das Amulett der Winde haben Probleme.
Und am Ende kommt doch alles ganz anders als gedacht.

22

Land in Sicht

*D*as Orakel durchstreifte die See.

Seine Walgestalt war riesig. Ein gewaltiger grauer Körper, der durch das Wasser glitt und sich trotz seiner Größe erstaunlich elegant in die Strömungen legte. Ein Koloss, ein Berg von einem Tier, und trotz allem scheinbar schwerelos in den Untiefen des Reichs meiner Mutter.

Jedenfalls fühlte es sich so an. Von meinem Platz im Bauch des Schwarmwesens aus konnte ich natürlich nicht sehen, was außerhalb vor sich ging oder wohin mein alter Freund uns gerade steuerte. Wie so oft in letzter Zeit befand ich mich inmitten von Dunkelheit, die nur dann und wann durch das schwache Aufglimmen der Blitzklingen in meinen Händen unterbrochen wurde.

Der Schwarm hüllte mich außerdem in eine angenehme Wärme und sorgte dafür, dass es in dem Hohlraum, den er um mich herum gebildet hatte, genügend Sauerstoff für mich gab. Er hatte sogar daran gedacht, einen Krug Muschelmet und ein paar frittierte Algenblätter als Proviant für mich zu verschlucken. Ich saß also mit allem, was ich brauchte, in einer Art gemütlichem Kokon, der mich nicht nur vor den Gefahren der Tiefsee schützte, sondern mich auch so rasch wie möglich von meinen Häschern fortbrachte.

So, wie ich dem Orakel einst zur Flucht verholfen hatte, revanchierte es sich nun bei mir. Doch ich konnte mich nicht so recht darüber freuen. Das dumpfe Gefühl, erneut exakt den gleichen Fehler begangen zu haben, lag wie ein Stein auf meiner Brust. Schwer und unheimlich wie das Amulett selbst. Obwohl die Umstände heute natürlich ganz andere waren. Dieses Mal war der Diebstahl das einzig Richtige gewesen, dessen war ich mir tief in meinem Herzen sicher. Einen anderen Weg hatte es nicht gegeben. Darüber hinaus floh ich heute ganz und gar nicht. Ich zog in den Krieg.

Trotzdem. Fakt war, ich hatte es wieder getan.

Ich hatte meine Mutter zum zweiten Mal um das *Amulett der Winde* gebracht. Und zum zweiten Mal hatte ich Atlantis Hals über Kopf verlassen müssen. Würde das Volk seinen Liedern schon bald eine neue, unrühmliche Strophe über meine Taten hinzufügen?

Ich biss mir auf die Lippe.

An Schlaf war momentan jedenfalls nicht zu denken, selbst wenn kein schlechtes Gewissen an mir genagt hätte. Zwar war ich nach der Aufregung des Vormittags und den Begegnungen und Erkenntnissen der letzten Nacht schrecklich müde, dennoch wagte ich es nicht einmal, die Augen zu schließen. Allein die Vorstellung, *jetzt* ein Nickerchen einzulegen, ließ Übelkeit in mir aufsteigen. Nein, mich auszuruhen, war keine Option! Stattdessen lauschte ich angestrengt in die Weiten des Ozeans, nippte am Muschelmet und versuchte, aus jeder Bewegung des Orakelwals herauszulesen, wie weit wir bereits gekommen sein mochten und ob wir verfolgt wurden.

Das wurden wir bestimmt.

Meine Mutter würde Himmel und Hölle, Nordwind und Südwind, Westwind und Ostwind in Bewegung setzen, um mich aufzuhalten. Hexen aller Weltmeere würden schon bald Jagd auf mich machen und ich musste mich beeilen, schließlich hatte ich nicht vor, mich vor ihnen zu verstecken. Und die Königin konnte sich natürlich denken, wohin es mich zog. Oder?

Ob sie allerdings wusste, wer mir gerade dabei half zu entkommen? Ob ein gigantischer Blauwal in diesen Breitengraden wohl auffiel?

Ganz sicher würde jedes Kesselboot, das die Stadt verlassen wollte, genauestens kontrolliert. Bestimmt war das gesamte Heer auf den Beinen, die See musste wimmeln von Patrouillen, die nach mir Ausschau hielten.

Aber der Schwarm war ein Meister der Verwandlung und vielleicht … vielleicht war seine Freundschaft der letzte Trumpf in meinem Ärmel.

Meine Hand legte sich wie von selbst um das Amulett an meinem Hals, weil das nicht stimmte. Das *Amulett der Winde* würde meine wahre Geheimwaffe sein. Zumindest hoffte ich das. Ich hatte ja keinen Schimmer, wie das Ding funktionierte und was es genau bewirken konnte. Doch irgendwie würde ich das schon herausfinden.

Jetzt musste ich es erst einmal in Sicherheit bringen.

Genau wie meine Reise mit Aaron und Damian im Kesselsegler dauerte auch der Rückweg an die Oberfläche eine ganze Weile. Zwar ging es hinauf stets schneller als hinunter, aber bis in die Nacht oder sogar in die frühen Morgenstunden würde der Schwarmwal wohl benötigen, schätzte ich. Stunden, in denen uns meine Verfolger jederzeit entdecken und angreifen konnten. Und dieses Mal war kein Aaron bei mir, der mir seine Koje überließ und darauf achtete, dass ich nicht komplett durchdrehte. Ein wenig vermisste ich seine Gesellschaft schon, auch wenn ich es mir ungern eingestand ...

Egal.

Entschlossen konzentrierte ich mich auf meine eigene Atmung und die Stille der See um mich herum, horchte auf jedes noch so zarte Plätschern, versuchte, jeden noch so winzigen Richtungswechsel des Schwarms zu deuten.

Stets bereit, aufzuspringen und zu kämpfen ...

Aber irgendwann mussten mir die Augen schließlich doch zugefallen sein. Jedenfalls erwachte ich von dem plötzlichen schmerzhaften Druck auf den Ohren, den man bekam, wenn man viel zu schnell auftauchte. Ein Stechen wie von glühenden Nadeln, das sich durch mein Trommelfell direkt in mein Gehirn zu bohren schien, ließ mich aus einem Haufen wirrer

Träume von meiner Mutter und Aaron und dem Amulett an meinem Hals aufschrecken.

Schlagartig war ich hellwach. So ein Mist, ich hatte meine Deckung vernachlässigt!

Während die Traumbilder verblassten, in denen ich mich aus unerfindlichen Gründen wieder einmal in Aarons Arme gekuschelt hatte und mit ihm zu einem neuen Versteck geflohen war, schluckte ich ein paarmal hintereinander, um den Schmerz zu vertreiben. Gleichzeitig riss ich die Klingen empor und drehte mich in meinem Kokon vorsichtig um die eigene Achse. Versuchte zu verstehen, was vor sich ging.

Noch immer befand ich mich in der Dunkelheit. Doch die Geräusche der See hatten sich verändert. Wie aus der Ferne drang das Grollen von Wellen an mein Ohr. Wellen, die über Sand tanzten und sich an Felsen brachen. Und da, war das etwa der Schrei einer Möwe?

Ich rieb mir mit dem Handrücken über die Stirn, mein altbekannter Kopfschmerz überkam mich mit einer Wucht, die mich schwindelig machte, und zerstreute meine letzten Zweifel: Wir hatten die Oberfläche erreicht.

Mein Nickerchen schien von komatösem Ausmaß gewesen zu sein. Verdammt.

»Holde Prinzessin«, säuselten unzählige Stimmen um mich her. »Es ist so weit, Ihr müsst uns verlassen.«

Ich nickte. »Danke für –«, setzte ich an, aber der Wal hustete bereits, sodass der Boden unter meinen Füßen vibrierte und ich ins Taumeln geriet.

Die Wände der Höhle bewegten sich, irgendwo vor mir drang ein trüber Lichtschein in die Finsternis. Ich blinzelte, machte einen Ausfallschritt, als ein weiteres Beben den Kokon erschütterte, und versuchte, mich trotz der Klingen in meinen Händen abzustützen.

Doch der Wal hustete jetzt so heftig, dass ich schließlich das Gleichgewicht verlor. Ich fiel auf die Knie und wurde nach vorn geschleudert, ehe ich mich wieder aufrappeln konnte. Meine Höhle zog sich zusammen.

Einen Herzschlag später spie mich das Schwarmwesen in die Morgendämmerung hinaus.

Mit dem Gesicht voran landete ich in der Brandung. See und Sand drangen in meinen Mund und meine Nase. Ich musste prusten.

»Unsere Schuld ist beglichen«, wisperte das Orakel derweil als vielstimmiger Chor in meinem Rücken.

Ich wischte mir das Salzwasser aus den Augen und kam auf die Beine. »Danke für alles«, begann ich erneut. »Ohne euch hätte ich es nicht geschafft.«

»Gleichfalls«, sagte das Schwarmwesen. Seine Stimme hatte sich verändert und als ich mich umdrehte, erkannte ich auch warum: Es war nicht länger die Gestalt des Blauwals, die hinter mir in den Fluten wartete.

»Werden wir uns je wiedersehen?«, fragte ich.

»Am Ende liegt auch unser Schicksal wieder einmal in Euren Händen.«

Der Schwarmprinz lächelte. Seine Haut schimmerte im

verblassenden Licht des Mondes, Wasser sickerte aus seinem dunklen Haar und rann ihm über Wangen und Schultern. Und mit jedem Tropfen, der ins Meer fiel, schien er sich ein kleines bisschen weiter aufzulösen. Wie gefrorener Meerschaum, der im einen Moment noch stolz auf den Wellenkämmen thronte und im nächsten dahinschmolz, weil die Sonne aufging.

Das Lächeln des Prinzen wurde wärmer. Er verneigte sich tief vor mir, die Hände über dem Herzen gekreuzt. Eine Ehrerbietung, die eigentlich Ihrer Majestät der Tiefe vorbehalten war. Dann zerfiel er endgültig in unzählige Leiber, bröckelte auseinander zu vielen Wesen.

Als die nächste Welle über den Strand rollte, wusch sie meine Freunde einfach fort.

»Macht es gut«, flüsterte ich.

Einen Augenblick lang sah ich noch auf das grau wogende Wasser hinaus. Dann packte ich meine Klingen fester und stapfte an Land.

Der Strand lag so verlassen wie eh und je da. Es musste noch früh am Morgen sein und die Novembersonne war zu schwach, um für mehr als ein schmutzig gelbliches Licht zu sorgen. Darin ruhten die Dünen wie schlafende Riesen, die auf bessere Zeiten warteten.

Ich marschierte über den Sand und hielt nur einmal inne, um das Wasser aus meinem Rock zu wringen, der bei jedem Schritt mehr zu wiegen schien. Oder war das nur das Gefühl, wieder an der Oberfläche zu sein, das sich schwer auf meine

Schultern legte, sobald ich den Kontakt mit dem Ozean verlor?

Meine Schritte knirschten, mein Herz hämmerte in der Brust und mein Blick suchte das Ufergras vergeblich nach Ködern oder anderen Auffälligkeiten ab. Noch waren meine Verfolger nicht hier. Noch war ich allein. Dennoch wurde mir schon nach wenigen Metern klar, dass etwas nicht stimmte.

Vielleicht, weil es zu ruhig war.

Vielleicht, weil da diese Spannung in der Luft hing wie kurz vor einem Gewitter. Und die Wolken am Himmel über meinem Kopf glommen dunkel. Sehr, sehr dunkel ...

Ich biss mir auf die Lippe, unsicher, was ich von alldem halten sollte, und bahnte mir meinen Weg durch Sand und Kies bis zu dem schmalen Pfad, der zu unserem Haus führte.

Wie schlimm war es? Hatten die Drachen inzwischen etwa die ganze Stadt übernommen? Wie viele Menschen waren bereits gestorben? Mit wie vielen Untieren würde ich es zu tun bekommen?

Vor allem aber: Würde ich die Biester erledigen können, bevor die Soldaten der Königin hier eintrafen, um mich gefangen zu nehmen?

Wie selbstverständlich begann ich, die altbekannte Melodie zu summen. Doch heute klang sie seltsam laut. Meine Stimme schien die aufgeladene Stille dieses Morgens regelrecht zu zerschneiden.

Sofort war der Ostwind bei mir. Ich atmete ein wenig auf,

als er an meinem Pferdeschwanz zupfte und meine Kleider trocknete.

»Danke«, flüsterte ich.

Eine Bö stupste freundlich meine Wange an. Leider trug sie mehrere Muschelscherben und einen fischig-fauligen Geruch mit sich.

»Ich habe dich auch vermisst«, raunte ich, dann legte ich einen Finger an meine Lippen und der Ostwind heulte sogleich ein bisschen leiser. Gemeinsam pirschten wir uns weiter voran.

Der Pfad machte nun eine Biegung, das Haus kam in Sicht und tatsächlich: Genau vor der Eingangstür (oder besser gesagt dem, was noch davon übrig war) kauerten zwei Donnerdrachen!

Aus glühenden Augen blickten sie mir entgegen und bleckten die Zähne. Mein Atem stockte. Obwohl die Untiere in sich zusammengesunken dahockten, reichten sie bis zum ersten Stock hinauf. Der stachelige Kopf des einen befand sich genau vor dem aus den Angeln gerissenen Fenster meines alten Zimmers. Seine Flügel hatten sich sogar in die geborstene Fassade gebohrt und sein Schwanz peitschte in pendelnden Bewegungen bis zum fast vollständig abgedeckten Dach hinauf.

Den Furchen in den Treppenstufen des Hauses nach zu urteilen, war nicht das gesamte Ausmaß der Zerstörung allein das Werk der Sturmflut. Auch die Drachen mussten hier gewütet haben.

Warum, verdammt?

Noch immer wollten die Puzzleteile in meinem Kopf einfach nicht zueinanderfinden. Das alles ergab doch überhaupt keinen Sinn! Donnerdrachen kamen an Land, meine Mutter unternahm rein gar nichts dagegen und jetzt – jetzt beobachteten die Biester mich, anstatt sofort zum Angriff überzugehen. Ernsthaft?

Ich machte einen weiteren Schritt auf sie zu. Die Drachen rührten sich nicht. Sie blinzelten bloß und stemmten die Klauen in den Boden, als ... *wollten sie das Haus vor mir beschützen?*

Hä?

Hielten mich jetzt etwa auch schon die schrecklichsten Monster der Weltmeere für das personifizierte Böse?

Die Blitzklingen zitterten in meinen Händen. Vorsichtig schlich ich weiter auf die Bestien zu.

Nichts geschah.

Es war vollkommen surreal, ich konnte sogar die blutrote Maserung auf ihren meergrünen Schuppen erkennen. Und da waren schwarze Sprenkel an den Rändern ihrer Pupillen, die weiterhin auf mir ruhten. *Wollten sie etwa keinen Kampf?*

Ich schluckte. Nicht dass ich scharf darauf war, sie zu töten. Es lag bloß jenseits von allem, was man mich gelehrt hatte, solche Ungeheuer am Leben zu lassen. Schließlich mordeten und zerstörten sie, wohin sie auch kamen. Es war ihre Natur. So einfach war das.

Spielten sie also nur mit mir?

Ich kreuzte die Klingen vor meiner Brust und fragte mich einen Herzschlag lang tatsächlich, ob ich einfach weitergehen und die Ruine den Drachen überlassen sollte. Doch dann entdeckte ich das blasse, angstverzerrte Gesicht hinter einer der zerbrochenen Scheiben im Erdgeschoss.

Louisa!

Ich machte einen Satz nach vorn.

Im selben Augenblick brach die Hölle los.

Von einer Sekunde zur nächsten schüttete es wie aus Eimern. Wolken verdichteten sich. Blitze jagten über den dunklen Himmel.

Die Schnauze des vorderen Drachen schnellte so plötzlich auf mich zu, dass sie mich um ein Haar erwischt hätte. Es gelang mir kaum rechtzeitig, die Blitzklinge hochzureißen und einen Streich auf den gewaltigen Nüstern zu landen.

Die Bestie fauchte.

Schwarz glänzendes Blut quoll aus der Schnittwunde, die sich quer über das Maul zog, und der Donnerdrache schüttelte den Kopf, als könnte er sie dadurch irgendwie wieder abwerfen. Blutstropfen spritzten umher, trafen seinen Artgenossen und schienen diesen für einen Moment ebenfalls aus dem Konzept zu bringen.

Ich nutzte diesen kurzen Augenblick der Verwirrung, um mich in Kampfposition zu bringen. Als ein dornenbesetzter Schwanz in meine Richtung peitschte, war ich vorbereitet. In einer Parade wie aus dem Lehrbuch ließ ich meine Klingen hervorschnellen. Eine von ihnen fand ihr Ziel und durchbohrte das Herz des Ungeheuers, ehe es auch nur dazu ansetzen konnte, mich erneut anzugreifen.

Sofort zog ich meine Waffe wieder heraus. Während das Monster in sich zusammensackte, fuhr ich bereits herum, wirbelte nun beide Klingen über meinem Kopf und schleuderte sie dem zweiten Donnerdrachen entgegen. Auch dieses Mal traf ich. Beide Wesen zersetzten sich mit rasender Geschwindigkeit in ihre Bestandteile.

Jedoch ...

Noch immer schwirrten unaufhaltsam Muschelsplitter um mich herum und zerkratzten meine Haut. Viel zu lebendiges Donnergrollen hing in der Luft und der Gestank von altem Fisch brannte mittlerweile regelrecht in meiner Nase.

Panisch sandte ich den Ostwind aus, das Gelände zu erkunden. Gleichzeitig rannte ich auf das Haus zu, möglichst rasch zu der Stelle, an der meine Waffen sich in den Boden gebohrt hatten, nachdem sie dem zweiten Donnerdrachen den Garaus gemacht hatten.

Die Donnergeräusche schwollen derweil zu einer Lautstärke an, die Trommelfelle zerfetzen konnte. Der Himmel verdunkelte sich noch mehr, als mit einem Mal viele, viele massige Leiber hinter dem Haus emporstiegen und sich kurz in die Lüfte erhoben, nur um anschließend in einem wütenden Sturzflug auf mich zuzuhalten.

Es war die größte Herde von Donnerdrachen, die ich je gesehen hatte.

Verdammt. Verdammt. VERDAMMT!

Die Blitzklingen noch rechtzeitig zu erreichen, konnte ich jedenfalls vergessen. Und selbst mit ihnen hätte ich gegen diese Übermacht wohl kaum etwas ausrichten können.

Ich griff nach dem Amulett an meinem Hals, presste meine Finger auf die Linien und Keile der uralten Symbole und dachte an die Magie des Urkessels, konzentrierte mich darauf, sie heraufzubeschwören.

Es war so weit.

Jetzt konnte das mächtige Amulett endlich einmal zeigen, was in ihm steckte. Schließlich hatte ich es genau deshalb gestohlen: um etwas gegen die Donnerdrachen zu unternehmen.

Schon wehte mir ihr stinkiger Atem ins Gesicht. Eine Klaue schlug neben mir in den Boden, Zähne schnappten nach mir.

Ich taumelte einen Schritt nach hinten, rief noch einmal nach dem Ostwind.

Dieser umstürmte mich jetzt, versuchte, meine Angreifer zurückzudrängen.

Bitte hilf mir, flehte ich in Gedanken.

Doch es waren zu viele.

Inzwischen hatten mich an die zehn Bestien umzingelt. Mit gesenkten Köpfen drängten sie von allen Seiten auf mich zu und hinter dem Haus stiegen derweil noch weitere Donnerdrachen in den Himmel empor. Das durfte doch nicht wahr sein!

Mein ganzer Körper zitterte. Die Erde bebte unter den

stapfenden Schritten der Donnerdrachen und Regen und Muschelsplitter peitschten mir ins Gesicht, sodass ich kaum noch atmen konnte. Alles um mich herum schien zu verwischen, das Blut rauschte in meinen Ohren, mein Herzschlag raste und ich hatte das Gefühl, mein Kopf würde jeden Augenblick zerspringen.

Nur das Amulett in meinen Händen regte sich kein bisschen. *Komm schon*, dachte ich und rieb über das Metall. *Warum schickst du die Biester nicht endlich dahin zurück, wo sie hergekommen sind? Was –?*

Ein weiterer Drache schnappte nach mir und bekam meinen Ärmel zu fassen. Das Geräusch von reißendem Stoff mischte sich in das Donnergrollen.

Verdammte Scheiße!

Ich schielte ein letztes Mal zu meinen Klingen, die nur einige Meter entfernt und doch unerreichbar im Boden steckten. Dann schloss ich die Augen.

Eine einzelne Träne rann über meine Wange.

Also gut.

Meine Hände krallten sich um das nutzlose *Amulett der Winde*, während einer der Donnerdrachen sich knurrend auf mich stürzte.

Zähne streiften meine Halsbeuge, als –

»Das genügt!«, rief jemand vom Haus her. Der Stimme nach zu urteilen, war es ein Mann …

Die Zähne verschwanden plötzlich und der Sturm flaute ab. Die Bestien zischten vor Enttäuschung.

Ich blinzelte.

Die Donnerdrachen hatten mitten im Angriff innegehalten. Sie waren noch immer nah, manche Schnauzen kaum eine Armeslänge von mir entfernt. Doch ihre Schwänze peitschten nicht länger in meine Richtung. Stattdessen starrten die Biester jetzt, genau wie ich, zu der Gestalt auf den geborstenen Stufen der Eingangstreppe hinüber, als erwarteten sie gespannt, was als Nächstes passieren würde.

»Zieht euch wieder zurück!«, befahl Andreas ohne Umschweife und schickte die Drachen mit einer knappen Geste wieder zu ihrem Lager hinter dem Haus zurück. Als wäre es das Selbstverständlichste auf der Welt!

Und tatsächlich entfalteten die Ungeheuer ihre Schwingen und *gehorchten*!

Unterdessen wandte Andreas sich mir zu. Andreas, der auch heute einen wild gemusterten Fleecepullover trug und so aussah, als hätte man ihn gerade bei einer entscheidenden Runde *Mau-Mau* unterbrochen.

Er verschränkte die Arme vor der Brust. »Du hast deinen Spülmaschinendienst verpasst«, blaffte er mich an. »Wir haben hier immer noch Regeln, junge Dame!«

23

Drachenbeschwörer

_A_ ndreas' Mundwinkel zuckten, zuerst kaum merklich, dann immer deutlicher. Im Zeitlupentempo breitete sich ein Grinsen auf seinem Gesicht aus.

Es war so ziemlich das Gruseligste, was ich je gesehen hatte.

Mein Mund klappte auf und wieder zu, ohne dass ein Ton herauskam.

Alles drehte sich.

»Wirklich? Stumm wie ein Fisch auf dem Trockenen?« Andreas lachte. »Du verschwindest für mehrere Tage und hast nicht einmal eine fadenscheinige Entschuldigung für mich?«

In meinem Kopf tobte noch immer ein Tornado, der verhinderte, dass ich einen klaren Gedanken fassen konnte. »D...die _Drachen_!«, stammelte ich schließlich. »Wie kannst du ...? Ich meine ... _Da sind so viele Drachen!_«

»Ach, mach dir darum keine Sorgen, die kommen nur, wenn sie gerufen werden.«

Hä?

Ich verengte die Augen zu Schlitzen, presste das Amulett an meine Brust und zwang mich dazu, tief ein- und wieder auszuatmen. Jetzt nur nicht durchdrehen! Ich blinzelte. Okay, eins nach dem anderen. Das da vor mir war jedenfalls eindeutig Andreas, mein Sozialarbeiter. Ein Mensch, wie ich bisher angenommen hatte. Aber nun redete er über Donnerdrachen. Er wusste nicht nur, dass sie existierten, *er konnte sie sogar davon abhalten, mich zu erledigen!*

Wie, bei Neptuns Bart, war so etwas überhaupt möglich?

»Mhm, das enttäuscht mich jetzt. Ich hatte ehrlich gedacht, du würdest versuchen, dein Versteckspiel noch weiter aufrechtzuerhalten, und mir wenigstens *irgendeine* Geschichte auftischen«, fuhr Andreas derweil fort. »Du weißt schon, etwas, das mich davon ablenken soll, dass du gerade einfach so aus dem Meer gestiegen bist.«

»Ich, äh ...«

Andreas schüttelte den Kopf. »Schon okay. Ich hatte wohl nur etwas mehr Kreativität erwartet. Nach all der Mühe, die du da reingesteckt hast, dir dieses Leben aufzubauen. Nach all den Jahren, in denen du der Königin entkommen konntest. Aber vielleicht habe ich dich auch überschätzt. Vielleicht hattest du nur Glück.«

Ich schnappte nach Luft. Das war doch nicht zu fassen! Er behauptete also – nein! Der Typ wollte mich bloß aus dem

Konzept bringen, mich provozieren und mit seinem Wissen überrumpeln. *Vielleicht, um mich von etwas Entscheidendem abzulenken?* Was immer er bezweckte, ich durfte auf keinen Fall zulassen, dass es ihm gelang.

Ich räusperte mich. »Was ist hier los?«, fragte ich und machte einen Schritt auf ihn zu. Gleichzeitig näherte ich mich unauffällig meinen Klingen. »Wer zur Hölle bist du und was hast du mit Fiona und Louisa gemacht?«

»Den Mädels geht es gut. Sie sind im Haus. Nur unser Wochenplan ist in letzter Zeit etwas durcheinandergeraten. Die Bügelwäsche fängt schon an, sich zu stapeln.«

Ich spähte an ihm vorbei. Doch Louisas blasses Gesicht war vom Fenster verschwunden. Nichts deutete mehr darauf hin, dass sich im Innern der Ruine jemand aufhielt. Allerdings wusste ich nicht, welcher Gedanke mir größere Sorgen machte: dass meine Mitbewohnerinnen das Haus verlassen und den Drachen in die Fänge gelaufen sein könnten oder dass sie womöglich noch immer irgendwo in dem Kadaver unseres früheren Zuhauses gefangen waren.

»Beschütz Fiona und Louisa«, flüsterte ich dem Ostwind zu und schickte ihn fort.

Andreas folgte meinem Blick. »Ich weiß, es könnte jeden Moment einstürzen. Aber es war nun einmal der beste Ort, um auf dich zu warten. Ich war mir sicher, dass du hier als Erstes herkommen würdest, sobald du wieder an der Oberfläche wärst. Mir war klar, du würdest nach dem Rechten sehen und die Donnerdrachen ausschalten wollen. Also …« Er zuckte mit den Achseln.

Ich biss mir auf die Unterlippe. Der Kerl fing an, mir auf die Nerven zu gehen. »Ich will, dass du die Mädchen in Ruhe lässt.«

»Auch das dachte ich mir.«

»Und ich will wissen, wer du bist.«

Andreas rollte mit den Augen. »Kannst du dir das immer noch nicht zusammenreimen? Ich bin derjenige, der die Donnerdrachen an Land gelockt und eine Sturmflut auf die WG losgelassen hat.«

»Du …«

»Meine Liebe, du bist nicht die Einzige, die erkannt hat, wie man am besten vor den Schergen Ihrer Majestät abtaucht. Oder besser gesagt: *auftaucht*.«

Verdammt!

Konnte das sein? War *er* es?

Natürlich, jetzt, da ich darüber nachdachte … Möglich wäre es schon, oder? Ich war ihm schließlich nie begegnet, hatte nie ein Bild des abtrünnigen Herzogs zu Gesicht bekommen. Und fest stand, dass am Pizza-Abend ein sehr mächtiger Hexer die Sturmflut auf unser Haus heraufbeschworen haben musste. Genau dann, als Andreas den Raum verlassen hatte, um angeblich aufs Klo zu gehen …

Doch warum?

Was sollte das alles? Wieso gab er sich überhaupt als *mein* Sozialarbeiter aus? Hieß es nicht, er würde eine Rebellion gegen die Königin vorbereiten? Wieso diskutierte er dann mit Teenagern über Haushaltspläne?

Das passte doch nicht zusammen!

Ich tat so, als taumelte ich nach vorn, dann verlagerte ich wie zufällig mein Gewicht und –

»Das würde ich an deiner Stelle sein lassen. An die 50 Drachen warten nur auf meine nächsten Befehle. Sie könnten die ganze Stadt binnen Minuten vollkommen zerstören.«

Ich hielt mitten in der Bewegung inne, meine Hand nur noch eine halbe Armlänge vom Griff der ersten Waffe entfernt.

Andreas zückte sein Handy und tippte etwas auf dem Display.

»Und du kommunizierst mit ihnen über Textnachrichten? Das ist dein Geheimnis?« Beinahe hätte ich laut gelacht, so absurd war das alles.

Andreas schnaubte, ohne aufzublicken. »Blödsinn.«

Ich schluckte und trat einen Moment lang von einem Fuß auf den anderen, während er schrieb. Okay. Antworten. Wieder einmal musste ich dringend ein paar Dinge verstehen. Also straffte ich die Schultern und reckte das Kinn.

»Du bist mein Vater«, sagte ich schließlich. »Der abtrünnige Herzog, der schon seit einer halben Ewigkeit auf der Flucht vor Ihrer Majestät ist.«

Er hantierte noch immer mit dem Smartphone. »Genau wie du.«

»Na ja …« Ich räusperte mich. »Und deshalb hast du mich

gesucht, dich in mein Leben eingeschlichen und in unserem Garten eine Art Armee aus Donnerdrachen zusammengestellt?«, fragte ich. »Klar, das ist natürlich total logisch. Ich meine, was hättest du auch sonst tun sollen?«

»Jep.« Andreas schob das Handy zurück in seine Hosentasche. »Weißt du, ich habe immer geahnt, dass du entkommen warst, Undina. Eigentlich war mir das herzlich egal. Aber als deine Mutter vor ein paar Monaten verkünden ließ, dass sie dich unbedingt lebendig wollte, dämmerte mir, dass sie dich *brauchte*, um meiner erstarkenden Streitkraft gewachsen zu sein. Und meine Spione in den Reihen ihrer Wachen berichteten mir von einem Verlies tief unter den *Gläsernen Hallen*, auf dessen Boden etwas im Wasser schimmern sollte …«

Meine Hand schloss sich reflexartig um das *Amulett der Winde* an meinem Hals.

Andreas nickte. »Also habe ich meine Leute auf dich angesetzt und es war gar nicht so einfach, dich aufzuspüren. In diesem Punkt kommst du wohl nach mir.«

Ich schnaubte, doch der Herzog ließ sich davon nicht beirren.

»Ich beschloss, mich als Sozialarbeiter auszugeben und irgendwie dafür zu sorgen, dass du Ihrer Majestät in die Hände fällst. Ohne dass du Verdacht schöpfst. Und selbstverständlich auch, ohne meine eigene Tarnung in Gefahr zu bringen. Nun ja, und mir war klar, dass etwas Drastisches geschehen müsste, um dich an deine Herkunft zu erinnern.«

»Deshalb hast du die Donnerdrachen hergelockt.«

Er zuckte mit den Achseln. »Ich war sowieso gerade dabei, eine Armee zusammenzustellen, und die Biester folgen mir nun einmal, seit ich ihnen versprochen habe, ihnen bald die komplette Oberfläche zu überlassen.« Er seufzte. »Aber selbst die Angriffe auf deine Schule und den Friedhof im Zentrum haben nicht dafür sorgen können, dass du auffliegst. Hut ab, Undina, das war ziemlich nervig. Vor allem, als ihr mir auch noch die Klingen wieder abgenommen habt, die ich eigens für meine Anhänger gestohlen hatte. Dann hast du diese beiden jungen Hexer mit nach Hause gebracht und ich bin noch einen Schritt weiter gegangen. Ich sah, wie sehr diese Jungs dich mochten, und war überzeugt, dass sie dich zu beschützen versuchen würden, indem sie dich zurück in unseren natürlichen Lebensraum bringen. Dazu brauchte es nur eine kleine Sturmflut.«

»D…du«, stammelte ich. »Du wolltest, dass die Königin mich in die Finger bekommt? Damit ich das Amulett aus den Kerkern befreie?«

»Exakt.« Andreas' Handy vibrierte und er zog es aus der Tasche, wischte kurz darüber und steckte es wieder ein. »Ich war mir sicher, du würdest es ihr nicht einfach überlassen, sondern tun, wozu du geboren wurdest. Schon vor langer Zeit haben die Prophezeiungen des Orakels schließlich vorausgesagt, dass du in deinem Leben Großes vollbringen und uns Hexen und Hexer in ein neues Zeitalter führen wirst. Und das ist nun dein Moment, meine liebe Tochter. Der Moment, in dem du mir den Schlüssel zu unermesslicher Macht übergibst, damit ich eine Sintflut heraufbeschwören kann.«

In seinen Augen glitzerte es und seine Stimme war mit jedem Wort lauter geworden. Mit einer Agilität, die ich ihm gar nicht zugetraut hatte, sprang er die Stufen der Eingangstreppe hinab, kickte meine Klingen noch ein Stückchen weiter fort und blieb schließlich unmittelbar vor mir stehen.

Sein Blick hing an dem Schmuckstück auf meiner Brust.

»Ich bin bereit«, murmelte er.

Als ich instinktiv vor ihm zurückweichen wollte, schossen seine Hände nach vorn und krallten sich um meine Schultern. Seine Finger bohrten sich schmerzhaft in meine Haut und die Wärme, die von ihm ausging, ließ mich zusammenzucken.

Übelkeit stieg in mir auf. Er hatte mich da, wo er mich haben wollte. Das Amulett zum Greifen nah, während ich bis gerade eben nicht einmal geahnt hatte, dass ich die ganze Zeit über genau das getan hatte, was er wollte. Aber nun ergaben wenigstens die seltsamen Vorfälle hier an der Oberfläche einen Sinn. Die Dinge fügten sich zusammen wie die Scherben einer zerbrochenen Muschel.

Einer hässlichen Muschel.

Ich versteifte mich, presste die Zähne aufeinander. Niemals würde ich den Herzog seinen grauenhaften Plan in die Tat umsetzen lassen! Die Menschen zu opfern und einfach am Meeresgrund abzuwarten, bis die Donnerdrachen alle umgebracht und das Klima sich wieder erholt hätte, war vollkommen irre!

Allein der Gedanke widersprach allem, wofür mein Volk seit Anbeginn der Zeiten eingetreten war.

Mit einem Ruck riss ich mich los.

»Vergiss es.«

Ich drückte das Amulett so fest an meine Brust, dass es wehtat. Jetzt wäre auf jeden Fall ein guter Zeitpunkt, seine Macht zu demonstrieren, fand ich.

Doch noch immer passierte rein gar nichts.

Andreas' Mund hatte sich in eine dünne Linie verwandelt.

»An deiner Stelle würde ich mir meine nächsten Schritte sehr genau überlegen«, sagte er. »Fiona und Louisa sind im Erdgeschoss und die Donnerdrachen bräuchten diesen bröckeligen Mauern nur einen Hauch zu nahe zu kommen – wahrscheinlich reicht schon ein kleiner Stups mit einer Kralle aus, um den alten Kasten endgültig zum Einsturz zu bringen.«

Mein Mund wurde trocken.

»Gib mir das Amulett und ich lasse deine Freunde gehen. Wenn du allerdings versuchen solltest, seine Kräfte zu aktivieren ... Die Mädchen wären tot, bevor du auch nur einen einzigen Drachen erlegt hättest.«

»Wer sagt denn, dass ich es zuerst gegen die Drachen richten würde?«, knurrte ich.

Sein Handy vibrierte ununterbrochen, als würde gerade ein ganzer Haufen Nachrichten eingehen. Doch der Herzog ignorierte es ebenso wie meinen herausfordernden Blick. Stattdessen streckte er mir lediglich seine geöffnete Hand entgegen.

»Nun mach schon«, drängelte er. »Deine Trotzphase müsste doch inzwischen vorbei sein.«

»Ich –«

»Meister!«, rief jemand in meinem Rücken. Ich zuckte zusammen. Waren wir etwa nicht allein?

Andreas schnalzte mit der Zunge. »Jetzt nicht. Ich bin beschäftigt.«

»Aber –«

»Nein.«

Das Smartphone in Andreas' Hosentasche schien nun kurz davor abzuheben.

Er verdrehte die Augen. »Was ist denn so wichtig, dass es nicht einmal eine Minute warten kann?«, seufzte er.

»D...die Königin! Sie wird bald hier sein! Höchstpersönlich!«

Verdammt.

Ich fuhr herum und erschrak gleich noch einmal: Die Dünen waren voller düsterer Gestalten. Gestalten in schwarzen Umhängen, deren Gesichter von Kapuzen verborgen wurden. Mindestens 30, schätzte ich auf die Schnelle. Wo kamen die denn alle so plötzlich her?

Ich kniff die Augen zusammen und erkannte gerade noch, wie einer der Typen einen rechteckigen Gegenstand in seiner Manteltasche verschwinden ließ. Ein Handy. Na toll. Vermutlich war Andreas nie auf Dating-Apps unterwegs gewesen, sondern hatte immer nur mit seinen Anhängern kommuniziert ...

»Siehst du, Undina? Wir haben keine Zeit mehr.«

Ich wandte mich wieder meinem Vater zu. Sein Blick bohrte sich in meinen, während die Herzogisten in meinem Rücken spürbar unruhiger wurden und das Rauschen der See mit einem Mal lauter und lauter zu werden schien. Als wäre dort etwas in Begriff aufzutauchen. Etwas Großes.

»Na los!« Andreas sprach nun schneller. »Du willst doch nicht, dass Ihre Majestät sich ihr Eigentum zurückholt. Sie wird dich töten und das *Amulett der Winde* einfach in ihrem Schmuckkästchen verrotten lassen, wo es niemandem hilft. Weder Menschen noch Hexen. Wenn du dich hingegen mir anschließen würdest, wie es ohnehin deine wahre Bestimmung ist –«

Er sagte noch mehr, doch es ging in einem Grollen unter, als eine gewaltige Welle plötzlich gegen die Dünen prallte und den Boden unter unseren Füßen erzittern ließ. Ich spürte die Vibration bis in mein Innerstes.

Das musste die Armee Ihrer Majestät sein!

Für einen winzigen Augenblick wandte der Herzog seine Aufmerksamkeit dem Ufer zu.

Ich fackelte nicht lang, eine bessere Chance würde ich wohl nicht bekommen.

Mit einem Satz sprang ich voran, stürmte einfach los, direkt auf meine Klingen zu. Einen Herzschlag später hielt ich sie bereits in den Händen und wirbelte um die eigene Achse.

Nun war Andreas derjenige, der hastig einen Schritt zurückwich. Gleichzeitig ballte er die Fäuste. »Denk gut nach, was du da tust, *Tochter*«, knurrte er. Sein Blick flackerte jedoch zwischen mir und dem, was auch immer sich da gerade am Strand abspielen mochte, hin und her. »Ein Wink von mir und die Drachen verspeisen Fiona und Louisa zum Frühstück.«

»Ja«, zischte ich. »Und wie stehen die Chancen dann, dass ich dir das Amulett überlasse? Wenn du kein Druckmittel mehr gegen mich in der Hand hast?«

»Also sind dir deine Freundinnen egal? Und alle anderen Menschen im Umkreis auch?«

Ich antwortete nicht, sondern umklammerte meine Waffen fester, bereit, mich in den nächsten Kampf zu stürzen. Wenn ich ihm das Amulett jetzt gab, würde er sowieso alle töten. Ich musste wenigstens versuchen, ihn aufzuhalten. Irgendwie.

Der Herzog funkelte mich an, dann öffnete er den Mund und sang einen lang gezogenen Ton, der wohl so etwas wie ein Lockruf für die Donnerdrachen werden sollte. Doch bevor er die Melodie vervollständigen konnte, ertönte das Geräusch zahlreicher Stiefelpaare, die auf dem Pfad zwischen den Dünen näher kamen.

Andreas brach ab und zückte stattdessen wieder einmal sein Handy. Hektisch wischte und tippte er auf dem Display herum.

Ich spähte über meine Schulter nach hinten und erkannte im nächsten Augenblick tatsächlich die ersten Soldaten der Königin, die mit erhobenen Klingen auf uns zustürmten. Verdammt! Ich biss mir auf die Lippe.

Dann senkte ich den Kopf und rannte los. Dabei stieß ich meinen Vater zur Seite und bahnte mir meinen Weg in Richtung Straße, ohne einen blassen Schimmer, was ich als Nächstes tun sollte.

Dieses Manöver hatte wenig Aussicht auf Erfolg. Aber so einfach würde ich mich nicht geschlagen geben.

»Ergreift sie!«, rief der Herzog seinen Anhängern zu. »Lasst sie nicht entkommen!«

Die Streitkräfte meiner Mutter brüllten sich ebenfalls Befehle zu.

Unterdessen erreichte ich die nächste Biegung, war schon beinahe bei der Bushaltestelle … da packte mich plötzlich jemand wie aus dem Nichts und riss mich zu Boden.

Gerade noch rechtzeitig übrigens, bevor einer der Donnerdrachen im Sturzflug über uns hinwegsegelte. Das Rudel musste aufgeschreckt worden sein. Schon donnerte und blitzte es um uns herum, als hätten sich alle Unwetter der Welt im Himmel über uns versammelt. Allerdings stoben die Ungeheuer auseinander und schienen ohne die Anweisungen des Herzogs nicht so recht zu wissen, wohin und wen sie zuerst angreifen sollten.

Ich versuchte, wieder auf die Beine zu kommen, obwohl die Gestalt, die mich gerade quasi über den Haufen gerannt hatte, mich nun mit ihrem ganzen Gewicht zu Boden drückte. Sie trug einen schwarzen Umhang und rupfte mir meine Waffen mit einer fließenden Bewegung aus den Händen. Das alles ging viel zu schnell.

Vor Wut heulte ich auf. *Verfluchte Herzogisten!*

Ich wand mich hin und her, schlug um mich und setzte alles daran, mich zu befreien.

Ohne Erfolg.

Schon war ein weiterer Handlanger meines Vaters bei uns und packte mich ebenfalls. Gemeinsam zerrten die beiden Typen mich auf die Füße und führten mich nun zwischen sich zurück zum Strand, jedoch über einen der anderen Pfade zwischen den Dünen.

»Ihr Bastarde!«, beschimpfte ich die Kerle und bemühte mich vergeblich, dem Größeren der beiden vors Schienbein zu treten.

»Ganz ruhig. Wir sind es. Alles, was wir brauchten, war eine Tarnung, um uns unter diese Idioten zu mischen«, erklang da Damians Stimme unter einer der Kapuzen. »Wieso hast du ihr die Klingen abgenommen?«

»Es soll doch echt aussehen«, brummte Aaron leise und verdrehte mir die Hände auf dem Rücken. Ich sog scharf die Luft ein. »Außerdem weiß man nie, was für einen haarsträubenden Alleingang sie als Nächstes plant«, fügte er finster hinzu.

»Lasst mich sofort los!«, zischte ich. »Was soll das?«

»Oh, gern geschehen. Wie freuen uns auch, dich zu sehen«, sagte Aaron.

»Falls du es noch nicht gemerkt hast: Wir retten dich gerade«, informierte mich Damian. »Ich dachte echt, das wäre offensichtlich.«

»Ich muss nicht gerettet werden.«

»Das behauptest du ständig.« Aaron seufzte.

»Weil du es leider andauernd gegen meinen Willen versuchst.«

Die Jungs schleiften mich inzwischen unsanft über den Sand, direkt auf die Brandung zu. Wir hatten einen Bogen gemacht und gute 200 Meter zwischen uns und die Soldaten meiner Mutter gebracht, die inzwischen den Strand besetzten und Ausschau hielten. Es waren allerdings doch nicht so viele, wie ich zunächst befürchtet hatte. Anscheinend hatte es bisher lediglich eine Vorhut aus Spähern an die Oberfläche geschafft. Von den Herzogisten, Donnerdrachen und auch Andreas selbst fehlte jedoch jede Spur. Als wären sie Hals über Kopf geflohen, anstatt sich dem Kampf zu stellen ...

Ich bäumte mich auf. Was ging denn bitte nun schon wieder vor sich?

Aaron und Damian stießen mich derweil mitten ins Meer hinein und erst, als wir direkt davorstanden, erkannte ich den mit Muscheln und Seetang getarnten Kesselsegler, der hier im flachen Wasser vor Anker lag. Nur widerwillig kletterte ich durch die Luke ins Innere. Die Sturmjäger folgten mir.

Drinnen ließ ich mich zähneknirschend auf der Kante von Aarons Koje nieder, während Damian in der Kombüse verschwand und dort offenbar mit ein paar Töpfen hantierte.

Aaron lehnte meine Klingen neben seine eigenen an die Wand. Dann zog er seinen Umhang aus und setzte sich im Schneidersitz vor mir auf den Boden.

»Na gut«, murmelte er, offenbar genauso wütend wie ich.
»Erzähl doch mal, Robin. Du hattest also geplant, dich diesem Typen auszuliefern und zwischen die Fronten seines Kriegs mit Ihrer Majestät zu geraten?«

Ich rieb mir über die Oberarme. »Na ja«, sagte ich. »Vielleicht nicht so genau.«

24

Im Auge des Sturms

Zehn Minuten später saßen wir immer noch so da. Damian hatte uns alle mit dampfender Schlickschokolade versorgt und es sich zwischen uns bequem gemacht. Mit großen Augen sah er von einem zum anderen, während wir beide schweigend und zornig an unseren Tassen nippten.

Dann und wann durchbohrte mich Aaron mit Blicken, anscheinend erwartete er so etwas wie eine Entschuldigung von mir. Bloß, für was? Dafür, dass ich getan hatte, was ich musste? Dafür, dass ich ihn nicht in jedes Detail meines Plans eingeweiht hatte? Als wäre er immer offen und ehrlich zu mir gewesen!

Ich verbrannte mir die Zunge und sog scharf die Luft ein.

Aaron hob eine Augenbraue. Sein Haar schimmerte im Quallenlicht und eine Strähne war ihm in die Stirn gefallen, aber er strich sie nicht zurück. Stattdessen funkelte er mich einfach weiterhin über seinen Becher hinweg an.

»Nicht zu fassen, dass du der Königin das Amulett gestohlen hast und damit auch noch entkommen konntest!«, murmelte Damian schließlich. »Was für eine Aktion!«

»Na ja, ich hatte eben keine andere Wahl.«

Aaron schnaubte.

Ich ignorierte ihn.

»Die Königin hat deutlich gemacht, dass sie nichts gegen die Donnerdrachen unternehmen wird«, erklärte ich stattdessen Damian.

Dieser betrachtete mich voller Bewunderung. »Ich wette, in Atlantis dichten sie schon die nächste Liedstrophe über dich! So etwas hätte sich niemand anderes getraut.«

»Ach.« Ich zuckte mit den Achseln und fügte düster hinzu: »Die Frage ist nur, wie diese neue Strophe wohl ausgehen wird.«

»Allerdings«, seufzte Aaron und stellte die Tasse viel zu heftig neben sich auf dem Boden ab. Eine kleine Kakaowelle schwappte auf die Dielen.

Herrje! Ich atmete aus. »Dann sind wir uns immer noch nicht einig, dass ich irgendetwas tun *musste*?«

»Doch.« Er presste die Lippen aufeinander. »Ich hatte bloß echt Angst um dich, Robin. Wieso hast du mir nicht einfach gesagt, was du vorhattest? Dann hätte ich mich wenigstens darauf einstellen können. Irgendwie.«

»Ich konnte dir nicht mehr trauen, Aaron«, erklärte ich ihm ohne Umschweife. »Und, ehrlich gesagt, tue ich das auch jetzt nicht. Immerhin hast du mich schon einmal verraten.«

Er senkte die Lider. »Ich habe es so *aussehen* lassen, als würde ich dich verraten, aber –«

»Außerdem war es allein meine Aufgabe«, schnitt ich ihm das Wort ab. »Ich … das hier ist mein Schicksal. Glaube ich.« Ich umklammerte meine Tasse fester, als würde mir die Hitze des Gebräus eine Art Sicherheit bieten. »Doch zugegeben, gerade weiß ich so ziemlich gar nichts mehr«, räumte ich schließlich ein und schluckte meinen Stolz herunter. »Von daher: Danke, dass ihr mich da rausgeholt habt. Keine Ahnung, was sonst passiert wäre.«

»Gern geschehen«, sagte Damian und nickte kurz in Aarons Richtung, als hätte er damit für sie beide gesprochen, bevor er fortfuhr: »Ich meine, das Ganze ist ja auch total krass: Dieser Andreas ist der abtrünnige Herzog? Echt jetzt? Wer rechnet denn mit so etwas?«

»Er war die ganze Zeit über direkt vor meiner Nase.« Ich massierte meine Schläfen, weil diese Erkenntnis noch immer so neu und unfassbar war. »*Er* hat die Donnerdrachen hergelockt und sie auf die Stadt losgelassen. Und jetzt will er das Amulett, um die Menschheit endgültig auszulöschen. Könnt ihr euch das vorstellen? Wie konnte ich so blind sein?« Ich seufzte. »Noch dazu ist meine Mutter auf dem Weg hierher. Wenn ich doch nur herausfinden könnte, wie man das Amulett aktiviert, bevor einer von beiden es in die Finger bekommt.«

»Das wäre wirklich hilfreich«, fand auch Damian und wiegte einen Moment lang den Kopf hin und her. Dann prustete er plötzlich los. »Das ist …« Er lachte so sehr, dass er sich den Bauch halten musste.

Hä?

»Zusammengefasst sind deine Eltern also fuchsteufelswild und sauer auf dich. Weil du nämlich sehr unartig warst, mein Kind«, stieß er hervor.

Ich nickte und kicherte nun ebenfalls. Es brach einfach aus mir heraus, ohne dass ich etwas dagegen tun konnte. »Furchtbar unartig.«

Auch Aarons Mundwinkel zuckten, doch er wurde sofort wieder ernst, weil er natürlich nicht vergessen durfte, die beleidigte Leberwurst zu spielen. Eine superwichtige Aufgabe, während die gesamte Hexenwelt auf dem Weg hierher war. Ich verdrehte die Augen und lachte noch ein wenig lauter.

Das war doch alles absurd! Meine Mutter jagte mich, mein Vater ebenfalls. Drachen zogen über die Lande. Meine Mitbewohnerinnen wurden als Geiseln gehalten. Und ich saß hier mit einer nutzlosen Kette um den Hals und trank heiße Schokolade mit zwei Sturmjägern, von denen einer mir zu einem Aufenthalt in den Kerkern von Atlantis verholfen hatte! Nichts an dieser Situation war lustig. Möglicherweise drehte ich also gerade endgültig durch …

Irgendwann fing ich mich zum Glück wieder und wischte mir eine Träne aus dem Augenwinkel. »Okay.« Ich räusperte mich. »Wie lange haben wir noch, bis die Königin die Oberfläche erreicht?«

»Nicht lange, aber ein bisschen Zeit bleibt uns.« Damian

schaute auf seine Armbanduhr. »Eine Stunde oder so, vielleicht anderthalb, würde ich schätzen. Die Soldaten da draußen sind jedenfalls bloß Späher. Aaron und ich haben die Regimenter auf dem Weg hierher überholt. Sie wussten schließlich nichts von dem Wal, dem sie nur hätten zu folgen brauchen. Also muss die Nachricht über deinen Aufenthaltsort erst einmal in die tieferen Gewässer gebracht werden, wo die Königin mit ihrer Flotte wartet.«

Ich kniff die Augen zusammen. »Ihr hingegen ...?«

»Aaron hat auf dem Weg nach Atlantis irgendein komisches Winken beobachtet, meinte er. Keine Ahnung. Er wollte unbedingt, dass wir uns an die Flossen des Viehs heften, und ... es hat funktioniert.«

»Oh.«

Also war es ihm doch aufgefallen. Ich blinzelte zu ihm hinüber.

Tatsächlich rieb Aaron sich gerade über den Kiefer und schien mit sich zu hadern, ob er weiterschmollen oder zur Vernunft kommen sollte. Letztlich gewann wohl erstaunlicherweise der erwachsenere Teil von ihm.

»Wie du weißt, ist mir so einiges nicht entgangen«, begann er, noch immer mit einem leisen Grollen in der Stimme. »Ich ... habe in den letzten Tagen und Nächten Nachforschungen im Palast angestellt und versucht, mehr darüber herauszufinden, was es mit den Donnerdrachen und dem seltsamen Verhalten der Königin auf sich hat, aber ...« Er unterbrach sich selbst. »Scheiße, als wir hier ankamen und all die Herzogisten in den Dünen sahen, die dich und Andreas beobachtet haben, bin ich aus allen Wolken gefallen. Ich meine, ich habe ihn *eigenhändig* aus dem *verdammten* Haus getragen! Tausendprozentig hätte ich ihn für einen langweiligen Sozialarbeiter gehalten!«

»Dabei war er es, der die Sturmflut gerufen hat«, murmelte ich und trank den Rest meiner Schlickschokolade auf ex. Dummerweise verbrannte ich mir mit dem letzten Schluck den Rachen. Mist! Ich hustete.

»Mir scheint, du hast genug.« Aaron nahm mir die Tasse aus der Hand, für den Bruchteil einer Sekunde streifte sein Daumen meinen kleinen Finger. Dann sah er mich an und schluckte zweimal hintereinander. »Können …« Er presste die Lippen aufeinander, als kosteten ihn die nächsten Worte ziemliche Überwindung. »Verflucht! Können wir uns *bitte* darauf einigen, von jetzt an zusammenzuarbeiten?«

»Im Sinne von ›keine Alleingänge mehr‹? Von *niemandem*?«

Er nickte. »Ich habe begriffen, dass ich Mist gebaut habe. Aber … du hast mich auch darüber belogen, wer du wirklich bist.«

»Weil das meine einzige Chance zu überleben war. *Niemand* durfte es erfahren!«

»Ich weiß. Deshalb mache ich dir auch keinen Vorwurf. Bloß, vielleicht könntest du im Gegenzug wenigstens versuchen, meine Seite zu verstehen? Ich kämpfe schon fast mein ganzes Leben um meinen Platz in dieser Welt und als ich dachte, ich hätte es endlich geschafft, drohte die Königin wieder alles zunichtezumachen. Genau wie damals. Da ist wohl irgendeine Sicherung bei mir durchgebrannt und ... Ich habe mir eingeredet, dass du ja kaum mehr als 24 Stunden lang denken würdest, ich hätte dich ausgeliefert. Das war dumm, inzwischen habe ich erfahren, wie quälend jede einzelne Minute sein kann, in der man im Ungewissen ist.« Aarons Kiefer mahlte, bevor er leiser hinzufügte: »Aber meinst du nicht, es war Strafe genug, mich gestern zuerst in dem Glauben zu lassen, Ihre Majestät würde dich hinrichten? Und dann auch noch einfach zu verschwinden?«

»Nun ...«

»Robin! Herrje, du machst mich wahnsinnig!«

»Gleichfalls.«

Er war aufgesprungen und stand nun mit bebenden Schultern vor mir, die Fäuste geballt. Seine hünenhafte Gestalt schien den gesamten Raum einzunehmen. »Vertrauen wir einander nun oder nicht?«

Ich blinzelte. Das war eine gute Frage. Konnte ich es riskieren?

»Ja oder nein, Robin? So schwer ist das nicht. Ich schlage jedenfalls vor, dass wir unsere Karten offen auf den Tisch legen und dieses ganze Chaos von jetzt an gemeinsam durchstehen«, erklärte er und streckte mir seltsam förmlich die Hand entgegen. Als einigten wir uns auf einen Vertrag oder so.

Ich betrachtete seine kantigen Züge, die Schatten unter seinen Augen und den unordentlich sitzenden Kragen seines Uniformhemdes. Auch für ihn schienen die letzten Tage nicht leicht gewesen zu sein. Und er war dem Schwarmwesen den ganzen Weg von Atlantis gefolgt, um mir beizustehen.

»Na gut«, sagte ich und ergriff seine große Hand, um unsere Abmachung zu besiegeln. Nicht nur, weil ich musste, weil zu viel auf dem Spiel stand, und ich jede Hilfe brauchte, die ich kriegen konnte. Ich wollte es tatsächlich. Denn auch wenn meine Mutter das anders sah: Manchmal machten gute Menschen schreckliche Fehler und verdienten trotzdem eine zweite Chance.

Aaron atmete sichtlich auf.

Damian sammelte derweil unsere leeren Tassen ein, um sie in die Kombüse zu bringen. Als er an der Tür war, drehte er sich noch einmal um. »Also, ich kenne mich mit Handschlägen nicht so gut aus, aber ich vermute, dass man einander irgendwann wieder loslässt«, gab er zu bedenken. Dann verschwand er in der winzigen Küche.

Aaron und ich hielten uns noch immer fest. Er zögerte einen Augenblick, dann ließ er sich auf der Kante der Matratze nieder und rutschte näher, bis er neben mir saß. Unsere Finger verschränkten sich wie von selbst ineinander. Es war wie eine Art Naturgesetz, ich hätte es gar nicht verhindern können.

»Du verzeihst mir also?«, fragte Aaron leise, als müsste er ganz sichergehen.

Ich sah ihn an. Das Bild, wie er in der Gondel der Königin gestanden und mich an sie verraten hatte, hatte sich mir ins

Gedächtnis gebrannt. Doch inzwischen wurde es überlagert von all den Dingen, die danach geschehen waren. Von dem, was Aaron seitdem gesagt und getan hatte. Von den Begegnungen mit meinen Eltern und der Tatsache, dass ich erst durch meine Zeit im Kerker die Möglichkeit bekommen hatte, wieder ich selbst zu werden, meiner Bestimmung zu folgen und nun vielleicht sogar etwas zum Wohle meines Volkes zu bewirken.

»Ich hätte es nicht für möglich gehalten«, murmelte ich. »Aber ja, ich schätze, das tue ich.«

Aaron blinzelte unter dunklen Wimpern hervor, beugte sich ein wenig nach vorn und lächelte mich an.

»Es tut mir leid, dass ich dich nicht einweihen konnte«, sagte ich. »Das wäre einfach zu riskant gewesen.«

Aaron seufzte. »Dieses Problem kenne ich.«

»Außerdem war ich viel zu sauer auf dich. Und wenn wir mal ehrlich sind, hättest du eine Vorwarnung auch nicht verdient gehabt.«

»Mhm.« Er nickte. »Dann sind wir wohl quitt.«

»Nicht einmal annähernd«, widersprach ich ihm. »Aber ich gebe dir hiermit die offizielle Erlaubnis, es wiedergutzumachen.«

»Und wie?«

»Ich bin sicher, da fällt dir schon etwas ein.«

In Aarons Augen blitzte es. Einen Herzschlag später strich er mir bereits vorsichtig das Haar zurück. Die Berührung seiner schwieligen Finger prickelte auf meiner Wange. Erst jetzt begriff ich, wie sehr er mir gefehlt hatte. Wie gut es tat, nicht mehr mit allem allein klarkommen zu müssen! Ich schloss die Augen und als ich sie wieder öffnete, war sein Gesicht meinem sehr nah. Wie stets roch er nach dieser Mischung aus Algen und Blitzklingen und See.

»Also gut«, raunte er, wobei sein Atem meine Lippen streifte. »Das Wichtigste zuerst: Was, bei allen Kesseln, machen wir jetzt?«

»Äh«, stammelte ich heiser.

Aaron lächelte und lehnte sich wieder ein Stück zurück. »Die Zeit drängt, also sag es mir dieses Mal bitte direkt: Gibt es bereits einen weiteren haarsträubenden Plan, bei dem du dich in Lebensgefahr bringen wirst?«

»Das ist rein zufällig meine Spezialität.« Ich räusperte mich. »Aber: jein.«

Eigentlich hatte ich ja einfach nur vorgehabt, mit dem Amulett an die Oberfläche zu reisen und die Menschen mit seiner Hilfe vor den Donnerdrachen zu beschützen. Mit meinem Vater und der Tatsache, dass ich mysteriöserweise nichts gegen ihn und seine Ungeheuer ausrichten konnte, hatte ich nicht gerechnet. Ich seufzte.

Nur widerstrebend entzog ich Aaron meine Hand, um das *Amulett der Winde* von meinem Hals zu nehmen und ins Licht zu halten. »Ich habe nämlich leider keine Ahnung, wie das Ding funktioniert«, brummte ich. »Bescheuert, oder? Ich stehle schon zum zweiten Mal die gefährlichste Waffe unseres Volkes und kann nichts damit anfangen.«

Aaron hob die Brauen. »Dann hast du seine Kräfte damals in den Kerkern nicht entfesselt?«

»Nein. Natürlich nicht. Es war nur der Schlüssel. Meine Mutter hatte die Schlösser der Zellentür an seine Form angepasst. Sie dachte wohl, so wäre das Orakel am sichersten verwahrt.«

»Interessant.« Aaron verschränkte die Arme vor der Brust. »Im Palast habe ich in den Annalen eurer Familie gelesen, weißt du? Ich habe versucht, mich in die Geschichte eurer Dynastie einzuarbeiten, weil ich mich schon seit einer Weile ein paar Dinge gefragt habe. Ob der abtrünnige Herzog wirklich entkommen konnte, zum Beispiel. Warum das Schwarmwesen in diese finstere Zelle gesperrt wurde, aus der du es befreit hast. Und auch, wie genau die Macht des Amuletts aussieht.«

»Wirklich?«

»Als Mitglied des Rats hat man Zugriff auf Informationen, die dem Volk vorenthalten werden. Jedenfalls, wenn man sich die Mühe macht, sich nachts in die kleine Bibliothek am Ende der *Gläsernen Hallen* zu schleichen.«

Wieder blieb mein Blick an den Schatten unter seinen Augen hängen. »Was hast du herausgefunden?«

»Nicht viel«, sagte er. »Zumindest dachte ich das. Aber vielleicht ist das ja gerade der entscheidende Punkt.« Er nagte an seiner Unterlippe. »Die Chroniken sprechen immer wieder von den sagenumwobenen Kräften des Amuletts, allerdings sind die Beschreibungen allesamt ziemlich vage. Nirgendwo steht, was das Ding konkret bewirken kann. Es heißt immer nur, dass deine Familie unser Volk damit schützen und leiten soll. Doch genau genommen lesen sich die Aufzeichnungen so, als wäre es noch nie wirklich zum Einsatz gekommen, verstehst du? Abgesehen natürlich von der Nacht, in der du die Kerker zerlegt hast ...«

»Und da habe ich nur versehentlich die Schutzflüche meiner Mutter ausgelöst und damit schon genug Chaos angerichtet.«

»Also hat niemand eine Ahnung, was das *Amulett der Winde* kann«, sagte Aaron und fügte tonlos hinzu: »*Ob* es überhaupt etwas kann.«

Ich schnappte nach Luft. »Das ...«

Nein! *Wollte Aaron damit etwa andeuten ...?*

Wir sahen einander an.

Ich wog das Amulett in meiner Hand. Der Anhänger fühlte sich alt und besonders an. Stark und wertvoll und sagenumwoben. Das *Amulett der Winde*: geschmiedet aus den Überresten des Urkessels, die größte Hoffnung der Hexen, die Lösung aller Probleme.

Ich schnaubte. »Das kann nicht sein.«

Aaron befeuchtete seine Lippen und schüttelte den Kopf. »Es ergibt Sinn, Robin!«, rief er und sprang auf. »Ich habe das bisher nicht verstanden, aber jetzt, wo ich weiß, dass du seine Mächte nicht entfesseln kannst ...« Mit langen Schritten ging er vor der Koje auf und ab. »Es muss so sein. Das Amulett hat keine geheimen Kräfte. Das erklärt auch, warum deine Familie es nie genutzt hat, oder? Nicht beim Bau von Atlantis. Nicht, als der Klimawandel die Wetter aus dem Gleichgewicht brachte. Und nicht einmal jetzt zieht deine Mutter es in Betracht, wo Donnerdrachen die Oberfläche heimsuchen und der abtrünnige Herzog die Menschheit opfern will, um den Planeten zu retten. Richtig?«

Ich hatte das Gefühl, den Boden unter den Füßen zu verlieren und geradewegs in diesen schrecklich leeren Himmel über unseren Köpfen gesaugt zu werden. »D...das würde ja bedeuten«, nuschelte ich, »dass der gesamte Herrschaftsanspruch meiner Familie auf einer Lüge gründet. Schon seit Generationen!«

Mir wurde schwindelig. Hatte meine Mutter allen etwas vorgespielt? Meine Großmutter vor ihr? Und meine Urahninnen davor ebenfalls? Hatten sie allesamt niemals die Macht des Amuletts eingesetzt, weil es überhaupt keine besaß?

Ich barg das Gesicht in den Händen. »Also will die Königin das Amulett nur deshalb unbedingt zurück ...«

»... weil diese Lüge niemals auffliegen darf. Nach Jahrhunderten voller unerbittlicher Regentinnen wäre es das Ende eurer Dynastie.«

Ich schluckte. Für einen Moment verschlug mir diese Erkenntnis die Sprache. Doch nicht weit von hier formierte sich bereits das Heer Ihrer Majestät. Ich hatte keine Zeit, um schockiert zu sein. Stattdessen galt es, schnell über alles nachzudenken.

»Um die Revolte der Herzogisten zu zerschlagen, muss sie

den Leuten das Insigne präsentieren«, fuhr Aaron derweil fort. »Es geht nur darum, den Schein zu wahren!«

Ich nagte an meiner Unterlippe und bemühte mich zu begreifen, was das bedeutete. Was geschähe, wenn alle die Wahrheit erführen? »D…das Volk würde endgültig aufbegehren, sich vielleicht sogar selbst einen Anführer wählen …«, stammelte ich schließlich.

Wenn wir einfache Hexen waren wie der Rest unserer Untertanen, ohne jedwede göttliche Macht, mit welchem Recht führten wir sie dann? Mit welchem Recht schaltete und waltete die Königin nach ihrem Willen, ohne jemals Rechenschaft ablegen zu müssen? Mein Kopf schwirrte. Das alles war natürlich wichtig, brachte mich aber jetzt gerade, zwischen den Fronten zweier verfeindeter Armeen, leider kein Stück weiter. Oder?

»Wie beschissen, dass wir nun nichts gegen die Donnerdrachen in der Hand haben«, nuschelte ich.

Aaron nickte. »Du und ich wissen das. Und die Königin natürlich. Aber der abtrünnige Herzog?« Seine Mundwinkel zuckten.

Mit einem Mal stahl sich ein Grinsen auf meine Lippen. Denn Aaron hatte recht: Auch Informationen konnten mächtige Waffen sein, wenn man sie nur richtig einsetzte.

»Okay!« Ich klopfte auf den Platz neben mir, damit Aaron sich wieder setzte. Sein Auf- und Abtigern machte mich nervös. »Zeit für den nächsten haarsträubenden Plan. Dieses Mal mit Lebensgefahr für uns beide«, versprach ich ihm.

»Cool.«

»Also gut«, begann ich, als wir einander schließlich im Schneidersitz gegenübersaßen. »Was hast du bei deinen Nachforschungen noch herausgefunden? Irgendetwas Brauchbares?«

Aaron stützte das Kinn in die Hände. »Keine Ahnung. Vielleicht. Die Königin hat mehr Schulden, als sie zugibt. So was zum Beispiel?«

Ich schüttelte den Kopf.

Er dachte nach. »Sie hat Darjana Primella immer noch nicht umfassend in die Staatsgeschäfte eingeführt, weil sie – ich schätze, das haben wir dir zu verdanken – nicht einmal ihren eigenen Töchtern traut.«

»Mhm ...«

»Oh, und sie und deine Vorfahren haben das Orakel wohl vor allem deshalb weggesperrt, weil sie seine Fähigkeit fürchteten, jede beliebige Gestalt annehmen zu können.«

Wirklich? Ich horchte auf.

»*Jede* Gestalt?«, fragte ich.

Aaron nickte. »Absolut jede.«

Mein Grinsen wurde breiter. Bingo!

25

Tsunami

Es musste Vormittag sein, doch Wolken verdunkelten den Himmel wie ein Schleier aus schwarzer Meerseide. Dick und schwer. Nur an den wenigen Stellen, wo der prasselnde Regen sie durchbrach, kämpfte sich dann und wann ein wenig Licht zu uns herab.

Außerdem brausten Wind und Wellen über den Strand. Grollend türmten sie sich auf, wagten sich mit jedem Anlauf weiter die Dünen hinauf und leckten bereits an den Klauen der Drachen, die aufgereiht wie Statuen am Ufer thronten. Donnerdrachen, die nicht geflohen waren, wie ich es noch vor knapp zwei Stunden angenommen hatte, sondern sich stattdessen zu einer Streitmacht formiert hatten. Donnerdrachen in Kampfposition.

Die gewaltigste Woge allerdings war vor ein paar Minuten am Horizont aufgetaucht, ein haushohes Ungetüm, das über die Wasser auf uns zurollte. Unaufhaltsam.

»Die Königin! Das muss sie sein«, raunten die Herzogisten um uns herum. »Die Königin kommt.«

»Dort hinten, in der Welle?«

»Ja.«

Täuschte ich mich oder war eine der Stimmen die des alten Sigurds? Instinktiv verlagerte ich mein Gewicht von einem Fuß auf den anderen, sodass meine Schulter kaum merklich gegen Aarons Oberarm stieß. Er brummte etwas, das ich im Heulen des Sturms nicht verstand. Aber allein der Klang seiner Stimme beruhigte mich bereits ein wenig.

Genau wie er und Damian trug auch ich inzwischen einen dunklen Umhang, dessen Kapuze ich mir tief ins Gesicht gezogen hatte. Es war nicht schwer gewesen, sich inmitten des Unwetters unter die Streitmacht meines Vaters zu mischen. Obwohl es mir natürlich nicht sonderlich behagte, zwischen all diesen Verrätern und den Untieren zu stehen, die der Herzog nun gegen Ihre Majestät (deren Späher sich zum Heer zurückgezogen hatten) in die Schlacht zu führen gedachte.

Überhaupt staunte ich noch immer darüber, wie sehr Letztere ihm gehorchten. *Andere*, die bösesten Kreaturen der Weltmeere, erwarteten meine Mutter nun in Reih und Glied! Das Versprechen meines Vaters, sie die Menschheit ausrotten zu lassen, musste ziemlich überzeugend gewesen sein …

Ich wandte meinen Kopf unter der Kapuze vorsichtig nach rechts und linste über meine Schulter zum alten Pfarrhaus. Der Herzog hatte einen Posten auf dem Giebel des löchrigen

Dachs bezogen. Scheinbar mühelos balancierte er auf den Schindeln, während sein Blick fest auf dem ruhte, was vom Horizont her auf uns zukam. Die Armee der Königin schien er kein bisschen zu fürchten. Da lag sogar ein Lächeln auf seinen Lippen, als hätte er lange, lange auf diesen Tag gewartet.

Seinen schäbigen Fleecepullover hatte er wohl eigens dafür abgelegt und gegen eine Uniform aus schillerndem Muscheltaft eingetauscht. Dazu trug er einen mit dunkelgrünen Drachenschuppen besetzten Helm und einen passenden Umhang. Dieser bauschte sich zwar die meiste Zeit über dramatisch hinter ihm im Wind, doch dann und wann wurde er von einer Bö ergriffen und unschön in sein Gesicht gewirbelt.

Der Ostwind war nämlich ebenfalls dort oben, genau wie Louisa und Fiona, die sich mit weit aufgerissenen Augen gegen den Schornstein drängten. Wir mussten sie dringend da runterbekommen …

Und natürlich den Herzog besiegen.

Und meine Mutter.

Herrje!

Ich presste die Zähne aufeinander. Der Plan war waghalsig, wie immer. Doch dieses Mal hing nicht nur mein Schicksal am seidenen Faden.

Mit einem Mal versteifte Aaron sich neben mir und ein Raunen ging durch die Reihen der Herzogisten. Etwas musste sich verändert haben. Ich wandte mich wieder der See zu und schnappte nun ebenfalls nach Luft.

Das Wasser zog sich zurück!

Bis gerade eben waren die Wellen noch über den Strand gerauscht, als wollten sie sich gegenseitig übertrumpfen. Manche von ihnen hatten sich sogar erst an den mit Ufergras bewachsenen Dünen gebrochen, auf denen wir standen – kaum einen Meter unter uns.

Das war nun in das komplette Gegenteil umgeschlagen. Obwohl der Sturm unverändert um uns herumtobte, der Regen uns in die Gesichter peitschte und der Wind an unseren Mänteln zerrte und riss, schien das Meer selbst zu fliehen.

Immer weiter wich die Wasserlinie zurück, als würde der Horizont den gesamten Ozean einsaugen, die Heimat unseres Volkes einfach so verschlingen. Zum Vorschein kam stattdessen eine Wüste aus Seetang und Muscheln, Kies und Schlick. Nasser Sand glänzte in der Dunkelheit, erstreckte sich weit in die Ferne wie die Oberfläche eines fremdartigen Planeten.

Und doch war das Wasser nicht wirklich fort. Gleichzeitig wuchs nämlich die Welle der Königin höher und höher in den Himmel hinauf und bildete nun eine grauschwarze Wand aus fließendem Wasser, hinter der sich schemenhafte Gestalten bewegten.

Unzählige Blitzklingen zuckten durch die Fluten, nach und nach wurden die Umrisse von Hunderten von Kesselbooten sichtbar. Eines von ihnen schien komplett aus Eisglas zu bestehen und glitt die Schaumkrone der gewaltigen Welle empor, bis es auf deren Spitze thronte. Eine blasse Frau in einer ausladenden schwarzen Robe kam an Deck und näherte sich dem Bug. Sie hielt sich kerzengerade, während die Welle langsam auf uns zuwalzte.

Mutter!

Kein Lüftchen schien sich um sie her zu regen. Ich kniff die Augen zusammen. Hinter ihr erschienen weitere rot gelockte Schöpfe an der Reling, denn natürlich waren auch meine Schwestern in den Krieg gezogen. Ganz Atlantis war gekommen, um mich gefangen zu nehmen. Ein bitterer Geschmack legte sich auf meine Zunge und kroch bis zu dem unguten Gefühl in meiner Magengegend hinab.

Die Königin reckte derweil das Kinn, dann hob sie langsam die Arme über den Kopf und öffnete den Mund, als würde sie singen. Als wollte sie die Winde beschwören. Vermutlich tat sie auch genau das, nur hörten wir es in all dem Lärm und Chaos nicht. Dafür sahen wir kurz darauf allerdings, wie der Nordwind aus einer Gewitterwolke niederfuhr und ihr Haar für einen Moment mit einer Schicht Raureif überzog, sodass es blassrosa wirkte.

Als Nächstes legte er sich wie ein wirbelnder Schal um ihre Kehle, verstärkte den Schall und trug ihre Stimme über die schlammige Ödnis des Meeresgrundes bis zur Küste.

»Herzog«, sagte Ihre Majestät eisig. »Wie kannst du es wagen!«

»Willkommen, meine Liebe«, entgegnete Andreas in derselben ohrenbetäubenden Lautstärke. Auch er schickte seine Worte nun auf den Schwingen der Winde gen Horizont. »Nach all den Jahren! Welche *Ehre*, Euch wiederzusehen.«

»Geh mir aus dem Weg.«

»Bedaure, aber das werde ich nicht tun.« Er deutete auf die Donnerdrachen in den Dünen. Ein knappes Nicken seines Kopfes genügte und die Untiere stießen ein Grollen aus, das den Boden unter unseren Füßen erzittern ließ und bis in meine Zehenspitzen vibrierte. »Meine Streitmacht ist mehr als bereit, Eurer Herrschaft endlich ein Ende zu setzen. Atlantis einzunehmen, war zwar erst unser übernächster Schritt, aber wenn Ihr uns so eifrig entgegentretet, erlösen wir Euch auch gern gleich von Eurem Leid.«

»Was faselst du da?« Die Königin verschränkte die Arme vor der Brust. »Und was soll dieser alberne Haufen? Wie viele Drachen hast du mit falschen Versprechungen in deine Dienste gelockt? 40? Vielleicht 50?«

»Tja, das wüsstet Ihr gerne, nicht wahr?«

»Nun, die genaue Zahl ist im Grunde unwichtig. Mein gesamtes Heer befindet sich in diesen Fluten. Krieger und Sturmjäger aus allen Weltmeeren, siebentausend Klingen, die einen Kampf kaum erwarten können. Wie hast du dir das also vorgestellt? Selbst mit hundert Donnerdrachen wärst du hoffnungslos unterlegen.«

»Nicht, wenn das *Amulett der Winde* endlich mein ist.«

Die Königin schnappte nach Luft.

»Oh, kommt schon. Was dachtet Ihr, wer unsere Tochter in die Untiefen geschickt hat?«

»Undina ist eine Verräterin, aber sie würde niemals für dich arbeiten.«

Ich horchte auf. Hatte meine Mutter mich da etwa gerade auf ihre verquere, mir den Tod wünschende Art in Schutz genommen? Zumindest schien sie meine Absichten nicht mehr vollkommen infrage zu stellen. Es war lächerlich, doch irgendwie ließ diese Erkenntnis es etwas leichter um mein Herz werden. Leider verging das Gefühl genauso rasch wieder, wie es aufgewallt war.

»Wollt Ihr es wirklich darauf ankommen lassen? Vielleicht habe ich das Amulett längst. Dann könnte ich damit jetzt sofort die nächste Sintflut heraufbeschwören und die ganze Welt –«

»Genug!«, zischte die Königin und verlor anscheinend endgültig die Nerven. Ohne Vorwarnung riss sie beide Arme über den Kopf und stieß einen markerschütternden Schrei aus, dann noch einen und noch einen. Es waren archaische Laute, halb melodisch, halb kreischend. Der Gesang einer Hexe in seiner ursprünglichsten Form.

Eine Gänsehaut kroch über meinen Nacken.

Es war das Lied einer Königin, die ihre Armee in die Schlacht führte, und es erfüllte seinen Zweck.

Schon bewegte die gigantische Welle sich schneller, preschte auf uns zu, während sich unzählige Krieger aus ihrem Innern lösten und durch die schäumende Gischt stürmten. Blutrote und blassblaue Uniformen, zuckende Blitzklingen und Seepferde in Harnisch und geschmücktem Zaumzeug wirbelten durcheinander. Als würde die See selbst lebendig werden. Als bestünde der Ozean in Wahrheit zur Gänze aus der Streitmacht meiner Mutter und jeder einzelne Wassertropfen hätte nur darauf gewartet, sich in eine tödliche Waffe zu verwandeln.

Ein Murmeln ging durch die Reihen der Herzogisten, ein paar der vermummten Gestalten wichen zurück. Die Donnerdrachen knurrten hungrig, der Herzog fluchte und brüllte ebenfalls Befehle.

Ich hingegen versuchte, vor allem das Dach des alten Pfarrhauses im Blick zu behalten. Inzwischen wurde ich unruhig. Weshalb dauerte das denn so lange? War Damian zwischendurch Pizza essen gegangen oder was? Noch immer war dort oben keine Spur von ihm und bevor wir etwas unternahmen, musste ich Fiona und Louisa in Sicherheit wissen, also –

War das vielleicht doch eine Bewegung gewesen, dort in den Schatten hinter dem Schornstein?

»Vorsicht!«, rief Aaron und versetzte mir urplötzlich einen Stoß.

Ich duckte mich und konnte so gerade noch rechtzeitig ausweichen, als der Donnerdrache schräg hinter uns die dornenbewehrten Schwingen entfaltete und damit mehrere Männer meines Vaters von der Düne fegte. Das Untier stieg ein paar Meter in die Höhe und spie den Angreifern einen Schauer aus Muschelsplittern entgegen. Wen oder was es dabei sonst noch verletzte, interessierte das Biest natürlich nicht.

Alles in mir schrie danach, die Blitzklingen aus dem Holster auf meinem Rücken zu befreien und mich einfach ins

Getümmel zu stürzen. Diese Drachen mussten dringend in ihre Schranken gewiesen werden. Doch es war noch zu früh.

Ich atmete tief ein und aus, dann kam ich wieder auf die Beine und zog Aaron, der ebenfalls in Deckung gegangen war, mit mir in die Höhe. Für einen Moment sahen wir uns an und in seinen dunklen Augen loderte es. Mein eigener Drang, endlich zu kämpfen, spiegelte sich darin. Außerdem zuckte Aarons Kiefer vor Anspannung. Unter meiner Hand, die auf seiner Brust lag, spürte ich seinen hämmernden Herzschlag.

»Noch nicht«, sagte ich.

Er nickte und spähte an mir vorbei. Die Fäuste geballt, als kostete es ihn alle Kraft, nicht loszustürmen.

»Damian schafft das«, erinnerte ich ihn. »Die Drachen werden ihn nicht wittern, er hat schließlich keine Magie.«

»Und ich wette, das wird er uns auch als Ausrede auftischen, warum er so lahmarschig klettert«, knurrte Aaron. Doch bereits einen Wimpernschlag später entspannte er sich sichtlich. »Okay«, murmelte er. »Da tut sich etwas.«

Ich folgte seinem Blick und dieses Mal entdeckte ich Damians schmächtige Gestalt tatsächlich dort oben auf dem löchrigen Dach. Das war auch an der Zeit!

Damian kauerte nun endlich neben dem Schornstein und kroch auf allen vieren voran, noch immer halb im Schatten. Louisa zuckte zusammen, als er ihren Knöchel berührte. Zum Glück drehte sie sich nicht um, sondern schien nur angestrengt dem zu lauschen, was er ihr erklärte. Dann nahm sie

Fionas Hand und zog sie vorsichtig einen Schritt nach hinten, dann einen weiteren.

Andreas hingegen marschierte inzwischen an der Dachkante auf und ab, um seine Rebellen zu formieren. Mit zischenden Lauten instruierte er die Drachenherde, die Herzogisten brachte er brüllend auf Linie. Eine Aufgabe, die angesichts der an Land stürmenden Soldaten seine gesamte Aufmerksamkeit erforderte. Davon, wie Damian meinen Freundinnen dabei half, in den zerstörten Dachstuhl hinabzuklettern, bekam er jedenfalls nichts mit.

Ich atmete erleichtert auf.

»Okay«, wiederholte Aaron neben mir schließlich und zückte nun doch, genau wie die übrigen Herzogisten, seine Waffen.

Teile der feindlichen Armeen trafen bereits aufeinander. Die See kam mit gewaltigem Donnern zurück und ergoss sich über den Strand und die Dünen. Die Drachen hieben derweil nach den Angreifern, Klingen bohrten sich in die gallertigen Leiber der Bestien. Schreie gellten in meinen Ohren und mit einem Mal war die Schlacht um uns herum in vollem Gange.

Es war, als hätten die Götter einen gigantischen Kessel voller Chaos und Verderben über uns ausgeschüttet.

Auf beiden Seiten gingen die ersten Männer und Frauen zu Boden, der erste Donnerdrache zersetzte sich in seine Bestandteile. Ich taumelte zurück, als jemand in der dunkelroten Uniform eines Fußsoldaten sich auf mich stürzen wollte, das

Gesicht zu einer zornigen Fratze verzogen, und seine Waffe zielte direkt auf meine Kehle.

Aaron setzte ihn mit einem Kinnhaken außer Gefecht.

»Das mit der Lebensgefahr funktioniert schon mal«, sagte er und musste dabei gegen den Lärm anschreien. Doch seine Wangen waren gerötet und in seinem Blick lag ein Glitzern, weil diese Art von Gefahr ihm schließlich die allerliebste war.

Für einen Atemzug berührte ich seinen Ellenbogen und drückte ihn. »Alles klar!«, schrie ich zurück. »Dann legen wir mal los!«

Aaron nickte abgehackt und kreuzte die Blitzklingen vor der Brust. »Königliche Hoheit.«

Er verneigte sich vor mir. Dann stapfte er mitten in die Schlacht hinein, geradewegs auf die Krieger Ihrer Majestät zu. Auf dem Weg die Düne hinab warf er allerdings den Umhang von sich und zum Vorschein kam seine blassblaue Offiziersuniform.

Jetzt musste er nur noch das richtige Regiment finden. So schnell es ging.

Ich blinzelte und zwang mich dazu, meinen Blick von ihm zu lösen. Mir blieb keine Zeit, mir Sorgen zu machen. Um mich herum starb mein Volk bereits. Also handelte ich am besten sofort. Kaltblütig wie ein Fischweib.

Rasch bahnte ich mir ebenfalls meinen Weg in die Brandung. Kurz darauf reichte mir das Wasser bis über die Knie, schwappte hinauf bis an meine Hüfte. Ich legte die Hände wie einen Trichter um meinen Mund und rief den Ostwind herbei, der sogleich an meiner Kapuze zupfte. Hastig gab ich ihm zu verstehen, dass es so weit war, und schickte ihn mit einer Nachricht in die See hinaus.

Anschließend beschwor ich auch den Südwind und legte ihn in einer Schlaufe um meinen Hals, um meine Stimme zu verstärken, wie meine Eltern es getan hatten.

Dann war auch ich bereit und ließ den dunklen Stoff, der meine wahre Identität verbarg, von meinen Schultern ins Meer gleiten.

»Es reicht!«, sagte ich und straffte die Schultern. Meine Worte trieben bis zum Horizont, hallten von Klippen und Himmel wider und durchpflügten die Wellen.

26

Die Worte des Windes

Unzählige Köpfe fuhren zu mir herum, Hälse wurden gereckt und der Kampflärm ebbte ab. Zuerst nur ein wenig, dann jedoch immer mehr. Wie eine Welle schien sich die Nachricht meines Eintreffens auszubreiten und die Aufmerksamkeit beider Seiten auf sich zu ziehen.

Bis nur noch hier und da eine vereinzelte Klinge durch die Luft sirrte. Irgendwo schrie jemand, dann hielten auch die letzten Herzogisten inne, genau wie die Streitkräfte meiner Mutter. Die Donnerdrachen heulten auf, als Andreas sie zurückrief.

Eine geradezu gespenstische Ruhe senkte sich über die See.

»Undina«, zischte die Königin.

Ich watete noch ein Stück in die Fluten hinein. Meerschaum bedeckte das Wasser, an manchen Stellen rot verfärbt. Ich schluckte. Das alles, dieser Krieg, war nicht richtig. Wie viel Blut hier heute auch vergossen werden mochte, die Wetterprobleme würden wir damit nicht im Geringsten lösen können …

Ich beschleunigte meine Schritte. Die Soldaten wichen vor mir zurück und bildeten eine Gasse, sodass ich noch rascher vorankam. Nicht wenige starrten gebannt auf das *Amulett der Winde*, das nun gut sichtbar auf meiner Brust ruhte. Dazu trug ich nach wie vor mein (inzwischen arg ramponiertes) Kleid, der lange Rock trieb auf den Wellen. Die störrischen Locken hatte ich mir mithilfe von ein paar Algen zusammengebunden, in denen sich Muscheln und Sand verfangen hatten. Vermutlich sah ich ziemlich wild aus, aber das war mir egal. Ehrlich gesagt, gefiel es mir sogar beinahe, als der Ostwind zu mir zurückkehrte und mein Haar noch eine Spur hexenhafter hinter mir herflattern ließ.

»Die siebte Prinzessin«, flüsterte jemand. »Da! Da vorne ist sie.«

»Tatsächlich? Dieses Mädchen?«

»Vorsicht, sie ist unberechenbar.«

Ich tat so, als hörte ich es nicht.

Etwa mittig zwischen meinen Eltern, zwischen dem Kesselboot Ihrer Majestät auf dem Wellenkamm und dem abtrünnigen Herzog auf dem Dach des alten Pfarrhauses, blieb ich schließlich stehen. Das Wasser reichte mir mittlerweile bis zum Bauchnabel.

»Das hier muss aufhören«, erklärte ich, meine Stimme glitt über das Schlachtfeld, klar und bestimmt.

Ein Raunen ging durch die Menge.

Andreas fuhr herum, bemerkte das Fehlen seiner Geiseln und lief vor Wut dunkelrot an.

Meine Mutter sog derweil scharf die Luft ein. Auch sie bebte jetzt vor Zorn, aber ihr Gesicht wirkte mit einem Mal noch eine Spur bleicher. Und hart, als bestünde ihre Haut aus farblosem Marmor.

»Bringt mir die Verräterin und mein Eigentum«, forderte sie tonlos.

Sofort setzten sich mehrere Soldaten wieder in Bewegung, stapften kampfbereit mit schweren Stiefeln durch die Brandung, eine Klinge in jeder Hand. Für einen Moment presste ich die Lippen aufeinander und hielt die Luft an, unsicher, ob alles nach Plan verlaufen würde oder wir uns verkalkuliert hatten ...

Meine Finger zuckten in Richtung des Holsters auf meinem Rücken.

Dann erreichten mich die Soldaten auch schon, breitschultrige Männer und Frauen mit ernsten Mienen. Doch sie ergriffen mich nicht, sondern bildeten einen schützenden Ring aus Rücken um mich. Unter ihnen erkannte ich Aarons vertraute Silhouette. Er hatte sein Regiment also rechtzeitig ausfindig gemacht. Es sah ganz danach aus, als würde es ihm tatsächlich genauso bedingungslos folgen wie zuvor seinem Vater.

Ich entspannte meinen Kiefer ein wenig und sah von der Königin zum abtrünnigen Herzog und wieder zurück. »Wir können es uns nicht leisten, uns gegenseitig zu bekriegen«, fuhr ich fort. »Und wir dürfen die Menschen nicht länger im Stich lassen.«

»Dieser Krieg wäre sofort vorbei, wenn du mir endlich das Amulett geben würdest, Tochter«, knurrte Andreas.

»Niemals!«, rief die Königin. »Nur über meine Leiche!«

»Oder über ihre«, brummte der Herzog und winkte einen der Donnerdrachen zu sich.

Ein besonders fieses Ungetüm mit schwarzgrünem Schuppenkleid und gebogenen Klauen erhob sich. Eine Narbe zog sich quer über die Schnauze der Bestie, lang und tief, wie vom Hieb einer Blitzklinge ... Der *Andere* fauchte und entfaltete die riesigen Schwingen.

Mit der einen Hand umklammerte ich das Amulett an meinem Hals, mit der anderen holte ich nun doch eine Waffe aus ihrem Holster hervor. Ich hatte das hier ohne einen einzigen weiteren Streich meiner Klingen beenden wollen. Das wollte ich noch immer.

Aber mir blieb nichts anderes übrig. Der Drache stieg in die Lüfte und hielt genau auf mich zu.

Auch Aaron und seine Leute machten sich zum Kampf bereit.

Okay. Jetzt oder nie. Ich schloss die Augen, kniff sie fest zusammen und räusperte mich.

»Ich biete einen Handel an!«, rief ich und meine Stimme klang brüchiger, als mir lieb gewesen wäre. »Ihr habt recht, es steht mir nicht zu, das *Amulett der Winde* zu behalten. Bloß ... muss ich mich zunächst absichern. Also wartet und hört euch an, zu welchen Bedingungen ich es herausgeben werde.«

Die Königin schnaubte verächtlich, ein Geräusch wie eine Welle, die sich bereit machte, ein wehrloses Schiff zum Kentern zu bringen.

Andreas hingegen lachte. Mit einem Wink bedeutete er dem Drachen, den Angriff abzubrechen. Das Untier begann, Kreise in der Luft über mir zu ziehen. Wirbelnde Kreise, von denen immer wieder Schauer aus scharfkantigen Muschelsplittern auf meine Beschützer und mich niederprasselten.

Ich zwang mich dazu, nicht den Kopf einzuziehen oder zurückzuweichen, während die Scherben meine Wangen aufschürften und sich in meinem Hexenhaar verfingen. Aus dem Augenwinkel erkannte ich, dass auch Aaron sich betont aufrecht hielt, jetzt, da er sich offen gegen Ihre Majestät der Tiefe stellte.

»Nun, Tochter, was verlangst du?«, rief der Herzog noch immer amüsiert.

»Ich werde singen«, erklärte ich schlicht. »Eine neue Strophe für die alten Lieder.«

»Jetzt und hier?« Mein Vater prustete.

»Ja, das ist der erste Teil meiner Forderung.«

»Und wie lautet der zweite?«

»Sobald mein Lied geendet hat, lässt du die Donnerdrachen frei.« Ich nahm das Amulett von meinem Hals und hob es in die Höhe. »Es gehört dir, wenn du einen Hexeneid schwörst, die *Anderen* nie wieder an dich zu binden.«

»Das ist doch lächerlich!«, rief meine Mutter, aber der Herzog beachtete sie nicht. Selbst ihre Armee wirkte wie hypnotisiert. Niemand regte sich.

Mit glänzenden Augen betrachtete mein Vater das *Amulett der Winde*, das nun über meinem Kopf baumelte und in der Dunkelheit schimmerte.

»Also …« Er befeuchtete seine Lippen.

»Damit wirst du so mächtig sein, dass du auf die Kräfte der Drachen verzichten kannst«, lockte ich ihn.

»Wenn ich meine Kontrolle über das Rudel aufgebe, kann ich nicht mehr dafür garantieren, wen oder was es angreift«, murmelte er.

»Das lass meine Sorge sein.«

»Schluss jetzt! Ich werde das nicht dulden«, verkündete die Königin. Im selben Moment setzte ihr Boot sich in Bewegung, verließ den Wellenkamm und schoss auf die Brandung zu. Offenbar hatte sie beschlossen, die Sache ein für alle Mal selbst in die Hand zu nehmen.

Besser, wir hörten endlich auf zu trödeln.

»Eine Horde mordender Bestien oder das sagenumwobene *Amulett der Winde*, geschmiedet aus dem Urkessel selbst. Entscheide dich«, forderte ich.

Der Herzog nickte knapp. »Einverstanden.« Er führte zwei Finger der linken Hand zuerst an seine Lippen, dann nacheinander über beide Augen. Das Zeichen des heiligen Schwurs. Dann seufzte er. »Na los, sing schon dein verdammtes Lied.«

»Nein!«, kreischte Ihre Majestät. Ihr Kesselsegler durchpflügte die See.

Ich hingegen summte bereits die ersten Töne jener uralten Melodie, die von den Taten und Träumen unseres Volkes erzählte:

»Da flieht die Nacht
aus dunklem Meer,
die Winde brausen auf.
Und es erwacht,
schon lang ist's her,
des Schicksals düstrer Lauf,
der webt aus Blitzen hoch am Himmel
ein dröhnend donnerndes Gewimmel.«

Noch während ich die Worte sang, sausten die Winde aller Himmelsrichtungen auf mich zu und verbanden sich zu einem einzigen Sturm.

Regen trommelte erbarmungslos auf uns nieder, Wolken ballten sich dichter zusammen und zwischen ihnen entspann sich tatsächlich ein filigranes Netz aus zuckenden Blitzen. Ihr Leuchten tauchte die gesamte Szenerie in ein flackerndes, unheimliches Licht.

Das Heulen des Unwetters untermalte mein Lied, während die Wasseroberfläche sich am Horizont wölbte, als wollte etwas Gewaltiges aus den Tiefen emporsteigen …

Das gesamte Heer schien den Atem anzuhalten, selbst die

Königin wirkte wie erstarrt. Der Herzog blickte mit geöffnetem Mund in die Ferne.

Nun hatte es also begonnen.

Nein, wenn ich so recht darüber nachdachte, hatte es das natürlich schon vor langer Zeit. Schon damals, als ich zum ersten Mal mit dem Amulett in die Kerker geschlichen war. Und vielleicht sogar noch früher, mit der Weissagung des Orakels bei meiner Geburt.

Das hier war nicht der Anfang, es war das Ende.

Oder?

Ich schloss die Augen und fuhr fort:

»Prinzessin, die
verstoßen war,
frevelt erneut und singt.
Das gab es nie,
doch nun ist's da,
des Wesens Ruf erklingt.
Ein Gott, der lang verschollen galt,
der Donnerdrachen Vater alt.

Erhebt sich aus
der finstren Flut,
die Andren warten schon.
Holt sie nach Haus,
vorbei die Wut.
Prinzessin raubt den Thron.«

Meine letzten Worte gingen unter, als der Regen sich in prasselnden Hagel verwandelte.

Ich blinzelte.

»Und es erwacht,
schon lang ist's her,
des Schicksals düstrer Lauf.«

Der Himmel hatte sich pechschwarz gefärbt und es war kalt geworden, eisig kalt, sodass mein Atem in Wölkchen vor mir aufstieg. Selbst die Wellenkämme um mich herum schienen eingefroren zu sein und knirschten und knarzten bei jedem Wogen und Schwappen des darunterliegenden Wassers. Übertönt wurde dieser gespenstische Lärm nur von den Kampfschreien, unter denen das Kesselboot der Königin nun den Ring meiner Beschützer erreichte. Meine Mutter führte inzwischen höchstpersönlich eine Klinge in jeder Hand, hinter ihr stürzte Darjana her, gefolgt von meinen anderen Schwestern – inklusive Silvana, die nicht so recht zu wissen schien, auf welcher Seite sie kämpfen sollte. Aaron stellte sich ihnen in den Weg.

Auch der Herzog musste vom Dach des alten Pfarrhauses gestiegen sein. Allerdings hatte ich Schwierigkeiten, ihn zwischen all den gigantischen schuppenbesetzten Leibern auszumachen, die sich gerade von den Dünen in die Lüfte erhoben. Mir stockte der Atem.

Die gesamte Herde hatte sich in Bewegung gesetzt und flog

auf den Horizont zu, wo tatsächlich etwas aus den Fluten aufgetaucht war.

Etwas Großes.

Aus grauer Vorzeit.

Ein Gott, der lang verschollen galt.

Ich stellte mich auf die Zehenspitzen, um besser sehen zu
können.

Der Donnerdrachen Vater alt.

Das Wesen erinnerte mit seinem gallertigen Körper, den
Flügeln und den krallenbewehrten Klauen an einen Donnerdrachen. Einen gewaltigen Drachen, dessen Schwingen beinahe den gesamten Himmel einzunehmen schienen. Doch
gleichzeitig besaß es drei Köpfe mit menschlichen Zügen, die
sich an langen Hälsen durch die Winde schlängelten. Einer
trug das Gesicht eines Kindes, das in die Zukunft blickte, ein
anderer das eines Greises, der die Vergangenheit betrachtete.
Das dritte Gesicht aber war das des Schwarmprinzen, das
milde Richtung Ufer lächelte.

Wer genau hinschaute, erkannte vermutlich, dass etwas mit
diesem Wesen nicht stimmte, dass es zwar eins war, aber aus
vielen bestand. Andererseits, wer sagte denn, dass es nicht
genau so sein sollte?

Das Orakel war mir in der Gestalt des Schicksalsgottes zu
Hilfe geeilt, genau wie Aaron und ich es geplant hatten. Es
hatte die ganze Zeit im tieferen Gewässer gelauert und auf
Nachricht vom Ostwind gewartet. Nun scharte es die *Anderen*
um sich, bot jedem von ihnen einen Platz unter seinen Flü-

geln an und die Donnerdrachen schienen ihre allgegenwärtige Boshaftigkeit für einen Augenblick abzulegen. Nach und nach stimmten sie ein Heulen an und umringten das Schwarmwesen, reckten die Schnauzen gen Himmel und ließen die Schwänze durch die Luft peitschen.

Hätte ich es nicht besser gewusst, hätte ich es für Wiedersehensfreude gehalten.

Der Schwarmprinz zwinkerte mir zu, er schien ganz und gar in seinem Element zu sein.

Nun schlug er mit den Flügeln und eine Bö von der Stärke eines Tornados fegte über uns hinweg, so heftig, dass es nicht nur mich von den Füßen riss.

Mit dem Rücken platschte ich in die Wellen und tauchte für einen Moment vollständig in den eisigen Fluten unter. Das Salzwasser prickelte auf meinen Wangen und biss mir in die Augen. Meine Lunge zog sich in der Kälte zusammen. Dann fand ich neuen Halt und kam hustend und prustend wieder an die Oberfläche.

Ich blinzelte ein paar Tropfen aus den Wimpern. Sofort schnellte mein Blick zum Horizont zurück.

Doch das Orakel war verschwunden und mit ihm die Donnerdrachen. Nur in der Ferne, weit, weit draußen auf hoher See, ballten sich ein paar dunkle Gewitterwolken zusammen …

Zum Glück würde der Schwarmprinz nun dafür sorgen, dass sie so schnell nicht wieder in die Nähe der Menschen gelangten.

»Ich habe sie ziehen lassen«, sagte Andreas erschreckend nah hinter mir.

Ich wirbelte herum und wäre tatsächlich beinahe gegen meinen Vater geprallt, der den Moment genutzt hatte, in dem alle nur auf das Schwarmwesen geachtet hatten, um sich unbeachtet durch den Ring meiner Beschützer zu zwängen.

Allzu zufrieden sah er trotzdem nicht aus. Genau genommen war der Herzog ziemlich blass um die Nase geworden. Jegliche Zornesröte schien aus seinen Wangen gewichen, seine Schultern bebten. Der Verlust seiner Untiere traf ihn wohl härter als erwartet. Und natürlich würden die Streitkräfte der Königin mit ihm und seinem kümmerlichen Haufen von Herzogisten kurzen Prozess machen, sollte er nicht schnellstens in den Besitz einer neuen mächtigen Geheimwaffe kommen …

»Ich habe meinen Teil unseres Handels eingehalten«, beschwor er mich und streckte die Hände aus.

Mein Herzschlag beschleunigte sich. Instinktiv schloss ich meine Faust fester um die feingliedrige Kette. Das hier war immer noch das *Amulett der Winde*. Zweimal hatte ich seinetwegen den Zorn der Königin auf mich gezogen. Viereinhalb Jahre hatte ich deswegen unter den Menschen an der Oberfläche leben und um mein Leben fürchten müssen. Aber jetzt … jetzt gab ich es her.

Ich nickte langsam.

Das Blut rauschte dabei so laut in meinen Ohren, dass ich meine Mutter nicht hören konnte. Aber irgendetwas kreischte sie voller Panik und aus dem Augenwinkel nahm ich wahr, wie sie sich mit der Kraft der Verzweiflung an Aaron vorbeizudrängen versuchte.

Doch zu spät.

Andreas grapschte nach dem Amulett und ich ließ einfach los.

Und dann war es fort.

Die Lippen des abtrünnigen Herzogs kräuselten sich vor Genugtuung. Mit leuchtenden Augen betrachtete er seine Beute, dann reckte er die Hand mit einer dramatischen Geste in die Höhe, schloss die Augen und –

Nichts passierte.

Er schwenkte das Amulett hin und her, wirbelte es in kreisenden Bewegungen über seinem Kopf.

Nichts.

Die Königin heulte auf wie ein verwundetes Tier.

Unterdessen presste mein Vater den Talisman an seine Brust und wartete. Das taten wir alle. Inzwischen wagte ich nicht einmal mehr zu atmen. Immerhin bestand die winzige Chance, dass Aaron und ich uns geirrt hatten. Oder?

Noch immer entfaltete das *Amulett der Winde* keine Spur von einer sagenumwobenen Macht.

Die Lider des Herzogs flatterten.

»Ist nicht so leicht zu bedienen, was?«, fragte ich ihn. »Das Ganze verlangt ziemlich viel Übung. Dachtest du, ich wäre einfach in die Kerker spaziert und –«

»NEIN!«, schrie meine Mutter und schaffte es nun doch,

sich aus Aarons Griff zu winden. Mit dem Ellenbogen verpasste sie ihm dabei einen Schlag gegen die Schläfe, der ihn benommen zusammensacken ließ.

Im selben Augenblick sausten ihre Klingen schon durch die Luft und zielten direkt auf das Herz ihres früheren Gemahls. Dieser taumelte nach hinten, fuhr herum und rannte los. Während Aarons Regiment der Königin erneut in den Weg trat, stürzte mein Vater zum Ufer.

Ihre Majestät zischte irgendetwas Unverständliches. Waffen prallten aufeinander, Funken stoben, mehrere Soldaten gingen zu Boden und schließlich wirbelte meine Mutter zornig um ihre eigene Achse. Auf der Suche nach dem nächsten Gegner fiel ihr Blick auf mich.

Es gelang mir gerade noch, mich mit einem Ausfallschritt zu retten. Verdammt.

Auch ich zückte meine Klingen. Den nächsten Vorstoß meiner Mutter parierte ich zwar, doch die Wucht, mit der unsere Blitzklingen aufeinandertrafen, ließ meinen Arm für einen Moment taub werden. Funken tanzten vor meinen Augen, die Luft knisterte vor elektrischer Spannung.

»Undina!«, zischte sie. »Wie konntest du nur?«

»Wie konnte *ich* nur?«, echote ich und ging nun ebenfalls zum Angriff über. »Wie meinst du das? Ich habe uns gerettet.«

»Du hast unseren Untergang besiegelt!«

»Er hätte die Donnerdrachen auf die Menschen losgelassen, eine immer größere Armee von *Anderen* um sich geschart und nie aufgegeben.«

»Na und? DU HAST IHM DAS AMULETT ÜBERLAS-SEN!« Die Königin stieß einen Kampfschrei aus und setzte zu einer Parade an, die ich ihr gar nicht zugetraut hätte. Offenbar war mein Talent für das Kämpfen kein Zufall …

Ich kreuzte meine Klingen und riss sie in die Höhe. Ihr Sirren durchschnitt die Stille, die plötzlich eingetreten und mir bisher nicht aufgefallen war.

Das gesamte Schlachtfeld beobachtete uns mit großen Augen, selbst der Sturm schien den Atem anzuhalten.

»Der Preis war zu hoch, Undina!«, rief meine Mutter. Tränen rannen über ihre Wangen und tropften in ihren Kragen aus Meerseide, aber das hinderte sie nicht daran, mich weiterhin mit Hieben zu bedrängen. »Du weißt ja nicht –«

»Was? Dass das Amulett in Wahrheit überhaupt keine –«

»GENUG!«

Die Königin holte aus, ihre Panik ließ sie stärker und stärker werden. Ich wich zurück, doch gerade, als sie meine Deckung durchbrechen wollte, sauste eine weitere Klinge durch die Luft.

Plötzlich war Aaron an meiner Seite, sein Körper angespannt wie eine Gewitterwolke kurz vor der Entladung. Mit grimmiger Miene warf er sich Ihrer Majestät entgegen.

Wieder sprühten Funken und hüllten uns ein wie ein feiner Nebel.

Gemeinsam gelang es uns schließlich, meine Mutter in die Enge zu treiben und zu entwaffnen.

»Er wird es bald herausfinden«, keuchte Aaron und schleu-

derte ihre Klingen ins Wasser. »Das werden alle. Und es ist zu
spät, um es zu verhindern. Also ...« Er rieb über die Stelle an
seinem Kopf, an der sie ihn eben erwischt hatte. »Nehmt Eure
Streitmacht und verschwindet, solange man Euren Herrschaftsanspruch noch nicht infrage gestellt hat.«
Sie verschränkte die Arme vor der Brust. »Niemals, es ist
das Vorrecht unserer Familie, wir –«
»Geh«, sagte ich müde. »Es ist vorbei.«
Noch einmal rief ich den Ostwind herbei und legte ihn um
meine Kehle, dann wandte ich mich an die Hexen und Hexer
in der Brandung: »Das gilt für euch alle: Das Amulett ist
wertlos und der Krieg zu Ende. Geht nach Hause. Na, macht
schon!«
Die Soldaten schüttelten überrascht die Köpfe und richte-
ten ihre Blicke auf die Königin, die nun die Schultern hängen
ließ. Sie machte keine Anstalten, irgendeinen Befehl zu ertei-
len, sondern stand einfach nur da und weinte stumme Tränen
um unsere Dynastie.
Und allmählich löste sich die Menge tatsächlich auf. Männer und Frauen in Uniformen stapften zurück zu ihren Kesselbooten, die Herzogisten mitsamt ihren Umhängen suchten
das Weite oder vielleicht auch ihren Anführer.
Seitdem er mit dem Amulett das Ufer erreicht hatte, war
Andreas nämlich verschwunden. Ob er im alten Pfarrhaus
hockte und verzweifelt versuchte, die märchenhaften Hexen-
mächte doch noch zu entfesseln?
Die Königin durchbohrte mich mit einem letzten eisigen

Blick, dann begab sie sich auf den Rückweg zu ihrem Kessel-segler aus Eisglas. Vermutlich, um so schnell wie möglich nach Atlantis zurückzukehren und sich in den *Gläsernen Hallen* zu verschanzen, bevor die Nachricht über das, was heute hier geschehen war, die Untiefen erreichte.

Ich legte den Kopf in den Nacken und genoss das Prickeln der Regentropfen auf meinem Gesicht. Angenehm kühl perlten sie über meine Wangen, während das Geräusch von unzähligen Stiefelpaaren, die durch das Wasser stapften, leiser wurde und verklang.

Schon bald hatte die See das Schlachtfeld zurückerobert. Nur hier und dort erinnerten ein wenig rötlich gefärbter Sand oder eine in den Fluten treibende Drachenschuppe an die beiden feindlichen Armeen, die einander hier noch vor Kurzem gegenübergestanden hatten. Es war wirklich Zeit zu gehen. Zeit, meinen eigenen Rat zu befolgen.

Aber Aaron und ich blieben dennoch eine kleine Weile länger.

Zusammen wateten wir durch die Brandung und betrachteten Welle für Welle, die vom Horizont herbeirollte. Ein ewiges Auf und Ab aus Kämmen und Tälern, eine magische Welt, die so viele Geheimnisse barg. Doch keines von ihnen stand mehr zwischen uns und so hielten wir uns bei den Händen, während die Wolkendecke langsam aufbrach und der Himmel wieder aufklarte.

27

Wetterleuchten

»*U*nd das hier wird eine Regenwolke«, erklärte Damian ein paar Tage später im alten Leuchtturm.

Von der obersten Sprosse der Leiter neben dem Kessel fischte er mit einem Holzlöffel ein paar der weißlichen Schwaden aus dem Gebräu, um sie Fiona und Louisa zu zeigen.

Beide starrten ihn mit offenem Mund an.

»Ziemlich cool, oder?« Er hielt ihnen die Wolkenfäden unter die Nase.

»Äh«, stammelte Louisa und nestelte am Saum ihres Sweatshirts herum.

Fiona nickte. »Schon irgendwie«, räumte sie ein, wich aber einen Schritt zurück.

Noch immer standen die Mädels ein wenig unter Schock.

Klar, das alles war natürlich ganz schön viel für sie gewesen: Andreas, der sich als verrückter Hexer entpuppt und sie mehrere Tage lang in unserem baufälligen Haus festgehalten hatte. Ganz zu schweigen von der Herde Donnerdrachen, die an den Fenstern vorbeigestampft war. Und dann noch die Tatsache, dass ich schließlich, dicht gefolgt von einer magischen Streitmacht, aus dem Meer gestiegen war und ihnen zusammen mit meinen Freunden diese Geschichten über die Kontrolle des Wetters auftischte …

Dass die beiden zwischenzeitlich ein paar Nächte in Faraldas Kesselboot verbracht hatten und dort von ihr bekocht und aufgepäppelt worden waren, hatte leider nicht viel an ihrem aufgewühlten Gemütszustand ändern können. Immerhin waren sie von einem durchgeknallten Hexer und todbringenden Drachen gefangen gehalten worden.

Trotzdem hatten wir beschlossen, sie in unsere Welt einzuweihen, sie wussten ohnehin schon zu viel. Vielleicht würde es ja helfen, wenn sie genau verstanden, wer wir waren und was wir taten?

»Die Wetter sind in den letzten Jahren mehr und mehr aus dem Gleichgewicht geraten«, fuhr Damian fort und rührte nun wieder in der brodelnden Flüssigkeit herum. »Und da wir nun wissen, dass es kein sagenumwobenes Amulett gibt, das alles wieder in Ordnung bringt, müssen wir uns wohl etwas anderes einfallen lassen.«

»Äh …«, machte Louisa noch einmal.

Ich räusperte mich. »Ehrlich gesagt, wollten wir euch fragen, ob ihr nicht Lust hättet, uns zu unterstützen?«

»*Wir?* Ich dachte, ihr seid Hexen mit magischen Kräften mit allem Drum und Dran.« Fiona blinzelte.

»Schon. Na und?« Ich nickte Damian zu, der zwei weitere Löffel von der Wand nahm und den Mädels reichte.

»Zauberstäbe?«, fragte Louisa.

»Fast.« Damian grinste, doch die beiden wirkten weiterhin skeptisch.

»Keine Sorge, wir planen natürlich, noch mehr Menschen einzuweihen. Viel mehr«, sagte ich. »Es sieht nämlich so aus, als müssten wir dringend zusammenarbeiten, wenn wir den Klimawandel aufhalten wollen. Menschen und Hexen. Magie oder nicht. Ich finde, das sollte sowieso keine Rolle mehr spielen.«

»Es liegt eine Menge Arbeit vor uns. Aber so langweilig ist die Sache gar nicht.« Damian beugte sich über den Kesselrand, tauchte mit einem Arm voller blau glitzerndem Schaum wieder auf und schleuderte ihn in die Luft. Im nächsten Augenblick regneten winzige Gewitterwölkchen auf uns herab. »Tadaaa!«

Louisa kicherte. Dann kletterte sie ebenfalls auf die Leiter und tauchte ihren Löffel in das Gebräu.

Ich hingegen entdeckte in der Aussparung in der Decke, durch welche die halb fertigen Wetter in die höheren Etagen aufstiegen, um veredelt zu werden, plötzlich einen dunklen Schopf. Als Nächstes kam das dazugehörige Gesicht zum Vorschein.

Aaron lächelte mich an, dann rührte Louisa die Schwaden auf und er verschwand im Dunst.

»Okay, gut so, versucht es einfach mal. Nächste Woche

wird meine Schwester Silvana herkommen, um euch und hoffentlich noch ein paar weitere Freiwillige zu unterrichten. Vielleicht sogar zusammen mit meinen anderen Geschwistern. Also, natürlich nur, wenn ihr einverstanden seid.«

Niemand antwortete mir. Denn gerade schwappte ein Regenbogen über den Rand des Kessels und ergoss sich über Fionas Jeans. Alle lachten und ich beschloss, meine Freundinnen für eine Weile Damians Anleitung und den Wundern der Wetter zu überlassen. Derweil schlenderte ich in Richtung der schmalen Treppe, die sich zu meiner Rechten in die Höhe wand.

»Bin gleich wieder da«, murmelte ich und begann den Aufstieg.

Ich fand Aaron zwischen den Silberkesseln, in denen Sonnenschein und Eiskristalle lagerten. Doch die Decke in diesem Zwischengeschoss war so niedrig, dass Aaron mehr lag als saß und ich beinahe über seine langen Beine gestolpert wäre, als ich zu ihm kroch.

»Was machst du da?«, flüsterte ich. »Ist es denn überhaupt erlaubt, sich hier aufzuhalten?«

Er legte den Kopf schief. »Jetzt sag mir nicht, dass ausgerechnet *du* dich auf einmal um Regeln und Gesetze scherst!«

Ich schnaubte und quetschte mich neben ihn, bis mein Kopf an seiner Brust ruhte und ich dem gleichmäßigen Schlagen seines Herzens horchte.

»Wie geht es dir?«

»Ehrlich gesagt, versuche ich noch immer, mich vom Frühstück zu erholen«, brummte er, während sein Duft mir in die Nase stieg.

»So schlimm?« Ich malte mit dem Zeigefinger ein unsichtbares Muster auf seine Schulter.

»Fiona hat mich überredet, ein Stück Brot zu nehmen und eine Scheibe Käse daraufzulegen – und das war's. Angeblich mögen Menschen das.«

»Aber du nicht.«

»Ich fand's eklig und verstehe das Konzept nicht.« Er legte einen Arm um mich. »Vielleicht wollte sie mich auch bloß veralbern.«

»Nein, ich fürchte nicht«, sagte ich, unterdrückte ein Kichern und kuschelte mich in den weichen Stoff seines Hemdes, gegen das er die Offiziersuniform wieder eingetauscht hatte.

Es hieß, dass nun niemand mehr die Farben der Königin trug. Abgesehen von meiner Mutter selbst natürlich, die, wie man hörte, ziellos durch die *Gläsernen Hallen* wanderte, wo sich keiner mehr um ihre Befehle scherte. Unterdessen wurden in Atlantis die ersten Wahlen in der Geschichte unseres Volkes vorbereitet. Hexen und Hexer waren nun frei, ihre Anführer selbst zu bestimmen und sich eine eigene Meinung zu bilden.

Gestern hatte ich sogar eine offizielle Flaschenpost vom neu gegründeten Übergangsstadtrat erhalten, in der man mir nicht nur mitteilte, dass alle Verfahren gegen mich eingestellt worden waren, sondern mich auch darum bat, am Wahltag eine kleine Rede auf dem Palastfelsen zu halten. Demokratie *und* Begnadigungen im Reich der See! Wer hätte je mit so etwas gerechnet?

Welche Modernisierungen wohl noch in Atlantis Einzug halten würden? Ob selbst die altmodische Kleidung demnächst Geschichte war?

Vom abtrünnigen Herzog fehlte übrigens noch immer jede Spur. Seine Anhänger hatten sich in alle Winde zerstreut. Wobei Fara, die vor zwei Tagen die Oberfläche erreicht hatte, schwor, den alten Sigurd und sein Fischweib in den Untiefen in Begleitung eines ziemlich aufgelöst wirkenden Kerls in einem Fleecepullover beobachtet zu haben …

Aaron spielte mit einer Strähne meines Haars. Schon bald würden wir gemeinsam auf Sturmjagd gehen. Und natürlich wollten wir außerdem daran mitarbeiten, unserem Volk, genauso wie allen übrigen Bewohnern dieses Planeten, eine neue Perspektive zu geben. Irgendetwas in mir konnte es tatsächlich kaum erwarten, sich ins nächste Abenteuer zu stürzen.

Doch nach all der Aufregung der letzten Wochen wäre es auch schön, sich noch ein wenig auszuruhen und Aaron beim Probieren von Käsebroten zuzuschauen. Ich seufzte und schloss die Augen, während Aaron mein Hexenhaar mit den Fingern zu entwirren versuchte. Wahrscheinlich wäre ich hier oben im Halbdunkel sogar eingeschlafen …

In diesem Moment platschte es im Stockwerk unter uns, als etwas in den Kessel fiel.

»Oops, nicht so viel!«, rief Damian.

»'tschuldigung«, nuschelte Louisa.

Ein blubberndes Brodeln ertönte. Dann stieg auch schon eine Nebelfront von der zähen Konsistenz eines Algeneintopfs durch das Loch in der Decke und umflutete uns, ehe wir in Deckung gehen konnten.

Als ich aufspringen wollte, stieß ich mir den Kopf an einem der Kessel.

»Aua«, krächzte ich, weil mir die Schwaden im Hals brannten. Meine Augen tränten und ich konnte nicht einmal mehr einen Zentimeter weit gucken. Auch Aaron hustete, doch er schaffte es, sich umzudrehen und mich mit sich zu ziehen.

Auf allen vieren krabbelten wir zur Treppe und weiter nach oben. So rasch wir konnten, kletterten wir die Stufen empor und folgten den Schwaden über eine Ebene voller Wettervorräte bis hinauf in die Spitze des Turms. Erst dort, beim alten Leuchtfeuer, wo es keine Scheiben in den Fensterrahmen mehr gab und uns die Seebrise um die Nase wehte, atmeten wir auf.

Die frisch gebrauten Wolken stiegen in den Himmel, während wir an der Brüstung lehnten und der Ozean unter uns in der Mittagssonne glitzerte. Allein der Anblick meiner Heimat verursachte schon wieder diese Sehnsucht in meiner Brust.

Aaron blinzelte in die Helligkeit. »Sieht so aus, als würde der Wind bald drehen.« Er seufzte. »Ich würde ja gern noch bleiben, aber … vielleicht ist das ein Zeichen und wir sollten den Kesselsegler doch schon heute startklar machen.«

»Ja«, murmelte ich. »Damian kommt vorerst wohl auch allein klar.«

Wie wir es auch drehten und wendeten, zuallererst mussten wir unbedingt sicherstellen, dass die Donnerdrachen wirklich keine Gefahr mehr für die Menschen darstellten, sondern brav dort draußen auf dem Meer blieben. Abgesehen davon: Den einen oder anderen Blitz würden die Wetterhexen auch in Zukunft für ihre Gebräue benötigen …

Eine Möwe flog in hohem Bogen über uns hinweg, das Wasser rollte vom Horizont her auf uns zu und brach sich an den Steilklippen. Und der Gesang der See, ihr Rufen und Locken erschien mir plötzlich wieder einmal geradezu ohrenbetäubend.

»Okay«, sagte ich, stellte mich auf die Zehenspitzen und küsste Aaron auf den Mund. »Dann lass uns losfahren.«

Er sah mich unter dunklen Wimpern hervor an. Für den Bruchteil einer Sekunde schien er mit dem Gedanken zu spielen, mich an sich zu ziehen und den Kuss zu vertiefen.

Dann nickte er jedoch und verneigte sich, als wäre ich noch immer von königlichem Geblüt.

»Robin Undina Severina Mare, siebte und letzte Prinzessin der Untiefen, wenn ich bitten darf?« Er bot mir mit einem schiefen Lächeln seinen Arm an. »Die Stürme erwarten uns.«

Das will ich lesen!

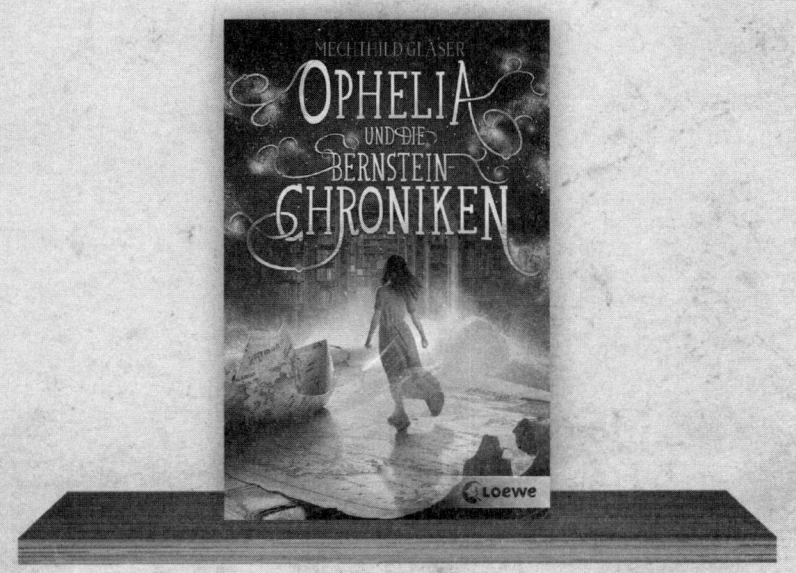

ISBN 978-3-7432-0844-5

Warum kommt es uns manchmal so vor,
als ob die Zeit unterschiedlich schnell vergeht?

Ophelia hat sich darüber nie wirklich Gedanken gemacht, bis
sie eines Tages beginnt, die Zeit zu *sehen*. Denn Ophelia ist eine
Zeitlose und besitzt die seltene Gabe, Zeitströme zu beeinflussen.
Doch kaum hat sie von diesen Fähigkeiten erfahren, spielt die
Zeit plötzlich überall auf der Welt verrückt. Gemeinsam mit dem
mysteriösen Leander muss Ophelia die Ursache für das Chaos
finden. Dabei kommen sie einem Geheimnis auf die Spur, das die
gesamte Welt der Zeitlosen auf den Kopf stellen wird.

Das will ich lesen!